HEYNE BÜCHER

W0320975

Fantasy

Herausgegeben von Friedel Wahren

Von **R. A. Salvatore** erschienen in der Reihe
HEYNE SCIENCE FICTION & FANTASY:

DIE LUTHIEN-TRILOGIE

*Das Joch der Zyklopen* · 06/5953
*Luthiens Wagnis* · 06/5954
*Der Blutrote Schatten* · 06/5955

R. A. Salvatore

# Der Blutrote Schatten

*Dritter Roman*
*der Luthien-Trilogie*

Aus dem Amerikanischen übersetzt von
MICHAEL WINDGASSEN

Deutsche Erstausgabe

WILHELM HEYNE VERLAG
MÜNCHEN

HEYNE SCIENCE FICTION & FANTASY
Band 06/5955

Besuchen Sie uns im Internet:
**http://www.heyne.de**

Titel der Originalausgabe
THE DRAGON KING
Übersetzung aus dem Amerikanischen von
Michael Windgassen

Das Umschlagbild malten Zoltan Boros & Gabor Sziksai/
Agentur Kohlstedt

*Umwelthinweis:*
Dieses Buch wurde auf chlor- und
säurefreiem Papier gedruckt

Redaktion: Diethild Deschner
Copyright © 1996 by R. A. Salvatore
Amerikanische Erstausgabe 1996:
Warner Books Inc., New York
Mit freundlicher Genehmigung des Autors
und Thomas Schlück, Literarische Agentur, Garbsen
(# T 41568)
Copyright © 1998 der deutschen Ausgabe und der Übersetzung
by Wilhelm Heyne Verlag GmbH & Co. KG, München
Printed in Germany Dezember 1997
Umschlaggestaltung: Atelier Ingrid Schütz, München
Technische Betreuung: M. Spinola
Satz: Schaber Datentechnik, Wels
Druck und Bindung: Presse-Druck, Augsburg

ISBN 3-453-13352-8

# Inhalt

# PROLOG

Auf den Inseln der Avonsee kehrte endlich Friede ein, doch dieser Friede war ständig bedroht, denn er gründete auf einem für beide Seiten unliebsamen Abkommen, das nur deshalb unterzeichnet wurde, weil eine Fortsetzung des Krieges für den unrechtmäßigen König aus Avon allzu kostspielig gewesen wäre – und allzu gewagt für das junge Königreich von Eriador.

In diesem nördlich gelegenen Land war der Zauberer Brind'Amour zum Oberhaupt gekrönt worden. Das einfache Volk, ein freies, rauhes Geschlecht, war glücklich, doch König Brind'Amour, weise geworden im Laufe der Jahrhunderte, zügelte seine eigenen Hoffnungen, wußte er doch, daß der böse Grünspatz, der seit zwanzig Jahren seine Schreckensherrschaft ausübte, ihm keine Ruhe lassen würde. Auch er war Zauberer und mit mächtigen Dämonen im Bunde; zu seinem Hofstaat zählten allein vier Hexer-Herzöge und eine Herzogin, die ebenfalls über beachtliche magische Kräfte verfügte.

Aber auch Brind'Amour hatte mächtige Bündnispartner, allen voran Luthien Bedwyr, den Blutroten Schatten, der als Held der Nation und als Symbol für die Freiheit Eriadors verehrt wurde. Er war es, der Herzog Morkney erschlagen, Montfort zum Aufstand geführt, die Stadt erobert und ihr dann den alten eriadoranischen Namen – Caer MacDonald – zurückgegeben hatte.

Eriador war endlich befreit, und alle, die in diesem Lande lebten – die Seeleute aus Port Charley und von den drei Inseln im Norden, die wilden Reiter von Eradoch, die wackeren Zwerge vom Eisernen Kreuz, das zarte Elfenvolk und alle Bauersleute und Fischer –, standen in Treue zu König und Vaterland.

Wollte Grünspatz Eriador in seinen unrechtmäßigen Besitz zurückholen, würde er um jeden Zoll dieses Landes kämpfen müssen.

1. KAPITEL

# *Alter Feind, neuer Feind*

Ein einfacher Zaubertrick half ihm unbemerkt an den Posten vorbei, die vor dem größten Tor Carlisles, der Hauptstadt Avons, Wache hielten. Im Schutze der dunklen, mondlosen Nacht eilte der Mann zur Stadt hinaus, getrieben von innerem Tumult, dem Drängen seines anderen Selbst, das gegen seine lange Gefangenschaft aufbegehrte.

»Jetzt«, verlangte die innere Stimme, die Willenskraft Dansallignatious. »Jetzt!«

Grünspatz knurrte. »Noch nicht, du Narr.« Er war sich im klaren über die Gefahren dieses Unternehmens und wußte, daß alles verloren wäre, wenn er dem Volk von Avon sein wahres Wesen enthüllte. Dansallignatious, seine zweite Hälfte, war anderer Ansicht; sie war während all der gemeinsam durchlebten Jahrhunderte noch nie derselben Meinung gewesen. Dansallignatious fand, daß eine Enthüllung durchaus zweckmäßig und dazu angetan sei, die Untertanen noch mehr einzuschüchtern, und die Könige der Nachbarstaaten würden sich, dann wohl in acht nehmen vor ihm, der einzigartigen Kraft.

Verständlich, daß Dansallignatious so dachte, folgerte Grünspatz; es entsprach einfach seiner Art.

Mit magisch beschleunigten Schritten eilte der König über die Felder, vorbei an kleinen Bauernkaten, in deren Fenstern vereinzelt Kerzenlicht brannte. Er spürte ein Ziepen in der Wirbelsäule, einen Juckreiz auf der gepuderten Haut.

»Noch nicht«, mahnte Grünspatz abermals. Zu spät. Die Bestie ließ sich nicht mehr länger zurückhalten. Grünspatz versuchte weiterzulaufen, doch ein schmerzhaftes Gliederreißen warf ihn zu Boden. Hastig kroch er durchs dichte Gras und fand Deckung in einer Mulde.

Seine Schreie holten die Bauersleute von drei nahe gelegenen Höfen an die Fenster. Einer von ihnen nahm das Familienschwert von der Wand, ein altes rostiges Ding, und lief wagemutig hinaus in die Nacht, um zu sehen, was diese gräßlichen Schreie zu bedeuten hatten. Schlimmeres war ihm noch nie zu Ohren gekommen.

Plötzlich aber brachen die Schreie ab, und es hörte sich so an, als seien sie mit Gewalt abgewürgt worden. Der Bauer bekam es nun mit der Angst zu tun. Womöglich lauerte dort in der Senke ein Mörder. Er blieb stehen, wich langsam zurück.

Und erstarrte vor Entsetzen.

Keine zehn Schritt entfernt tauchte vor ihm ein riesiger gehörnter Kopf auf. Augen wie Lampen, gelbgrün die Farbe, waren unheildrohend auf ihn gerichtet.

Der Bauer rang keuchend nach Luft. Er wollte kehrtmachen und davonrennen, doch der Anblick dieses Ungeheuers hielt ihn gefesselt. Nun kam es aus der Senke hervorgestiegen, riß mit seinen Klauen die Grasnarbe auf und entfaltete gewaltige Schwingen. Über acht Fuß maß seine Gestalt vom gehörnten Kopf bis zur zuckenden Schwanzspitze.

»Wie gut sich das anfühlt, Grünspatz«, sagte der Drache unvermittelt.

Und aus demselben Maul tönte es mit derselben Stimme, aber in einem ganz anderen Tonfall: »Nenn mich gefälligst nicht beim Namen!«

»Grünspatz?« flüsterte der Bauer fassungslos.

»Ja, Grünspatz«, antwortete der Drache. »Kennst du deinen König nicht? Auf die Knie mit dir!«

Allein schon die donnernde Stimme brachte den

Bauern von den Beinen. Zitternd kniete er nieder und senkte den Kopf.

»Na, siehst du«, sagte Dansallignatious, »wie man mich fürchtet und verehrt.« Kaum waren die Worte gesprochen, da verzog sich die Drachenfratze auf seltsame Weise. Dansallignatious' Stimme hob zum Protest an, als eine Stichflamme aus dem Maul hervorschnellte.

Die verkohlte Leiche neben dem geschmolzenen Schwert war nicht mehr zu erkennen.

Dansallignatious tobte vor Wut darüber, daß ihm der Spaß verdorben war. Grünspatz kümmerte sich nicht drum; er ließ es sich gefallen, auf ausgespannten Flügeln durch die kühle Nachtluft zu segeln. Aller Streit erschien ihm nichtig.

Am nächsten Tag versammelten sich die Bauern der Umgebung am Rand der Senke und starrten auf den verkohlten Leichnam und das abgeflammte Gras ringsum. Prätorianer wurden herbeigerufen. Sie versprachen, Meldung zu erstatten, waren ansonsten aber keine große Hilfe, was allerdings niemanden verwunderte, der jemals mit Zyklopen zu tun gehabt hatte. Statt die Angehörigen zu trösten, machten sie sich auch noch über deren Trauer lustig.

Einige Bewohner der Umgebung behaupteten, in der vergangenen Nacht ein riesiges Flügeltier gesehen zu haben. Und auch in der Stadt war davon die Rede.

Grünspatz tat alle diese Berichte als Hirngespinste ab. Er hatte wieder jene schlanke, fast schmächtige Gestalt angenommen, in der ihn seine Untertanen kannten. Dansallignatious, sein dunkler Part, war wieder in den Hintergrund zurückgetreten, nachdem er sein Mütchen in der Nacht hatte kühlen können.

»Tatsache, selbst mit der Fischerei geht's wieder bergauf«, freute sich Shamus McConroy aus Gybi, dem kleinen Dorf an der Bucht von Colthwyn im stürmischen Nordosten Eriadors. McConroy war erster Maat auf der

*Skipper*, einem der auffälligsten Boote aus der Fischfangflotte dieser Küstenregion. Es war dreißig Fuß lang und hatte ein quadratisches großes Segel. Die Mannschaft bestand aus acht längst ergrauten, alten Seebären.

So wollte es Kapitän Aran Toomes, und er weigerte sich, eine jüngere Besatzung an Bord zu nehmen. »Hab keine Zeit zur Aufzucht von Welpen«, pflegte er zu sagen. Denn große Rudel gefährlicher Killerwale machten die Dorsal-See unsicher, so auch das Wetter, das über Bae Colthwyn innerhalb von Minuten umschlagen konnte. Viele ›Welpen‹ ertranken, ehe sie das Mannesalter erreichten, und verwitwet waren viele Frauen.

Die alten Kerle von der *Skipper* waren allesamt unbeweibt, darüber hinaus gar tüchtige Zecher und verwegene Seefahrer, die in den mächtigen Wellen vor der Küste eine sportliche Herausforderung sahen und mit ihrem Boot stets die ersten waren, wenn es zum Fang hinausging.

Wie auch an diesem Mittsommertag. Unter vollem Segel pflügte die *Skipper* durch aufgewühltes Wasser. Das Wetter wechselte von Stunde zu Stunde; einmal war es sonnig, einmal bedeckt, und die Temperaturen schwankten von einem Extrem ins andere. Nur der Sturm war beständig. Jüngere, unerfahrene Seeleute brachten unter solchen Umständen viel Zeit an der Reling zu und litten an Seekrankheit. Doch die Alten auf der *Skipper* fühlten sich auf dem Wasser eher zu Hause als auf dem Land und nahmen die dramatischen Wetterumschwünge gelassen hin.

Noch besser als sonst war ihre Laune an diesem Tag, denn ihr Land, ihr geliebtes Eriador, hatte sich endlich von der Fremdherrschaft befreit. Von der Rebellenarmee, die bis nach Princetown vorgerückt war, unter Druck gesetzt, hatte König Grünspatz aus Avon auf Eriador verzichten müssen. Zu Sommeranfang war dem alten Zauberer Brind'Amour in Caer MacDonald die Königskrone aufgesetzt worden. Abgesehen davon, daß sich die Fischerleute von Bae Colthwyn nicht länger von steuereintreibenden Zyklopen schikanieren lassen mußten, änderte sich in ihrem täglichen Leben nur wenig, denn Grünspatzens Einfluß hatte sich an der wilden Nordostküste nie richtig ausgewirkt. Ihre Bewohner führten seit jeher ein abgeschiedenes und selbstbestimmtes Leben; von hundert waren kaum zwei jemals weiter südlich gelangt als bis nach Mennichen Dee am Nordrand der Felder von Eradoch.

Wirklich einschneidende Veränderungen und eine drastische Wende zum Besseren erfuhren nur die Eriadoraner im Süden entlang der Ausläufer des Eisernen Kreuzes, dort, wo Grünspatzens Tyrannei deutlich zu spüren gewesen war. Wie auch immer, Eriador war nun frei, und der Ruf der Unabhängigkeit hallte durchs ganze Land, vom Eisernen Kreuz übers Tal von Albyn, über die Fichtenwälder und Felsklippen im Nordosten bis hinüber zu den drei Inseln Marvis, Caryth und Bedwydrin. Die Hoffnung hatte Gestalt angenommen in der Person des Königs und in jener lebenden Legende, die der Blutrote Schatten genannt wurde.

Als die Nachricht von der Freiheit Eriadors die Küste erreicht hatte, waren die Fischer mit ihren Booten aufs Meer hinausgefahren, denn sie glaubten allen Ernstes, daß die Dorsal-Wale vor der wiederausgerollten alten Fahne Eriadors Reißaus nehmen, daß die Stürme nachlassen, ja sogar, daß sich die ganze Natur verbeugen werde vor dem neuen König.

Wie wundersam die Hoffnung doch ist. Für alle, die die *Skipper* kannten, insbesondere also für ihre Mannschaft, schien es, als fliege das Boot noch schneller und noch höher als sonst über die tosenden Wellen hinweg.

Es war noch früh am Morgen, als Shamus McConroy den ersten Wal entdeckte. Steuerbords, knapp fünfzig Fuß entfernt, ragte mannshoch die schwarze Rückenflosse aus dem Wasser auf. Furchtlos, wie die alten Seebären nun einmal waren, schleuderten sie dem Riesentier derbe Flüche und leere Whiskeyflaschen entgegen, und als es in dunkle Tiefen abtauchte und abzog, wandten sie sich wieder ihrer Arbeit zu, als wäre nichts geschehen. Selbst der jüngste der achtköpfigen Mannschaft hatte schon über dreißig Jahre Erfahrung mit Dorsal-Walen. Die Alten kannten diese gefährlichen Räuber genau, wußten, wann es mit bloßer Abschreckung getan war, wann es nötig wurde, einen Teil der Fischbeute abzugeben, um die Ungetüme abzulenken, oder wann – wenn nichts anderes half – zu den langen Harpunenstangen gegriffen werden mußte.

Aran Toomes nahm Kurs auf die Meeresstraße zwischen Eriador und den Fünf Wächtern, eine Gruppe steiniger Inseln im Südosten. Er hatte vor, eine knappe Woche auf dem Wasser zu verbringen und jeden Tag hundert Meilen zurückzulegen. Vor Colonsey, der nördlichsten und größten Insel dieser Gruppe, wollte er dann kehrtmachen und zurück in den Heimathafen segeln. Daß sich in den kalten Fanggründen rund um die Fünf Wächter reichlich Beute machen ließ, wußte man natürlich auch auf den anderen Booten der Fischereiflotte von Bae Colthwyn, doch niemand kannte sich in diesen Gewässern so gut aus wie Aran Toomes.

Nach drei Tagen waren die hohen Felsen von Colonsey zu sehen. Da drehte Toomes in einer langezogenen Wende von hundertachtzig Grad bei, zurück auf nordwestlichen Kurs. Auf dem Achterdeck schufteten und soffen seine Männer um die Wette. Sooft sie die Netze einholten, waren diese zum Zerreißen gefüllt mit Kabeljau, Makrelen und anderen begehrten Speisefischen, so auch mit den räuberischen Blaulengen, die alles in sich hineinschlangen, was nicht schnell genug fliehen konnte. Ihre spitzen Zähne bekam wieder einmal Shamus McConroy zu spüren, als er ein Exemplar nach dem anderen beim Schwanz packte und kopfüber gegen den Dollbord schmetterte, bis die gierigen Mäuler endlich zu schnappen aufhörten.

Die *Skipper* lag schon tief im Wasser, als die lange Wende erst zur Hälfte vollzogen war. Mit dem eigentlichen Fang beschäftigten sich jetzt nur noch zwei Mann; die anderen fünf sortierten die Beute und warfen kleinere Fische zurück ins Wasser, um Platz zu machen für größere – oder sei es auch nur um die Hände in Bewegung zu halten, denn für den, der untätig war, wurden die Tage unerträglich lang.

»Aha, wir sind, so scheint's, nicht die einzigen, die sich hier herausgetraut haben«, bemerkte Shamus und deutete auf ein Boot in weiter Ferne am blaugrauen Horizont.

»Schade, daß wir keinen größeren Laderaum haben«, entgegnete Aran Toomes mit heiterer Miene. »Dann hätten wir denen alle Fische vor der Nase weggeschnappt.«

Und weiter segelte die *Skipper*. Die Luft war klar und kalt, der Wind stetig. Die Männer hatten es nicht nötig, den Fischfang fortzusetzen. Sie taten es dennoch, zum Spaß. Und achteten nicht auf das andere Boot, das immer näher rückte.

Dann aber merkte Aran Toomes auf, als er erkannte, daß es sich bei diesem Boot nicht etwa um eines der heimischen Fangflotte handelte, und obwohl es kein Segel gehißt hatte, glitt es überaus rasch durchs wogende Wasser – geradeweg auf die *Skipper* zu.

Toomes drehte um drei Strich backbords bei. Wenig später veränderte das andere Boot seinen Kurs in ihre Richtung.

Shamus trat zum Kapitän ans Steuerrad und fragte: »Was hat das zu bedeuten?«

»Keine Ahnung«, brummte Toomes. »Ich zerbreche mir selbst den Kopf darüber.«

Mittlerweile war von der *Skipper* aus die Gischt vorm Bug des nahenden Schiffes zu sehen. Daß es ohne Segel soviel Fahrt hatte, ließ auf den Einsatz zahlreicher Ruderblätter schließen. Und von solchen Schiffen, die sowohl gesegelt als auch gerudert werden konnten, machte nur ein bestimmtes Seefahrervolk Gebrauch.

»Huegoten?« fragte Shamus.

Aran Toomes behielt die Antwort für sich.

»Was treibt die so weit in den Süden?«

»Wer sagt dir, daß es tatsächlich Huegoten sind?« brüllte Aran Toomes ungehalten.

Shamus preßte die Lippen aufeinander und musterte Toomes mit kritischem Blick. Der Kapitän, für den ein Dorsal-Wal kein Problem darstellte, war merklich besorgt.

Der Meinung des Maats schloß sich auch einer der anderen Männer an: »So schnell können nur Huegoten rudern.«

Aran Toomes biß sich auf die Unterlippe und überlegte, was er darauf antworten sollte.

»Wunderschön, wie die im Wasser liegt«, staunte Shamus mit Blick auf das Schiff. In der Tat: Auf den Schiffsbau verstanden sich die Barbaren aus dem Norden besser als alle übrigen Anrainer des Meeres. Ihre Langboote waren robust, dabei aber so leicht und vorteilhaft geschnitten, daß sie durch die Wellen fuhren wie ein Messer durch Butter.

»Leert den Laderaum!« befahl Aran Toomes.

Die Männer reagierten unterschiedlich. Einige konnten nicht glauben, was da von ihnen verlangt wurde. Sie hatten viel riskiert auf dem weiten Weg durch die gefährliche See und waren dafür mit reicher Beute belohnt worden. Und die wollte der Kapitän nun über Bord werfen lassen?

Shamus McConroy und drei andere Männer hatten schon einmal mit den wilden Huegoten zu schaffen gehabt und waren sofort einverstanden mit Toomes' Aufruf. Voll beladen war die *Skipper* viel zu langsam. Nur im geleichterten Zustand wäre es möglich, daß sie den huegotischen Ruderern davonsegeln konnten.

»Ratzeputz leer soll er sein!« brüllte Aran, und die Männer machten sich an die Arbeit.

Toomes studierte den Wind. Er kam aus südlicher Richtung, was ungünstig war, da sich die Huegoten von Norden näherten. Würde er noch weiter anluven, käme die *Skipper* kaum von der Stelle.

»Dann wollen wir doch einmal sehen, wie gut ihr wenden könnt«, murmelte der Kapitän und steuerte nach Norden, dem Langboot entgegen, um es in entgegengesetzter Richtung zu passieren. War nur zu hoffen, daß es gelingen würde, dem Rammbock zu entkommen, den solche Langboote unter Wasser vor dem Bug führten.

Die beiden Boote trennten nur noch wenige hundert Faden. Toomes sah die Bewegungen an Bord der Fremden. Riesige Männer rannten hin und her. Er sah den geschwungenen großen Schiffsschnabel, der einem springenden Wolf nachempfunden war.

Und dann sah er den Rauch, der plötzlich aus der Mitte des Langboots aufstieg. Im ersten Moment glaubte Toomes, es sei dort ein Feuer ausgebrochen, womöglich mutwillig gelegt von einem der Galeerensklaven. Doch dann erkannte er die wahre Ursache und mußte um sein eigenes Boot fürchten.

»Bringt euch in Deckung!« rief er seinen Männern zu, als die Boote weniger als hundert Faden voneinander entfernt waren. Es ließen sich nun einzelne Huegoten erkennen, die ungeduldig an der Reling lehnten.

Shamus kam mit einem großen Schild herbeigeeilt, mit dem er sich und seinen Kapitän zu schützen versuchte.

Toomes hatte eigentlich noch näher an das Huegotenschiff heransteuern wollen, doch nun, da der Rauch dessen Absicht verriet, war er gezwungen, das Ausweichmanöver eher anzusetzen.

Er drehte nach steuerbord, und als der Gegner entsprechend reagierte und nach backbord steuerte, warf

Toomes das Ruder zur anderen Seite herum. So hart hatte er sein Boot noch nie herangenommen. Es schien eine Weile zu zögern, richtete sich knarrend auf, schwenkte herum und flog mit geblähtem Segel nach Nordost, in Richtung Bae Colthwyn.

Da surrten nun brennende Pfeile herbei, Flammenbolzen im Dutzend, die schwarze Rauchspuren hinter sich herzogen. Fast alle verfehlten das Ziel. Einer aber blieb im Bug stecken, und ein zweiter traf Mast und Segel.

Shamus McConroy war sofort zur Stelle und versuchte, die Geschosse aus dem Holz zu ziehen. Zwei Männer rannten mit gefüllten Wassereimern herbei und löschten die Flammen, ehe sie Schaden anrichten konnten.

Mit düsterem Blick behielt Aran Toomes den Angreifer im Auge. Es legten sich nun Ruderer backbords mit vollem Einsatz in die Riemen, während die Männer auf der anderen Seite die Pinne in Gegenrichtung von sich wegstießen. Das siebzig Fuß lange Schiff drehte sich wie eine Kompaßnadel um die Mittelachse.

»Verdammt schnell«, brummte Aran Toomes. Dem gegnerischen Rammbock zu entkommen, würde nicht leicht sein. Doch er hielt an dem neuen Kurs fest, und es schien auch schon, als habe er mit seinem Manöver Erfolg, denn die Schaluppe zog vor dem herumschwenkenden Steven des Langschiffes vorbei und ließ es hinter sich.

Aber da kam ein zweiter Schwarm von brennenden Pfeilen übers Wasser geflogen, und mehr als die Hälfte dieser Geschosse traf auf das empfindliche Segel. Auch Shamus erwischte es. Von einem Pfeil im Rücken dicht unterm Schulterblatt getroffen, taumelte er nach vorn. Einer der anderen Männer beeilte sich, die Flammen mit einer Decke zu ersticken.

Doch die waren nicht das Schlimmste. Stolpernd erreichte Shamus das Steuerrad, lehnte sich schwerfällig dagegen und blickte Aran Toomes ins Gesicht.

»Ich glaube, es hat mich am Herzen erwischt«, murmelte Shamus, merklich verwundert. Dann war er tot.

Aran fing den Freund im Fallen auf und legte ihn auf die Planken. Als er wieder aufblickte, sah er das Segel der *Skipper* lichterloh brennen. Und das Huegotenschiff rückte rasch näher; zu beiden Seiten rührten wuchtige Ruderschläge das Wasser auf.

Wenig später riß es Toomes von den Beinen, als der verheerende Rammbock des Huegotenschiffs das Ruder der Schaluppe zerriß und auf den Rumpf prallte.

Toomes erwachte aus der Bewußtlosigkeit und spürte, wie er, von starken Händen gehalten, an Bord des fremden Schiffes gehievt wurde. Er öffnete die Augen und sah die *Skipper*, den Steven hoch in der Luft, das Achterdeck bereits unter Wasser. Und langsam, lautlos ging sie unter, zusammen mit den Leichen von Shamus und Greasy Solarny, mit dem Aran zwanzig Jahre lang zur See gefahren war.

Toomes verschloß die Augen vor diesem schrecklichen Anblick, und nur am Rande nahm er wahr, daß lauthals nach seinem Tod und dem seiner Mannschaftskameraden verlangt wurde.

Doch dann wurden diese Rufe von einer anderen, helleren Stimme übertönt, die sich Ruhe ausbat und sagte: »Die kommen nicht aus Avon, sondern aus Eriador, kräftig und zäh, wie sie sind. Es wäre Verschwendung, sie zu töten.«

»Ab mit ihnen auf die Ruderbank!« brüllte einer, womit sich die anderen grölend einverstanden erklärten.

Als Aran Toomes unter Deck gebracht wurde, bekam er den Mann, dem er sein Leben verdankte, kurz zu Gesicht. Selbst nicht klein an Gestalt, schien dieser doch längst nicht so groß, wie Huegoten es für gewöhnlich waren. Außerdem war seine Haut dunkler getönt, und die Augen leuchteten bemerkenswert zimtfarben.

Dieser Mann stammte aus Eriador.

Aran wollte etwas sagen, brachte aber keinen Laut hervor.

Zwar war sein Leben und das der übriggeblieben Mannschaftskameraden verschont geblieben, doch Aran Toomes hatte schon etliche Geschichten darüber gehört, wie es Sklaven an Bord von Huegotenschiffen erging. Die stimmten ihn beileibe nicht hoffnungsfroh, und er fragte sich, ob er dem Landsmann aus Eriador danken oder nicht doch lieber ins Gesicht spucken sollte.

2. Kapitel

# Diplomatie

Raus aus dem Bett, Oliver!« tönte es von draußen, und dann pochte es heftig an der Tür. »Wach endlich auf, du Dreikäsehoch!«

Siobhan schlug mit der flachen Hand vor die verschlossene Tür. Sie war wütend, und ihr Tonfall verhieß nichts Gutes. »Wieso bist du überhaupt hiergeblieben und nicht mit Luthien losgezogen?« Das Pochen wurde allmählich schwächer. Die schöne, schlanke Halbelfe war offenbar am Ende ihrer Kraft. Den Rücken an die Tür gelehnt, strich sie sich das lange weizenblonde Haar aus dem Gesicht und holte tief Luft, um sich zu beruhigen. Sie war schon seit mehreren Stunden wach, hatte gebadet, gefrühstückt, sich ein Bild gemacht von den Vorbereitungen im Audienzsaal, eine gemeinsame Vorgehensweise mit König Brind'Amour abgesprochen und war heimlich mit Shuglin, dem Zwerg, zusammengetroffen, um ihn zu fragen, mit welchen bislang noch unberücksichtigten Schwierigkeiten zu rechnen sei.

Oliver aber, der in Caer MacDonald zurückgeblieben war, um Siobhan bei all diesen Vorbereitungen zu unterstützen, hatte sich noch nicht einmal aus den Federn bequemt.

»Ich tu's nicht gern, aber es bleibt mir wohl nichts anderes übrig.« Kopfschüttelnd registrierte Siobhan, daß die wenigen Tage in Olivers Gesellschaft nun schon dazu geführt hatten, daß sie mit sich selbst redete. Sie wandte sich wieder der Tür zu, ging in die Knie und holte einen länglichen abgeflachten Metallhaken zum Vorschein. Siobhan war Mitglied der Schröpfer, einer Bande diebischer Elfen, die den reichen Händlern schwer zu schaffen gemacht hatte, als die Stadt noch von Herzog Morkney, dem Vasallen Grünspatzens, beherrscht worden war. Siobhan prahlte damit, daß es kein Schloß gebe, dem sie nicht beikäme. Und das stellte sie nun einmal mehr an Olivers Tür unter Beweis. Geschickt hantierte sie mit dem Dietrich und ließ leise die Fallen zurückschnappen.

Was ihr nun bevorstand, war schwieriger, als das Schloß zu knacken. Das wußte sie. Denn auch Oliver kannte viele Schliche und hatte mehr als einmal vor ungeladenen Besuchen in seiner Wohnung gewarnt. Langsam und vorsichtig drückte Siobhan die Tür auf, einen kleinen Spalt nur, durch den sie den Metallhaken führte und mit ihm über den Falz tastete. Tatsächlich stieß sie an der Oberkante des Türblatts auf einen verdächtigen Widerstand.

Die Halbelfe richtete sich auf Zehenspitzen auf, lugte durch den Spalt und lächelte, als sie den Zapfen sah, der zwischen Tür und Anschlag klemmte und zweifellos als Auslöser einer Falle diente. Wahrscheinlich hing über der Tür ein Eimer auf Kippe – mit Wasser gefüllt.

Mit kaltem Wasser. Das sah dem Halbling ähnlich.

Sie arretierte den Zapfen mit ihrem Metallhaken und öffnete die Tür ein wenig mehr, zog den Bauch ein und versuchte, sich seitlich durch den Spalt zu zwängen. Mit dem Kopf war sie schon durch und sah nun bestätigt, was sie vermutet hatte. Unter der Decke hing ein großer Kübel. Wenn der seinen Inhalt über sie ausschüttete, wäre das hübsche Kleid verdorben.

Für den Fall, daß es dazu kommen sollte, nahm sich die Halbelfe vor, Olivers wertgeschätztes Rapier zum Schmied zu bringen und einen Knoten in die Klinge schmieden zu lassen.

Die Tür knarrte bedrohlich. Siobhan hielt die Luft an und schob langsam die Hüfte durch den Spalt.

Da blieb ihr Kleid am Türknauf hängen.

Im stillen verfluchte sie die unpraktische Kleidung, zögerte aber nicht lange und öffnete die Schleifen des weiten Kleids, um es abzustreifen. Als sie durch den Spalt geschlüpft war, zupfte sie das Kleid vom Knauf, drückte die Tür zurück ins Schloß und sah sich einem Anblick gegenüber, bei dem sich ihr die strahlend grünen Augen weiteten.

Vor ihren Füßen lagen Olivers Schulterriemen und das schmuckvolle Wehrgehenk, gleich dahinter eine seiner grünen Seidensocken, ein Schritt weiter ein Paar grüner Fechthandschuhe, dann der purpurne Samtumhang. Vergleichsweise ordentlich standen die blankpolierten schwarzen Schuhe beieinander. Ein blaues Wams setzte die Reihe abgelegter Kleider fort, dann war da die zweite Socke, und vorm Fußende einer riesigen Bettstatt lag zusammengeknüllt ein weißes seidenes Unterhemd. Olivers breitkrempiger Hut hing auf einem der acht Fuß hohen Eckpfosten des Bettes. Fraglich, wie der kleine Kerl ihn da wieder herunterholen wollte. Die große orangefarbene Schmuckfeder des Hutes sah aus, als habe auch sie in der vergangenen Nacht allzuwüst gefeiert.

Seufzend faltete Siobhan ihr Kleid zusammen, legte es über den Arm und schlich näher. Unwillkürlich mußte sie kichern, als sie den Halbling entdeckte, der bäuchlings auf der riesigen Steppdecke lag, die Arme von sich gestreckt und zwischen den Beinen ein Kissen, das größer war als er selbst. Wohlgemerkt, er hatte seine Hose an (die in Farbe und Material dem Umhang entsprach), doch sie war um den Kopf gewickelt und beileibe nicht dort, wo sie hingehörte. Die Halbelfe trat ans Bett heran und überlegte, wie sie den Freund am besten aufwecken sollte. Der schnarchte auf einmal so laut auf, daß sie fast losgeplatzt wäre vor Lachen.

Siobhan holte mit der Hand aus und schnippte mit dem Finger gegen Olivers nacktes Hinterteil.

Doch Oliver rührte sich nicht.

Sie kitzelte ihn unterm Arm, worauf er Anstalten machte, sich herumzuwälzen – womöglich auf den Rücken. Um das zu verhindern, hielt Siobhan ihn bei den Schultern gepackt.

»Ach, mein Zuckermäulchen«, raunte Oliver. »Laß dich herzen ...« Es schien Siobhan, als küsse er die Steppdecke unter sich.

Jetzt reicht's aber, dachte sie und versetzte ihm eine schallende Backpfeife.

Hoch schnellte der Kopf, worauf ihm ein Hosenbein ins Gesicht baumelte. Weil es sich trotz mehrfacher Versuche nicht wegpusten ließ, half er schließlich mit der Hand nach. Und mit einem Male wurden seine verquollenen Augen hellwach, als er die Halbelfe im Unterrock vor sich stehen und das Kleid im Arm halten sah.

Sein Blick streifte kurz die eigene bloße Gestalt und richtete sich auf Siobhan zurück. »Zuckermäulchen?« hauchte er, grinste übers ganze Gesicht und zeigte seine Grübchen.

»Daran ist gar kein Denken«, entgegnete Siobhan.

Oliver fuhr mit der Hand zuerst über das sorgfältig gepflegte Spitzbärtchen, dann durch die langen braunen Locken, strich dabei die Hose vom Kopf und war sichtlich bemüht, sich zurechtzufinden. Wahrscheinlich versuchte er, Bruchstücke der Erinnerung an letzte Nacht zusammenzufügen.

Immerhin dämmerte ihm nun, daß Siobhan nicht in zärtlicher Absicht zu ihm in die Wohnung gekommen war, sondern um ihn zu wecken. Und endlich wurde ihm seine Nacktheit bewußt. »Herrje«, jammerte er und richtete sich ruckartig auf. »Was fällt dir ein, du Unverfrorene? Und überhaupt, wo ist mein Schwert?«

Siobhans Augen wanderten gelassen über seine Brust und tiefer, wobei sie grinsend mit den Schultern zuckte.

»Mein Rapier«, verbesserte sich der Halbling und errötete. »Oh, du ...« Wütend sprang er aus dem Bett und verhedderte sich mit den Füßen in der Hose beim allzu hastigen Versuch, sie anzuziehen. »Bei uns in Gascony gibt's einen bestimmten Ausdruck für Frauenzimmer wie dich.«

»Ach, ja?« erwiderte die Halbelfe und zog warnend die Brauen zusammen. »Da bin ich aber gespannt.«

Oliver behielt das Wort für sich, sah er doch ein, daß es im Hinblick auf die schöne Halbelfe falsch verwendet wäre. »Du hättest wenigstens anklopfen können«, maulte Oliver.

»Ich habe deine Tür fast mit der Faust zertrümmert«, entgegnete Siobhan. »Daß wir mit König Bellick dan Burso verabredet sind, hast du wohl völlig vergessen, oder?«

»Vergessen? Ich bitte dich«, antwortete er hochmütig und klaubte das Unterhemd vom Boden auf. »Ich habe mich die ganze Nacht auf dieses Treffen vorbereitet. Warum sollte ich sonst so müde sein?«

»Das Kissen hat dich wohl sehr in Anspruch genommen, wie?« spottete Siobhan mit Blick auf das zerwühlte Bett.

Darauf zu antworten war Oliver zu dumm. Er schlug am Fußende des Bettes die Überdecke beiseite, enthüllte das Heft seines Degens und zog die Klinge aus der Matratze. »Ich bin mir meiner Verantwortung durchaus bewußt«, sagte er. »Ja, ich weiß um meine Bedeutung als Mittler ...«

Siobhan konnte nicht mehr an sich halten vor Lachen. Noch komischer als die wichtigtuerische Miene des Halblings war seine gasconische Aussprache, die besonders dann zur Geltung kam, wenn er geschwollen daherredete.

Doch Oliver ließ sich nicht aus der Fassung bringen. »... meine Bedeutung als Mittler zwischen Menschen und Zwergen.« Und dann legte er ihr mit vielen Worten auseinander, warum gerade Vertreter seines Geschlechts als Diplomaten so außerordentlich erfolgreich seien. Während er diese Behauptung mit Hinweisen auf große Halblinge der Geschichte zu belegen versuchte, packte er das Rapier bei der Klingenspitze und schleuderte die Waffe, das Heft voran, unter den Hut, der auf dem hohen Bettpfosten hing.

Der Hut landete haargenau auf seinem Kopf; das Rapier schnappte er aus der Luft, setzte einen Ausfallschritt nach vorn und ging in Pose, wobei die Klingenspitze neben dem behaarten Fuß den Boden berührte.

»Sehr elegant«, lobte Siobhan. »Und wie putzig du aussiehst ohne Kleider«, fügte sie kichernd hinzu.

Beleidigt verzog Oliver das Gesicht, stöhnte laut auf und stieß wütend mit dem Rapier auf, wobei er den nackten Fuß schrammte. Mit seiner Fassung war es nun endgültig vorbei. Humpelnd hastete er Richtung Tür und sammelte Wams, Socken, Schuhe und Handschuhe vom Boden auf. »Das zahl ich dir heim«, wetterte er.

»Auch ich schlafe ohne Kleider«, entgegnete sie provozierend.

Der Halbling blieb wie angewurzelt stehen, als er das hörte. Ihm war zwar bewußt, daß sich Siobhan nur über ihn lustig machte, und dennoch riefen diese fünf kleinen Wörter Bilder hervor, die ihn vom Kopf bis zu den behaarten Füßen erschauern ließen. Er drehte sich um, wollte ihr eine passende Bemerkung entgegenschleudern, zog es aber dann doch vor, Reißaus zu nehmen, eilte zur Tür, schnappte im Vorbeilaufen das Wehrgehenk vom Boden auf – und tappte in die eigene Falle.

Der Kübel kippte; kaltes Wasser stürzte herab und ergoß sich so heftig auf den Hut, daß die breite Krempe schlapp nach unten sackte.

Dermaßen abgekühlt, wandte sich der Halbling um. »Das kam jetzt genau richtig«, sagte er und hastete davon.

Siobhan schüttelte den Kopf und lachte. Bei aller Kritik, das mußte man ihm lassen: Oliver deBurrows hatte Charme.

Oliver war bald wieder auf Zack und kam noch rechtzeitig zur alles entscheidenden Sitzung. Sie fand im beschlagnahmten Palais eines Edelmannes statt, der aus der Stadt geflohen war. Es diente nun Brind'Amour als königliche Residenz, während die wichtigen Staatsgeschäfte im Ministerium, der großen Kathedrale von Caer MacDonald, abgewickelt wurden.

Oliver hatte sich noch abtrocken und die Hutkrempe wieder halbwegs in Ordnung bringen können. Sogar die Feder stand wieder da wie eine Eins. Siobhan staunte nicht schlecht über diese wundersame Wandlung und fragte sich, ob Oliver womöglich mehrere Exemplare jenes federgeschmückten Hutes besaß, den er selbst als ›Chapeau‹ bezeichnete.

Er saß auf einem erhöhten Stuhl zur Linken Brind'-Amours, während Siobhan rechter Hand vom König Platz genommen hatte. Auf der anderen Seite des großen Eichentisches hockten vier Zwerge. Alle mit auffällig grimmigen Gesichtern. König Bellick dan Burso saß Brind'Amour unmittelbar gegenüber und musterte ihn aufmerksam aus hellblauen Augen, die hinter den struppigen feuerroten Brauen fast verschwanden. Sein Bart, ebenfalls feuerrot, war dermaßen lang, daß er die Spitzen unter den Gürtel steckte. So erklärte sich, weshalb hinter vorgehaltener Hand getuschelt wurde, daß der Zwergenkönig ein Gewand aus lebendigen Flammen trage. Neben Bellick saß Shuglin, Freund und Mitstreiter der Rebellen von Caer MacDonald. Er war es auch, der dieses Treffen zwischen seinen Brüdern aus dem Hochgebirge und der neuen Führung von Eriador vorgeschlagen hatte.

Shuglin und König Bellick flankierten zwei breitschultrige Zwerge im Generalsstaat.

Wie vorgesehen übernahm Oliver die offizielle Begrüßung. Überhaupt war das ganze Protokoll von der einladenden Partei geplant worden, also von König Brind'Amour und seinem Stab.

»Ihr wißt, wie dankbar wir Euch sind für Eure Hilfe im Feldzug gegen Princetown«, hob Brind'Amour leise an. Ja, das wußten die Zwerge sehr wohl, denn Brind'Amour hatte viele, viele Boten mit Geschenken zur Festung DunDarrow geschickt, in das weitläufige Höhlensystem des Eisernen Kreuzes, wo die Gebirgszwerge lebten. Bellicks Volk war gerade rechtzeitig vor die Mauern von Princetown aufmarschiert, der nördlichsten Stadt Avons, um den im Tal von Durritch geschlagenen feindlichen Truppen den Fluchtweg abzuschneiden. Das entschlossene Eingreifen durch Bellick und seine Soldaten hatte den Sieg vollendet. »Eriador steht in Eurer Schuld, Majestät«, versicherte Brind'-Amour.

Bellick nickte und antwortete bescheiden: »Princetown wäre auch ohne unsere Hilfe gefallen.«

»Ja, aber wenn's den Soldaten der Garnison gelungen wäre, hinter ihre ach, so hohen Stadtmauern zurückzukehren ...«, warf Oliver ein, obwohl ihm die Unterbrechung gewiß nicht zustand.

Brind'Amour schmunzelte nur; ihm waren die Launen des Halblings vertraut.

Bellick aber reagierte ungehalten, was den alten Zauberer aufmerken ließ. Zuerst dachte er, daß der Zwergenkönig Anstoß nehme an Olivers vorlauter Art, doch dann spürte er, daß sich Bellick über irgend etwas anderes ärgerte.

Der Zwergenkönig richtete den Blick auf Shuglin und krauste bedeutungsvoll die Stirn, worauf sich Shuglin feierlich erhob. Und nachdem er sich einige Male geräuspert hatte, berichtete er: »Gestern abend sind in den Ausläufern des Eisernen Kreuzes zwanzig Elfen erschlagen worden.«

Brind'Amour sank gegen die hohe Lehne seines Stuhls zurück und warf einen Blick auf Siobhan, die die Lippen zusammenpreßte und wütend mit dem Kopf nickte. Sie hatte von diesem Massaker bereits gehört, denn die Elfen hielten enge Verbindung untereinander, und wenn einem von ihnen etwas zustieß, wußten bald alle Bescheid. Wieder einmal war das zahlenmäßig so kleine Volk der Elfen verringert worden.

»Zyklopische Marodeure«, sagte Shuglin. »Eine Meute von mindestens hundert Einaugen.«

»So etwas ist schon lange nicht mehr vorgefallen«, fügte Bellick hinzu. »Es scheint, daß unser kleiner Krieg die Ungeheuer aus ihren tiefen Felslöchern hervorgelockt hat.«

Brind'Amour fand den Ärger des Zwergenkönigs verständlich. Offenbar stand die Zunahme der zyklopischen Gewaltakte an den nördlichen Ausläufern des Eisernen Kreuzes im Zusammenhang mit dem Waffenstillstand, der zwischen Eriador und Avon ausgehandelt worden war. Brind'Amour schaute der Halbelfe ins Gesicht und beobachtete ihre Reaktion. Dann richtete er den Blick auf Oliver und sah ihm an, daß auch er wie Siobhan überzeugt war: Es konnte kein Zufall sein, daß die Zyklopen so kurz nach dem Abkommen mit Avon dermaßen frech wurden.

Shuglin, der Zwerg mit dem rabenschwarzen Bart, nahm nun wieder Platz und nickte dem Zauberer aufmunternd zu. Aufmunterung konnte Brind'Amour jetzt wirklich gut gebrauchen.

»Die Einaugen haben mehrere Dörfer überfallen«, informierte Brind'Amour mit Blick auf Bellick.

»Sie glauben wohl, daß Grünspatz Eriador gegenüber gleichgültig geworden ist und daß das Land zur Plünderung freigegeben hat«, sagte Bellick, doch sein Tonfall verriet, daß er an diese Erklärung ebensowenig glauben konnte wie Brind'Amour. Beide Könige ahnten, was den zyklopischen Überfällen tatsächlich zugrunde lag, aber keiner sprach offen darüber, zumal sich die beiden noch nicht auf eine gemeinsame Absichtserklärung verständigt hatten.

»Mag sein«, antwortete Brind'Amour. »Aber wie auch immer, es ist wohl an der Zeit, daß sich Eure Zwerge und das Volk von Eriador miteinander verbünden. Ein solches Bündnis käme beiden Seiten zugute.«

Bellick nickte. »Ich weiß, was Ihr Euch davon erhofft«, entgegnete Bellick unumwunden. »Ihr braucht eine schlagkräftige Gebirgsarmee zum Schutz vor den Einaugen und zur Sicherung der Grenze, denn es könnte ja sein, daß Grünspatz wieder Ansprüche anmeldet. Aber was habt Ihr, werter König, meinem Volk anzubieten?«

Die unverblümte Art des Zwergs überraschte Brind'-Amour. Ohne lange Umschweife kam Bellick auf die entscheidende Frage zu sprechen. Das gefiel dem alten Zauberer. Lange um den heißen Brei herumzureden, wäre in der Tat verfehlt gewesen.

»Märkte«, antwortete Brind'Amour. »Ich biete Euch Märkte an. Ihr könnt in Caer MacDonald und Dun Caryth uneingeschränkt Handel treiben. Außerdem wird Eriador, um seine Unabhängigkeit verteidigen zu können, ein stehendes Heer zusammenstellen müssen und einen entsprechend hohen Bedarf an Waffen haben.«

»Und es gibt nun einmal keine besseren Waffenschmiede als Eure Zwerge«, fügte Siobhan hinzu.

Bellick stemmte die Ellbogen auf die Tischplatte und faltete die Finger vor dem bärtigen Gesicht. »Ihr wollt, daß DunDarrow Teil Eriadors wird«, sagte er und zeigte sich wenig beglückt über eine solche Aussicht.

»Wir haben über eine Allianz zwischen zwei unabhängigen Königreichen nachgedacht«, entgegnete Brind'-Amour, ohne zu zögern. »Aber um ehrlich zu sein, glaube ich ...«

»... daß es günstiger und vor allem billiger für Euch

wäre, wenn DunDarrow unter Eurer Herrschaft stünde«, fuhr Bellick dazwischen.

Brind'Amour lehnte sich wieder zurück und musterte sein Gegenüber mit bohrenden Blicken. Nach einer kurzen Pause hob er an zu antworten, doch erneut fiel ihm der Zwerg ins Wort.

»Nichts für ungut«, sagte der Zwergenkönig. »An Eurer Stelle würde ich genauso denken. Der König von Avon wird alles daransetzen, Eriador zurückzuerobern. Ich betone: Eriador. An DunDarrow ist ihm nicht gelegen, selbst dann nicht, wenn es ihm gelänge, uns überhaupt ausfindig zu machen.« Die beiden Zwergengeneräle grinsten bei diesen Worten übers ganze Gesicht.

Oliver wollte etwas sagen und zupfte Brind'Amour am Ärmel. Aber ehe der ihm das Wort erteilen konnte, fuhr Bellick in seiner Rede fort.

»Daß wir Euch geholfen haben und gegen Princetown marschiert sind, war nur recht und billig. Immerhin habt Ihr unsere versklavten Brüder und Schwestern aus der Stadt und den Bergwerken befreit. Wir kennen Euch als einen Freund der Zwerge, was kein geringer Titel ist. Im übrigen bin ich mit Euch einer Meinung: Auch DunDarrow könnte aus engen Beziehungen zu Eriador profitieren.«

»Aber es wird kein anderer über DunDarrow herrschen als der König von DunDarrow«, versicherte der General neben Shuglin.

Sein Amtskollege fügte hinzu: »Und dieser muß vom Clan der Bursos sein.«

Für Brind'Amour, Siobhan und Oliver war klar, daß diese Einwürfe Wort für Wort einstudiert waren. Bellick wollte Brind'Amour deutlich machen, welche Grenzen zu ziehen waren, auch für den Fall, daß er sich für ein Zusammengehen mit Eriador entschied.

Brind'Amour feilte noch im stillen an einer Antwort, da kam ihm der Halbling zuvor. Er hüpfte von seinem

Stuhl auf den Tisch und sagte: »Meine lieben Freunde vom Volk der Rauschebärte ...«

Shuglin verdrehte die Augen; Siobhan stöhnte.

Doch Oliver ließ sich davon nicht beirren. »Auch ich bin ein Bürger Eriadors, Untertan meines Königs Brind'Amour.« Er machte eine Pause, wie in Erwartung von Beifall. Doch der blieb aus. »Aber dies sei gesagt: Über Oliver deBurrows herrscht kein anderer als Oliver deBurrows.« Mit diesen Worten zog er sein Rapier und nahm eine kämpferische Haltung ein.

»Und was soll das heißen?« fragte Bellick ungerührt.

»Wir leben in einer Dichokratie«, erklärte der Halbling.

Die anderen tauschten verwunderte Blicke. Mit dem Begriff ›Dichokratie‹ wußte keiner was anzufangen.

»König Brind'Amour regiert das Land«, fuhr Oliver fort. »Aber er wird den Reitern von Eradoch nicht vorschreiben, was sie in Mennichen Dee zu tun oder zu lassen haben. Genausowenig wird er sich in die Angelegenheiten von Fürst Gahris einmischen, der auf der Insel Bedwydrin das Sagen hat.«

»Es sei denn, er wird dazu gezwungen«, warf Siobhan ein.

Unterbrochen zu werden, gefiel dem Halbling ganz und gar nicht. »Ich darf doch bitten, ja?« herrschte Oliver die Halbelfe an, die sichtlich Mühe hatte, ein Lächeln zu verbergen.

»Nun, gleiches gilt im Hinblick auf das Zwergenvolk«, fuhr Oliver fort, fühlte sich aber sogleich wieder gestört, denn Siobhan zwinkerte ihm zu, was er sich nicht erklären konnte.

»Wir hören«, sagte Brind'Amour.

»Wo war ich stehengeblieben?«

»Gleiches gilt im Hinblick auf das Zwergenvolk«, wiederholte Siobhan.

»Ach ja.« Das Gesicht des Halblings strahlte auf, mehr noch, als er sah, daß ihm die schöne Halbelfe zum wiederholten Mal zuzwinkerte. »Auch dies ist ein Beispiel dafür, was ich unter Dichokratie verstehe: DunDarrow wird eine Stadt Eriadors sein, doch der König von Eriador verzichtet darauf, sich in die inneren Angelegenheit der Stadt einzumischen.«

Sowohl Bellick als auch Brind'Amour zeigten sich von Olivers Ausführungen gefesselt, aber auch ein wenig verwirrt.

»Von einer solchen Staatsverfassung habe ich noch nie gehört«, sagte Brind'Amour.

»Ich auch nicht«, war von Bellick zu hören.

»Kein Wunder«, antwortete Oliver. »So etwas hat es bislang noch nicht gegeben, und genau das gefällt mir so sehr.«

Brind'Amour sah sich zu einer Erklärung genötigt. An Bellick gewandt, sagte er: »Ihr müßt wissen, für Oliver sind alle Formen von Regierung ein Greuel.«

»Aha.« Und an den Halbling gerichtet, fragte Bellick: »Was bin ich denn dann in einer solchen Dichokratie? Untertan Brind'Amours oder König über DunDarrow?«

»Beides«, antwortete Oliver. »Allerdings fiele es mir nicht im Traum ein, einen Nachfahren von Burso Eisenhammer ›Untertan‹ zu nennen. O nein. Jedoch, als Verbündeter Eriadors bevollmächtigt ihr Brind'Amour, in Fragen zu entscheiden, die unser Verhältnis zum Ausland betreffen.«

»Das klingt aber wieder sehr nach Untertan«, kritisierte einer der Zwergengeneräle.

»Man kann es auch anders sehen«, entgegnete der Halbling. »Wünscht es König Bellick, mit Gesandten aus Gascony über Fischereirechte zu verhandeln? Wohl kaum. Ich bin sicher, er zieht dem diplomatischen Parkett seine Eisenschmiede vor.«

»Allerdings«, pflichtete ihm der rotbärtige König bei.

»Insofern wäre Brind'Amour ein Diener Seiner Zwergenhoheit, denn er nimmt ihm die unangenehmen Arbeiten ab und ermöglicht somit, daß er den lieben langen Tag seinen Hammer schwingen kann.«

»Wenn es um Dinge geht, die DunDarrow unmittelbar oder auch nur mittelbar betreffen, werde ich mich mit Euch natürlich zusammensetzen und erst nach gründlichen Beratungen entscheiden«, erklärte Brind'Amour.

Die Zwerge baten nun um eine Unterbrechung, zogen sich in eine Ecke des Raums zurück und tuschelten miteinander. Schon wenig später kehrten sie an den Verhandlungstisch zurück.

»Es müßten noch einige Einzelheiten geklärt werden«, sagte Bellick. »Punkt eins: Die Souveränität DunDarrows ist unantastbar.«

Brind'Amour ließ die Schultern hängen.

»Allerdings«, fügte der Zwergenkönig hinzu, »sähe ich allzugern das dumme Gesicht von Grünspatz, wenn er erfährt, daß sich DunDarrow und Eriador zusammengeschlossen haben.«

»Hoch lebe die Dichokratie!« rief der Halbling.

Beide Seiten waren sich schnell einig, schneller, als Brind'Amour es zu hoffen gewagt hatte. Die Zwerge nahmen bald Abschied, und als sie gegangen waren, pries Oliver in aller Ausführlichkeit seinen Geistesblitz, der den glücklichen Ausgang der Verhandlung in die Wege geleitet hatte.

Als er schließlich auch den anderen Gelegenheit zum Sprechen gab, sagte der alte Zauberer: »Mir ist aufgefallen, daß du in deiner kleinen Rede mein Gegenüber als *König* und *Hoheit* angeredet hast, mich aber bloß bei meinem einfachen Namen.«

Oliver lachte auf, sah aber dann, daß es der Alte ernst meinte, und er stand für ihn ganz oben auf der Liste jener Personen, die er sich auf keinen Fall zum Feind machen wollte.

»Das war keine Rede, sondern eine Vorstellung«, erwiderte Oliver. »Ja, eine Vorstellung für unsere Zwergenfreunde. Mein kleiner Irrtum dürfte nicht nur Eurer Hoheit, sondern auch Bellick aufgefallen sein ...«

»König Bellick«, korrigierte Brind'Amour. »Und überhaupt, ist es nicht wiederum eine Respektlosigkeit, von einem *kleinen* Irrtum zu sprechen?«

»Ja, aber ich kannte Euch doch schon lange vor Eurer Krönung zum König«, versuchte sich Oliver zu entschuldigen.

Brind'Amour hätte sicher noch bis zum Abend zornig sein können, sosehr gefiel es ihm, den Halbling in Verlegenheit zu sehen. Doch er ließ sich schon bald von Siobhans Gekicher anstecken, und als Oliver merkte, daß man ein Spiel mit ihm trieb, lachte er darüber am allerlautesten. Er hatte ja auch Grund zur Freude. Der Verhandlungserfolg war schließlich seinem Einfall von der ›Dichokratie‹ zu verdanken.

Menster, am südwestlichen Rand von Glen Albyn gelegen, war eine typische eriadoranische Ortschaft, nicht mehr als eine kleine Ansammlung von Häusern, umgeben von einem Wehrwall, der aus aufeinandergestapelten Baumstämmen bestand. Die Bewohner betrieben ein wenig Ackerbau, lebten aber vor allem von der Jagd und befischten den Fluß, der vom Eisernen Kreuz herabsprudelte. Beziehungen zu anderen Gemeinden gab es kaum. Es hatten sich aber zwei junge Männer des Dorfes dem Rebellenheer angeschlossen, als es auf dem Weg nach Princetown durch Glen Albyn gezogen war.

Als diese beiden nach siegreicher Schlacht zurückkehrten, war natürlich auch in Menster die Freude groß. In den Jahren zuvor waren Grünspatzens Steuereintreiber allzu dreist geworden, und wie alle freigesinnten Eriadoraner hatten auch sie sich nie damit abfinden können, daß ein fremder König über sie herrschte.

Mit der neuen Regierung würde alles besser werden, so glaubten sie jedenfalls. Am liebsten wäre es ihnen gewesen, wenn sie gänzlich unbehelligt und unbesteuert geblieben wären, wenn man sie von außen überhaupt nicht zur Kenntnis genommen hätte.

Doch es streunten zyklopische Horden umher, und

obwohl sich die Bewohner von Menster durchaus zu wehren wußten, waren sie doch machtlos gegen die Ereignisse in jener Mittsommernacht.

Tonky Macomere und Meegin Comber, die beiden Veteranen, die an dem Feldzug gegen Princetown teilgenommen hatten, patrouillierten wie gewohnt am Wall und wachten über das geliebte Dorf. Meegin entdeckte den Zyklopen zuerst, der da knapp fünfzig Schritt vom Wall entfernt durchs Gebüsch huschte.

»Anmutig wie ein besoffener Bär«, flüsterte er dem Freund zu, nachdem er ihn auf das Einauge aufmerksam gemacht hatte.

Besonders alarmiert war jedoch keiner der beiden, denn es war nicht selten, daß einzelne Zyklopen in der Umgebung aufkreuzten und sich über die Abfälle der Dorfbewohner hermachten. Manchmal stellten sie auch ihre Wehrbereitschaft auf die Probe. Rings um den Wall war das ebene Gelände auf einer Breite von hundert Schritt freigerodet. Weil die Mensteraner mit Bogen und Armbrust vortrefflich umzugehen verstanden (im Gegensatz zu den Einaugen, die wegen ihres eingeschränkten Sehvermögens miserable Schützen waren), brauchten sie einen Angriff nicht zu fürchten, zumal die Zyklopen, gemeinschaftsunfähig, wie sie waren, nur in lockeren kleinen Haufen umherzogen.

»Holla, da ist ja noch einer«, bemerkte Tonky und deutete nach rechts.

»Und noch einer, gleich dahinter«, sagte Comber. »Vielleicht wär's angebracht, unsere Leute zu wecken.«

»Die meisten sind sicherlich noch wach«, meinte Tonky. Beide drehten sich um und blickten hinüber auf das Gebäude in der Ortsmitte: das Gemeinde- und Wirtshaus. In den Fenstern brannte Licht, und es drang weinseliger Lärm nach draußen.

»Hoffen wir, daß sie nicht allzuviel getrunken haben und den Bogen noch halten können«, grinste Comber. Grund zur Sorge sah er immer noch nicht.

Comber machte sich auf den Weg. Zur Vorsicht wollte er einmal die Runde des Walls ablaufen und dann im Wirtshaus Bescheid sagen. Der Ernstfall wurde regelmäßig geprobt, und es war in kürzester Zeit möglich, alle dreißig Bogenschützen zu mobilisieren (abzüglich derer, die allzu betrunken oder aus anderen Gründen verhindert waren). Comber hatte erst die halbe Runde zurückgelegt, als er jählings stehenblieb und über den Wall starrte.

»Was ist los?« rief Tonky von der gegenüberliegenden Seite.

Da fing Comber aus vollem Hals zu schreien an.

Im Wirtshaus wurde es schlagartig still. Dann drängten Männer und Frauen, mit Langbögen bewaffnet, zur Tür hinaus und eilten zum Wall.

Comber schoß, was der Bogen hergab; so auch Tonky. Und nicht ein Pfeil verfehlte, denn es war schlechterdings unmöglich, angesichts der Masse der räuberischen Zyklopen danebenzuschießen, die von allen Seiten herbeistürmten.

Inzwischen waren fast alle Mensteraner auf den Beinen, um den Wall zu sichern. Die Zyklopen fielen zu Dutzenden, was aber kaum einen Unterschied machte, denn die Horde zählte an die tausend.

Der Wall erbebte unter dem Ansturm; er war den Ungeheuern kein Hindernis.

Die Leute aus dem Dorf blieben beherrscht, leerten ihre Köcher und verlangten nach weiteren Pfeilen, wurden dann aber einfach über den Haufen gerannt und sahen sich gezwungen, zum Schwert zu greifen. Im Nahkampf allerdings waren sie den Einaugen heillos unterlegen.

Menster war längste Zeit ein unauffälliger und unbeachteter Flecken gewesen. Das Blutbad an der Einwohnerschaft wurde schnell in ganz Eriador bekannt, und niemand, am wenigsten natürlich König Brind'Amour, konnte oder wollte darüber hinwehsehen.

3. KAPITEL

# Bittersüß

Die ersten Sonnenstrahlen weckten Katerin O'Hale. Von ihrem Schlafplatz aufblickend, sah sie die ausgebrannte Feuerstelle, die beiden Pferde, die unter der breiten Ulme festgebunden waren, auf die andere Lagerstelle, die schon geräumt war. Anscheinend hatte ihr Reisegefährte nur wenig Schlaf gehabt.

Katerin schälte sich aus der Decke, stand auf und reckte ihre Glieder, die ihr vom langen Liegen auf hartem Untergrund allesamt weh taten. Schenkel und Hinterteil hatte sie sich bereits wundgeritten. Seit fünf Tagen war sie mit Luthien unterwegs, durch ganz Eriador und auf die Nordwestspitze zu. Als sie sich nun von der aufgehenden Sonne abwandte, sah sie aus dem Dunst über der Meeresenge, die die Avon- mit der Dorsalsee verband, gespenstisch grau die Hügel der Insel Bedwydrin auftauchen.

Heimat. Auf dieser Insel waren sie und Luthien geboren und aufgewachsen – Luthien in Dun Varna, dem größten Ort und Grafensitz, Katerin in Hale, einem entlegenen Dorf an der rauhen Westküste. Noch ein Backfisch, war sie nach Dun Varna gezogen, um sich als Kämpferin in der Arena ausbilden zu lassen. Dort hatte sie Luthien kennengelernt.

Sie hatte sich verliebt in den Sohn des Grafen Gahris Bedwyr und war ihm gefolgt, kreuz und quer durch Eriador und jüngst an der Spitze eines Heeres bis nach Avon.

Der Krieg war nun vorbei, einstweilen jedenfalls, und die beiden kehrten nach Hause zurück. Nicht etwa, um Urlaub zu machen, sondern um Gahris zu sehen, der allen Berichten nach im Sterben lag.

Angesichts der Insel und eingedenk des Zweckes ihrer Reise verstand Katerin, warum Luthien nicht zur Ruhe gekommen war. Wahrscheinlich hatte er schon seit einigen Tagen nicht mehr richtig schlafen können. Katerin sah sich nach ihm um und bestieg die kleine Anhöhe über dem Lager, ging leise und tief geduckt, als sie sich der Kuppe näherte.

Da stand er, mit nacktem Oberkörper und den *Blender* in der Hand, das Familienschwert der Bedwyr. Welch prächtige Waffe. Die Klinge glänzte in der Morgensonne; vergoldet und mit Edelsteinen besetzt war das Heft, die Querstange den ausgebreiteten Flügeln eines Drachen nachempfunden.

Katerin aber hatte nur Augen für ihn. Er war über sechs Fuß groß, breit in den Schultern, braungebrannt und muskelbepackt. Seit den Tagen in der Arena von Dun Varna hatte er an Kraft noch zugelegt und sich zum richtigen Mann entwickelt, wie Katerin fand. Diesen Wandel drückten auch seine Augen aus, deren zimtene Farbe das Stammesmerkmal der Bedwyr war. Aus ihnen blitzte zwar nach wie vor jugendlicher Übermut, doch der vermischte sich nun mit Erfahrung und Besonnenheit.

Luthien machte seine Übungen. Der *Blender* sauste hin und her, teils mit einer Hand, teils beidhändig geführt. Schnell und sicher setzte Luthien seine Schritte, wirbelte im Kreis herum, kniete nieder, sprang auf, und obwohl er sich ihr häufig zuwandte, brauchte Katerin nicht zu befürchten, daß er sie entdeckte. So sehr war er trotz aller Müdigkeit auf seine gewohnheitsmäßigen Übungen konzentriert. Mit beiden Händen hob nun Luthien den *Blender* hoch über den Kopf, bis Klinge, Arme und Oberkörper eine Linie bildeten. Dann ließ er das

Schwert langsam, ganz langsam seitlich sinken, löste die rechte Hand vom Heft, strich mit ihr über Unterarm, Ellbogen und Muskeln des linken Arms, der schließlich ausgestreckt auf Schulterhöhe die schwere Waffe in der Schwebe hielt. Der rechte Arme war über den Kopf gebeugt und berührte mit den Fingerspitzen die linke Schulter.

Sekundenlang verharrte er in dieser Pose, ohne daß der starke Arm zitterte. Katerin schaute voller Bewunderung zu und sah, wie ihm das Sonnenlicht einen rötlichen Schimmer aufs blonde Haar legte, das in Wellen bis auf die Schultern herabfiel.

Unwillkürlich griff sie sich ans eigene Haar, an die rote Mähne, strich die Strähnen aus dem Gesicht. Oh, wie sie diesen Luthien Bedwyr liebte! Er ging ihr nie aus dem Sinn, begleitete sie auch in ihren Träumen. Kurz nach jenem schrecklichen Tag in der Arena, da sein bester Freund getötet worden war, hatte er ihr den Rücken zugekehrt, den Freund gerächt und die Heimatinsel verlassen. Auf dem Weg, den er eingeschlagen hatte, war ihm Oliver deBurrows begegnet, der Wegelagerling. Beide verschlug es dann in die Höhle des Zauberers Brind'Amour, der Luthien den blutroten Umhang gegeben und damit die Legende vom Blutroten Schatten hatte wiederaufleben lassen.

Auf seinem Weg war Luthien auch der wunderschönen Halbelfe Siobhan begegnet, die seine Geliebte wurde.

Darüber grollte Katerin nach wie vor, obwohl sie und Siobhan Freundinnen geworden waren und obwohl ihr die Halbelfe anvertraut hatte, daß Luthien nur sie – Katerin – liebe. Siobhan war für ihre Liebe keine Gefahr mehr, aber die stolze Frau aus Hale hatte das Geplänkel der beiden immer noch nicht verschmerzt.

Sie würde jedoch bald darüber hinweggekommen sein; das hatte sie sich vorgenommen, und was sich Katerin vornahm, wurde erfolgreich umgesetzt. Siobhan war eine Freundin, Luthien war wieder Katerins Geliebter.

Und daß dies auf Dauer so bleiben sollte, hatte er versprochen. Katerin vertraute seinem Wort. Sie wußte, daß ihre Liebe auf Gegenseitigkeit beruhte. Und aus Liebe war sie nun besorgt um ihn, denn der kräftige Eindruck, den er im Vollzug seiner Übungen machte, konnte sie nicht darüber hinwegtäuschen, daß er unter Erschöpfung litt. Noch an diesem Tag wollten sie den Diamantensund überqueren und auf der Insel Bedwydrin landen. Drei, spätestens vier Tage später würden sie dann Dun Varna erreichen.

Luthien wollte Gahris wiedersehen, den einst so geliebten Vater, den Mann, der ihn zutiefst enttäuscht hatte. Als der Freund getötet worden war, hatte Luthien die Wahrheit über König Grünspatz und die durch seine Herrschaft geprägte Welt erfahren. Besonders schlimm war es gewesen, als er erkennen mußte, daß dem eigenen Vater der Mut und die Entschlossenheit fehlten, gegen das Unrecht aufzubegehren. Aus Angst vor Grünspatz hatte Gahris Luthiens älteren Bruder aus dem Hause verwiesen. Dies hatte Luthien seinem Vater nicht verzeihen können, auch dann nicht, als ihm durch Katerin das Familienschwert nach Caer MacDonald gebracht worden war, zusammen mit der Nachricht, daß sich Gahris endlich gegen den König erhoben hatte.

»Wenn wir mit der ersten Fähre übersetzen wollen, müssen wir uns sputen«, mahnte Katerin und rief Luthien aus seiner fast trancehaften Konzentration zurück. Er nickte ihr zu, entspannte sich und ließ das Schwert sinken.

Seit die Nachricht von Gahris' schwerer Erkrankung in Caer MacDonald eingetroffen war, trieb Katerin Luthien zur Eile an. Sie wußte, wie wichtig es für Luthien war, daß er sich mit seinem Vater aussöhnte.

Schnell hatten sie das Lager geräumt und die Pferde gesattelt. Die Fähre zu verpassen, hätte bedeutet, daß sich ihre Reise um etliche Stunden verzögerte. Und dazu wollten sie es nicht kommen lassen.

Der Diamantensund zeigte sich ganz anders als in Luthiens Erinnerung. Der Name dieser Meerenge ging zurück auf eine schwarze Felseninsel, die wie ein Diamant geschnitten war, knapp hundert Faden vor der Küste und auf halber Strecke zur Insel lag. Hier verkehrten die Fähren zwischen Bedwydrin und dem Festland: zwei Barken, von Zwergen gebaut, die an der Führung fest verspannter Taue durchs ewig rauhe Wasser gezogen wurden, angetrieben von einer Winde, die ein einziger Fährmann bedienen konnte – so zweckmäßig waren die flachen, offenen Boote konstruiert. Eines dieser Boote war immer im Einsatz, es sei denn, daß durch allzu schweren Seegang oder das Aufkreuzen von Dorsal-Walen eine Überfahrt allzu waghalsig würde. Das zweite Boot lag bereit für den Fall, daß das andere repariert werden mußte.

Im großen und ganzen war alles wie sonst auch: die Fährboote, das steinige Ufergelände sowie die alten und modernen Werftanlagen. Selbst das Wetter zeigte sich von der gewohnten Seite. Es war grau und trist, das Wasser dunkel und unheimlich. Auf der rauhen Oberfläche tanzten weiße Schaumkäppchen. Was aber einen auffälligen Unterschied zu früher machte, waren die vielen großen Kriegsschiffe. Fast die Hälfte der Invasionsflotte aus Avon, die in Port Charley gelandet und von den Rebellen aufgebracht worden war, lag hier vor Anker. Und um die dreitausend zyklopischen Kriegsgefangenen unterzubringen, waren auf der Felseninsel zahlreiche große Gebäude errichtet worden. Einige standen mittlerweile leer, denn es war dort eine Revolte ausgebrochen, in deren Verlauf viele Zyklopen ums Leben gekommen waren. Graf Gahris hatte daraufhin befohlen, die restlichen Gefangenen auf mehrere kleinere Lager zu verteilen.

Für den Fall, daß weitere Kriegsgefangene gemacht

wurden, die unterzubringen waren, hielt man die Gebäude auf der Insel vorsorglich instand.

Luthien und Katerin kamen gerade rechtzeitig und wechselten von der Anlegestelle auf die Fähre, ohne aus dem Sattel zu steigen. Katerin ritt einen grauen Hengst aus Speythenfergus, Luthien saß auf Flußtänzer, einem prächtigen Schimmel, der der edlen Morgan-Rasse aus dem Hochland angehörte, erkennbar am dichten Fell und an der stämmigen Statur. In Eriador gab es nur wenige Pferde, die sich mit Flußtänzer messen konnten, und er erregte, wo immer er aufkreuzte, viel Aufsehen.

Noch bevor die Fähre ablegte, hörte Luthien die anderen Fahrgäste über ihn tuscheln. Er war als Gahris' Sohn und Blutroter Schatten erkannt.

»Du hättest den Umhang nicht anziehen sollen«, meinte Katerin.

Luthien hob die Schultern. Sein mittlerweile legendärer Ruf war ihm vorausgeeilt, und man brachte ihm allenthalben Achtung, ja, Bewunderung entgegen, mehr, als ihm recht sein konnte.

Das Raunen der anderen hörte während der langsamen Fahrt durch den Kanal nicht auf. Als sie die Insel passierten, liefen Zyklopen herbei. Auch sie schienen zu erkennen, wer da auf der Fähre vorbeifuhr, drohten mit den Fäusten und bedachten ihn mit derben Flüchen. Luthien achtete nicht auf sie. Im Grunde fand er den Zorn, den sie gegen ihn richteten, schmeichelhafter als alles Schulterklopfen.

Mit großen Hallo wurde er an der Anlegestelle auf Bedwydrin empfangen. Die Werftarbeiter waren zusammengelaufen und applaudierten, als er von der Fähre herunterritt. Offenbar erinnerten sich hier noch alle an Luthiens erste Überfahrt, als er sich einem Hinterhalt von Zyklopen und obendrein noch einem riesigen Dorsal-Wal hatte zur Wehr setzen müssen. Und wer dies nicht mit eigenen Augen erlebt hatte, war gewiß durch die zahlreichen kursierenden, nicht selten wohl auch maßlos übertriebenen Geschichten davon in Kenntnis gesetzt worden. Mit Katerin machte er sich so schnell wie möglich aus dem Staub, und bald ritten sie allein und unbehelligt über den weichen, federnden Boden ihrer Heimatinsel. Aber Luthien blieb in gedrückter Stimmung.

»Wird denn alles, was ich tue, der Öffentlichkeit preisgegeben?« fragte er wenig später.

»Ich hoffe, nicht alles«, antwortete Katerin schmunzelnd und zwinkerte ihm zu, als er sie anblickte. Und als er dann wie ein Schuljunge rot wurde, mußte sie derart lachen, daß ihr die Augen tränten.

Die folgenden drei Tage ihrer Reise verliefen rasch und ereignislos. Beide kannten sich gut aus in der Gegend. Sie mieden die Ortschaften und zogen es vor, allein zu bleiben und den jeweils eigenen Gedanken nachzuhängen. Die von Luthien waren heftig bewegt und voll unterschiedlicher Gefühle.

Als endlich Dun Varna, die weiße Stadt, in Sicht kam, sagte er zu Katerin: »Ich bin viel herumgekommen, aber jetzt, da ich meine Heimat wiedersehe, rückt alles andere in weite Ferne.«

»Mir ist, als wäre ich nie fortgewesen«, bestätigte sie. Für beide war der Ausflug nach Bedwydrin wie eine Reise zurück in unbeschwerte Zeiten.

Dabei standen die Dinge gegenwärtig alles andere als schlecht. Eriador hatte sich von Grünspatz befreit. Nicht länger zu fürchten war das brutale Pack der Zyklopen. Allerdings hatte die entlegene Insel Bedwydrin nie groß zu leiden gehabt unter der avonschen Fremdherrschaft; davon war das alltägliche Leben weitgehend unbeeinflußt geblieben – jedenfalls bis zu jenem Tag, da Vicomte Aubrey und Baron Wilmon nach Dun Varna gekommen waren und dem jungen Bedwyr die Wahrheit über das verbrecherische Regime Grünspatzens vor Augen geführt hatten.

Unwissenheit hat etwas Friedliches, dachte Luthien bei sich, den Blick unverwandt auf die strahlend weißen Mauern der Vaterstadt gerichtet. Seit seinem Aufbruch aus dieser Stadt waren anderthalb Jahre vergangen, anderthalb Jahre erst, und doch hatte sich für ihn in dieser recht kurzen Spanne das ganze Leben von Grund auf verändert. Er erinnerte sich an seinen letzten Sommer in Dun Varna. Täglich hatte er sich in der Arena geübt und war oft zum Fischen an eine der vielen stadtnahen Buchten oder einfach nur querfeldein geritten. Mit Katerin hatte er sich aus der Liebe einen Reim zu machen versucht, viel gelernt und viel gelacht.

Auch in der Hinsicht hatte sich einiges verändert, wie ihm mit Blick auf die wunderschöne Frau bewußt wurde. Seine Liebe zu ihr war tiefer geworden, und zwar dadurch, daß er sich dafür entschieden hatte, ein Leben lang zu ihr zu stehen.

Trotz alledem – die damalige Zeit war ungleich prickelnd und aufregend gewesen dank der ersten scheuen Annäherungsversuche, des ersten Kusses, der ersten gemeinsam verbrachten Nacht. Über die hatten sie Gahris, Luthiens Vater und Katerins Vormund Rechenschaft abgelegt, der wissen wollte, wo sie gewesen waren, und zwar in Form einer frei erfundenen Geschichte, die sie noch Tage später zum Lachen brachte.

Es waren glückliche Zeiten gewesen.

Aber dann war Aubrey gekommen und mit ihm Avonese, jene parfümierte Hure, die den Tod von Garth Rogar verlangt hatte, Luthiens teuren Freund. Diese beiden verkommenen Höflinge hatten Luthien die Schmach der Unterdrückung zu spüren gegeben und ihn zu seiner ersten Mordtat an einem zyklopischen Gardisten genötigt, weswegen er dann hatte fliehen müssen.

»Ob Avonese immer noch in Ketten liegt?« fragte Luthien, obwohl er diese Frage eigentlich für sich behalten wollte.

»Wenn denn zutrifft, was ich an Bord der Fähre gehört habe, ließ Graf Gahris sie in den Süden bringen.«

Luthien riß die Augen auf. Hatte sein Vater dieses widerliche Weibsbild laufenlassen? Und wieder packte ihn maßlose Wut, so wie damals, als er hatte erfahren müssen, daß Gahris Ethan, den eigenen Sohn und Bruder Luthiens, in den Krieg geschickt hatte aus feiger Furcht vor Repressalien.

»In Ketten?« fragte Luthien und hoffte, daß dem so war.

»In einer Kiste«, antwortete Katerin. »Es schient, daß der feinen Lady der Aufenthalt im Burgverlies von Dun Varna schlecht bekommen ist.«

»Aber da gibt's gar kein Verlies oder dergleichen«, entgegnete Luthien.

»Doch, dein Vater hat eigens für sie eins bauen lassen.«

Luthien gab sich mit der Antwort zufrieden. Dennoch ritt er mit gemischten Gefühlen durchs Stadttor und über die mit rotem Kalkstein gepflasterten Straßen, bis hin zum prächtigen Portal des Hauses Bedwyr.

Im Eingang wurden die beiden von Männern und Frauen begrüßt, altbekannten Gesichtern, die sich freudig zeigten, den jungen Bedwyr wiederzusehen, und gleichzeitig betrübt waren über den Anlaß seiner Rückkehr.

Luthien mußte erfahren, daß sich der Zustand seines Vater verschlimmert hatte, und als er in dessen Zimmer kam, sah er den Vater, tief zwischen Kissen versunken, zu Bett liegen.

Die zimtbraunen Augen des Alten hatten ihren Glanz verloren, was dem Sohn auf Anhieb auffiel. Das silbergraue Haar war gelb geworden, gelb war auch die Farbe im faltigen Gesicht. Bis auf die Knochen abgemagert zeigten sich die einstmals so kräftigen Arme. Die eingefallene Brust machte die ohnehin breiten Schultern noch breiter, aber um so gebrechlicher. Gahris war ein hochgewachsener Mann, drei Zoll größer als Luthien und ebensogroß wie Ethan, der ältere Bruder.

»Mein Sohn«, flüsterte Gahris, und seine Augen strahlten merklich auf.

»Warum liegst du im Bett, nachdem doch soviel zu tun ist?« fragte Luthien. »Es gilt, ein neues Königreich aufzubauen.«

»Ich weiß, daß mein Sohn maßgeblich daran beteiligt ist«, antwortete Gahris mit matter Stimme. »Darum kann ich mich getrost zurücklehnen und zuversichtlich hoffen, daß Eriador eine glückliche Zukunft beschieden ist.« Er hob den Arm und nahm Luthiens Hand, drückte – für Luthien überraschend – kräftig zu.

»Ich habe Katerin mitgebracht«, sagte Luthien, warf einen Blick über die Schulter und winkte die Freundin herbei.

Als der Alte sie ans Bett treten sah, huschte ihm ein Lächeln über das Gesicht. »Ich hatte so gehofft, daß mir noch die Zeit bliebe, meine Enkelkinder kennenzulernen«, sagte Gahris, was seinen Sohn anscheinend mehr in Verlegenheit brachte als Katerin. »Sei's drum, ihr werdet ihnen von mir berichten, nicht wahr?«

Ehe Luthien die Todesahnung des Vaters ableugnen konnte, versprach Katerin: »Ja, ich werde ihnen vom Grafen erzählen, der von seinem Volk geliebt wurde und Bedwydrin von den verhaßten Zyklopen befreite.«

Luthiens Blicke wanderten zwischen den beiden hin und her, und er erkannte, daß jeder Einspruch vergebens war geschweige denn zum Trost gereichte. Er mußte sich der unabänderlichen Wahrheit stellen: Sein Vater lag im Sterben.

»Wirst du ihn Gahris den Feigen nennen?« fragte der Alte, wobei er sich ein Lächeln abrang. »Ja, verschweig meinen Enkeln nicht, daß ich mich dem Willen Grünspatzens unterworfen habe«, zürnte er. »Und Ethan … ach, mein lieber Ethan. Habt ihr von ihm gehört?«

Gahris blickte Luthien ins Gesicht und las seiner Miene die Antwort ab. Er hatte den Bruder nie mehr gesehen.

»Falls du ihm jemals wieder begegnen solltest …«, hauchte Gahris. »Wirst du ihm sagen, daß ich mich am Ende doch noch ermannt und eingesetzt habe für die Freiheit Eriadors?«

Katerin schaute den Geliebten an, sah das Dilemma, in dem er sich befand, und erkannte, daß die von ihm geforderte Antwort womöglich über seine Zukunft entscheiden würde. Hier bot sich ihm die Gelegenheit, dem Vater zu verzeihen, und daß er Nachsicht übte, war für Luthien selbst wichtiger als für den Vater.

Ohne ein Wort zu sagen, zog Luthien den *Blender* aus der Scheide und legte ihn aufs Bett, über die zugedeckten Beine des Sterbenden.

»Mein Sohn …« Gahris standen Tränen in den Augen.

»Es ist das Schwert der Familie Bedwyr«, sagte Luthien. »Das Schwert des rechtmäßigen Grafen, Gahris Bedwyr. Das Schwert meines Vaters.«

Katerin wandte sich ab und wischte sich die Augen. Luthien hatte gerade eben die wohl größte Prüfung bestanden.

»Wirst du, wenn ich gegangen bin, meinen Platz einnehmen?« fragte Gahris hoffnungsvoll.

Sosehr er den Vater zu trösten wünschte, er mußte seine Bitte ausschlagen. »Ich kehre nach Caer MacDonald zurück«, antwortete Luthien. »Denn mein Platz ist nunmehr an der Seite des Königs Brind'Amour.«

Gahris wirkte enttäuscht, doch dann zeigte er Verständnis und sagte mit erstaunlich kräftiger Stimme: »Nimm das Schwert.«

»Es gehört dir«, protestierte Luthien.

»Ich vermache es dir«, erwiderte Gahris. »An dich, an meinen Erben. Und aus Dank, daß du mir verziehen hast. Noch ist die Gefahr, die von Grünspatz ausgeht, nicht behoben, darum ist das Schwert in deiner Hand zweckvoller als in meiner. Gebrauche es gut und im Sinne der Familie Bedwyr. Für Eriador.«

Feierlich nahm Luthien die Waffe wieder an sich und steckte sie zurück in die Scheide. Das Gespräch mit dem Sohn hatte Gahris viel Kraft gekostet. Luthien bat, sich auszuruhen, und verabschiedete sich mit dem Versprechen, zurückzukehren, sobald er sich den Staub der Straße abgewaschen und gegessen habe.

Er hielt sein Versprechen, verbrachte die ganze Nacht am Bett des Vaters und sprach mit ihm über alte Zeiten, ausschließlich über die guten.

Gahris Bedwyr, Graf von Bedwydrin, starb friedlich, kurz vor Sonnenaufgang. Schon in der folgenden Nacht wurde der Tote in einem kleinen Boot auf der Dorsalsee beigesetzt. Noch war kein Nachfolger bestimmt. Luthien ernannte einen treuen Freund der Familie zum Verwalter, denn er selbst mußte, wie er es auch dem Vater erklärt hatte, nach Caer MacDonald zurück, an die Seite seines Freundes und Königs Brind'Amour. Dort warteten andere wichtige Aufgaben auf ihn.

Tags darauf verließen Luthien und Katerin Dun Varna. Ihnen war bewußt, daß sie womöglich von dieser Stadt für immer Abschied nahmen.

Luthien war nun wie ausgetauscht. Er schlief gut, war aufmerksam und nicht mehr so versonnen wie auf dem Hinweg. Daß er trauerte, war ihm nicht anzumerken, was Katerin Sorgen bereitete, denn sie konnte seine Gefaßtheit nicht verstehen. Als ihr Vater auf stürmischem Meer ertrunken war, hatte sie vierzehn Tage lang geweint. Ganz anders Luthien: Er hatte ein paar Tränen vergossen, dem Toten die Hand auf die Brust gelegt und dann das Boot, in dem der Vater aufgebahrt war, ins Wasser gestoßen, gerade so, als habe er ihn damit aus dem Sinn verdrängt.

Aber allmählich kam Katerin seinem Verhalten auf den Grund, und es stimmte sie froh, als sie erkannte, daß Luthien nicht mehr trauerte, weil er um Gahris schon getrauert hatte. Damals war dieser für ihn gestorben, als er die Wahrheit über seinen Bruder und die Feigheit des Vaters hatte erfahren müssen. Als Katerin dann nach Caer MacDonald gekommen war, das Schwert zusammen mit der Nachricht gebracht hatte, daß sich Bedwydrin im Aufstand gegen Grünspatz befand, da war der Vater für Luthien wieder lebendig geworden. Luthiens Trauer war überwunden zu dem Zeitpunkt, da er vor dem Totenbett des Vaters auf die Knie gegangen war. Gahris hatte seinen Frieden mit sich und seinem Sohn gemacht.

4. KAPITEL

# Gybi

Von der steinernen Warte des Klosters blickte Statthalter Byllewyn hinaus auf die Bucht von Colthwyn. Gespenstisch glitten die Boote durch die Nebel auf dem Wasser, fast die gesamte Fischereiflotte. Hatten sie vorhin noch eine geschlossene Formation gebildet, segelten sie jetzt kreuz und quer umher. Der Anblick, der sich ihm bot, bedrückte den alten Statthalter sehr. Die Männer und Frauen da draußen in den Booten legten ihr ganzes Vertrauen in seine Führung und waren auf sein Geheiß hinausgefahren. Indem sie den wilden Huegoten entgegensteuerten, hofften sie ihr Dorf vor ihnen schützen zu können.

Dem alten Byllewyn blieb nun nichts weiter zu tun, als nur dazustehen und zu warten.

Die Steuermänner versuchten, möglichst dicht an die feindlichen Schiffe heranzukommen, damit die Schützen an Bord gezielte Schüsse abgeben konnten. Gleichzeitig mußten sie sich davor hüten, den unter Wasser liegenden Rammböcken der Huegotenschiffe allzu nahe zu kommen. Es passierte aber ein ums andere Mal, daß eines der Fischerboote nicht schnell genug wenden konnte oder im Wind hin und her schwankte; dann barsten die Planken, und das krachende Splittern übertönte die Schreie der Fischer an Bord.

»Es heißt, die Huegoten sind mit fünfundzwanzig Galeeren in die Bucht eingefahren«, sagte Bruder Jamesis, der an Byllewyns Seite stand. Aber der Alte antwortete nicht, und so fügte Jamesis hinzu: »Die Zahl ist nur geschätzt.«

Byllewyn aber starrte ungerührt vor sich hin. Nur das dichte graue Haar war vom Wind bewegt. Das erste und einzige Mal hatte er die Huegoten gesehen als er ein kleiner Junge war, aber er erinnerte sich noch sehr gut an die wilden, mitleidlosen Piraten. An Bord eines jeden dieser siebzig Fuß langen Schiffe, die von vierzig Rudersklaven angetrieben wurden, befanden sich rund fünfzig gerüstete Huegoten. Insgesamt also waren über zwölfhundert Feinde herbeigezogen. Mit ihren einfachen Booten konnten die Fischer von Colthwyn nichts gegen deren große, tödliche Schiffe ausrichten, und die Männer am Ufer konnten nur hoffen, daß ihre wackeren Brüder und Schwestern den Huegoten so sehr mit ihren Bögen zusetzten, daß diese von einer Landung absahen und kehrtmachten.

»In den Wanten eines der Schiffe hängt die Fahne der *Skipper*, verkehrt herum«, bemerkte Jamesis, und Byllewyn zuckte zusammen. Mit Aran Toomes und den Männer seiner Besatzung war er seit vielen, vielen Jahren eng befreundet.

Byllewyn schaute über den abschüssigen Pfad nach Süden auf das Dorf Gybi. Von den Bewohnern hatten sich schon viele auf den eine Meile langen Weg gemacht, entlang der roten Sandsteinklippen hinauf zum befestigten Kloster. Diejenigen, die zu kämpfen in der Lage waren, standen an der Anlegestelle in Bereitschaft. Natürlich waren die kleinen Boote nicht in der Absicht rausgefahren, die Huegoten zu schlagen. Ziel des Manövers war lediglich, Zeit zu schinden, so daß sich die Mitbewohner hinter den festen Klostermauern in Sicherheit bringen konnten.

»Wie viele Boote haben wir schon verloren?« fragte Byllewyn. Da er nun die Flüchtlinge kommen sah, dachte der Statthalter daran, die große Glocke von Gybi zu schlagen, um die Boote zurückzurufen.

Jamesis zuckte mit den Schultern. »Ich sehe etliche Wracks im Wasser treiben«, antwortete er düster.

Byllewyn blickte angestrengt zurück auf die im Dunst verhangene Bucht. Wenn doch die Sicht klarer wäre, dachte er, mußte sich aber eingestehen, daß der Nebel zu ihrem eigenen Vorteil gereichte. Die Fischer von Colthwyn kannten die Gewässer vor der Küste so gut, daß sie die Untiefen und das lange Riff, das nördlich des Klosters in die Bucht hineinragte, selbst mit geschlossenen Augen zu umschiffen gewußt hätten.

Byllewyn verzichtete darauf, die Glocke zu schlagen. Er vertraute den Fischern, die die wahren Herren dieser Bucht waren.

Und so wurde weitergekämpft. Die tapferen Fischer setzten sich entschlossen zur Wehr und taten sich zusammen, so daß, wenn ein Boot attackiert wurde, die Schützen des anderen Bootes um so besser zum Schuß kommen konnten. Dennoch mußten sie bald einsehen, daß den Huegoten so nicht beizukommen war. Über zehn Fischerboote waren schon versenkt worden, aber noch kein einziges Schiff der Huegoten.

Auch für Leary, dem Kapitän der *Finwalker*, wurde dieses Mißverhältnis offenkundig. Zwar machten die Verteidiger den Räubern aus Isenland schwer zu schaffen; sie belegten sie unermüdlich mit Beschuß, töteten oder verwundeten den einen oder anderen Huegoten, doch über den Ausgang dieser Schlacht konnte kein Zweifel bestehen. Je mehr Fischerboote verlorengingen, desto schneller mußte die Entscheidung fallen. Wenn ein weiteres Dutzend gerammt und versenkt würde, bliebe den anderen nur noch eines übrig: schnellstens in den Hafen zurück, raus aus den Booten und in den Schutz des Klosters zu fliehen.

Wenn ihnen doch wenigstens ein erfolgreicher Streich gelänge, dachte Leary; etwa die Versenkung einer dieser scheinbar unverwüstlichen Galeeren. Aber wie sollte das angestellt werden? Mit Pfeilgeschossen gewiß nicht, und jeder Versuch, zu rammen, würde nur das eigene Boot in Gefahr bringen.

Während sich Leary darüber den Kopf zerbrach, rauschte seine *Finwalker* so dicht am wolfsköpfigen Bugspriet eines Langbootes vorbei, daß er den Rammbock unter Wasser sehen konnte. Das Schiff vollzog gerade eine Wende, hatte aber nur wenig Schwung und bot somit den Bogenschützen eine gute Gelegenheit, ihre Pfeile auf den Gegner einhageln zu lassen.

»Hart backbord!« rief Leary der Frau am Steuerrad zu.

Jeannie Beens warf einen Blick über die Schulter auf die beiden Boote, mit denen die *Finwalker* ihre Manöver koordinierte. Das Kommando des Kapitäns führte sie weg von diesen beiden Booten und ausgerechnet in die Richtung, die auch das Huegotenschiff einschlug. Mit seinen vierzig Rudern würde es schnell aufgeschlossen haben.

»Backbord!« wiederholte der Kapitän, und die Steuerfrau gehorchte.

Wie zu erwarten war, schloß die Galeere rasch zu ihnen auf, obwohl der Wind günstig stand und das Segel ihres Fischerbootes blähte. Doch diesen Vorteil nutzte auch der Gegner, der sein Segel gehißt hatte und offenbar entschlossen war, die *Finwalker* zur Strecke zu bringen.

Leary verzog keine Miene. Er befahl seinen Bogenschützen, den Beschuß unvermindert fortzusetzen, und verlangte von der Steuerfrau, den Kurs beizubehalten.

Da wußte Jeannie Beens, was der Kapitän vorhatte. Er wollte die Huegoten auf das Riff locken.

Aber es herrschte Hochwasser; die Felsen würden überflutet und nicht zu sehen sein. Und es gab eine Lücke im Riff – ›Schlupfloch‹ genannt –, die bei Flut für leichtere Boote passierbar war. Diese Lücke zu finden setzte jedoch viel Geschick und große Erfahrung voraus.

Leary registrierte die besorgte Miene seiner Steuerfrau. »Keine Angst, das schaffst du«, sagte er. »Aber das Langboot wird's auseinanderreißen, wenn es aufläuft. Darauf gehe ich jede Wette ein.«

Jeannie Beens grätschte die Beine und packte das Steuerrad mit beiden Händen. Ihr wettergegerbtes Gesicht war grimmig und entschlossen. Bislang hatte sie erst zweimal das Schlupfloch passiert – das erste Mal ebenfalls auf Drängen Learys, der ihr zeigen wollte, daß sie eine gute Steuerfrau war; das andere Mal war es eine Mutprobe im Überschwang einer ausgelassenen Feier anläßlich der erfolgreichen Jagd auf einen Dorsal-Wal gewesen. Doch in beiden Fällen war das Wetter besser und die Felsen eher zu erkennen gewesen. Außerdem hatte sie jedesmal ein leichtes Plattboot gesteuert. Die *Finwalker* dagegen war eine recht große Schaluppe und lag nicht weniger als neun Fuß tief im Wasser. Sie würde bei höchstem Pegelstand gerade eben über den Felsgrat hinwegschrammen – den optimalen Kurs vorausgesetzt.

Die schwarze Silhouette der hohen Klosterfestung verschwand hinter ihrer linken Schulter, als Jeannie die *Finwalker* in weitem Bogen in eine südliche Richtung zurücksteuerte. Wie vermutet, drehte der Gegner nun enger bei, konnte den Abstand erheblich verkürzen und nutzte seine gute Position, um Dutzende von brennenden Pfeilen auf die *Finwalker* einschwirren zu lassen.

Zwei Männer wurden tödlich verwundet, und ein dritter stürzte über Bord bei dem Versuch, einen brennenden Pfeil aus dem Kreuzmast zu ziehen. Leary war ebenfalls von einem Pfeil am Arm getroffen worden.

»Kurs beibehalten!« brüllte er Jeannie zu.

Die Frau wagte es nicht, zurückzublicken, und versuchte, das lauter werdende Gebrüll der Huegoten auszublenden. Der Wind kam nun von schräg vorn; das Segel war so weit wie möglich angeluvt. Es ging nur noch mit halber Fahrt voran. Nicht so bei den Piraten;

die hatten sogar das Segel eingeholt und die Ruderschlagzahl verdoppelt.

Noch mehr Pfeile flogen herbei, und weitere Männer fielen an Bord der *Finwalker*. Jeannie hörte ihre Schreie, hörte die Trommel, die die Rudersklaven antrieb.

Aber darauf achtete sie nicht. Sie richtete all ihre Aufmerksamkeit auf den Uferstreifen, der hinterm Nebel auftauchte, auf den Glockenturm des Klosters und den hohen Giebel des Rathauses weiter südlich. Der Winkel, in dem diese beiden Landmarken zueinanderstanden, wies ihr den Weg.

Schreiend ließ sich Leary neben ihr auf die Knie fallen und packte mit der Hand an die blutende Stirn. In der Reling steckte mit noch zitterndem Schaft der Pfeil, der ihn geschrammt hatte.

»Halt aus!« flehte Leary. »Halt …« Ohnmächtig sackte er neben ihr zusammen.

Jeannie hörte die Ruder ins Wasser klatschen. Rauch umwirbelte sie. Das Boot hatte an etlichen Stellen Feuer gefangen, und drüben auf der Galeere machten sich die Piraten zum Sprung auf die *Finwalker* bereit. Wegen der langen Ruder konnten sie nicht seitlich aufschließen, aber von schräg achtern kommend, reichte der lange Bugspriet bis auf wenige Fuß an das Fischerboot heran.

Jeannie war verwundert, warum die eigenen Leute keinen Schuß mehr abgaben. Sie schaute sich um und mußte entsetzt feststellen, daß die meisten ihrer Gefährten tot oder verletzt auf den Planken lagen, und wer noch einen Bogen hätte halten können, war eifrig dabei, das Feuer zu löschen.

Jeannie blickte wieder nach vorn, streckte den Arm aus, peilte über den Daumen Turm und Giebel an, korrigierte den Kurs – und plötzlich bebte das Boot, schabte steuerbords am Riff entlang, hatte aber dann das Schlupfloch passiert, ohne großen Schaden davongetragen zu haben.

Dem Langboot aber erging es sehr viel schlechter. Es

setzte in der engen Rinne mit dem Bug auf und wurde seitlich gegen das Riff gedrückt, wobei sämtliche Ruder auf dieser Seite krachend splitterten und das halbe Vorderdeck auseinanderbrach. Alle Mann an Bord, die Huegoten wie auch die bedauernswerten Sklaven, würfelte es kräftig durcheinander; viele von ihnen wurden ins kalte, dunkle Wasser geschleudert.

Jeannie Beens sah von alledem nichts, und hörte nur die Jubelschreie der Mannschaftskameraden, die noch auf den Beinen standen, beeilte sich aber, in den Hafen zu gelangen, da die *Finwalker* Leck geschlagen hatte.

Der Kampf des kleinen Bootes gegen das übermächtige Huegotenschiff war nicht unbemerkt geblieben; alle hatten den Kampf mit angesehen, Fischer und Piraten gleichermaßen.

Learys Ahnung ging auf, und seine Vermutung erwies sich als richtig: Die Huegoten hatten lediglich die Verteidigungsbereitschaft der Bewohner von Gybi testen wollen und waren auf einen entschlossenen Kampf nicht eingestellt gewesen, geschweige denn auf die Möglichkeit, selber Verluste hinnehmen zu müssen. Und so machten sie flugs kehrt und verschwanden im Nebel der offenen See.

Von einem Sieg der Fischer konnte aber dennoch nicht die Rede sein. Zwanzig Boote hatten sie verloren, etwa noch mal so viele waren beschädigt, und in jeder Familie mußte mindestens um ein Opfer getrauert werden.

Immerhin, dank des verwegenen Einsatzes der *Finwalker*-Besatzung war Zeit gewonnen, Zeit für Planung und zur Fluchtvorbereitung.

»Die Huegoten werden mit einer noch stärkeren Flotte zurückkehren«, behauptete Bruder Jamesis während der beschlußfassenden Sitzung, die noch am Abend desselben Tages im Kloster abgehalten wurde.

»Vermutlich haben sie einen Stützpunkt in der

Nähe«, mutmaßte Leary mit matter Stimme; er hatte viel Blut verloren und konnte sich kaum auf den Beinen halten. »Ich kann mir nicht denken, daß sie den weiten Weg von Isenland gekommen sind, um unverrichteter Dinge wieder abzuziehen.«

»Ihr könntet recht haben«, sagte Statthalter Byllewyn. »Falls sie einen Stützpunkt nahe Colthwyn haben, werden sie aller Wahrscheinlichkeit nach in noch größerer Zahl wieder zurückkehren.«

»Wir müssen uns auf das Schlimmste gefaßt machen«, meinte einer der Ordensbrüder.

Byllewyn lehnte sich im Stuhl zurück, blendete sich aus der Unterhaltung aus und hing eigenen Gedanken nach. Seit vielen Jahren hatten sich keine Huegoten mehr vor der eriadoranischen Küste blicken lassen. Doch jetzt, wenige Monate nach Unterzeichnung des Friedensvertrags mit Grünspatz kam es erneut zur Bedrohung durch diese Barbaren. War es Zufall, oder gab es da einen Zusammenhang? Ob die Huegoten wohl mit Grünspatz konspirierten? Wohl kaum, aber wahrscheinlich war auch auf Isenland bekanntgeworden, daß sich Eriador von Avon losgelöst hatte, und so spekulierten die Huegoten womöglich darauf, daß in Eriador leicht Beute zu machen sei, zumal sie nicht mehr mit Vergeltung aus Avon rechnen mußten. Statthalter Byllewyn erinnerte sich an einen bemerkenswerten Vorfall vor einigen Jahren. Er war auf dem Rückweg einer Pilgerreise nach Chalmbers gewesen, als er mit eigenen Augen erlebt hatte, wie es huegotischen Piraten erging, die in Konflikt mit Grünspatzens Seestreitkräften gerieten. Die Galeere war im Handumdrehen versenkt worden, die Besatzung getötet und an Dorsal-Wale verfüttert worden. Ein einziger Huegote war verschont geblieben und in ein kleines Boot gesetzt worden, damit er nach Hause zurückkehren und seinem König mitteilen konnte, daß es sich nicht lohnte, auf den Inseln der Avonsee nach Beute zu suchen.

Die übrigen Sitzungsteilnehmer waren sich in ihrer Diskussion einig. »Die Huegoten werden vermuten, daß Eriador schutzlos ist und nicht über eine eigene Kriegsmarine verfügt«, sagte Bruder Jamesis.

Byllewyn schaute in die Runde und spürte, daß sich revolutionäre Gedanken breitmachten. Unter den Versammelten schienen nicht wenige die Abspaltung von Avon zu bedauern; angesichts der Bedrohung durch die Huegoten sahen sie Grünspatzens Gewaltherrschaft womöglich weniger kritisch.

Der Statthalter aber war entschieden freiheitlich gesinnt und konnte sich im Unterschied zu den noch recht jungen Teilnehmern der Diskussionsrunde lebhaft erinnern an die Zeit vor Grünspatz. Schon damals war Eriador sehr wohl in der Lage gewesen, sich aus eigener Kraft zu verteidigen. Doch der Rückblick half ihnen nicht dabei, die gegenwärtige Gefahr für Gybis Küste abzuwehren.

»Wir sollten einen Boten nach Mennichen Dee entsenden und die Reiter von Eradoch mobilisieren«, schlug Byllewyn vor.

»Falls sie nicht mit König Brind'Amour irgendwo in der Etappe liegen«, meldete sich eine Stimme mit zynischem Unterton.

Es machte sich Unruhe breit. Daher beeilte sich Byllewyn zu sagen: »Dann muß unser Bote auf direktem Weg nach Caer MacDonald ziehen.«

»Ja«, entgegnete ein Fischer nicht minder zynisch als sein Vorredner. »Um den Hofstaat zu bitten, daß er unsere Not doch gütigst zur Kenntnis nehmen möge.«

Ärger machte sich Luft. Viele waren nicht einverstanden gewesen mit der Wahl des undurchsichtigen Zauberers Brind'Amour zum König über Eriador; lieber hätten sie Byllewyn, den angesehenen Statthalter von Gybi auf dem Thron gesehen. Überall im Nordosten war diese Forderung laut geworden, der aber dann Byllewyn persönlich entgegengetreten war.

»Schicken wir doch den Boten gleich nach Caer MacDonald«, rief einer. »Dann wird sich zeigen, ob unser neuer König auch Mumm in den Knochen hat.«

»Hört, hört«, antworteten die anderen im Chor. Byllewyn lehnte sich nachdenklich zurück und legte die Fingerspitzen aufeinander. Es konnte kein Zweifel daran bestehen, daß Brind'Amour, der Grünspatz die Macht über Eriador entrissen hatte, wehrhaft und tüchtig war. Byllewyn wußte aber auch, daß mit der Abkehr von Avon Eriadors Sicherheit gefährdet war. Das Aufkreuzen der Huegoten würde für Brind'Amour der erste ernste Testfall sein. Er durfte nicht versagen.

Der Statthalter von Gybi, ein Mann ohne Ehrgeiz, aber mit großem Herzen, hoffte inständig auf den Erfolg des Königs.

5. KAPITEL

# *Sougles' Tal*

Wenn aus Caer MacDonald das Geld zu fließen anfängt, werden wir ordentlich was zu beißen haben«, rief Sougles Bellbanger, ein knorriger Zwerg, dessen Kopf- und Barthaar die Farbe von starkem Tee hatte. Und er hob seinen Krug hoch in die dunkle Nacht.

Das taten ihm die zehn Kameraden gleich, die rings um das große Lagerfeuer saßen und zu den blinkenden Sternen am klaren Himmel aufblickten.

»Nicht so laut!« schimpfte einer, der sich wenige Schritt entfernt auf seine Decken gelegt hatte, um zu schlafen. Weil aber sein Ruf von denen am Feuer nicht zur Kenntnis genommen wurde, schlug er den Zwerg, der neben ihm lag und schnarchte, einfach so, um sich abzureagieren.

»Wer wollte denn in dieser Nacht schlafen?« höhnte Sougles. »Dafür ist noch Zeit, wenn wir unsere Ware verkauft haben.«

»Nachdem wir den Erlös verjubelt haben«, korrigierte ein anderer, und wieder wurden die Krüge gehoben.

»Und wenn wir das Gold in den Taschen haben, werdet ihr alle zu müde sein, um es vernünftig auszugeben«, grummelte der auf der Seite liegende Zwerg.

Aber die Zwerge am Feuer ließen sich ihre gute Laune nicht vermiesen. Es waren allesamt trinkfeste, lustige Kerle. Es machte ihnen nichts aus, die ganze Nacht durchzufeiern. Trotzdem würden sie morgen in aller Frühe auf dem Markt von Menster erscheinen und ihre Waren feilbieten, um dann am Abend einen Großteil des verdienten Goldes gegen Bier, gutes Essen und eine komfortable Logis einzutauschen, bevor es am nächsten Tag zurück in die Berge nach DunDarrows ging. So standen die Dinge nun, da König Brind'Amour und Bellick dan Burso den Zusammenschluß von Eriador und DunDarrow beschlossen und vertraglich besiegelt hatten.

Und darum feierten sie, johlten und tranken, rissen große Stücke Wildfleisch vom Spieß und bewarfen den verschlafenen Murrkopf mit abgenagten Knochen. So ging es bis in die frühen Morgenstunden, als plötzlich ein Mensch mit blutender Stirnwunde ins Lager gewankt kam.

Sofort waren die Zwerge auf den Beinen, bewaffnet mit Äxten, Schwertern und schweren Hämmern. Der Mann aber schien seine Umgebung kaum wahrzunehmen; er stolperte blindlings weiter und wäre fast kopfüber ins Lagerfeuer gestürzt, hätten ihn nicht zwei Zwerge im letzten Moment bei den Armen gepackt und zurückgehalten.

»Was ist denn mit dir los?« fragte Sougles.

Was der Mann zur Antwort flüsterte, war nicht zu verstehen, zumal ringsum aufgeregt getuschelt wurde. Sougles bat um Ruhe und rückte näher, stellte sich sogar auf die Zehenspitzen und reckte den Hals, um mit dem Ohr möglichst nahe an die Lippen des Mannes heranzureichen.

»Menster!« hauchte der.

»Menster?« wiederholte Sougles fragend. »Was ist mit Menster?«

»Sie ...« Weiter kam der Verletzte nicht. Er sackte in sich zusammen.

»Sie?« Sougles wandte sich den Gefährten zu.

»Die da!« brüllte einer und deutete auf die schattengleichen Gestalten am Rande der Lichtung.

Zyklopen waren allseits verhaßt, aber niemand haßte sie inbrünstiger als das kleine Volk. Als die Einaugen aus dem Unterholz hervorbrachen, um das Lager zu überrennen, trafen sie auf eine Wand aus Entschlossenheit. Nach Zahl hoffnungslos unterlegen, stellten sich die Zwerge im Kreis um das Feuer, hackten mit ihren Waffen auf die Angreifer ein und sangen dabei, daß es den Anschein hatte, als freuten sie sich. Ab und an gelang es einem der Zwerge, hinter sich greifend, ein brennendes Stück Holz aus dem Feuer zu ziehen. Zyklopen zu blenden war den Zwergen größtes Vergnügen.

Sougles hielt in jeder Hand ein kurzes Schwert. Mit dem einen drosch er auf die Knie der Zyklopen ein, die in seine Reichweite gerieten, und sooft ein getroffenes Ungeheuer zu Boden ging, rammte ihm Sougles das zweite Schwert in die Brust.

»Hip hip hurra!« brüllte Sougles wie beim Sport, und auch die anderen zeigten sich in guter Stimmung, obwohl sie den einen oder anderen Treffer hinnehmen mußten. Innerhalb kürzester Zeit fielen zwei Dutzend Zyklopen sterbend zu Boden. Aber aus dem Wald drängten weitere in Massen nach.

Und so wurde die Schlächterei fortgesetzt. Diejenigen Zwerge, die in der Eile nicht mehr dazu gekommen waren, ihre Stiefel anzuziehen, spürten die Blutlache bis zu den Knöcheln ansteigen. Eine halbe Stunde später fochten und sangen sie immer noch. Sooft ein Zwerg fiel, rückten die anderen im kleiner werdenden Kreis zurück, und allmählich stellte sich Platzmangel ein. Sougles spürte schon die Flammen des Feuers auf seinem Rücken. Aber auch für die Zyklopen wurde es eng zwischen all den toten Kumpanen am Boden. Ihre Reihen hatten sich tatsächlich schon beträchtlich gelichtet, zumal etliche Einaugen Hals über Kopf in den Wald zurückrannten.

Sougles, ein wie alle Zwerge unerschrockener Kämpfer, glaubte zuversichtlich an den Sieg. Das Feuer war mittlerweile heruntergebrannt; aus der glühenden Asche züngelten nur noch ein paar bläuliche Flammen auf. Da kam Sougles auf die Idee, daß sich die Glut womöglich als Waffe nutzen und den Zyklopen ins Gesicht schleudern ließe.

Bevor er aber den anderen seine Absicht mitteilen konnte, schien es, als verfolgte das Feuer eigene Pläne. Gleißende Flammen spritzten empor, und die auseinanderstiebende Glut prasselte auf die Zwerge ein, durchbrannte Kleider, versengte Haare. Schlimmer noch: Von der Explosion aufgeschreckt, gaben die Zwerge ihre wehrhafte Formation preis und sprangen umeinander. Weniger überrascht wirkten die Zyklopen. Sie erkannten ihre Chance und schlugen dazwischen, um die bärtigen Gegner zu vereinzeln. Bald sah sich Sougles von allen Seiten angegriffen. Er wehrte sich tapfer, brachte auch mehrere Ungeheuer zu Fall, war sich aber im klaren darüber, daß er diesen Attacken nicht lange würde standhalten können …

Da spürte er eine Speerspitze von hinten in die Schulter eindringen. Seltsam, ihm war, als sei er lediglich angerempelt worden; der Schmerz blieb aus. Doch als er sich dem Gegner im Rücken zu stellen und das Schwert zu heben versuchte, wollte ihm der Arm nicht mehr gehorchen. Und nun fielen sie zu dritt über ihn her.

In sicherer Entfernung stand der Anführer der Zyklopen. Er warf der Person an seiner Seite einen ärgerlichen Blick zu und knurrte: »Hättest du das nicht schon früher machen können?«

Die junge Frau schüttelte den Kopf, ohne daß das sorgsam frisierte Blondhaar dadurch in Bewegung geriet. »Zauberei läßt sich nicht überstürzen«, antwortete sie und wandte sich ab.

Der Zyklop schaute ihr nach. Die Herzogin war ihm ein Rätsel.

Gleich nach seiner Rückkehr in die Stadt, suchte Luthien den König auf, um ihm mitzuteilen, daß Graf Gahris von Bedwydrin tot war. Der alte Zauberer zeigte sich betroffen. Luthien hatte es eilig und bat um Entlassung, die ihm der König gewährte.

Die Sonne war untergegangen, und die ersten Sterne funkelten am Himmel, als Luthien das Ministerium verließ und der Unterstadt entgegenstrebte. Er wollte mit Oliver sprechen. Er wußte auch schon, wo er ihn finden würde, im Zwelf nämlich, einer Schenke, in der zu Herzog Morkneys Zeiten hauptsächlich Zwerge und Elfen verkehrt hatten. Inzwischen war sie ein unter allen Bürgern beliebter Treffpunkt. »Hier schmiedete der Blutrote Schatten den Plan zur Rückeroberung Caer MacDonalds«, so lautete eine häufig zu hörende Behauptung, die von der Wahrheit nicht allzuweit entfernt war. Kräftige Zwerge bewachten den Eingang, und eine Elfe bestimmte, wer als Gast zugelassen war und wer nicht.

Luthien war natürlich immer herzlich willkommen. Die beiden Zwerge und die Elfe salutierten militärisch, als er an ihnen vorbeiging. An ein solches Verhalten war er mittlerweile gewöhnt; es fiel ihm gar nicht mehr sonderlich auf.

Oliver und Shuglin saßen auf extra hohen Hockern am Tresen. Der Zwerg kauerte über einem Humpen voll schäumenden Bieres. Oliver hatte sich lässig zurückgelehnt und hielt ein Glas Wein ins Licht, um die Färbung zu prüfen. Tasman, der Wirt, sah Luthien kommen, nickte ihm zu und deutete auf die beiden Freunde am Tresen.

Luthien trat von hinten an sie heran und legte ihnen die ausgebreiteten Arme auf die Schultern. »Seid gegrüßt.«

Oliver blickte auf und sah dem Freund sofort an, was geschehen war. Trotzdem fragte er: »Wie geht's deinem Vater?«

»Gahris ist tot«, antwortete Luthien ruhig und gelassen.

Oliver spürte, daß Beileidsbekundungen jetzt verfehlt wären; statt dessen hob er sein Glas und sagte laut und vernehmlich: »Auf Gahris, den Grafen von Bedwydrin, Freund Caer MacDonalds und Dorn in Grünspatzens Auge.«

Fast alle übrigen Gäste erhoben ihre Trinkgefäße und riefen: »Jawohl, auf Gahris, darauf stoßen wir an.«

Dankbar lächelte Luthien dem kleinen Freund zu. »Ist das Bündnis unterzeichnet worden?« fragte der junge Bedwyr, darauf bedacht, auf ein anderes Thema zu sprechen zu kommen.

Olivers Miene verdüsterte sich. »Es hat nicht mehr viel gefehlt«, antwortete er. »Aber dann sind die verdammten Einaugen dazwischengekommen ...«

»Sie haben fünfzehn Zwerge erschlagen«, ergänzte Shuglin. »Der Überfall fand statt in der Nähe des einstigen Menster.«

»Wieso ›einstig‹?« fragte Luthien.

»Weil's den Ort nicht mehr gibt«, erklärte Oliver.

»Der Vertrag war in allen wesentlichen Punkten ausgehandelt«, fuhr Shuglin fort. »Beide Seiten haben sich auf Olivers Vorschlag einer Dichokratie geeinigt. Brind'Amour und Bellick waren gleichermaßen froh über diese Einigung.«

»Die Grünspatz gewiß weniger gut geschmeckt hätte«, flocht Oliver ein. »Denn die Berge wären ihm versperrt gewesen durch eine Armee von Zwergen, die fest zu Eriador stehen.«

»Aber nach dem Gemetzel in Sougles' Tal – so haben wir den Ort nachträglich benannt – ist König Bellick wieder auf Abstand gegangen. Er will sich alles noch einmal durch den Kopf gehen lassen.« Shuglin war sichtlich enttäuscht und versuchte, den Kummer in Bier zu ersäufen.

»Das verstehe ich nicht«, protestierte Oliver. »Dieser

Überfall hat doch wieder einmal deutlich gemacht, daß dieses Bündnis unverzichtbar ist.«

»Nein«, widersprach Shuglin. »Unserem Volk ist wieder einmal deutlich geworden, daß es besser ist, sich aus allem rauszuhalten.«

»Unsinn!« platzte es aus Oliver heraus, doch die drohenden Blicke des Zwerges brachten ihn sogleich zum Schweigen.

»Ist Bellick schon wieder abgereist?« erkundigte sich Luthien. Im Unterschied zu Oliver, der seinen originellen Einfall der Dichokratie verwirklicht und mit seinem Namen für alle Zeit verknüpft sehen wollte, hatte der junge Bedwyr Verständnis für Bellicks zögerliche Haltung. Vielleicht zweifelte der Zwergenkönig an den Schutzgarantien Brind'Amours, ja, womöglich rechnete er ihm den Überfall zu und nicht etwa Grünspatz.

»Nein, er bleibt die Nacht über in Brind'Amours Haus«, antwortete Oliver. »Morgen früh will er abreisen, in zehn Tagen aber wieder zurückkehren.«

Den jungen Bedwyr überraschten diese Nachrichten nicht. So häufig hatten die Zyklopen in jüngster Zeit zugeschlagen, daß in ganz Eriador bereits vom ›Sommer der blutenden Weiler‹ gesprochen wurde. Wie Oliver sah auch Luthien in all diesen Vorfällen die Notwendigkeit für ein Bündnis mit den Zwergen bestätigt. Damit es aber dazu kommen konnte, mußte zuerst aller Argwohn gegen die jeweils andere Seite nachhaltig zerstreut und die Greueltaten den wirklichen Schuldigen zur Last gelegt werden, nämlich den Zyklopen und demjenigen, der diese gegen das Volk von Eriador aufwiegelte.

»Wünscht König Bellick Rache zu üben für das, was in Sougles' Tal passiert ist?« fragte Luthien. Shuglins Gesicht – oder das, was der dichte, rabenschwarze Bart davon zu erkennen übrigließ – leuchtete auf. »Dann trommle bitte einen Trupp zusammen, der mit mir in die Berge zieht.«

»Hast du schon mit Brind'Amour darüber gesprochen?« wollte Oliver wissen.

»Er wird nichts dagegen haben«, versicherte Luthien dem Halbling.

Oliver zeigte sich skeptisch, zuckte aber nur mit den Schultern und nippte von seinem Wein.

Auch Luthien hatte Bedenken und zweifelte an den eigenen Worten – zu Recht, wie sich herausstellte, als er später am Abend den König aufsuchte. Er fand ihn allein auf dem hohen Turm des Ministeriums und schilderte ihm seine Pläne in aller Ausführlichkeit. Der Alte hörte aufmerksam zu, nickte höflich und schien den Worten des jungen Bedwyr zuzustimmen.

Als Luthien ihn endlich auch einmal zu Wort kommen ließ, sagte Brind'Amour: »Hört sich alles gut an, und ich finde richtig, daß du die Zwerge an der Aktion beteiligen willst. Sie kennen sich am besten aus in den Bergen und gieren danach, Zyklopenblut zu vergießen. Wenn Grünspatz hinter den Übergriffen steht – und wir beide wissen, daß dem so ist –, soll auch dem Volke Bellicks der Beweis dafür geliefert werden, falls es denn überhaupt einen solchen Beweis gibt.«

Aber Luthiens Freude über Brind'Amours Zusage währte nicht lange, denn nach kurzer Pause fügte der König hinzu: »Es kommt aber nicht in Frage, daß du gehst.«

Luthien fiel die Kinnlade herunter. »Aber …«

»Ich brauche dich«, erklärte Brind'Amour. »Im Osten braut sich noch schlimmeres Unheil zusammen.«

»Was könnte noch schlimmer als Zyklopen sein?«

»Huegoten.«

Dem jungen Mann verschlug es die Sprache. Huegoten! Die ältesten, wildesten, unberechenbarsten Feinde überhaupt. »Wann … wo sind sie aufgekreuzt?« stammelte Luthien. »Ein einzelnes Schiff, mehrere, ein ganzer Flottenverband gar?«

Brind'Amour hob wie zur Abwehr beide Hände. »Ich

bin aufgesucht worden von einem Gesandten aus der Ortschaft Gybi an der Bucht von Colthwyn«, sagte der König. »Er berichtet von einem Überfall, an dem rund zwei Dutzend huegotische Galeeren beteiligt waren. Sie konnten allerdings dank des mutigen Einsatzes der ansässigen Fischer zurückgeschlagen werden.«

Luthien war so verwirrt, daß er nichts zu sagen wußte.

»Grünspatz wird alles daransetzen, daß unser junges Königreich ins Wanken gerät, und daß das Bündnis mit DunDarrow nicht zustande kommt«, fuhr Brind'Amour fort. »Kaum anzunehmen, daß sich der Avonsche König mit Eriadors Unabhängigkeit jemals abfinden wird.«

»Und Ihr glaubt, daß er mit den Huegoten unter einer Decke steckt«, fragte Luthien.

Brind'Amour schüttelte den Kopf. Er konnte nicht erkennen, wie der Hexerkönig aus Avon eine solche Allianz in die Wege geleitet haben sollte. Huegoten respektierten nur eines, nämlich schiere physische Gewalt. Sie verhöhnten die Zivilisation Avons, verachteten alles Gekünstelte, nicht zuletzt auch Zauberei. Mit Brind'Amour, der selbst ein kerniger Nordländer war, würden sie vielleicht noch in Verhandlung treten, nicht aber mit Grünspatz, diesem aufgeblasenen Kümmerling, der seine Macht als König ausschließlich seiner Zauberkraft verdankte. Ebensowenig war vorstellbar, daß sich Grünspatz mit den Barbaren aus Isenland an einen Tisch zusammensetzen würde.

Auf diesen Gedanken Brind'Amours antwortete Luthien: »Warum denn nicht? Er gibt sich doch auch mit Zyklopen ab.«

»Er läßt sie für sich springen«, entgegnete Brind'-Amour. »Huegoten aber würden sich dem Willen eines fremden Königs niemals beugen.«

»Und wenn Schwarze Magie im Spiel wäre?«

Brind'Amour seufzte. Darauf hatte er keine Antwort parat. »Geh nach Gybi«, bat er Luthien. »Nimm Oliver und Katerin mit.«

Luthien war enttäuscht. Viel lieber wäre er in die Berge gezogen, um die marodierenden Zyklopenbanden aufzuspüren, doch er fügte sich klaglos. Wichtiger war es, der Huegotengefahr zu begegnen; das sah der junge Bedwyr ein, insgeheim aber hoffte er, daß der Überfall auf Gybi spontan und nicht von langer Hand geplant gewesen war.

Der König fuhr fort: »Ich habe bereits eine Nachricht an die Reiter von Eradoch auf den Weg geschickt mit der Bitte, eine schlagkräftige Abteilung nach Gybi zu entsenden. Außerdem habe ich die gesamte Ostküste bis hinunter nach Chalmbers in Alarmbereitschaft versetzen lassen.«

Brind'Amour nahm das Aufkreuzen der Huegoten offenbar sehr ernst. Darum hielt sich Luthien mit jeder Kritik zurück. »Dann will ich jetzt meine Sachen packen«, sagte er, verbeugte sich und ging rücklings zur Tür.

»Siobhan und die Schröpfer werden Shuglin in die Berge begleiten«, sagte Brind'Amour. »Es wird also erledigt, was du zu tun vorhattest.« Er zwinkerte ihm schelmisch zu. »Und damit du auf deiner Reise nicht zu kurz kommst, verspreche ich, per Zauber dafür zu sorgen, daß dir das eine oder andere Einauge vor den *Blender* läuft.«

Luthien blickte dankbar auf und schmunzelte.

Das Lächeln auf Brind'Amours Gesicht verschwand in dem Moment, da Luthien zur Tür hinausgegangen war. Er machte sich große Sorgen um das junge Königreich. Ihm drohte ernste Gefahr, unabhängig davon, ob Grünspatz mit den Huegoten im Bunde war oder nicht. Der Sieg über Avon war nur mit Hilfe der Gasconen möglich gewesen, die dem Avonschen König gegenüber hatten durchblicken lassen, daß sie ein freies Eriador bevorzugten und für dessen Unabhängigkeit notfalls zu den Waffen greifen würden. Für soviel Unterstützung verlangte Gascony eine Gegenleistung in Form von günstigen Handelsabkommen und Schiffahrtsbedingungen. Durch das Aufkreuzen der Huegoten war Brind'Amour gezwungen gewesen, den gasconischen Partnern Mitteilung darüber zu machen, daß die Häfen an der Ostküste und insbesondere die Insel Chalmbers nicht mehr ohne Begleitung schwerer Kriegsschiffe angelaufen werden konnten.

Natürlich würden die Gasconen über diese Botschaft wenig erfreut sein, womöglich sogar zu dem Schluß kommen, daß ihre Handelsflotte unter Avons Schutz sicherer fahren würde. Käme ein solches Wort an Grünspatzens Ohr, würde er sich wahrscheinlich ermutigt fühlen, den Krieg gegen Eriador wiederaufzunehmen. Avons Streitmacht war sehr viel größer, sehr viel besser ausgebildet und aufgerüstet. Auch wenn sich Brind'-Amour im Vergleich mit Grünspatz zu Recht als der tüchtigere Hexenmeister erachten konnte, war ihm doch bewußt, daß – während er die einzige Zauberkraft in Eriador darstellte – sein Kontrahent wenigstens vier Hexer-Herzöge sowie die Herzogin von Mannington auf seiner Seite wußte.

Und falls sich auch noch die mächtigen Huegoten mit Grünspatz verbündeten …

Brind'Amour wußte: Die Situation in Gybi mußte unverzüglich und in aller Entschiedenheit bereinigt werden. Luthien, Katerin und Oliver waren für diese Mission genau die richtigen. Auf Geheiß des Königs hatte sich mittlerweile auch die halbe Kriegsflotte Eriadors vom Diamantensund aus auf den Weg gemacht, um Gybi und die anderen bedrohten Orte an der Ostküste zu verteidigen.

Voller Sorge und in Gedanken vertieft, brachte Brind'Amour die ganze Nacht auf dem höchsten Turm des Ministeriums zu. Er blickte zu den Sternen auf, doch anstatt aus ihnen Hoffnung schöpfen zu können, fand er nur Hinweise auf noch mehr Probleme.

6. KAPITEL

# *Die Herzogin von Mannington*

Sie war eine kleine Frau, schlank und mit goldenem, kurz geschnittenem Haar. Sie trug viele kostbare Juwelen, unter anderem eine diamantenbesetzte Haarnadel und eine Brosche, die schon bei geringstem Lichteinfall glitzerte. Wie auch immer man zu ihr stehen mochte, Deanna Wellworth, die Herzogin von Mannington, war überaus elegant, kultiviert und unbestreitbar schön. Sie wirkte wirklich fehl am Platz in der rauhen, kalten Bergwelt des Eisernen Kreuzes, umgeben von stinkenden, grobschlächtigen Zyklopen.

Deren Anführer, ein dreihundert Pfund schweres Ungeheuer, maß an die sechs bis sieben Fuß und überragte Deanna um mehr als Kopfeslänge. Er hätte sie wohl ohne weiteres am ausgestreckten Arm verhungern lassen können, und es wunderte, daß er sich die spitzzüngigen Bosheiten aus Deannas Mund gefallen ließ.

Es blieb ihm nichts anderes übrig. Deanna Wellworth war Herzogin an Grünspatzens Hof, und nach dem Ableben von Herzog Paragor von Princetown (Brind'Amour hatte ihn im Kampf getötet) war sie nun die nach dem König mächtigste Hexerin in Avon. Vorsorglich hielt sie einen Schutzzauber parat, und falls Muckles, der zyklopische Anführer, ihr zu nahe käme, würde sie ihm ein paar Flammen entgegenschleudern, die nur durch einen Sprung in die Avonsee zu löschen wären.

»Deine mörderischen Spießgesellen sind aus dem

Ruder gelaufen«, zeterte die Herzogin. Ihre blauen, gräulich schimmernden Augen waren fest auf Muckles' häßliches Gesicht geheftet.

»Unsereins tötet halt«, antwortete der Zyklop, einfältig wie er war. Dabei galt er als das gescheiteste Einauge der Gruppe.

»Unterschiedslos«, fügte Deanna prompt hinzu und schüttelte den Kopf. Zu diesen tumben Ochsen in die Berge geschickt worden zu sein gefiel ihr ganz und gar nicht. »Ihr solltet eure Opfer mit Bedacht aussuchen«, sagte sie.

»Wir töten halt.«

Deanna hatte Lust, Taknapotin, ihren Hausdämon, zu rufen, und dabei zuzusehen, wie dieser den gripslosen Preßsack von Muckles in sich hineinschlingen würde. O ja, das zu veranlassen wäre sie imstande. »Ihr habt Zwerge gemeuchelt!«

Die Zyklopen, die in der Nähe standen, grölten vor Vergnügen, als sie diese Worte hörten. Sie haßten das kleine, bärtige Volk mehr als alles andere und glaubten, daß die Herzogin ihnen ein großes Kompliment gemacht habe.

Das aber lag Deanna ferne. Sie hatte von Grünspatz den Auftrag, zu verhindern, daß es zwischen Eriador und DunDarrow zur Allianz kam, und Deanna wußte sehr wohl: Jede Bedrohung, die gegen DunDarrow gerichtet wurde, ließ die Zwerge näher an Brind'Amour heranrücken.

»Falls eure Überfälle auf die Zwerge dazu führen sollten, daß …«

»Ihr habt doch selbst dabei geholfen!« maulte Muckles, der endlich begriff, daß Deanna schlecht auf ihn zu sprechen war.

»Ich mußte zu Ende bringen, was du und deine Bande blödsinnigerweise angefangen habt«, entgegnete Deanna. Muckles wollte etwas erwidern, doch da schnippte die Herzogin mit den Fingern, und das Ungeheuer taumelte zurück, als hätte es einen Fausthieb ins Gesicht bekommen. Tatsächlich tropfte aus seiner aufgeplatzten Lippe Blut.

»Wenn sich wegen eurer Blödheit die Zwerge mit unserem Feind verbünden, werdet ihr Grünspatzens Zorn zu spüren bekommen, das verspreche ich euch«, raunzte Deanna. Sie warf einen Blick über das Lager auf die Feuerstelle, in deren Rauch die Köpfe der zwölf massakrierten Zwerge zum Trocknen hingen. Angewidert wandte sie sich ab und stürmte davon, auf den Waldrand zu, wo Selna, ihre Zofe, auf sie wartete.

»Glaubt Ihr wirklich, daß sich Bellick von DunDarrow und Brind'Amour wegen dieser Morde zusammenschließen könnten?« fragte Selna, als die Herzogin auf sie zukam.

Deanna zuckte nur mit den Schultern und ging an ihr vorbei, ohne aufzublicken.

»Kümmert's Euch überhaupt?«

Da fuhr Deanna auf dem Absatz herum, und sie musterte die Zofe, die auch schon ihr Kindermädchen gewesen war, mit kritischem Blick. Konnte sie womöglich Gedanken lesen?

»Was unterstellst du mir?« fragte die Herzogin in scharfem Ton.

»Nichts, Mylady«, antwortete Selna und senkte den Blick. »Ich habe Euch, wie gewünscht, dort drüben im Fichtenhain ein Bad hergerichtet.«

Der unterwürfige Tonfall ihrer Zofe machte Deanna bedauern, daß sie so hart mit der vertrauten Frau gesprochen hatte. »Vielen Dank«, sagte die Herzogin und lächelte, als Selna zu ihr aufzublicken wagte.

Deanna war sich der Schatten im Hintergrund bewußt, als sie neben der dampfenden Porzellanwanne die Kleider ablegte. Der Gedanke an lüstern glotzende Einaugen brachte ihre Galle zum Überlaufen. Sie verabscheute Zyklopen, die ihrer Meinung nach auf einer Stufe mit Wildsäuen standen, und daß sie all diese

Wochen mit ihnen in den Bergen zubringen mußte, kam für die kultivierte Frau einer Folter gleich.

Was war nur aus dem stolzen Avon geworden? fragte sie sich, als sie ins Wasser stieg. Es war so heiß, daß sie unwillkürlich erschauderte. Hoffentlich, so dachte sie, hatte Selna nicht zu viel von dem Pulver beigegeben, das Wasser erwärmte. Kaum hatte sie sich an die Temperatur gewöhnt, mischte sie ein anderes Pulver unter. Augenblicklich fing das Wasser zu sprudeln und zu schäumen an. Deanna legte den müden Kopf an den Wannenrand und blickte versonnen in den Halbmond, der durch die Fichtenzweige schimmerte.

Ihre Gedanken gingen um viele Jahre zurück in die Zeit, da sie ein siebenjähriges Kind gewesen war, eine Prinzessin am Hof ihres Vaters, des Königs. Sie war die jüngste von insgesamt sieben Geschwistern gewesen, fünf Jungen und zwei Mädchen, wovon nur noch sie, Deanna, als Erbnachfolgerin übriggeblieben war. ›Deanna Versteckdich‹ war sie damals gerufen worden, weil sie sich immer in entlegene Winkel verkrochen hatte, um allein zu sein mit ihren überbordenden Fantasien.

Früh hatte sie ihr Interesse an der Magie entdeckt, schon mit vier Jahren lesen können und dicke Schwarten gewälzt, um möglichst viel über die uralte Bruderschaft der Hexenmeister in Erfahrung zu bringen. In dieser Zeit war ihr auch erstmals der Name Brind'-Amour begegnet. Von ihm, ihrem jetzigen Feind, hatte es geheißen, daß er längst begraben sei. Grünspatz war damals der Hofmagier ihres Vaters gewesen und eines Nachts zu ihr gekommen mit dem Angebot, sie in die Geheimnisse der Zauberei einzuweihen. Wie glücklich war die junge Deanna darüber gewesen! Was für eine Freude, daß dieses noch einzig lebende Mitglied der uralten Bruderschaft ausgerechnet sie zu fördern versprochen hatte!

Um so ärger quälte es sie nun, daß sie, die rechtmäßige Thronanwärterin, hier im Hochgebirge weilen und einer widerlichen Bande blutrünstiger Zyklopen als Beraterin dienen mußte. Und es beschlich sie sogar ein ungutes Gefühl eingedenk der vielen Eriadoraner und Zwerge, die aus rein politischen Gründen massakriert worden waren.

Deanna schloß die Augen, konnte aber die schrecklichen Bilder der Schlächtereien nicht ausblenden. Sie preßte die Hände vor die Ohren, und doch hallten die Angst- und Schmerzensschreie wider. Vor Kummer fing sie an zu weinen.

»Geht es Euch nicht gut, Mylady?«

Erschrocken riß Deanna die Augen auf und sah Selna am Rand der brodelnden Wanne stehen. Die Zofe zeigte sich besorgt, aber auf eine seltsame, für Deanna irritierende Weise.

»Spionierst du mir nach?« fragte die Herzogin und bedauerte sogleich, einen viel zu scharfen Ton angeschlagen zu haben, der anklingen ließ, daß sie etwas zu verbergen hatte.

»Aber nein, niemals, Mylady«, antwortete Selna unbeirrt. »Ich bin nur gekommen, um das Handtuch zu bringen, und sah die Tränen in Euren Augen.«

Deanna wischte mit der Hand übers Gesicht. »Ein Spritzer, mehr nicht«, entgegnete sie.

»Sehnt Ihr Euch nach Mannington zurück?« fragte Selna.

Verblüfft blickte Deanna zur alten Zofe auf und schaute dann ringsum, als sei die Antwort offensichtlich.

»Mir geht's genauso«, gestand Selna. »Aber es erleichtert mich, daß Euch nichts mehr bedrückt. Ich fürchtete schon …«

»Was?« blaffte Deanna ungehalten. Ihre Augen funkelten.

Selna seufzte laut. »Nun, ich fürchtete, daß Ihr …« Es schien, als suchte sie nach Worten.

»Spuck's aus!« Deanna richtete sich in der Wanne auf. Das Verhalten ihrer Zofe kam ihr sehr verdächtig vor.

»... daß Ihr womöglich mit Eriador sympathisiert.«

Die Herzogin ließ sich ins heiße Wasser zurückfallen.

»Und? Habt Ihr etwa Sympathie für Eriador?« wagte Selna zu fragen. »Oder – Gott bewahre! – für die Zwerge?«

Deanna ließ sich mit der Antwort lange Zeit, und es schien, als versuchte sie der Zofe hinter die Stirn zu blicken. »Wäre das denn so schlimm?« entgegnete sie unumwunden.

»Es sind unsere Feinde«, empörte sich Selna.

»Und Menschen wie wir«, fügte Deanna hinzu. »Darum sollten wir ihnen, wenn nicht Sympathie, so doch zumindest Respekt entgegenbringen. Findest du nicht auch?«

»Eine solche Haltung könnte als Schwäche ausgelegt werden«, sagte die Zofe, ohne zu zögern.

Wieder war Deanna um eine Antwort verlegen. Worauf zielte Selna in Wirklichkeit ab? Die alte Zofe hatte der Herzogin oft als Vertraute mit Rat und Tat zur Seite gestanden, aber jetzt zeigte sie sich seltsam reserviert, so, als verheimlichte sie etwas. Deanna witterte Verrat und fürchtete schon, allzuviel von sich preisgegeben zu haben.

Das Wasser war inzwischen abgekühlt. Deanna stieg aus der Wanne und ließ sich von Selna das große Handtuch um die Schultern wickeln. Hinter einem Busch schlüpfte sie in frische Wäsche und ging dann, von Selna begleitet, in ihr Zelt.

Die Herzogin schlief unruhig. Schreckliche Visionen schlichen sich in ihre Träume; sie glaubte einen kalten Hauch zu spüren, und es breitete sich ein Schatten über sie aus, der schwärzer war als die Nacht. Schweißgebadet schreckte sie auf – und sah zwei rotglühende Augen auf sich gerichtet.

»Herrin«, knarzte eine heisere, vertraute Stimme, die Stimme von Taknapotin, Deannas Dämon.

Erleichtert sank die Herzogin aufs Kissen zurück, doch die Erleichterung währte nicht lange, denn schlagartig wurde ihr bewußt, daß der Dämon den Höllenfeuern aus eigenem Antrieb entstiegen war, denn sie hatte ihn nicht gerufen.

Taknapotin schien ihre Verunsicherung zu bemerken und entblößte grinsend zwei Reihen erstaunlich hell schimmernder Zähne.

Nein, dachte Deanna; unmöglich, daß er aus eigenem Antrieb gekommen war. Dämonen konnten gar nichts aus freien Stücken unternehmen; sie reagierten immer bloß auf Verlangen. Aber auf wessen Verlangen war Taknapotin gekommen? Für einen Moment glaubte sie, ihn womöglich im Schlaf zu sich zitiert zu haben, mußte diesen Gedanken aber sofort wieder als unsinnig verwerfen. Einen Dämon in die Welt zu locken war beileibe nicht so einfach.

Es konnte auf ihre Frage nur eine Antwort geben, und die bestätigte Taknapotin mit dem ersten Satz, den er von sich gab. »Du hast hier deine Pflicht erfüllt und darfst jetzt wieder nach Mannington zurückkehren.«

Grünspatz. Nur Grünspatz war in der mächtigen Lage, Deannas Hausdämon zu rufen, ohne sie um Erlaubnis zu bitten.

»Ab sofort wird Herzog Resmore von Newcastle die zyklopischen Marodeure anführen«, fuhr Taknapotin fort.

»Wer hat das verfügt?« wollte Deanna wissen, nur um den Namen Grünspatzens ausgesprochen zu hören.

Taknapotin lachte. »Grünspatz war immer schon der Meinung, daß du für bestimmte Dinge einfach nicht den Mumm hast.«

Jetzt wußte Deanna endgültig Bescheid. Selna, ihre seit zwanzig Jahren vertraute Zofe, hatte keine Zeit verloren, Grünspatz über die Sympathien ihrer Herrin in Kenntnis zu setzen. Deanna war bestürzt, hatte aber als nüchtern denkende Frau ihre Gefühle schnell wieder im

Griff und fand, daß es vielleicht nützlich sein konnte zu wissen, wer für den König Spitzeldienste leistete.

»Wann kann ich diese entsetzliche Gegend verlassen?« fragte Deanna, um Fassung bemüht und darauf bedacht, keinen schuldbewußten Eindruck zu machen. Es mußte jedem verständlich sein, daß sie der Gesellschaft der Einaugen möglichst schnell zu entfliehen trachtete, hatte sie doch schon zu Anfang gegen diese von Grünspatz verlangte Mission heftig protestiert.

»Resmore ist draußen. Er spricht gerade mit Muckles«, sagte der Dämon kichernd.

»Du hast deinen Auftrag erfüllt und bist entlassen«, knurrte Deanna. »Troll dich!«

»Ich würde dir noch gern beim Ankleiden behilflich sein.«

»Raus!«

Das Scheusal verschwand hinter einem gleißend hellen Blitzstrahl, der Deanna die Sicht nahm und beißenden Schwefelgestank in der Luft zurückließ.

Als sich der Rauch gelegt hatte und Deanna wieder sehen konnte, tauchte Selna mit den Anziehsachen der Herzogin im Zelteinstieg auf. Wieviel wußte sie wohl schon? fragte sich Deanna im stillen.

Innerhalb einer Stunde hatte sie Abschied von Resmore genommen und die Rückreise angetreten – durch einen magischen Tunnel, den ihr der Herzog von Newcastle freundlicherweise geöffnet hatte. In ihrer Residenz in Mannington angekommen, suchte sie sogleich die Privatgemächer auf und zeigte sich, um keinen Verdacht zu erregen, glücklich und froh darüber, endlich wieder daheim zu sein.

Auf der Bettkante hockend, schaute sie zum Frisiertisch hinüber, auf dem die juwelenbesetzte Krone lag, das einzige ihr verbliebene Erinnerungsstück an ihre königliche Familie. Sie dachte zurück an jenen Tag vor vielen, vielen Jahren, da sie, trunken von den Versprechungen magischer Möglichkeiten, eine verhängnisvolle Entscheidung getroffen hatte, die, wie sie im Rückblick erkannte, Ursache und Beginn einer logischen Ereignisabfolge war, die bis in die Gegenwart hineinreichte und auf ernste Schwierigkeiten in der näheren Zukunft hindeutete. Mit ihrem Einsatz in den Bergen waren die Zyklopen aus nachvollziehbaren Gründen unzufrieden gewesen, und sie hatten sich hinter ihrem Rücken bitter über sie beklagt. Diese Klagen waren natürlich auch Cresis, dem Zyklopenherzog aus Carlise, zu Ohren gekommen, und wahrscheinlich hatte er Grünspatz auf dieses Problem aufmerksam gemacht, der sich dann von Selna die Vorwürfe gegen Deanna hatte bestätigen lassen.

»Sei's drum«, sagte Deanna laut und verdrießlich, »soll sich doch Resmore mit den blöden Einaugen rumärgern.« Ihr war klar, daß sie von Grünspatz diszipliniert werden, womöglich sogar gezwungen sein würde, dem Dämon Taknapotin ihren Körper für eine Weile zur Verfügung zu stellen.

Deanna zuckte mit den Achseln. Fürs erste blieb ihr nichts anderes zu tun übrig, als mit den Achseln zu zucken. Darüber hinaus mußte sie sich wohl oder übel den Anordnungen Grünspatzens fügen. Deanna Wellworth hatte sich wahrhaftig mehr von ihrem Leben versprochen. In den ersten Jahren nach Abdankung ihrer Familie war sie von Grünspatz kaum mehr zur Kenntnis genommen worden, und er hatte nicht mehr von ihr verlangt, als die langweilige Rolle der Herzogin von Mannington zu spielen. Um so erfreuter war sie über Grünspatzens Aufruf gewesen, dem Königreich in einer Sache von übergeordneter Bedeutung zu dienen und an seiner Statt das Friedensabkommen mit Brind'Amour zu unterzeichnen. Ab jetzt werde sich alles ändern, hatte sie gehofft, als sie mit dem unterschriebenen Vertrag an den Hof zurückgekehrt war. Und tatsächlich: Es änderte sich einiges für sie, aber nicht zum Besseren. Von Grünspatz zu den Zyklopen in die Berge des Eisernen Kreuzes geschickt, hatte sie die Hände mit Blut besudeln und an ihrem Herzen Verrat üben müssen.

Zum wiederholten Mal warf sie einen Blick auf die Krone, auf die funkelnden Edelsteine, auf die bislang unerfüllt gebliebenen Hoffnungen.

Der Zwerg heulte vor Schmerzen und wehrte sich nach Kräften, doch es half nichts. Zwölf Zyklopen stachen mit Lanzen auf ihn ein, und es gefiel ihnen, das kleine, wehrlose Opfer zu quälen.

»Muckles, Muckles«, grölte Herzog Resmore, ein breitschultriger, untersetzter Kerl mit dichten grauen Haaren und einem trügerisch heiteren Gesicht. »Du bist ein echter Satansbraten. Läßt wohl auch keinen Spaß aus, oder?«

Kichernd klopfte Muckles dem Herzog auf die Schulter. Der Zyklop freute sich auf eine lustige Zeit an dessen Seite.

7. KAPITEL

# Herren der Dorsalsee

Huegoten!« schrie ein Matrose, und auf dem Kreuzmast des Kriegsschiffes stand einer, der rief: »Sie legen sich mächtig in die Riemen und haben das Segel gesetzt.«

Luthien beugte sich über die Reling und blickte angestrengt hinaus aufs Wasser. Doch er sah nur grauen Dunst und wunderte sich wieder einmal über die scharfen Augen der Seeleute.

»Ich kann beim besten Willen nichts erkennen«, sagte Oliver, der neben ihm stand.

»Es dauert Jahre, um das Auge an die Verhältnisse auf hoher See zu gewöhnen«, versuchte Luthien zu erklären (ebenso den Magen, fügte er im stillen hinzu, denn der Halbling hatte seit ihrem Auslaufen aus Gybi vor anderthalb Wochen einen Großteil der Zeit an der Reling gehangen). Sie waren an Bord der *Stratton-Schwalbe*, einer der großen Galeonen, die aus der avonschen Flotte stammten und vor Port Charley aufgebracht worden war. Nun segelte sie unter der Fahne Eriadors. Bei günstigem Wind und unter voller Besegelung ihrer drei Masten war die *Schwalbe* sehr viel schneller als jedes Huegotenschiff; drei von denen hatten nicht die Kampfkraft wie sie allein. Über alles maß sie fast hundert Fuß und war mit Geschützen ausgestattet, die dreihundert Faden weit reichten. Auf dem erhöhten Achterdeck waren gerade einige Matrosen damit beschäftigt, einen Katapult in Stellung zu bringen und Munition herbeizuschaffen: Körbe voller Pechballen. Andere schärften die Speere, mit denen sie den Feind beschießen wollten.

»Ich kann nichts sehen«, wiederholte Oliver.

»Luthien hat recht«, sagte Katerin, deren Augen an die Sichtverhältnisse auf dem Meer gewöhnt waren. »Obwohl ich seit Monaten nicht mehr zur See gefahren bin, kann selbst ich erkennen, daß sich am Horizont ein Huegotenschiff auf uns zubewegt.«

»Du kannst den Leuten an Bord vertrauen«, versicherte Luthien dem Halbling, der einen irritierten Eindruck machte und mit dem polierten schwarzen Schuh auf die Planken tippte. »Wenn die sagen, es sind Huegoten, dann sind's Huegoten.«

»Ich kann nichts sehen«, sagte Oliver zum dritten Mal, »weil sich mir zwei große Hornochsen vor die Augen gestellt haben.«

Luthien und Katerin schauten einander an und lachten herzhaft auf, erleichtert zu erfahren, daß Oliver ganz der alte war, jetzt, da ein womöglich schwerer Kampf unmittelbar bevorstand. Mit großer Gebärde traten sie auseinander, um dem Halbling die Sicht freizugeben.

Oliver kletterte auf die Reling, hielt sich mit einer Hand an eine Stange fest und schirmte mit der anderen die Augen ab – was im Grunde der breiten Hutkrempe wegen überflüssig war.

»O ja«, rief er. »Das ist also ein Huegotenschiff. Seltsames Ding. Eins, zwei, drei … achtzehn, neunzehn, zwanzig Ruder auf jeder Seite, und sie bewegen sich wie eines. Rein ins Wasser, raus, rein ins Wasser …«

Luthien und Katerin starrten fassungslos auf den winzigen Punkt am Horizont.

»Und wer – ojeoje – ist wohl dieser bärenstarke Kerl da im Bug?« fragte Oliver und übertrieb sein Eingeschüchtertsein dermaßen, daß Luthien aus dem Staunen schnell herauskam und Katerin zuzwinkerte.

»Mit dem möchte ich aber nichts zu tun haben«, fuhr der Halbling fort. »Da wäre doch glatt zu fürchten, daß er mir mit seinen gelben Bartborsten allein die zarte Haut vom Körper reißt.«

»Allerdings«, bestätigte Luthien und markierte nun seinerseits heillose Bestürzung. »Und seht nur, dieser Fingerring, einer Löwentatze nachgebildet. Bei allem, was man über diese Wilden hört, würde es mich nicht wundern, wenn an dieser Tatze Krallen auszufahren wären.« Er tat so, als schüttelte es ihn vor Angst, grinste Katerin zu und schickte sich an zu gehen.

»So ein Unsinn«, entgegnete Oliver. »Kannst du denn nicht sehen, daß statt der Krallen Edelsteine in den Ring eingearbeitet sind? Aber der Ohrring, o weh ...«

Luthien suchte nach einer passenden Entgegnung, sah aber, daß Katerin den Kopf schüttelte, und erkannte selbst, daß er gegen den kleinen Freund nicht ankommen konnte.

»Gute Augen«, bemerkte Kapitän Wallach grinsend und trat mit Bruder Jamesis herbei.

»Wann werden wir mit denen aufeinandertreffen?« fragte Luthien.

Wallach blickte zum Horizont und zuckte mit den Schultern. »Wer weiß? In einer halben Stunde vielleicht oder auch erst gegen Abend«, antwortete er. »Unsere Freunde im Drachenboot steuern nicht direkt auf uns zu, sondern halten einen südöstlichen Kurs.«

»Fürchten sie uns womöglich?«

»Wir sind ihnen ganz klar überlegen«, sagte Wallach zuversichtlich. »Aber daß Huegoten vor einem Kampf Reißaus nehmen, ist meines Wissens noch nie vorgekommen. Ich vermute, daß sie uns in die Nähe von Colonsey zu locken versuchen, in Untiefen, wo's passieren könnte, daß wir auflaufen.«

Luthien schmunzelte wissend. Kapitän Wallach war wie kaum ein anderer Kommandant der Kriegsmarine vertraut mit den Gewässern vor der Ostküste. Über zwölf seiner fünfzig Jahre hatte er in einer kleinen Ortschaft bei Land's End auf Colonsey gelebt und war tagtäglich hinaus aufs Meer gefahren.

»Die spekulieren also tatsächlich darauf, uns gegenüber im Vorteil zu sein, wenn's auf die Insel zugeht«, sagte Katerin.

Wallach kicherte.

»Wir sind nicht auf Kampf aus«, erinnerte Luthien. »Wenn möglich, werden wir uns mit ihnen friedlich auseinandersetzen.« Das war so geplant, und darum hatte die *Schwalbe* ihre Begleitflotte aus dreißig Galeonen in der Bucht von Colthwyn zurückgelassen.

»Huegoten legen keinen Wert auf Verhandlungen«, meinte Katerin.

»Ja, sie achten nur Gewalt«, bestätigte Wallach.

»Nun, wenn es sein muß, werden wir das Langboot kurz und klein schlagen«, sagte Luthien. »Wir vermeiden Blutvergießen so weit als möglich, lassen sie aber auf keinen Fall davonkommen.«

»Auf keinen Fall«, pflichtete Jamesis bei, dessen Miene seit der Ankunft der Huegoten nicht mehr aufgeklart war.

Luthien konnte es immer noch kaum glauben, daß er sich mit seinem Willen, zu verhandeln, hatte durchsetzen können. Immerhin lagen dreißig Galeonen kampfbereit vor der Küste, und das Volk von Gybi sann auf Rache für den mörderischen Überfall der Huegoten, der so vielen Freunden und Verwandten das Leben gekostet hatte. Ohne argumentative Schützenhilfe durch Statthalter Byllewyn wäre es wohl nicht dazu gekommen, daß die *Stratton-Schwalbe* allein hatte ausgelaufen können, auf diplomatischem Kurs zunächst und erst in zweiter Instanz als Kriegsschiff.

»Hißt die Flagge für Verhandlungen«, forderte Luthien den Kapitän auf, ohne Jamesis aus den Augen zu lassen. Der Mönch hatte sich in der vorausgegangenen Strategiedebatte Luthiens Plänen widersetzt und viel Unterstützung gefunden, sogar von Oliver und Katerin.

»Die weiße Flagge mit blauem Rand dürfte selbst den Huegoten bekannt sein«, sagte Jamesis. »Sie sind schon oft genug zum Schein auf dieses Signal eingegangen.«

»Mann, hat der blaue Augen«, rief Oliver, der immer noch auf der Reling stand. Seine Bemerkung kam gerade richtig, um die zwischen den anderen entstandene Spannung zu lösen. Jamesis und Wallach blickten sich verwundert nach dem Halbling um. Katerin und Luthien lachten nur. Sie wußten: Oliver sah nicht mehr als sie, verstand es aber wie kein anderer zu bluffen.

Kurz darauf flatterte die Flagge für Verhandlungen am hohen Mast der *Schwalbe*. Alles wartete gespannt, doch auch als der Matrose im Ausguck dem Kapitän bestätigte, daß die Huegoten nahe genug seien, um die Flagge zu erkennen, zeigten sie keinerlei Reaktion und behielten ihren Kurs stur bei.

»Direkt auf Colonsey zu«, sagte Wallach.

»So folgen wir«, entschied Luthien.

Der Kapitän krauste die Stirn und bedachte den jungen Bedwyr mit skeptischem Blick.

»Fürchtet Ihr eine Wettfahrt?« fragte Luthien.

»Mir wäre wohler, wenn sich die rechte Hand meines Königs nicht an Bord, sondern in Sicherheit befände«, antwortete Wallach.

Nervös schaute sich Luthien um.

Obwohl Wallach sah, daß Luthien schon verstanden hatte, ließ er es sich nicht nehmen, seine Bemerkung zuzuspitzen. »Wenn die Huegoten, wie zu befürchten ist, mit Grünspatz im Bunde stehen, wäre dann Luthien Bedwyr nicht ein fabelhafter Preis für diesen Mann? Man stelle sich vor, was Grünspatz für ein Gesicht machte, wenn ihm der Blutrote Schatten ausgeliefert würde!«

Luthien war es müde, diese Warnung zu hören. Mit diesem Argument hatte man ihn seit seiner Ankunft in

Gybi von seinem Vorhaben abzubringen versucht, mit den Huegoten zu verhandeln. Selbst Katerin, die sonst immer einer Meinung mit ihm war, hatte mehr als einmal betont, daß sich ein solches Risiko verbiete, weil Luthien für das Königreich zu wertvoll sei.

»Mit dem Blutroten Schatten wollten schon Herzog Morkney, General Belsen'Krieg und Herzog Paragor von Princetown dem König ihre Gunst erweisen«, sagte Luthien.

»Und weil die dafür mit dem Leben bezahlt haben, glaubt Ihr wohl jetzt, unsterblich zu sein«, entgegnete Jamesis.

Luthien wollte protestieren, doch Oliver kam ihm zuvor. Er sprang von der Reling und sagte: »Das macht doch keinen Sinn! Ihr bestätigt, daß mein Freund überaus wertvoll ist, wollt ihn aber vor eben diesem besonderen Wert in Schutz nehmen.«

»Oliver hat recht«, meldete sich nun auch Katerin zu Wort. »Wenn sich Luthien hinter Brind'Amour versteckt, wenn er mit seinem Umhang nicht da zu sehen ist, wo er am meisten gebraucht wird, hat der Blutrote Schatten bald gar keinen Wert mehr.«

Wallach zuckte mit den Schultern und blickte sich hilfesuchend nach Jamesis um, der einräumte: »Über Euer Schicksal können wir nicht entscheiden.«

»Also auf nach Colonsey«, rief Wallach.

»Nur wenn Ihr das als Kapitän dieses Schiffes auch mitverantworten könnt«, erwiderte Luthien. »Ich möchte nicht, daß Ihr allein auf mein Wort hin Euch in Gefahr begebt. Ihr seid der Befehlshaber hier an Bord.«

Wallach fühlte sich geschmeichelt. »Die Gefahr war uns allen von Anfang an bewußt«, entgegnete er. »Und ein jeder hier hat sich freiwillig an Bord gemeldet. Eriador ist bedroht, und wir sind bereit, für unsere Freiheit bis zum letzten Blutstropfen zu kämpfen. Wärt Ihr nicht mit an Bord, mein Freund, würde ich keinen Augenblick lang zögern, das Langboot zu verfolgen, es zur

Verhandlung zwingen, und sei es, daß die gesamte Huegoten-Flotte auf der Lauer läge.«

»Nun, dann segelt voran«, sagte Luthien.

Die *Stratton-Schwalbe* näherte sich dem Langboot im spitzen Winkel, und obwohl die Barbaren die Signalflagge längst gesehen haben mußten, trieben sie die Rudersklaven zu beschleunigter Fahrt an. Die große Galeone nahm die Herausforderung an und setzte zusätzliche Segel. Bald kam die gebirgige Landschaft Colonseys in Sicht.

»Glaubt Ihr immer noch, daß sie die Absicht haben, uns auflaufen zu lassen?« fragte Luthien den Kapitän.

»Mittlerweile vermute ich, daß sie sich zu verstärken suchen«, antwortete Wallach und deutete mit der Hand steuerbords auf ein zweites Langboot, das hinter einer Landzunge zum Vorschein trat.

»Das muß denen ja wie gerufen kommen«, meinte Luthien. »Oder war's womöglich abgesprochen?«

»Sieht ganz danach aus.«

Aus der Gegenrichtung tauchte nun ein drittes, wenig später sogar ein viertes Huegotenschiff auf, und das erste drehte plötzlich bei.

Luthien wollte die Hoffnung nicht aufgeben. »Vielleicht werden sie ja jetzt, da sie alle zusammen sind, auf unser Verhandlungsangebot eingehen.«

»Jedenfalls werde ich nur eins dieser Schiffe näher herankommen lassen«, entgegnete Wallach, »und das auch nur dann, wenn es entsprechend geflaggt ist.« Dann wandte er sich den Schützen am Katapult zu und verlangte, das Langboot steuerbords ins Visier zu nehmen. Wenn es zum Kampf kommen sollte, wollte er dieses Schiff als erstes versenken, um Platz zu schaffen für ein eventuelles Ausweichmanöver in tieferes Gewässer.

Luthien mußte dem zustimmen, so sehr er auch die Piraterie mit friedlichen Mitteln beizulegen hoffte. Er erinnerte sich an Garth Rogar, den teuersten seiner

Freunde, einen Huegoten, der, schiffbrüchig geworden, ans Ufer der Insel Bedwydrin gespült worden war. Luthien fühlte sich an Garths Tod mitschuldig, weil er ihn im Kampf in der Arena bezwungen hatte. Wäre er, Luthien, unterlegen gewesen, hätte Gahris wohl kaum zulassen können, daß der Daumen nach unten ging, um dem Verlierer das Todesurteil anzuzeigen.

Obwohl den jungen Bedwyr tatsächlich jedoch keine Schuld traf, plagte ihn doch stets ein schlechtes Gewissen. Und so hatte er sich im Andenken an Garth Rogar auf den Weg nach Gybi gemacht, um den Konflikt mit den Huegoten möglichst friedlich zu lösen. Allerdings konnte er nicht erwarten, daß sich die Männer und Frauen an Bord der *Schwalbe* einem drohenden Angriff der Huegoten schutzlos auslieferten. Wallach und seine Leute hatten bereits genügend Tapferkeit und guten Willen unter Beweis gestellt, dadurch nämlich, daß sie Luthiens Bitte, ganz ohne Begleitschiff auszulaufen, stattgegeben hatten.

»Es könnte zum Kampf kommen«, sagte Luthien zu Katerin und Oliver, als er sich wieder zu ihnen gesellte.

Oliver blickte zu dem nächsten Langboot hinüber und sah zu beiden Seiten das Wasser schäumen, das von den Rudern aufgerührt wurde. Er betrachtete die Galeone, vor allem das Achterdeck mit dem Katapult und der gefechtsbereiten Mannschaft. »In dem Fall wäre zu hoffen, daß sie als Zielscheibe taugen«, bemerkte er mit düsterer Miene.

Ein Ruf aus dem Ausguck machte auf ein fünftes und sechstes Huegotenschiff aufmerksam; sie folgten im Kielwasser des Schiffes auf der Steuerbordseite.

»Vielleicht war es doch keine so gute Idee, mit dem engsten Vertrauten des Königs so weit hinauszusegeln«, bemerkte Oliver.

»Ich mußte mitkommen«, entgegnete Luthien.

»Ich habe mit mir selbst gesprochen«, erklärte der Halbling knapp.

»Wir haben uns noch nie vor einem Kampf gedrückt«, sagte Katerin resolut.

Luthien blickte ihr in die grünen Augen und entdeckte darin tiefe Besorgnis: Katerin fürchtete nicht um sich; die Situation machte ihr angst, denn sie war völlig neu für sie. In all den Kämpfen um Eriador hatte sie es mit Zyklopen zu tun gehabt, jetzt aber standen ihr Menschen als Feinde gegenüber.

Kapitän Wallach eilte kommandierend von achtern nach vorn und zurück. »Verdammt, so hißt doch endlich eure Flagge«, murmelte er vor sich hin, als er zu den drei Freunden an die Reling trat.

Plötzlich wurden auf dem Schiff, das sich der *Schwalbe* näherte, alle Ruder hochgestellt, und sofort verlor es im rauhen Wasser an Fahrt. Da erschallte ein Hornsignal, ein klarer, heller Ton.

»Das klingt nach Kampf«, sagte Katerin zu Wallach. »Mit Verhandlungen haben sie anscheinend nichts im Sinn.«

Hörnerschall antwortete von den fünf anderen Langbooten, und darunter mischte sich lautes Gejohle. Nun kamen sie mit wuchtigen Schlägen herbeigerudert. Nur das erste Schiff nicht; es verharrte auf der Stelle und schien auf eine Reaktion der *Schwalbe* zu warten.

»Wir können nicht länger abwarten«, wandte sich Wallach an Luthien, der aus seiner Enttäuschung kein Hehl machte.

»Backbords kommen noch drei weitere!« tönte es von oben.

»Da finden wir nicht mehr raus«, stellte Katerin fest und sah die Falle zuschnappen, in die sie getappt waren.

Wallach befahl, einen Teil der Segel zu streichen, um den Kampf aufnehmen zu können. Gleichzeitig sollte ein wenig Manövrierfähigkeit gewährleistet bleiben.

Luthien wandte sich ebenfalls dem Hauptdeck zu und sah Bruder Jamesis herbeikommen, der so grimmig dreinschaute wie seit Tagen nicht mehr. Luthien versuchte, seinem Blick standzuhalten, doch es gelang ihm nicht. Er hatte auf Verhandlungen gepocht und damit das Schiff und die Mannschaft in Gefahr gebracht. Der junge Bedwyr starrte verdrossen aufs Meer hinaus – und spürte Jamesis' Hand auf der Schulter.

»Immerhin, wir haben's versucht«, sagte der Mönch. »Und das war richtig so. Aber seid unbesorgt, Mylord Bedwyr, und wißt, daß mit jedem Langboot, das wir heute versenken ...«

»Und das werden viele sein«, flocht Wallach ein.

»... die Bucht von Colthwyn sicherer wird«, ergänzte Jamesis.

Wallach zeigte auf das nächste Huegotenschiff, schaute dabei Luthien an und schien dessen Zustimmung zu erbitten.

Luthien war ein Mann von Skrupeln, und hier zu entscheiden fiel ihm schwer, obwohl die Huegoten deutlich machten, daß sie kämpfen wollten. Auf dem Wasser ringsum ertönten Hörnerklang und Rufe, mit denen die Gegner ihre Kriegsgötter beschwörten.

»Der Kampf ist ihnen heilig«, sagte Katerin.

»Und das wird ihnen zum Verhängnis«, versprach Luthien.

Der Ball aus brennendem Pech flog brausend und in hohem Bogen durch den Nachmittagshimmel, stürzte dann einem Raubvogel gleich zielsicher auf die ausgemachte Beute. Der Gegner versuchte zu reagieren; peitschend schlugen die Ruder ins Wasser, allein, zum Ausweichen war es zu spät.

Die Schützen an Bord der Galeone hatten sorgfältig Maß genommen. Ihr Katapultgeschoß traf das Langboot in der Mitte und mit solcher Wucht, daß es fast kenterte.

Etliche Huegoten, deren Fellgehänge Feuer gefangen hatten, sprangen ins Wasser. Luthien hörte die Schreie derer, die nicht entkommen konnten. Aber noch war das Schiff, obwohl schwer beschädigt, nicht geschlagen, und von den verbliebenen Rudern angetrieben, rückte es näher.

Nun zeigte sich auch der Anführer. Er eilte zum Bugspriet des rauchenden Schiffes, hob trotzig das Schwert und richtete derbe Flüche an die Besatzung der *Schwalbe.*

Stolz, aber dumm, so schätzte Luthien diesen Mann ein, denn die zehn anderen Langboote (es hatten sich zwei weitere dazugeschlagen) waren noch zu weit entfernt, um helfend eingreifen zu können. Vielleicht hatte der Huegote keine Ahnung von der Kampfkraft einer Galeone, aber wahrscheinlicher war, daß er sich, kriegslüstern wie er war, davon nicht abschrecken ließ.

Wallach steuerte die *Schwalbe* zwei Schlag backbords. Da sauste ein zweiter Pechballen durch die Luft und zerfetzte mehrere Ruder, bevor er zischend ins Wasser spritzte. Unaufhaltsam kam das Langboot auf die Galeone zu. Sein Anführer war auf den Vordersteven geklettert und fuchtelte wild mit beiden Armen.

In dieser Haltung bat er gerade seinen Kriegsgott um Beistand, als ihn ein Speer, von einer Balliste abgeschossen, in seine Brust traf und über das halbe Deck schleuderte.

Doch auch das hielt das Langboot nicht auf. Für das Katapult war es bereits zu nahe herangekommen, bot sich nun aber geradezu als Ziel an für beide Ballisten und für etwa hundert Bogenschützen. Es hagelte Speere und Pfeile; viele von ihnen trafen tödlich.

Und dennoch kam das Huegotenschiff näher.

»Nichts wie weg!« schrie Wallach seinem Steuermann zu. Eilends wurden ein paar Segel gehißt. Für die Matrosen an Bord der Galeone war die Entschlossenheit der Huegoten ein Rätsel. Unbegreiflich war ihnen auch, warum die Sklaven, von der Trommel angetrieben, immer noch weiter ruderten, obwohl sie doch mittlerweile ihren Peinigern an Zahl klar überlegen sein mußten.

Die *Stratton-Schwalbe* nahm Fahrt auf und rückte vom Kurs ab. Anscheinend war das gegnerische Schiff ungesteuert, denn es drehte nicht bei, sondern fuhr stur geradeaus, durchs Kielwasser der Galeone, so nahe heran, daß die Backbordruder am Heck zerbarsten. Vom Achterdeck aus kippten drei Matrosen einen Bottich brennenden Öls über das Langboot.

Von diesem Schiff ging keine Gefahr mehr aus. Aber nun kamen die anderen zehn Schiffe, Seite an Seite. Die Männer am Katapult arbeiteten wie wild; die Ballisten schleuderten Speer um Speer, und so wurde ein weiteres Huegotenschiff versenkt und ein drittes so schwer beschädigt, daß es nicht mehr mithalten konnte.

Bogenschützen säumten die Reling. Auf deren Beschuß antworteten ihrerseits die Huegoten mit Pfeilen und Lanzen, viele davon mit brennender Spitze ausgerüstet. Auch Luthien hatte seinen Faltbogen auseinandergeklappt. Oliver und Katerin halfen dabei, die Verwundeten zu verarzten und die vielen kleinen Brandherde zu löschen, bevor ernsthafter Schaden daraus erwachsen konnte.

Kapitän Wallach rannte unermüdlich hin und her, um den Matrosen Mut zu machen und Befehle zu erteilen. Doch auch er konnte nicht verhindern, daß wenig später die große Galeone, von einem Rammbock getroffen, erbebte. Durch die offenen Luken hörte man es unter Deck schrecklich krachen.

Da flogen Enterhaken über die Reling. Luthien zog den *Blender* und rannte los, um die vielen Kaperseile zu zerhacken, während die Bogenschützen schossen, was die Sehne hielt, und in so schneller Abfolge, daß ihnen kaum Zeit zum Zielen blieb.

Unglaublich, mit welch tollkühnem Mut die Huegoten angriffen. Um die eigene Sicherheit schien sich keiner von ihnen auch nur einen einzigen Gedanken zu machen. Sie kamen in der festen Überzeugung, daß es nichts Höheres gab, als im Kampf zu sterben.

Und wieder erzitterte die Galeone, als ein zweites Langboot die Backbordseite rammte, gleich darauf ein drittes, das sich fast selbst versenkte, so wuchtig prallte es vor den Bug. Bald waren fast ebenso viele Huegoten wie Eriadoraner an Bord der *Schwalbe*, und immer mehr kamen über die Reling geklettert.

Luthien versuchte, Wallach zu erreichen, der sich auf dem Vorderdeck wütend zur Wehr setzte. »Nein!« schrie der junge Bedwyr, als er mitansehen mußte, wie sich die Zinken eines herbeifliegenden Enterhakens in der Schulter des Kapitäns verhakten und ihn an gestrafftem Seil quer übers Deck und über die Reling ins Wasser zerrten.

Daß Luthien angesichts dieser Schreckensszene einen Moment lang starr vor Entsetzen gewesen war, hätte ihn fast das Leben gekostet, denn da stürmte ein Huegote von der Seite auf ihn zu. Aufgeschreckt fuhr er herum.

Aber da blieb der Barbar plötzlich wie angewurzelt stehen. Was ihn aufhielt, war der kuriose Anblick eines geckenhaft gekleideten Halblings, der über die Reling balancierte und ihm, der aus dem Staunen nicht herauskam, die Spitze seines Rapiers in die Rippen bohrte.

Schreiend sprang der Huegote in die Luft, in der Absicht, Oliver zu packen und mit sich über Bord zu ziehen, doch ehe er wieder auf den Füßen stand, wurde ihm ein Belegnagel mit solcher Wucht vors Knie geschlagen, daß er über die Reling stürzte. Katerin gab ihm dann noch einen Hieb auf den Hinterkopf, bevor er endgültig verschwand.

»Im Sattel meines treuen Pferdes kämpfe ich viel lieber«, meinte Oliver.

»Denkt an die Schlacht im Ministerium«, sagte Luthien, sowohl an Oliver als auch an Katerin gerichtet. »Uns bleibt nur eine einzige Möglichkeit: Wir müssen uns zu einem möglichst engen Abwehrriegel zusammenschließen.«

Katerin nickte, doch Oliver schüttelte den Kopf. »Mein Freund«, sagte er in gelassenem Tonfall, »die Schlacht im Ministerium haben wir nur deshalb überlebt, weil wir davongerannt sind.« Oliver schaute sich um. Auch ohne seinem Blick zu folgen, war den anderen klar, was er meinte. Das offene Meer bot ihnen keinen Fluchtweg.

Über eine Stunde lang hielt die tapfere Besatzung dem feindlichen Ansturm stand. Luthien, Katerin und Oliver verteidigten mit fünfzig Männern und Frauen das erhöhte Achterschiff, während rund hundert Huegoten auf dem Hauptdeck Beute machten: Gefangene, die sie gefesselt auf ihre Langboote verfrachteten. Nichts hielt die Wilden auf, und es war abzusehen, daß sie auch bald das hohe Deck erstürmen würden, dabei waren die eigenen Schiffe schon übervoll mit Gefangenen.

Der Laderaum füllte sich schnell mit Wasser. Schon hatte die *Stratton-Schwalbe* eine bedenkliche Schieflage. Es war unmöglich, zu entkommen, geschweige denn, zu siegen. Das Ende nahen zu sehen, entfesselte ihre letzten Reserven.

Da kam ein riesiger Huegote herbei und warf eine Gestalt in brauner Kutte aufs Achterdeck.

»Bruder Jamesis!« rief Luthien.

Der Mönch richtete sich auf den Knien auf. »Gebt Euch geschlagen, mein Freund«, sagte er zu Luthien. »Rennir von Isenland hat versprochen, daß er unser Leben schont.«

Luthien schaute sich irritiert nach den Gefährten um.

»Besser als Galeerensklave leben, als auf hoher See zu sterben«, sagte Jamesis.

»O nein!« brüllte eine Eriadoranerin, worauf sie sich, einen Stag unter den Arm geklemmt, in Todesverachtung den Huegoten auf dem Hauptdeck entgegenschwang. Ehe die Gefährten einschreiten konnten, hatte sie ein gezielter Lanzenstoß aus der Luft geholt. Wie

Wölfe fielen die Huegoten über sie her. Schließlich tauchte die Frau aus der Meute wieder auf, in den Pranken eines hünenhaften Barbaren, der sie dann kopfüber gegen die Reling schleuderte.

Es gelang ihr, wieder auf die Beine zu kommen, doch schon war ein anderer zur Stelle, der sie mit einem Dreizack aufgabelte, ihren zuckenden Leib in die Höhe stemmte, in dieser furchtbaren Pose verharrte und schließlich die Leiche einfach ins Wasser fallen ließ.

»Verflucht!« schrie Luthien, außer sich vor Wut und hob das Schwert.

»Bleibt zurück«, bettelte Bruder Jamesis. »Ich flehe Euch an, Sohn von Bedwyr, beim Leben derer, die Euch gefolgt sind …«

Rennir merkte auf. »Bedwyr?« murmelte er, was aber niemand hören konnte.

Luthien wußte nicht weiter und blickte zurück auf die fünfzig Männer und Frauen, die hinter ihm standen. Er fühlte sich für dieses Ende mitverantwortlich, hatte er doch darauf gedrängt, ein einzelnes Schiff in friedlicher Mission zu entsenden. Seine einzige Erfahrung mit Huegoten war ihm durch den Freund Garth Rogar vermittelt worden, den ehrenhaftesten und vernünftigsten Kämpfer, den Luthien je kennengelernt hatte.

Vielleicht war es die Erinnerung an diese Freundschaft, die Luthien hatte vergessen lassen, wie Barbaren waren. Nun waren über hundert Eriadoraner tot, und rund fünfzig von ihnen als Gefangene auf die Galeeren verschleppt worden. Mit Tränen in den zimtbraunen Augen warf Luthien den *Blender* aufs Hauptdeck hinunter.

Von Bord eines Huegotenschiffs aus sahen er und seine Gefährten wenig später die *Stratton-Schwalbe* langsam untergehen.

# 8. Kapitel

# *Aussichten*

Luthien hörte die Peitschen knallen und die Schreie der Matrosen, als sie unter Deck an die Ruderbänke gekettet wurden. Ihm drohte das gleiche Schicksal, doch er sorgte sich um Oliver. Was würden die Huegoten mit ihm anfangen, wo er doch viel zu klein war zum Rudern? Ob er womöglich als eine Art Schiffsnarr den Barbaren zur Unterhaltung dienen und deren Willkür fürchten mußte? Oder würde man ihn einfach wie überflüssige Fracht über Bord werfen?

Und wie würde es Katerin ergehen? Um sie und um die sechs anderen Frauen in den Händen der Huegoten ängstigte er sich am meisten. Die Piraten waren wahrscheinlich schon seit Wochen, wenn nicht gar seit Monaten auf See, fernab von zu Hause. Was ihnen beim Anblick einer solchen Schönheit wie Katerin O'Hale in den Sinn käme, war nicht schwer zu erraten.

Es schüttelte ihn, und er versuchte, die düsteren Gedanken beiseite zu drängen, um sich vielmehr auf die gegenwärtige Lage zu konzentrieren. Zum Glück befand er sich mit Katerin, Oliver und Bruder Jamesis auf ein und demselben Schiff, und sie alle waren, von ein paar Kratzern abgesehen, unverletzt geblieben. Und wehe, es legt jemand Hand an Katerin oder Oliver! dachte Luthien und war entschlossen, in diesem Falle bis zum bitteren Ende zu kämpfen, und wenn es auch nur die Fäuste waren, die er würde einsetzen können.

Doch selbst um diese Gelegenheit sah er sich betrogen, als ihm und den anderen dicke Seile um die Handgelenke geschlungen wurden. Kraftstrotzende Recken hielten sie bewacht. Und dann wurde ein grausamer Austausch vorgenommen: Wer von den alten, verbrauchten Sklaven zu schwach war, um weiterzurudern, wurde an Deck geschafft und durch einen der neuen Gefangenen ersetzt. Luthien konnte kaum an sich halten, er ahnte, was denen bevorstand, die, aus dem Schiffsbauch herausgeführt, zum ersten Mal seit langem die Sonne wieder sahen und die Hoffnung hatten, daß ihre Gehorsamkeit am Ende belohnt werden würde.

Ohnmächtig vor Wut schloß Luthien die Augen, als die ausgemusterten Sklaven über Bord gestoßen wurden.

»Tja, das geschieht mir dann ja wohl auch«, meinte Oliver. »Obwohl ich doch wasserscheu bin.«

»Wer weiß, was die mit uns vorhaben«, sagte Bruder Jamesis mit zitternder Stimme. Er hatte seine Leute dazu gedrängt, aufzugeben, und mußte nun einsehen, daß es wohl besser gewesen wäre, mit der *Schwalbe* unterzugehen.

»Für die Ruderbank bin ich zu klein«, entgegnete Oliver und stellte zur eigenen Überraschung fest, daß ihn am Ende seines Lebens nur eines wirklich dauerte: seine Chancen bei Siobhan nicht wahrgenommen zu haben.

»Still!« herrschte Luthien den Freund an. »Oder willst du der Entscheidung der Barbaren vorgreifen?«

»Als kämen die nicht von selbst drauf«, antwortete Oliver.

»Vielleicht halten sie dich für ein Kind«, sagte Katerin. »Man hat schon davon gehört, daß sie verwaiste Kinder aufgenommen und als Isenländer großgezogen haben.«

»Tröstlicher Gedanke«, feixte Oliver. »Aber was ist, wenn ich nicht mehr wachse?«

»Genug«, schalt Luthien, unwillkürlich die Stimme hebend, so daß eine der huegotischen Wachen auf ihn aufmerksam wurde. Der riesige Kerl blickte drohend auf ihn herab und ließ dabei ein dumpfes Knurren verlauten.

Luthien lächelte freundlich und zischelte den Freunden aus dem Mundwinkel zu: »Wir hätten uns nicht fesseln lassen sollen.«

»Wie hätten wir sie denn daran hindern sollen?« fragte Oliver.

Angeführt von Rennir, kam nun eine Gruppe von Huegoten auf sie zu.

»Ich protestiere!« rief Bruder Jamesis.

Zwischen den buschigen Haaren, die das halbe Gesicht bedeckten, blitzten Rennirs weiße Zähne auf, und die spöttische Miene verriet, daß ihm ähnliche Worte schon früher zu Ohren gekommen waren, nämlich aus dem Munde »zivilisierter« Menschen, die sich über das huegotische Rechtsempfinden beschwert hatten. Unvermittelt sprang er auf Jamesis zu, worauf dieser vor Angst zusammenzuckte. Luthien und die anderen fürchteten schon, daß Rennir den Mönch über Bord stoßen wollte.

»Wir haben eine Vereinbarung getroffen«, sagte Jamesis kleinlaut. »Ihr habt uns Schutz garantiert ...«

»Dir und deinen Leuten, ja«, entgegnete Rennir. »Von den Ruderskalven war nicht die Rede. Um euch schützen zu können, müssen wir hier Platz schaffen.« Grinsend wandte er sich seinen kichernden Spießgesellen zu.

Bruder Jamesis suchte verzweifelt nach Worten. »Aber diese Leute haben Euch gedient«, stammelte er. »Ihr könnt sie nicht einfach wegwerfen. Die Insel Colonsey ist nicht weit. Laßt sie dort an Land gehen, ich bitte Euch ...«

»Damit sie sich erneut zusammenrotten und gegen uns Krieg führen?« röhrte Rennir.

»Ihr hättet weniger Feinde, wenn Ihr friedfertiger wärt«, sagte Luthien und lenkte damit Rennirs Aufmerksamkeit auf sich. Langsam und bedrohlich kam dieser auf ihn zu. Doch Luthien ließ sich nicht einschüchtern. Im Gegenteil, er richtete sich zur vollen Größe auf, straffte die Schultern und fixierte den anderen mit herausforderndem Blick. Rennir kam auf ihn zu; er war mehrere Zoll größer, was aber kaum auffiel.

Wortlos und ohne mit der Wimper zu zucken starrten sie einander in die Augen. Plötzlich wandelte sich die Miene des Huegoten, und er gab die Drohgebärde auf.

»Du bist nicht von Gybi«, stellte Rennir fest.

Statt zu antworten, sagte Luthien: »Ich bitte Euch, holt die Männer an Bord zurück, die Ihr ins Meer geworfen habt.«

Einige der Barbaren fingen an zu kichern, doch Rennir hob die Hand, um ihnen Einhalt zu gebieten. »Würdest du dich auch eines Isenländers erbarmen?«

»Allerdings.«

»Ist das denn schon vorgekommen?«

Die Frage überraschte Luthien so sehr, daß er auf die Schnelle nichts zu erwidern wußte, zumal er ahnte, daß von seiner Antwort womöglich das Leben der bedauernswerten Sklaven abhing.

»Wie heißt du?« wollte Rennir jetzt wissen.

»Luthien Bedwyr.«

»Von der Insel Bedwydrin?«

Luthien nickte und warf einen flüchtigen Blick auf Katerin und Oliver, die gleichfalls verwirrt zu sein schienen und nur mit den Schultern zuckten.

»Ich frage noch einmal: Hast du dich schon einmal eines Isenländers erbarmt?«

Da ging Luthien ein Licht auf. Garth Rogar! Dieser Mann bezog sich auf Garth Rogar, Luthiens besten Freund, den er aus dem Meer gefischt und mit nach Hause genommen hatte, wo er, Garth, wie ein Bruder aufgewachsen war. War es denn möglich, daß Rennir darüber Bescheid wußte?

Wie dem auch sei, dachte Luthien; es gab drängendere Fragen. Wieder straffte er die Schultern, blickte dem Huegoten unerschrocken ins Gesicht und antwortete ihm mit fester Stimme: »Ja, das habe ich.«

Rennir wandte sich seinen Gefährten zu. »Holt die Sklaven aus dem Wasser«, befahl er. »Und meldet auch den anderen Schiffen, daß niemand über Bord geworfen werden soll.« An Luthien richtete er die Worte: »Mehr bin ich dir nicht schuldig«, und machte kehrt. Im Vorbeigehen musterte er Katerin und kicherte vor sich hin.

»Ihr schuldet mir die Behandlung, die Ihr meinen Leuten zukommen laßt«, rief ihm Luthien nach. »Wenn sie rudern müssen, will ich's auch tun.«

Der Huegote war stehengeblieben und schien einen Augenblick lang nachzudenken. Dann warf er den Kopf in den Nacken und grölte vor Lachen. Ohne sich noch einmal nach dem jungen Bedwyr umzuschauen, ging er zur Gruppe seiner Gefährten zurück.

In breiter Formation fuhren die huegotischen Langboote die Westküste Colonseys entlang, was Luthien verwunderte, hatte er doch angenommen, daß die Piraten Kurs aufs offene Meer nehmen würden. Schließlich gelangte die Flottille in eine geschützte Bucht und durch einen engen, versteckten Durchlaß in eine stille Lagune.

Einhundert Galeeren warden am felsigen Ufer festgemacht. Auf einer Anhöhe im Hintergrund war eine kleine Ortschaft zu sehen, aus Häusern bestehend, die zum Teil fest gemauert waren.

»Ja, seit wann gibt's das denn hier?« staunte Bruder Jamesis.

»Und was mag wohl aus Land's End geworden sein?« fragte Luthien, womit er die kleine eriadoranische Siedlung an der Nordspitze der Insel meinte. Den Siedlern war die Gründung eines huegotischen Stützpunktes hier auf der Insel gewiß nicht gut bekommen. Daß dieser Stützpunkt auf Dauer angelegt war, zeigte sich auf den ersten Blick. Es lagerte hier jede Menge Holz auf Vorrat, das von anderswo herbeigeschafft sein mußte, da auf der felsigen Insel allenfalls vereinzelt ein paar Bäume wuchsen. Luthien sah viele Huegotinnen aus den Häusern kommen, die die heimkehrenden Seemänner begrüßten. Ja, es konnte kein Zweifel daran bestehen: Der Küste von Eriador drohte eine Invasion in großem Ausmaß.

Die Seefahrer gingen an Land und ließen nur wenige Wachen bei den Gefangenen zurück. Gedanken an Flucht konnte sich Luthien aber aus dem Kopf schlagen, denn es kam nun eine Gruppe von bewaffneten Huegoten, die ihn und seine drei Gefährten vom Schiff holten.

Am Ufer wurde Luthien von Rennir persönlich in Empfang genommen, beim Kragen gepackt und unsanft auf die Anhöhe hinaufgetrieben, dem größten Haus der Ortschaft entgegen.

»Asmund ist unser König; er entscheidet, was mit dir und deinen Freunden geschieht. Überleg dir also gut, was du ihm sagst.« Mit diesen Worten stieß ihn der Huegote durch die Tür in einen großen Raum, der die gesamte Grundfläche des Gebäudes einnahm.

Die Hände waren ihm immer noch auf dem Rücken zusammengebunden. Er taumelte ein paar Schritte nach vorn und ging in die Knie, hörte, wie hinter ihm nun auch die Freunde einer nach dem anderen in den Raum geführt wurden, gestattete sich aber nicht, einen Blick über die Schulter zu werfen.

Asmund war von beeindruckender Statur, hochgewachsen und breitschultrig. Er hatte einen gewaltigen, grauen Bart, ein braungebranntes, zerklüftetes Gesicht und Augen von eisigem Blau.

Doch Luthien achtete nicht auf den König. Gebannt starrte er auf den Mann, der neben Asmund stand.

Einen Mann mit zimtbraunen Augen.

9. KAPITEL

# *Eriadoranische Bande*

»Ethan …«, hauchte Katerin.

Luthien schnappte nach Luft, stand auf, wurde aber sogleich von Rennir in die Knie zurückgezwungen. Er mußte schwer an sich halten, denn es war ihm unerträglich, vor Asmund und dem Mann an seiner Seite auf dem Boden rutschen zu müssen. Ja, es war Ethan, kein Zweifel, doch wie sehr hatte er sich verändert! Die edlen Gesichtszüge verschwanden unter einem dichten, struppigen Bart, und das Kopfhaar fiel ihm fast bis auf die Schultern hinab. Den größten Wandel aber hatten seine Augen vollzogen; sie funkelten wild und bedrohlich.

»Du kennst ihn?« flüsterte Oliver Katerin zu.

»Ethan Bedwyr«, sagte Katerin, für alle hörbar. »Luthiens Bruder.«

»So ein Zufall«, antwortete der Halbling, und nun sah auch er die Ähnlichkeit, vor allem die zimtbraunen Augen. Vor Staunen fiel dem Kleinen die Kinnlade herunter.

Asmund zeigte sich amüsiert. Er trat einen Schritt zurück und überließ dem Eriadoraner das Feld.

Luthien schöpfte Hoffnung. »Mein Bruder«, flüsterte er tonlos, als Ethan auf ihn zukam.

Doch der ältere Bedwyr stieß Luthien auf den Boden zurück. »Nicht länger«, sagte er.

»Was ist in dich gefahren?« rief Katerin und sprang zwischen die beiden.

»Eine Frau mit Temperament«, grinste Asmund und nickte Rennir zu, der sie von hinten packte, in die Luft hievte und zappeln ließ.

»Was ist nur mit dir?« stammelte Luthien und bat, nachdem er einen Blick auf Rennir geworfen hatte. »Sag ihm, er soll sie in Ruhe lassen.«

Ethan tat ihm den Gefallen, schüttelte aber den Kopf und wiederholte: »Ich bin nicht mehr dein Bruder.«

»Wenn du jetzt glaubst, ich bin dir dankbar, irrst du dich«, raunzte Katerin und baute sich vor ihm auf. »Aber mir scheint, du bist überhaupt nicht mehr ganz bei dir.«

Ethan hob das Kinn und zeigte sich ansonsten völlig ungerührt und unnahbar.

»Du bist auf der Gegenseite«, stellte Luthien fest.

Was denn sonst? schien Ethan mit seinen Blicken zum Ausdruck bringen zu wollen.

»Verräter!« blaffte Katerin.

Da zuckte Ethans Hand, und Katerin, die damit rechnete, geschlagen zu werden, sprang einen Schritt zurück.

Ethan hatte sich sofort wieder in der Gewalt. »Verräter an wem?« fragte er. »An Gahris, der mich in die Verbannung geschickt hat?«

»Ich bin dir nach und habe dich gesucht«, sagte Luthien.

»Du hast mich gefunden«, entgegnete der Bruder leise.

»Bei den Huegoten«, fügte Luthien mit empörter Stimme hinzu und bewirkte damit, daß einige der anwesenden Barbaren ungehalten zu knurren anfingen.

»Bei tapferen Männern«, antwortete Ethan, »Männern, die sich niemals einem fremden Herrscher beugen würden.«

Luthien faßte Mut. Vielleicht war die Invasion der Huegoten doch nicht, wie gefürchtet, von Carlisle aus gesteuert.

»Du bist Eriadoraner!« brüllte Katerin.

»Das bin ich nicht!« entgegnete Ethan nicht weniger laut. »Rechne mich nicht zu den Feiglingen, die sich in Angst vor Grünspatz verzehren, und auch nicht zu denen, die den Mord an Garth Rogar zugelassen haben.« Und mit Blick auf Luthien fügte er hinzu: »Rechne mich nicht zu denen, die die Farben von Avonese, dieser Hure, tragen.«

Luthien holte tief Luft; ihm schwirrte der Kopf. Das Ganze war so völlig unerwartet. Und er mußte sich klarmachen, daß Ethan nichts wußte von dem, was vorgefallen war. Wahrscheinlich glaubte der, daß die Dinge so standen wie ehedem, daß Grünspatz nach wie vor König auch über Eriador war und Gahris nichts weiter als einer seiner vielen Vasallen. Wie sollte er, Luthien, nun damit umgehen? Selbst wenn es ihm gelänge, den Bruder von der Wahrheit zu überzeugen – könnte er ihm auch verzeihen, daß er sich mit den Huegoten gegen Eriador verschwört hatte?

»Wie kannst du es wagen?« wütete Luthien und erhob sich vom Boden.

»Grünspatz ...«

»Der sei verflucht!« fiel Luthien dem Bruder ins Wort. »Das Schiff, das deine neuen Freunde heute versenkt haben, war nicht aus Avon, sondern gehörte zur Flotte Eriadors. An deinen Händen klebt das Blut der eigenen Landsleute.«

»Dummes Geschwätz!« brüllte Ethan zurück und schlug so heftig zu, daß Luthien wieder zu Boden mußte. »Ich bin jetzt Huegote, kein Eriadoraner mehr. Und alle Schiffe auf der Avonsee, die nicht von uns sind, dienen Grünspatz.«

»Du mordest ...«

»Wir führen Krieg«, ereiferte sich Ethan. »Laß Grünspatz mit seinen Schiffen nur kommen. Wir werden sie versenken, und wenn Eriadoraner dabei umkommen ... Was soll's?«

Luthien sah von Ethan auf Asmund. Der grinste übers ganze Gesicht. Er schien an dem kleinen Schauspiel Gefallen zu finden. Da drängte sich Luthien der Verdacht auf, daß der Bruder dem Huegotenkönig womöglich weniger Ratgeber als vielmehr Marionette war, und er hatte nicht schlecht Lust, dem Barbaren an die Gurgel zu springen.

Doch als er Ethan wieder anblickte, erkannte Luthien, daß sich der Bruder, wenn es darauf ankommen sollte, aus eigener Kraft zu behaupten vermochte. Dessen Miene hatte sich auf dramatische Weise verändert und wirkte nun so wild wie das Feuer seiner Augen. Von Gahris verbannt worden zu sein hatte diesen Mann fast zerbrechen lassen; doch aus seiner Verzweiflung war ihm neue Kraft gewachsen: die Kraft der reinen Wut. Zumindest in dieser Hinsicht hatte sich Ethan den Huegoten angeglichen, und zwar so erfolgreich, daß Luthien bei diesem Gedanken ein kalter Schauer über den Rücken lief. Und er mußte sich fragen: War dies wirklich noch sein Bruder?

»Grünspatz wird nicht in den Norden kommen«, sagte Luthien, betont ruhig und um Entspannung bemüht.

»O doch«, entgegnete Ethan. »Er wird seine Kriegsschiffe schicken, eins nach dem anderen oder alle auf einmal. Wie auch immer, wir werden sie zerschlagen und diesen Hexer, der zu Unrecht auf dem Thron sitzt, zum Teufel jagen!«

Es verschlug ihm erst die Sprache, als Luthien lauthals zu lachen anfing. Ethan musterte den Bruder, versuchte schlau aus ihm zu werden. Doch der warf den Kopf in den Nacken und brüllte vor Lachen. Statt dessen wandte sich Ethan Katerin und den anderen Gefangenen zu, aber auch sie boten ihm keine Erklärung.

»Bist du übergeschnappt?« fragte Ethan, was Luthien nicht zu hören schien.

»Es reicht!« donnerte Asmund. Luthien verstummte

sofort, schaute erst den Bruder an, dann den Huegotenkönig.

»Wo lebt Ihr bloß, daß Ihr nicht wißt, was geschehen ist?« sagte Luthien.

Neugier zeigte sich in Ethans Blick; er neigte den Kopf zur Seite, und das ungekämmte Haar fiel ihm über die Schulter.

»Grünspatz herrscht nicht mehr über Eriador«, sagte Luthien unumwunden. »Seine Lakaien sind verbannt. Und Montfort hat seinen alten Namen wieder: Caer MacDonald.«

Ethan gab sich unbeeindruckt, doch seine Augen verrieten, was er wirklich fühlte.

»Luthien hat Herzog Morkney erschlagen«, warf Katerin ein.

»Mit Hilfe meiner Freunde«, fügte Luthien schnell hinzu.

»Du?« stammelte Ethan.

»Ich glaub, jetzt hat er's«, mischte sich Oliver ein und schnippte mit den grün behandschuhten Fingern, und direkt an Ethan gewandt: »Schon mal was vom Blutroten Schatten gehört?«

Offenbar war diese Legende in der Welt weiter herumgekommen als die allgemeinen politischen Nachrichten. Ethans Miene verriet, daß er sie kannte. »Du?« wiederholte er verblüfft und trat einen Schritt auf Luthien zu.

»Der Zufall hat mich so betitelt«, erklärte Luthien.

»Von Olivers Bluff werdet Ihr doch wohl gehört haben«, unterbrach der Halbling und stellte sich vor Luthien, so daß er mit dem Kopf fast Ethans Bauch berührte.

Der blickte auf ihn herab und schüttelte den Kopf.

»Der Name bezeichnet eine geniale Strategie, die mit großem Erfolg vor Princetown zur Anwendung gekommen ist«, fuhr Oliver fort, hob den Arm und schnippte unmittelbar vor Ethans Nase mit den Fingern. »Jawohl!

So fiel die Perle Avons dem listenreichen Feldherrn Oliver deBurrows in die Hände.«

»Und der bist du?« bemerkte Ethan trocken.

»Das würde ich Euch schon zeigen, wenn ich mein feines Rapier bei mir hätte.«

Ethans Miene verfinsterte sich auf bedrohliche Weise. Anscheinend nahm auch Asmund Notiz davon. »Das läßt sich einrichten«, sagte der Huegotenkönig, und alle anwesenden Barbaren fingen an zu lachen.

Da schob Luthien den Halbling energisch beiseite. Er wußte um die Kampfkraft seines Bruders und war nicht angetan von der Vorstellung, den kleinen Freund zu verlieren, auch wenn dieser einem manchmal gehörig auf die Nerven gehen konnte.

»Es ist wahr«, versicherte Luthien. »Eriador ist frei und wird regiert von König Brind'Amour.«

Mit diesem Namen wußte Ethan offenbar nichts anzufangen. Auch Asmund, dem er sich zuwandte, war sichtlich überfragt.

»Er gehörte der alten Bruderschaft an«, versuchte Luthien zu erklären. »Und er ist ein sehr mächtiger ...« Luthien stockte. Brind'Amours wahren Beruf zu verraten erschien ihm plötzlich wenig ratsam, zumal Huegoten ein tiefes Mißtrauen hegten gegen jede Art von Zauberei. »... ein sehr mächtiger und weiser Mann«, ergänzte Luthien. Doch er hatte schon zuviel gesagt.

»Die alte Bruderschaft«, sagte Ethan an Asmund gerichtet. »Also ist der neue König von Eriador ein Hexer.«

Asmund prustete spöttisch.

Daß Ethan dieses Geheimnis so leichtfertig lüftete, ließ Luthien ermessen, wie weit sich der Bruder schon von den gemeinsamen Belangen entfernt hatte. Um auf ein anderes Thema zu sprechen zu kommen, sagte Luthien in ruhigem Tonfall: »Gahris ist tot.«

Ethan zuckte merklich zusammen. Doch schnell hatte er sich wieder gefaßt und nickte mit dem Kopf, um zu erkennen zu geben, daß er die Nachricht verstanden hatte.

»Er ist friedlich gestorben«, berichtete Luthien.

»Vor vielen Jahren schon«, bemerkte Ethan. »Er starb, als unsere Mutter starb, als die Pest, von Grünspatz herbeigerufen, in Eriador wütete.«

»Das stimmt nicht«, erkühnte sich Katerin zu widersprechen. »Er hat dafür gesorgt, daß auf Bedwydrin kein Zyklop lebend zurückgeblieben ist und daß Lady Avonese ...«

»Diese Hure«, blaffte Ethan.

Katerin schnaubte verächtlich. »Sie ist im Verließ des Hauses Bedwyr verreckt.«

»Da gibt's gar kein Verließ«, entgegnete Ethan.

»Dein Vater hat eines bauen lassen, nur für sie«, antwortete Katerin.

»Was hat das alles zu bedeuten, Vinndalf?« fragte Asmund.

Ethan zuckte nur mit den Schultern. Er stand selbst vor einem Rätsel.

»Vinndalf?« hakte Luthien nach.

Ethan straffte die Schultern. »Mein richtiger Name«, stellte er fest.

Jetzt konnte Luthien seinen wachsenden Groll nicht mehr bezwingen. »Du bist Ethan Bedwyr, Sohn des Gahris, des dahingeschiedenen Grafen von Bedwydrin«, rief er.

»Ich bin Vinndalf, Bruder von Torin Rogar«, entgegnete Ethan.

Luthien schnappte nach Luft. »Rogar?« fragte er.

»Torin Rogar«, wiederholte Ethan. »Der Bruder von Garth.«

Dem jüngeren Bedwyr schwirrte der Kopf. Der Wunsch meldete sich, diesen Bruder von Garth kennenzulernen. Doch das kam vorläufig nicht in Frage. Wichtigere Dinge standen nun an. Er trug die Verantwortung für fünfzig Gefährten. Mehr noch, es galt, die Küste Eriadors vor weiteren Überfällen zu bewahren. Manches von dem, was Luthien hier in Asmunds Haus erfahren hatte, weckte die Hoffnung, so zum Beispiel die Tatsache, daß die Huegoten von den Umwälzungen in Eriador noch nichts wußten und daß sie darum auch nicht, wie befürchtet, mit Avon im Bunde stehen konnten. Doch diese Hoffnung wurde getrübt durch den gespenstischen Anblick des Mannes, der da vor ihm stand, durch Ethan, der gar nicht Ethan war.

»Seid gegrüßt, Vinndalf«, sagte Luthien. »Ich komme als Gesandter meines Königs Brind'Amour.«

»An Verhandlungen sind wir nicht interessiert«, entgegnete Asmund.

»Aber immerhin wißt Ihr jetzt, daß Eure Angriffe auf unsere Schiffe und Häfen Grünspatz, dem Hexer aus Avon, nur zugute kommen, anstatt ihm zu schaden«, sagte Luthien. »Wir sind nicht Eure Feinde.«

Etliche der anwesenden Huegoten fingen an zu lachen. Auch von draußen ertönte Gelächter. Offenbar hatte das Treffen der verlorenen Brüder allgemeines Interesse geweckt.

»Ethan«, sagte Luthien feierlich. »Vinndalf, ich bin oder war dein Bruder.«

»In einer Welt, aus der ich verbannt wurde«, unterbrach Ethan.

»Ich habe dich gesucht«, fuhr Luthien fort. »Ich habe den Mörder von Garth Rogar zur Rechenschaft gezogen und mich anschließend auf den Weg gemacht, nach Süden, wo ich dich wähnte.«

»Und wo wir uns dann begegnet sind«, sagte Oliver, der es nicht ertragen konnte, über längere Zeit hinweg von einem Gespräch ausgeschlossen zu sein.

»Auch für mich war unser Vater gestorben«, gestand Luthien. »Aber ich kann dir versichern: Er ist als Ehrenmann gestorben.«

»Auf seinem Sterbebett hat er an dich gedacht,

Ethan«, sagte Katerin. »Er hat sich schuldig gefühlt und sehr darunter leiden müssen.«

»Recht so«, murmelte Ethan.

»Zugegeben«, antwortete Luthien. »An der Welt, der du entflohen bist, gibt es nichts zu entschuldigen. Doch diese Welt gibt es nun nicht mehr. Glaube mir. Eriador ist frei.«

»Was kümmern uns eure kleinen Sorgen?« meldete sich Asmund zu Wort. Offenbar fürchtete er, daß ihm Luthien den Spaß verderben könnte. »Grünspatz und Eriador sind für uns ein und dasselbe. *Degjern-alfar*. Weiter nichts.«

*Degjern-alfar*. Luthien kannte diesen Ausdruck. So bezeichneten Isenländer alle diejenigen, die nicht Huegoten waren.

»Ich aber bin Huegote«, beharrte Ethan, ehe Luthien ihn an seine Herkunft erinnern konnte. »Wahlhuegote«, korrigierte er mit Blick auf Asmund, der sich kopfnickend einverstanden erklärte.

»Trotzdem wirst du die Bedeutung meiner Worte richtig einzuordnen wissen«, entgegnete Luthien. »Eriador ist frei. Wenn ihr aber, du und deine Wahlverwandten, fortfahrt, unsere Küstenorte zu überfallen und auszuplündern, leistet ihr Grünspatz Schützenhilfe.« Endlich zeigte Ethan eine Reaktion auf die Argumente des Bruders. Auch wenn er sich jetzt zu den Huegoten bekannte, so lag ihm doch die Freiheit Eriadors nach wie vor am Herzen. Und so konnte es ihm nicht gleichgültig sein, zu erfahren, daß er durch seine in Gemeinschaft mit den Huegoten begangene Taten ausgerechnet demjenigen von Nutzen war, den er am meisten auf der Welt verachtete.

»Und was willst du von mir?« fragte Ethan den jüngeren Bruder.

»Daß Ihr verschwindet«, antwortete Oliver vorlaut. »Nehmt Euer lächerliches Boot und kehrt dahin zurück, wo ihr hingehört. Wir haben an die achtzig Kriegsschiffe und ...«

Verärgert über die Dreistigkeit des Freundes, schob Luthien den Halbling energisch beiseite, und als Oliver Widerstand zu leisten versuchte, packte Katerin ihn beim Kragen und zwang ihn mit drohenden Blicken, klein beizugeben.

»Verbündet Euch mit uns«, sagte Luthien, einer spontanen Eingebung folgend, obwohl ihm bewußt war, wie verrückt seine Worte in den Ohren der Huegoten klingen mußten. Zumindest aber wollte er die Herausforderung des Halblings abmildern. »Würden wir unsere beiden Flotten zusammenlegen, wären wir …«

»Das erwartest du von mir?« Ethan zeigte sich erstaunt.

Luthien antwortete: »Du bist doch mein Bruder und stammst aus Eriador, egal, wozu du dich heute rechnest. Ich verlange von dir, daß du deinen König bittest, die Überfälle auf unsere Küste einzustellen. Bei allem, was passiert ist: Wir sind nicht verfeindet.«

Ethan schnaubte verärgert. »Überschätz nicht meinen Einfluß«, antwortete er. »Nicht ich, sondern Asmund legt den Kurs der Huegoten fest.«

»Aber du folgst ihm dabei«, empörte sich Luthien mit wutverzerrtem Gesicht. »Ethan Bedwyr macht sich mitschuldig am Elend seiner Landsleute!«

»Ethan Bedwyr ist tot«, entgegnete der Mann, der sich Vinndalf nannte.

»Aber du wirst dich doch an die besseren Tage erinnern, daran, daß du mit deinem jüngeren Bruder viel Schönes erlebt hast«, sagte Katerin.

Ethan ließ für einen Moment lang die breiten Schultern hängen. Anscheinend hatte Katerin an einer schwachen Stelle gerührt. Aber sogleich richtete er sich wieder auf, schaute Luthien mit großer Entschlossenheit ins Gesicht und sagte: »Ich werde meinen König darum bitten, daß er dich, Katerin und deinen aufgeblasenen kleinen Freund schont und in der Bucht von Colthwyn an Land läßt.«

»Und was ist mit den anderen?« fragte Luthien zornig.

»Werden uns zu Diensten sein«, erwiderte Ethan.

Luthien schüttelte den Kopf. »O nein«, grollte er. »Sie werden mit uns nach Hause zurückkehren, alle, ausnahmslos.«

Wie zum Duell standen die beiden einander gegenüber, bis Rennir, der an der ganzen Szene Gefallen zu haben schien, grinsend auf Ethan zutrat und ihm den *Blender* aushändigte. Ethan starrte gebannt auf das Schwert, das wohl wichtigste Andenken an seine frühere Familie. Dann aber warf er Luthien einen trotzigen Blick zu, kicherte in sich hinein und gürtete das Schwert.

»Du rechnest dich doch nicht mehr zur Familie Bedwyr«, erinnerte Luthien, darum bemüht, sich seine Wut nicht allzu deutlich anmerken zu lassen. Ethan – nein, Vinndalf diese Waffe tragen zu sehen war mehr, als Luthien verkraften konnte.

»Na und?« entgegnete Ethan schulterzuckend.

»Und doch trägst du das Schwert der Bedwyr.«

Nun lachte Ethan laut auf. Rennir, Asmund und die anderen Huegoten stimmten aus vollem Hals mit ein. »Ich trage eine Waffe, die wir im Kampf erbeutet haben. So wie auch die Männer, die uns hinfort als Sklaven dienen werden. Nimm mein Angebot an, Bruder von einst. Geh, und nimm Katerin mit. Vergiß auch deinen kleinen Freund nicht. Ein so schwaches Kerlchen hätte unter Isenländern nichts zu lachen.«

»Schwaches Kerlchen …?« Weiter kam Oliver nicht, denn Katerin hielt ihm den Mund zu, bevor er sich um Kopf und Kragen reden konnte.

»Alle, ausnahmslos«, wiederholte Luthien. »Und mein Schwert will ich auch wiederhaben.«

»Wieso sollte ich dir überhaupt etwas geben?« fragte Ethan.

»Laß es sein!« brüllte Luthien über das Gelächter der

anderen hinweg. »Ich erbitte nichts von einem, der so feige ist, daß er seine Herkunft verleugnet. Aber ich werde mir erkämpfen, was ich haben will, und sei es, daß ich den eigenen Bruder erschlage.«

Mit dieser kecken Herausforderung hatte Ethan nicht gerechnet. »Wir haben schon einmal miteinander gefochten«, sagte er.

Luthien antwortete nicht.

»Du warst mir unterlegen«, erinnerte Ethan.

»Ich war noch jung.«

Ethan schaute sich nach Asmund um, doch der rührte sich nicht.

»Die Sklaven bleiben aus dem Spiel«, mischte sich Rennir ein. »Sie gehören mir; ich habe sie gefangengenommen.«

Ethan nickte zustimmend.

»Dann kämpft doch um das Schwert«, schlug Asmund vor.

»Um alle meine Gefährten«, beharrte Luthien.

»Um das Schwert«, korrigierte Ethan. »Und um deine Freiheit sowie die von Katerin und dem Kleinen. Mehr ist nicht drin.«

»Letzteres war uns ohnehin schon versprochen«, erwiderte Luthien.

»Ein Versprechen, das so nicht mehr zählt«, entgegnete Ethan. »Du hast mich herausgefordert, und jetzt gilt anderes. Was du gewinnen kannst, ist wenig mehr als das von vornherein Gewährte, jedoch, der drohende Verlust ist sehr viel größer.«

Luthien bedauerte schon, daß er sich aus Trotz so weit hatte hinreißen lassen. Der Miene des Huegotenkönigs war anzumerken: Er hatte von Anfang an darauf gehofft, daß es zwischen den Brüdern zum Kampf kommen würde. Vielleicht sah er darin eine Möglichkeit, Ethans Loyalität zu überprüfen; wahrscheinlicher aber war, daß es ihm bloß um ein grausames Vergnügen ging.

Von hinten meldete sich Katerin noch einmal zu Wort. »Töte ihn!« zischte sie fanatisch.

Luthien war entsetzt. Er hatte den Eindruck, nicht recht bei Sinnen zu sein, als man die Freunde zurückdrängte, als ihm von Rennir ein Schwert in die Hand gedrückt wurde, als Ethan den *Blender* zog und in mörderischer Entschlossenheit auf ihn zutrat.

10. Kapitel

# Bruderzwist

Ethans erste Attacke befreite Luthien vom Aufruhr der Gefühle; schlagartig traten alle seine Ängste und Nöte hinter den unbedingten Lebenswillen zurück. Die Waffe, die Rennir ihm gegeben hatte, war schlecht austariert und noch schwerer als der sechspfündige *Blender*. Er packte mit beiden Händen zu und parierte Ethans Hieb im allerletzten Augenblick.

»Ethan!« brüllte er unwillkürlich unter dem Ansturm von Erinnerungen an die Zeit, da er als Junge unter der Anleitung des älteren Bruders zum Schwertkämpfer ausgebildet worden und an seiner Seite durch die Hügellandschaft rund um Dun Varna gestreift war.

Der Mann, der sich Vinndalf nannte, reagierte nicht auf diesen Ruf. Er trat einen Schritt zurück und ließ den *Blender* herumfahren.

Luthien verlagerte das Gewicht, griff mit den Händen um und wuchtete das schwere Schwert so auf die andere Seite. Als die Klingen aufeinanderkrachten, setzte Luthien den linken Fuß vor, um dem Angriff Ethans zu entgehen.

Ethan war schon in der Rückwärtsbewegung, raus aus der Gefahrenzone und brauchte den kurzen Stoß gar nicht erst zu parieren. Gleich darauf nahm er das herrliche Schwert der Bedwyr mit beiden Händen und drehte sich nach rechts.

Luthien tat es ihm gleich. Er konnte es kaum fassen, auf den eigenen Bruder eingestoßen und in Kauf genommen zu haben, daß Ethan, wenn er nicht so schnell reagiert hätte, nun sterbend und mit aufgeplatztem Bauch am Boden läge. Luthien schlug sich solche Vorstellungen aus dem Kopf. Er wußte: Hier ging's um alles oder nichts, um das eigene Leben und das der Freunde. Er durfte sich nicht ablenken lassen von brüderlichen Empfindungen. Statt dessen versuchte er sich an die Kämpfe in der Arena von Dun Varna und an Ethans Fechtstil zu erinnern.

Ethan zog die Schultern ein, kam in kurzen, schnellen Schritten an und zielte auf Luthiens Standbein. Doch ehe er zustieß und ehe der *Blender* auf Luthiens abwehrbereites Schwert prallte, war Ethan auf dem Absatz herumgewirbelt. Und aufs Knie sinkend, riß er die Waffe mit sich herum.

Luthien kannte die Finte und hatte sich in Sicherheit gebracht, bevor Ethan den Angriff vollenden konnte.

Als sie das letzte Mal miteinander gefochten hatten, war Ethan bereits ein reifer, erfahrener Kämpfer gewesen. Seine Art zu kämpfen war heute wahrscheinlich nicht viel anders als damals. Dagegen hatte sich Luthien seit jener Zeit um ein beträchtliches weiterentwickelt.

Das war sein Vorteil hier.

Ethan hatte sich wieder aufgerichtet und griff erneut an. Blitzschnell führte er den *Blender* – links, rechts, geradeaus und wieder rechts. Klirrend schlug Metall auf Metall. Luthien mußte sich mächtig ins Zeug legen, um die tödliche Klinge auf Abstand zu halten, die nun auch von oben auf ihn niedersauste, wie eine Axt und mehrmals hintereinander.

Luthien ließ sich von diesen wüsten Schlägen zurücktreiben. An einem schnellen Gegenvorstoß hinderte ihn die Waffe, die doch deutlich schwerer war als das Schwert, an das er sich gewöhnt hatte, und so mußte er vor den ungestümen Attacken Ethans immer weiter ausweichen.

Luthien versuchte, die Kräfte zu schonen, und bewegte sich bei seinen Paraden möglichst sparsam. Bis zur Wand abgedrängt, wirbelte er mit dem Impuls eines abgewehrten Schlages herum und stürzte durch die Tür hinaus ins grelle Tageslicht.

Mit nach draußen drängten die Gaffer; sie umringten die kämpfenden Brüder. Luthien sah auch Oliver und Katerin vor die Tür treten. Rennir stieß sie beiseite, um König Asmund Platz zu verschaffen.

O ja, was hier geschah, war ganz nach dem Geschmack der feurigen Isenländer. Luthien wußte Bescheid.

Der unebene, steinige Grund nahm Ethan den Vorteil, das leichtere, schwungvollere Schwert zu führen. Von größerer Wichtigkeit war jetzt die Gewandtheit der Füße, und darauf verstand sich niemand besser als Luthien. Wieselflink wich er den fortgesetzten Attacken Ethans aus, und als er, immer weiter zurückgetrieben, an einen Anstieg gelangte, sah er die Chance zum Gegenangriff. Er hastete die Böschung hoch, bis über die Reichweite des *Blenders* hinaus, ließ Ethan herankommen und warf sich ihm mit einer Reihe wuchtiger Hiebe entgegen.

Aber auch Ethan war sicher auf den Beinen und schnell in seinen Reaktionen, mußte sich aber in die Verteidigung zurückdrängen lassen. Da sich Luthien momentan überlegen wähnte, wurde ihm zum ersten Mal voll bewußt, daß dieser Kampf ein unglückliches Ende nehmen würde, so oder so. Wie er selbst, so hatte auch der Bruder viel zu verlieren, auch wenn der Kampf letztlich nicht auf Leben oder Tod hinauslaufen sollte. Denn wahrscheinlich hatte sich Ethan durch seine Kampfkraft den Respekt erworben, den ihm die Huegoten entgegenbrachten. Um dieses Ansehen wäre es geschehen, wenn er jetzt verlöre, und das wiederum würde für Luthien und die Seinen bedeuten, daß …

Dem jungen Bedwyr gefielen diese Aussichten ganz

und gar nicht, doch es fehlte die Zeit, andere Wege aufzutun. Ethan versuchte nun seinerseits, den Vorteil der erhöhten Position auszunutzen, und sprang auf der steilen Felsplatte nach oben.

Luthien folgte auf gleicher Höhe, als der *Blender* plötzlich auf ihn zugesaust kam. Das eigene Schwert war zu schwer, um auf die Schnelle zu parieren, und zum rückwärtigen Ausweichen fehlte der Platz. So blieb ihm nichts anderes übrig, als nach unten abzutauchen. Wendig rollte er den Fels hinab und kam zwanzig Fuß unter Ethan zu stehen.

Im Jubel der Zuschauer hörte er Katerin seinen Namen rufen und Oliver schreien.

Von den huegotischen Gefährten angefeuert, stürmte Ethan von oben herab. Um ihm nicht den Vorteil der höheren Position zu bieten, wich Luthien auf ebener Strecke weiter zurück. Mit lautem Gebrüll hastete Ethan hinterdrein, beschimpfte den Bruder sogar als Feigling.

Luthien war kein Feigling, hatte allerdings gelernt, im Kampf das sich bietende Gelände zu nutzen, und diese Fähigkeit half ihm auch jetzt, da ihn Ethan stürmisch attackierte. Luthien hatte sich bis an den Strand zurückdrängen lassen und wich nun auf eine kleine Mole aus, stand also erneut über Ethan, der voller Wut und unbeherrscht über den Bruder herfiel, dreschend und hackend mit dem *Blender* zuschlug.

Luthien parierte perfekt, ließ keine Lücke offen. Doch weiter attackierend, rückte Ethan näher, gelangte Stück für Stück auf Luthiens Höhe. Ihn daran zu hindern wäre Luthien ein leichtes gewesen, aber er ließ ihn kommen, absichtlich.

Ethan war fast oben, als Luthien mit dem Schwert auf dessen Knie zielte. Zurückspringend wuchtete Ethan den *Blender* von oben auf die zustoßende Klinge.

Doch Luthien hatte den Angriff nur vorgetäuscht. Als die Klingen aufeinanderschlugen, verlagerte er blitzschnell das Gewicht und riß das Schwert zur Seite. Funkensprühend kratzte die Spitze des *Blenders* übers Gestein und geriet in eine Spalte.

Ethan konnte die Waffe nicht sofort wieder freiziehen. Dazu mußte er erst einen Schritt nach oben tun, doch den versagte ihm der Bruder.

Den sicheren Sieg vor Augen zögerte Luthien und sah Katerin und Oliver schon im Geiste als Galeerensklaven auf der Ruderbank, und ihm schwante: Der Sieg über Ethan würde das junge Eriador wahrscheinlich zu Fall bringen. Doch ehe er sich versah, glitten die Füße unter ihm weg. Hart schlug er rücklings auf, das Schwert fiel ihm aus der Hand, und schon stand Ethan über ihm, den *Blender* zum entscheidenden Stoß angesetzt. Luthien starrte dem Bruder in die Augen und zweifelte nicht mehr daran, daß der imstande war, ihn zu töten.

Ethan aber zeigte nun selber Unsicherheit. Zwischen Verzweiflung und Wut hin- und hergerissen, brachte er es nicht über sich, dem Bruder das Leben zu nehmen, und es war anscheinend gerade diese Hemmung, die ihm, der sich Vinndalf nannte, besonders schwer zu schaffen machte.

Er legte die Schwertspitze an Luthiens Hals und rief: »Ich beanspruche den Sieg!«

»Genug!« röhrte Asmund, kaum daß Ethan ausgesprochen hatte. Dann wandte sich der König an den Mann, der neben ihm stand, worauf drei Huegoten herbeieilten.

Einer befahl: »Auf, in die Halle des Königs!« Die beiden anderen halfen Luthien auf die Beine, nahmen ihn zwischen sich und schleppten ihn über den Strand, an Dutzenden von neugierigen Gaffern vorbei und zurück in die Residenz des Königs. Dort warfen sie ihn gleich neben dem stehenden Bruder zu Boden.

Luthien sah, wie bis auf Ethan und den König sämtliche Huegoten die Halle räumten. Er schaute zum Bruder auf, der ihn keines Blickes würdigte, und erhob sich langsam.

»Ganz schön gewieft«, gratulierte Asmund.

Luthien verstand nicht, worauf dieser abzielte und beäugte ihn mit fragendem Blick.

»Du hast ihn geschlagen«, sagte Asmund ohne Umschweife.

»Das dachte ich auch, aber dann ...«

Asmund lachte schallend und brachte Luthien zum Schweigen.

»Ich beanspruche den Sieg!« blaffte Ethan.

Abrupt hörte Asmund zu lachen auf. »Es ist keine Schande, einem tüchtigen Kämpfer unterlegen zu sein«, sagte der König. »Und wahrhaftig, dein Bruder ist tüchtig, so tüchtig wie du.«

Ethan senkte den Blick, seufzte tief und wandte sich dem Bruder zu. »Du hast mich zweimal überlistet«, sagte er. »Das erste Mal, als du meine Klinge in der Spalte hast feststecken lassen, das zweite Mal, indem du zu stolpern vorgetäuscht hast.«

»Die Steine waren naß und voll von glitschigen Algen«, entgegnete Luthien.

»Du hast nicht nur so getan?« fragte Ethan.

»Nein«, antwortete Asmund. »Er ist gefallen, weil er das für günstig hielt.« Wieder lachte der König, diesmal über die verblüffte Miene des jungen Bedwyr. »Du wolltest Ethan nicht töten«, wußte Asmund. »Und hast dich drauf verlassen, daß auch er dich schont. Im Falle seiner Niederlage hättest du dir zwar Hoffnungen auf das Schwert und die Freilassung deiner Freunde machen können, aber mehr wäre wohl nicht drin gewesen. Das hast du doch befürchtet, nicht wahr?«

Luthien traute seinen Ohren kaum. Daß Asmund ihn so leicht durchschaute! Und weil er nichts zu sagen wußte, versuchte er, möglichst gelassen dazustehen in Erwartung des königlichen Urteils.

Ethan machte einen ganz und gar niedergeschlagenen Eindruck. Er mußte dem König recht geben. Als der *Blender* in die Spalte geriet, hatte Luthien den Kampf für sich entschieden, und ausgerechnet in diesem Moment war er zu Boden gegangen. Nein, dachte Ethan, einem so gewandten Kämpfer wie Luthien wäre ein solches Mißgeschick wohl kaum unterlaufen.

Asmund musterte die beiden in aller Ausführlichkeit. »Das muß man euch lassen. Ihr seid mir wackere Gebrüder, aus gutem Haus, wie mir scheint.« Und speziell an Luthien gewandt: »Würdest du für Eriador dein Leben geben?«

»Natürlich.«

»Und für Ethan, der sich inzwischen Vinndalf nennt?«

»Ja.«

Die Sicherheit, mit der Luthien antwortete, rührte Ethan zutiefst, und er dachte unwillkürlich zurück an die Tage in Dun Varna, an die gemeinsamen Unternehmungen mit dem jüngeren Bruder, den er stets über alles geliebt hatte. Es entsetzte ihn nun im nachhinein, daß er sich auf diesen Zweikampf hatte einlassen können, auf die Möglichkeit, Luthien zu töten. Schrecklich, daß er sich in seiner Wut dazu hatte hinreißen lassen.

»Was glaubst du«, fragte Asmund. »Würde sich dein Bruder auch für dich aufopfern?«

»Gewiß«, antwortete Luthien im Brustton der Überzeugung.

Erneut fing Asmund lauthals zu lachen an. »Du gefällst mir, Luthien Bedwyr. Und ich respektiere dich, so wie ich deinen Bruder respektiere.«

»Ich bin nicht mehr sein Bruder«, platzte es aus Ethan heraus, impulsiv und unbedacht.

»Immer«, korrigierte Asmund. »Wärst du nicht immer noch sein Bruder, hättest du mit dem Schwert und nicht bloß mit dem Mund den Sieg beansprucht.«

Ethan senkte den Blick.

»Und ich hätte dich totgeschlagen«, rief Asmund und

sprang so plötzlich auf, daß Ethan und Luthien gleichermaßen erschraken. Doch schnell beruhigte sich der König wieder, nahm wieder Platz und sagte mit Blick auf Luthien: »Du hast behauptet, wir seien keine Feinde.«

»Das sind wir auch nicht«, beteuerte Luthien. »Eriadoraner bekämpfen Huegoten nur dann, wenn sie Eriador angreifen. Es gibt aber ein sehr viel größeres Übel, das uns alle angeht. Ich spreche von einem Übel, das wie ein häßlicher Fleck auf unserem Land ...«

Asmund unterbrach mit abwinkender Hand, ehe Luthien zur Tirade anheben konnte. »Du brauchst mich nicht von der Schlechtigkeit des avonschen Königs zu überzeugen«, sagte er. »Dein Bruder hat mir von Grünspatz berichtet, und ich weiß selbst, wozu er imstande ist. Die Pest, die Eriador heimsuchte, hat nicht an den Grenzen haltgemacht.«

»Mußte auch Isenland darunter leiden?« fragte Luthien betroffen.

Asmund schüttelte den Kopf. »Sie kam nicht bis an unsere Küste, denn diejenigen, die sich auf ihren Reisen angesteckt hatten, wagten es nicht zurückzukehren«, erklärte er. »Es gelang aber unseren Priestern, die Ursache der Pest festzustellen, und seitdem verfluchen wir den Namen Grünspatz.

Du warst der beste Freund von Garth Rogar«, sagte der König plötzlich und wechselte das Thema so unvermittelt, daß dem jungen Bedwyr der Kopf schwirrte. »Und Torin Rogar ist einer meiner besten Freunde.«

Das läßt sich ja gut an, dachte Luthien und hoffte nun, mehr erreichen zu können als die eigene Freilassung und die von Oliver und Katerin. »Über Garth Rogar habe ich Respekt gewonnen für das Volk, dem er entstammt.«

Wieder fing Asmund zu lachen an.

»Wir sind Eure Feinde nicht«, betonte Luthien noch einmal.

»Das sagtest du bereits«, entgegnete der König und beugte sich auf seinem Stuhl vor. »Euer Feind ist Grünspatz, nicht wahr?«

Luthien spürte, daß er sich hier auf Glatteis begeben hatte. Spontan wollte er bejahen, doch konnte eine solche Erklärung einem fremden König gegenüber zu ernsten Problemen führen.

»Wenn ich richtig verstanden habe, hoffst du auf eine Allianz zwischen unseren Völkern im Krieg gegen Grünspatz«, fuhr Asmund fort. »Ein solches Bündnis wäre womöglich ganz in unserem Sinn.«

Luthien war zuversichtlich und vorsichtig zugleich. Um nichts Falsches zu sagen, hielt er sich mit der Antwort zurück.

Asmund beobachtete ihn genau und registrierte jede Bewegung, die verkrampfte Haltung der Arme, den unterdrückten Wunsch, etwas zu sagen. »Geh zu deinem König Brind'Amour, Luthien Bedwyr«, sagte der Anführer der Huegoten. »Liefere mir binnen eines Monats den Entwurf eines Vertrags, der Grünspatz als unseren gemeinsamen Feind benennt.« Schmunzelnd lehnte sich Asmund zurück. »Wir sind in den Krieg gezogen«, erklärte er und erinnerte Luthien daran, daß er im Namen eines kriegerischen Volkes sprach. »Und darum werden wir auch kämpfen. Wenn du den verlangten Vertrag nicht beischaffst, werden wir, wie geplant, mit unserer Armada über eure Ostküste herfallen.«

Luthien lag es auf der Zunge zu sagen, daß sich die eriadoranische Kriegsflotte einer solchen Bedrohung entschlossen zur Wehr setzen würde. Doch klugerweise verzichtete er auf diese Antwort. »In einem Monat?« fragte er nach und krauste die Stirn. »Der Weg nach Caer MacDonald und zurück ist in dieser Zeit kaum zu schaffen. Eine Woche bis Gybi …«

»Drei Tage in einem Langboot«, widersprach Asmund.

»Und zehn Tage zu Pferde«, fügte Luthien hinzu. Er

wollte gar nicht daran denken, wie die Galeerensklaven würden leiden müssen, um ihn so weit und so schnell zu befördern.

»Ich werde deinen Bruder als Gesandten nach Gybi schicken«, versprach Asmund.

»Oder besser nach Chalmbers«, schlug Luthien vor. »Das liegt ganz in der Nähe, und ich bräuchte auf dem Rückweg von Caer MacDonald weniger weit reiten.«

Asmund nickte. »Ich gebe dir einen Monat, Luthien Bedwyr. Keinen Tag länger.« Und damit entließ der König ihn und Ethan, der zuvor noch den Auftrag erhielt, dafür zu sorgen, daß Luthien, Katerin, Oliver und Bruder Jamesis auf dem Festland abgesetzt würden. Die anderen fünfzig Eriadoraner sollten vorerst gefangen bleiben, doch Luthien ließ sich versprechen, daß sie gut behandelt und schließlich freigelassen würden, wenn er mit dem Vertrag zurückkäme.

Innerhalb einer Stunde war das Schiff bereit zum Auslaufen. Die drei Gefährten waren schon an Bord, doch Luthien wollte noch ein paar persönliche Worte mit dem Bruder wechseln.

Ethan war merklich verlegen und fühlte sich offenbar nicht wohl in seiner Haut. »Ich hatte ja keine Ahnung«, sagte er. »Ich dachte, es sei alles noch beim alten, daß Grünspatz über Eriador herrscht.«

»Soll das eine Entschuldigung sein?«

»Eine Erklärung«, antwortete Ethan. »Mehr nicht. Ich habe keinen Einfluß auf die Beschlüsse meiner huegotischen Brüder. Ganz und gar nicht. Sie dulden mich, und das auch nur darum, weil ich mutig bin und kampferfahren. Und weil ich die Geschichte Garth Rogars kenne.«

»Ich bin in den Süden gezogen, dich zu suchen«, sagte Luthien.

Ethan nickte und war dem Bruder dafür dankbar, wie es schien. »Leider habe ich eine andere Richtung eingeschlagen«, erzählte er. »Gahris verlangte, daß ich nach

Port Charley ziehe und dann nach Carlisle weitersegle, um dort als Offizier der avonschen Armee zu dienen, mit ihr auszurücken nach Duree.«

»Um den Gasconen in ihrem Krieg beizustehen«, warf Luthien ein.

Ethan nickte. »Um in diesem fernen Königreich zu kämpfen und womöglich zu sterben. Aber ich habe die Verbannung durch den Vater nicht akzeptieren können und darum mein Exil selbst gesucht.«

»Ausgerechnet bei den Huegoten?« fragte Luthien.

Ethan schüttelte den Kopf und lächelte. »Mein ursprüngliches Ziel war Land's End«, sagte er. »Von Bedwydrin kommend, bin ich zunächst eine Weile nach Süden gezogen, dann Richtung Osten durch die MacDonald-Scharte und weiter nach Gybi. Von dort aus ließ ich mich heimlich auf die Insel von Colonsey übersetzen, denn ich hoffte, in Land's End in Ruhe und Frieden leben zu können.«

»Aber dann kamen die Huegoten und machten die Siedlung zunichte«, sagte Luthien, und seine Miene verfinsterte sich.

Ethan schüttelte den Kopf. »Nein, da bist du falsch informiert. Den Ort gibt es nach wie vor. Von seinen Bewohnern ist kein einziger zu Schaden gekommen oder gefangengenommen worden.«

»Ja, und warum bist du dann nicht dort geblieben?«

»Ich bin gar nicht erst angekommen. Mein Boot geriet in einen Sturm«, erklärte Ethan. »Ich ging über Bord und wurde von Huegoten aus dem Wasser gefischt, hatte unbeschreiblich viel Glück, daß sie rechtzeitig aufkreuzten und daß ihr Kapitän kein anderer als Torin Rogar war.«

Luthien konnte kaum glauben, was er da hörte. »In der Tat, das ist Glück zu nennen«, sagte er. »Glück für dich und möglicherweise auch für Eriador.«

»Was du über unser Land berichtet hast, macht mich froh.« Ethan nahm den *Blender* vom Gürtel und reichte thien gewandt. »Ich hätte keine Skrupel, mit den Huegoten ein Bündnis einzugehen und Krieg zu führen gegen den König Avons. Aber politische Erwägungen verbieten mir einen solchen Schritt. Ein Angriff auf Avon würde den Unmut der gasconischen Lords heraufbeschwören, denn er brächte ihren Außenhandel in Gefahr und würde der Hilfe Hohn sprechen, die sie uns im voraufgegangenen Krieg geleistet haben. Ich fürchte, daß sie uns kein zweites Mal zu Hilfe kämen. Eher würden sie wohl an Grünspatzens Seite der Bedrohung durch die Huegoten ein rasches Ende zu machen versuchen.«

Luthien ballte beide Fäuste und schaute auf Oliver, der wieder nur mit den Schultern zuckte, und zurück auf Brind'Amour; dabei sah er nur rot, so wütend war er. »Wenn wir nicht mit Asmund zusammenkommen, wird er uns bekriegen«, sagte er und betonte dabei jedes Wort.

Brind'Amour nickte und schmunzelte flüchtig. »Wie das Leben so spielt«, sagte er. »Am Ende kommt es noch soweit, daß wir zusammen mit dem Erzfeind aus Avon gegen die Huegoten zu Felde ziehen.«

Luthien mußte an sich halten.

»O ja«, versicherte der König. »Während du unterwegs warst, kam ein Gesandter von Grünspatz mit der Bitte um Beistand im Kampf gegen die lästigen Barbaren aus Isenland.«

»Ich erinnere noch einmal an Menster und an Sougles' Tal«, protestierte Luthien. »Sollen diese Verbrechen ungesühnt bleiben, die ...«

»... von Einaugen begangen wurden«, ergänzte Oliver, dem Freund ins Wort fallend. »Verzeihung, aber ich versetze mich bloß in die Rolle des gasconischen Botschafters.«

»Von Einaugen, die durch Grünspatz dazu angestiftet wurden«, grollte Luthien.

»Das wissen wir«, entgegnete der Halbling. »Aber

was die Gasconen davon halten, steht auf einem ganz anderen Blatt.«

»Oliver spielt diese Rolle gut«, sagte Brind'Amour.

Seufzend versuchte Luthien, seinen Unmut im Zaum zu halten.

»Ja, Grünspatz hat die besagten Übergriffe eingefädelt«, gab Brind'Amour zu, um Luthien zu beruhigen.

»Er wird ein freies Eriador niemals anerkennen«, erwiderte Luthien.

»Sei's drum«, sagte Brind'Amour. »Wo es möglich ist, werden wir mit ihm verhandeln. Während deiner Abwesenheit sind unsere Truppen nicht untätig gewesen. Siobhan und die Schröpfer haben sich mit den Zwergen von König Bellick dan Burso zusammengetan und das Versteck einer großen Zyklopenhorde ausfindig gemacht.«

»Auf See verbünden wir uns also mit Grünspatz gegen die Huegoten und kämpfen gegen dessen Verbündete in den Bergen«, stieß Luthien zwischen zusammengebissenen Zähnen hervor.

»Habe ich doch vorausgesagt, daß dir Politik nicht schmecken wird«, warf Oliver ein.

»Ich weiß doch selbst noch nicht, was wir tun sollen«, gab Brind'Amour zu. »Die Dinge sind nun mal verwickelt, und es gibt etliches zu bedenken.«

»Aber wir werden doch wohl auf jeden Fall die Zyklopen vertreiben«, sagte Luthien.

»Natürlich«, antwortete Brind'Amour. »Dagegen werden unsere gasconischen Freunde gewiß nichts einzuwenden haben.«

»Einaugen, igitt.« Oliver spuckte aus. »In Gascony betrachtet man Einaugen als Zielscheiben für Bogenschützen.«

Luthien war beileibe nicht zufriedengestellt, doch er sah ein, daß es hier um mehr ging als um persönliche Belange. Immerhin würde er bald Gelegenheit haben, die Bewohner von Menster zu rächen.

Als er mit Oliver den Audienzsaal verließ, zerrte das ungelöste Problem immer noch heftig an den Nerven. Es blieben nur noch zwei Wochen Zeit, um den von Asmund begehrten Vertrag abzuliefern. Wenn der dem König von Isenland versagt bliebe, würde es zum Krieg mit den Huegoten kommen, und Luthien müßte gegen den eigenen Bruder zu Felde ziehen.

Oliver blieb den ganzen Tag über an der Seite des mißgestimmten Freundes. Schweigend hockten sie im Zwelf und schlenderten anschließend um den Außenwall der Stadt. Oliver hatte Verständnis für Luthiens schlechte Laune und übte sich in Zurückhaltung.

Als sie am Abend Nachricht erhielten, daß Siobhan auf dem Rückweg in die Stadt war, klarte Luthiens Miene sichtlich auf. Oliver sah ihm an, daß er spontan einen neuen Plan gefaßt hatte. Hoffentlich taugt der ein bißchen mehr, dachte der Halbling bei sich.

»Glaubst du, Brind'Amour wird mit den Huegoten zusammengehen, falls Grünspatz erneut den Vertrag brechen sollte?« fragte Luthien.

Oliver zuckte mit den Schultern. »Ich kann mir was Besseres vorstellen als ein Bündnis mit Sklavenhaltern«, entgegnete er. »Aber ich denke, er ließe sich überzeugen, wenn als Ergebnis der Sturz von König Grünspatz herausspränge.« Oliver blickte den Freund an und nahm dessen verschlagenes Grinsen wahr. »Mir scheint, du hast schon eine Idee, wie sich ein solcher Vertragsbruch einfädeln ließe.«

Luthien schüttelte den Kopf. »Wir brauchen bloß einen Beweis dafür, daß Grünspatz die Zyklopen auf uns hetzt und dadurch den Waffenstillstand hintertreibt.«

»Und wie gedenkst du, an einen solchen Beweis heranzukommen?« fragte Oliver.

»Wir gehen an der Ort der Verschwörung«, antwortete Luthien. »Siobhan wird uns sagen, wo die Zyklopenbande lagert. Brind'Amour wird sicherlich Truppen in Bewegung setzen, um dieses Nest auszuheben. Das heißt, wir müssen vorher zur Stelle sein und uns den Beweis beschaffen.«

Oliver war so überrascht, daß er auf die Schnelle keine Antwort wußte. Aber immerhin hatte Luthien von »wir« gesprochen, und das beruhigte den Halbling.

»Vorsicht, die Einaugen kommen«, knurrte der Halbling, war dann aber ein wenig getröstet, als er sein Rapier in alter Form wiederfand. »Los, nimm die alberne Kappe da und laß uns verschwinden.«

Luthien schüttelte den Schmerz aus der geprellten Hand und schickte sich an, Olivers Aufforderung Folge zu leisten. Vielleicht reichte das Wappen an der Kappe als Beweis aus.

»Riechst du, was ich rieche?« sagte der Halbling.

Luthien hielt inne, und tatsächlich, auch er nahm einen schwefeligen und in seiner Widerlichkeit einzigartigen Gestank wahr, der ihm nicht das erste Mal in die Nase stieg. Olivers Blick folgend, sah er hinter sich einen orangefarbenen Flammenball, der sich rotierend in ein zweibeiniges Hundetier mit Ziegenhörnern verwandelte. Seine Augen glühten rot wie Dämonenfeuer.

»Oh, nicht schon wieder!« maulte der Halbling.

Der Schrei des Ungeheuers gellte durch die Nacht.

»Laß mich raten«, sagte Oliver. »Du bist A'ta'arrefi, stimmt's?«

Es war nicht besonders groß, maß von der Schwanzspitze bis zum Kopf gerade mal vier Fuß, doch die Aura, die es ausstrahlte, war ungewöhnlich einprägsam und ließ auf überragende Macht schließen. Luthien und Oliver hatten genügend Erfahrung mit Dämonen, um zu wissen, daß mit dieser Bestie nicht zu spaßen war, und ihre bösen Ahnungen bestätigten sich, als A'ta'arrefi die Schnauze aufsperrte und in einen Schlund blicken ließ, der so groß war, daß Oliver im ganzen hineingepaßt hätte.

Passend zu diesem Höllenszenarium zuckte nun ein Blitzstrahl vom Himmel, und in seinem Licht sahen die beiden Freunde, daß sie umzingelt waren von Zyklopen. Und es krochen immer mehr aus dem Unterholz ringsum. Allerdings hielten sie respektvoll Abstand und tuschelten: »… der Blutrote Schatten.«

Luthien nahm kaum Notiz von ihnen. Seine Aufmerksamkeit nahm – es konnte nicht anders sein – der hundeartige Dämon in Beschlag.

Aus der riesigen Schnauze glitt eine gegabelte Zunge hervor, von zischenden Bellauten begleitet, und vereinigt mit dem Gewittersturm fegte A'ta'arrefi herbei.

Oliver schrie auf. Luthien hob den *Blender*, obwohl ihm von vornherein klar war, daß er damit auf die Schnelle nichts ausrichten konnte.

Geblendet wurden er, Oliver und die Zyklopen, als ein Blitz mitten unter sie in den Boden schlug. Luthien spürte sämtliche Muskeln flattern und die Haare auf dem Kopf tanzen. Im Sog verdampfender Luft riß es ihn empor. Irgendwie landete er wieder auf den Füßen, fand sein Gleichgewicht zurück, und wünschte sich beim Anblick des anstürmenden Dämons, frühzeitig der Länge nach umgekippt zu sein.

Doch die erwartete Attacke blieb aus, und bevor Luthien etwas sehen konnte, hörte er aus dem Wald Hilfe nahen. Pfeile schwirrten herbei, und unter lautem Gebrüll brachen Zwerge massenhaft aus dem Dickicht hervor. Die Schreie aufgeschreckter Zyklopen erstarben röchelnd.

Als Luthien endlich sehen konnte, was geschah, war von A'ta'arrefi nur noch der verkohlte Rest seiner gegabelten Zunge übriggeblieben.

So plötzlich wie der Blitz, stürzte nun sintflutartig ein Regenschauer herab, der wie Brandung in den Bäumen rauschte. Luthien zog die Kapuze seines blutroten Umhangs über den Kopf – aus reinem Reflex. Unsichtbar, wie er nun war, trat er auf Resmore zu, der volltrunken und halb ohnmächtig am Boden lag. Gleich daneben und im wahrsten Sinne vom Donner gerührt, hockte der Halbling, dem die Haare zu Berge standen.

Luthien warf die Schleppe des Umhangs um die beiden, so daß nun alle drei unsichtbar waren. Lieber hätte er sich in den Kampf eingemischt, doch es war nun wichtiger, den Gefangenen in Sicherheit zu bringen und

»Das Scheusal glich einem Hund«, fügte Luthien hinzu. »Hatte aber einen aufrechten Gang.«

»Und die Zunge war gespalten«, sagte der Halbling und half pantomimisch nach, indem er zwei gespreizte Finger vorm Mund zappeln ließ.

Brind'Amour krauste die Stirn.

»Aber zum Glück schlug dann der Blitz ein«, sagte Luthien. »Das kann doch kein Zufall gewesen sein.«

»Was ist dann geschehen?« drängte Brind'Amour. »Ich will's ganz genau wissen.«

»Resmores Dämon hat uns angegriffen«, berichtete Luthien. »Er war nur noch fünf Schritte entfernt, als plötzlich ein Blitzstrahl niederfuhr ...«

»Rums!« donnerte Oliver. »Genau auf die Rübe.«

»Und dann war von A'ta'arrefi nur noch ein verkohltes Stück Zunge übriggeblieben.«

Brind'Amour kraulte mit den Fingern im langen, weißen Bart. Er wußte nicht, wovon die beiden sprachen; er hatte sie nicht im Auge behalten und vor lauter Arbeit nicht einmal zur Kenntnis genommen, daß sie mit Siobhan in die Berge gezogen waren. Aber der unwahrscheinliche Zufall eines dermaßen günstig einschlagenden Blitzes kam ihm äußerst seltsam vor. So viel Glück gab es doch gar nicht. Da mußte irgendein Zauberer mit im Spiel gewesen sein. Womöglich Grünspatz persönlich, der es auf Luthien abgesehen, aber schlecht gezielt und Resmores Dämon getroffen hatte. Von diesem Verdacht erwähnte Brind'Amour den beiden Freunden gegenüber nichts. Statt dessen sagte er: »Ja, natürlich. Dämonen sind aber auch so leicht zu treffen. Die fallen unter Sterblichen ebenso deutlich ins Auge wie ein Riese unter Halblingen.«

Luthien rang sich ein Lächeln ab; er ahnte, daß Brind'Amour mit der Wahrheit hinterm Berg hielt. Aber weil er selbst keine Erklärung hatte, ließ er es bei den Worten des Königs bewenden. Für Fragen der Zauberei war schließlich Brind'Amour zuständig und nicht er.

»Kommt mit«, forderte der Alte die beiden auf. »Es scheint, wir haben den Beweis für Grünspatzens falsches Spiel erbracht; der Vertrag wäre somit null und nichtig. Laßt uns nun für ein Bündnis mit König Asmund von Isenland sorgen und unsere weiteren Pläne besprechen.«

»Werden wir gegen Grünspatz in den Krieg ziehen?« fragte Luthien.

»Das weiß ich noch nicht«, antwortete Brind'Amour. »Ich muß erst mit unseren Gefangenen sprechen und dann mit dem Botschafter von Gascony. Bis zu einer endgültigen Entscheidung ist noch einiges zu klären.«

Natürlich, dachte der junge Bedwyr, der nun immerhin guter Hoffnung war, daß es nicht zum Krieg gegen den eigenen Bruder kommen würde. Grünspatz war überführt; Resmore hatte den Beweis erbracht. Im Geiste sah Luthien bereits eine gewaltigen Flottenverband aus eriadoranischen und huegotischen Kriegsschiffen über die Stratton gen Carlisle segeln.

In seiner dunkelblauen Hexerrobe betrat Brind'Amour einen spärlich beleuchteten Raum. In den vier Ecken brannte jeweils eine Kerze, und mittendrin standen ein kleiner, runder Tisch und ein Schemel.

Brind'Amour nahm auf dem Schemel Platz und lüftete mit zitternden Händen das schwarze Tuch von der Kristallkugel, die auf dem Tisch lag. Sorgenvoll und nervös hob er an zu seiner Zauberlitanei. Er glaubte nicht, daß Grünspatz den Blitz geschickt und aus Versehen den Falschen getroffen hatte. Plausibel war nur eine andere Erklärung: Ein jüngst wiedererwachtes Mitglied der alten Hexerbruderschaft hatte sich auf ihre Seite geschlagen.

Brind'Amour verfiel in Trance und schickte sein Gesicht durch die Kristallkugel ins Gebirge, kreuz und quer durch Eriador, ja, sogar an den Zeitgrenzen entlang.

»Brind'Amour?«

Die Frage kam aus weiter Ferne, war aber gut zu verstehen.

»Brind'Amour?«

»Serendie?« fragte der alte Zauberer und glaubte endlich gefunden zu haben, wonach er suchte. Serendie hatte zur Bruderschaft gehört, war ein munterer Gesell und einer seiner besten Freunde gewesen.

»Luthien«, tönte es zur Antwort.

Brind'Amour durchforschte sein Gedächtnis; irgendwie kam ihm der Name bekannt vor. Plötzlich legte sich ihm eine Hand auf die Schulter. Jemand schüttelte ihn.

Er erwachte aus seiner Trance und fand sich in der Wahrsagekammer des Ministeriums wieder. Luthien und Oliver waren auch da. Der Alte reckte sich und gähnte. Seine magischen Bemühungen hatten ihn viel Kraft gekostet.

»Wie spät ist es?« fragte er.

»Der Hahn hat schon gekräht«, antwortete Oliver, »sein Frühstück zu sich genommen, mehreren Hühnern ein Lächeln um die Schnäbel gezaubert und ist jetzt wahrscheinlich dabei, sein Mittagschläfchen zu halten.«

»Wir haben uns gefragt, wo Ihr wohl steckt«, sagte Luthien.

»Und? Wo seid Ihr gewesen?« fragte Oliver hintersinnig.

Brind'Amour schmunzelte. Körperlich hatte er den Raum zwar nicht verlassen, doch sein Geist war an viele verschiedene Orte gereist. Schlagartig wurde seine Miene wieder ernst, als er sich an seine Reisen erinnerte. Die letzte hatte ihn nach Dulsen-Berra geführt, zur mittleren Insel der Fünf Wächter. Die Kristallkugelperspektive war ein wenig verzerrt gewesen und hatte ihn zeitlich ein Stück zurückgeworfen. Wie weit, wußte er allerdings nicht. Er hatte auf diesem felsigen Eiland Zyklopen herumklettern sehen, und zwar unter der Führung eines Mannes, den er – obgleich dieser heute fetter war – wiedererkannte als denjenigen, der zur Zeit in einem der Verliese des Ministeriums gefangengehalten wurde.

In der Vision hatte Resmore einen ungewöhnlichen Gegenstand in den Händen gehalten: eine Astgabel beziehungsweise Wünschelrute. Selbsternannte Hexen aus entlegenen Gegenden verwendeten solche Geräte zum Auffinden von Wasserquellen, und normalerweise war ihre Zauberwirkung sehr bescheiden. Ganz anders Resmores Wünschelrute; die hatte es offenbar wirklich in sich. Durch sie fand Resmore in ein stilles Tal und zu dem versperrten Eingang einer Höhle. Bei wiederholten Versuchen, den Einstieg freizusprengen, kamen etliche Zyklopen ums Leben, doch es blieben genügend übrig, die Arbeit fortzusetzen. Schließlich war die Höhle geöffnet. Die Ungeheuer strömten hinein, und es dauerte nicht lange, da kamen sie zurück nach draußen und warfen Resmore, der im Tal auf sie wartete, einen Leichnam vor die Füße. Es war der von Duparte, dem teuren Duparte, einem engen Freund Brind'Amours, der bei der Planung des Ministeriums geholfen und vielen eriadoranischen Fischersleuten beigebracht hatte, wie man sich vor den gefährlichen Dorsal-Walen am besten schützen konnte.

Immer wieder hatte Brind'Amour in der vergangenen Nacht solche Szenen miterleben müssen. Allenthalben waren alte Freunde in ihren Verstecken, wo sie ihren Zauberschlaf hielten, aufgestöbert und ermordet worden. Er hatte gesehen, wie Resmore und Grünspatz, Morkney, Paragor und ein anderer Hexer, den er nicht kannte, über seine wehrlosen, schlafenden Kollegen hergefallen waren, sie zu vernichten.

Brind'Amour schüttelte sich vor Entsetzen. »Ich fürchte, sie sind alle tot«, murmelte er.

»Wer?« fragte Oliver und schaute sich irritiert um.

»Die Kameraden aus der alten Bruderschaft«, antwortete Brind'Amour. »Es scheint, ich bin der einzige, der verschont geblieben ist.«

»Ihr habt all diese Morde mit eigenen Augen gesehen?« fragte Luthien verwundert und warf einen Blick auf die Kristallkugel.

»Nicht alle.«

»Wieso habt Ihr überhaupt so genau hingeschaut?« wollte der Halbling wissen.

»Anlaß war eure Begegnung mit Resmore«, antwortete Brind'Amour.

»Der Blitz kam nicht von Euch«, vermutete Luthien. »Und darum dachtet Ihr, daß einer Eurer Brüder aufgewacht sei und uns geholfen habe.«

»Was aber anscheinend nicht der Fall gewesen ist«, entgegnete Brind'Amour.

»Wieso?« hakte Oliver nach. »Ihr sagtet doch selbst, daß Ihr nicht über alle Kollegen Bescheid wißt.«

»Eins steht aber so gut wie fest: Von denen ist niemand wach«, sagte der Alte. »Sonst hätte ich nämlich Kontakt gefunden oder zumindest einen Hinweis entdeckt.«

»Aber wenn Ihr nicht den Blitz geschickt habt ...« Luthien stockte.

Brind'Amour zuckte nur mit den Achseln, lehnte sich seufzend im Stuhl zurück und sagte: »Wir haben uns geirrt, meine Freunde.«

»Damit kann ich wohl nicht gemeint sein«, platzte es dann aus Oliver heraus.

»Wer? Die Bruderschaft?« fragte Luthien und warf dem Halbling einen strafenden Blick zu.

»Wir haben geglaubt, das Land sei sicher und in guten Händen«, antwortete Brind'Amour. »Die Zeit der Magie ging auf ihr Ende zu, und so legten wir uns schlafen, um die Zauberkräfte, die uns verblieben waren, zu konservieren für den Fall, daß uns die Welt noch einmal braucht.

Wir alle legten uns schlafen«, fuhr der Alte flüsternd fort. »Alle bis auf einen, wie es scheint, nämlich Grünspatz, ein Zauberer minderer Güte, den wir kaum ernstgenommen haben. Sogar die großen Drachen sind zerstört oder so wie Balthasar festgesetzt worden.«

Luthien und Oliver erschauderten; sie hatten mit diesem Untier schon Bekanntschaft machen müssen.

»Ich habe meinen Zauberstab in Balthasars Höhle verloren«, erinnerte sich Brind'Amour, »dachte aber, daß ich darauf würde verzichten können – bis ich erwachte und feststellen mußte, daß das Böse in Gestalt von Grünspatz regierte.«

»Soviel wissen wir bereits«, sagte Luthien. »Aber wie war's möglich, daß Grünspatz an die Macht gelangte, obwohl er doch, wie Ihr sagtet, ein Zauberer minderer Güte war?«

»Tja, das war der große Fehler«, antwortete Brind'-Amour. »Wir dachten, daß die Magie im Abklingen begriffen sei, und so war es auch, jedenfalls nach den geltenden Regeln unserer Kunst. Aber Grünspatz hat einen anderen Weg gefunden, sich mit Dämonen verbündet und Kräfte angezapft, die besser versiegelt geblieben wären. Das hätten wir voraussehen und verhindern müssen, ehe wir uns schlafen legten.«

»Allerdings!« tönte Oliver vorlaut, senkte aber sogleich verschämt den Blick, als er sich abermals von Luthien gemaßregelt sah.

»Ihr hättet mich damals erleben sollen«, sagte Brind'Amour, und seine Augen leuchteten auf. »Ich war sehr viel stärker, konnte von morgens bis abends zaubern und nach nur einer Nacht Erholung am nächsten Tag wieder mit voller Kraft loslegen.« Seine Miene verdüsterte sich. »Aber damit ist's vorbei, und ich kann und will nicht wie Grünspatz die Hilfe von Dämonen in Anspruch nehmen.«

»Ihr habt Herzog Paragor vernichtet«, erinnerte Luthien.

Brind'Amour schnaubte und zeigte ein flüchtiges Lächeln. »Zugegeben. Auch Morkney ist tot, und von Resmore geht keine Gefahr mehr aus, jetzt, da ihm sein

Dämon genommen wurde.« Der Alte fixierte Luthien mit düsterem Blick. »Aber diese Herzöge waren oder sind bloß Mitläufer, kleine Trickbetrüger, die nie zu unserer Bruderschaft gehört haben.«

»Wenn Grünspatz tot ist«, sagte Luthien, um ihm Mut zu machen, »dann werdet Ihr weltweit der stärkste Zauberer sein.«

Oliver klatschte in die Hände, doch Brind'Amour antwortete leise: »Darauf bin ich nie aus gewesen.«

»Laßt uns allein«, sagte Brind'Amour, als er die Gefängniszelle tief unten im Ministerium betrat. Es war stickig in dem kleinen Verlies, und nur eine einzige Fackel, die in der Felswand steckte, sorgte für Licht.

Die Wachen, zwei Elfen, blickten einander nervös an, verbeugten sich dann artig vor ihrem König und gingen zur Tür hinaus, blieben dahinter in Bereitschaft stehen.

Brind'Amour machte die Tür zu, ohne Resmore aus den Augen zu lassen, der am Boden lag. Die Hände und Füße steckten in eisernen Schellen, die über ein kurzes Stück Kette miteinander verbunden waren. Darüber hinaus trug er Augenbinde und Knebel. Ein erbarmungswürdiger Anblick.

Brind'Amour klatschte in die Hände, worauf die Schellen von Resmores Handgelenken abfielen. Langsam richtete dieser sich auf, nahm zuerst die Binde von den Augen, und zog sich dann den Knebel aus dem Mund und knurrte: »Ich verlange, daß man mich besser behandelt.«

Brind'Amour ging im Kreis um ihn herum und streute, Worte murmelnd, eine Spur aus gelbem Pulver hinter sich aus. Als er damit fertig war, sagte er unvermittelt: »Wer hat deinen Dämon vernichtet?«

Resmore staunte nicht schlecht über die Frage, hatte er doch – wie Luthien und Oliver – Brind'Amour für den Täter gehalten.

»Falls A'ta'arrefi …«

»Ein Hexer sollte sich hüten, diesen Namen auszusprechen«, fiel ihm Resmore ins Wort.

Brind'Amour schüttelte den Kopf, deutete auf die geschlossene Pulverspur am Boden und sagte: »In diesem Kreis kannst du noch so laut nach deinem Höllenfreund rufen; er wird dich nicht hören, falls er denn überhaupt noch lebt. Und deine bescheidenen Zauberkünste werden dir auch nicht da raushelfen.«

Resmore warf den Kopf in den Nacken und röhrte vor Lachen, als mache er sich über den anderen lustig. Als er aufzustehen versuchte, kippte er fast vornüber, so steif waren die Beine vom langen Sitzen. »Ihr, die Ihr den Thron dieses verfluchten Landes behauptet, solltet Euren Brüdern mehr Respekt entgegenbringen.«

»Und du solltest deine Zunge besser im Zaum halten«, warnte Brind'Amour. »Sonst reiß ich sie dir raus.«

»Das wagt Ihr nicht.«

»Ruhe!« donnerte der alte Zauberer. Vor Schreck taumelte Resmore ein paar Schritte zurück. »Du bist kein Bruder von mir«, fuhr Brind'Amour fort. »Du und deine Spießgesellen, ihr seid Grünspatzens Lakaien und allenfalls ein jämmerlicher Abklatsch von jener Macht, die einst die Bruderschaft darstellte.«

»Ich …«

»Willst du dich mit mir anlegen? Versuch's doch, los!«

Resmore hätte sich lieber gedrückt, mußte aber der Aufforderung entsprechen, denn Brind'Amour hatte schon angefangen zu zaubern und murmelte Formeln vor sich hin. Widerwillig hob nun auch der Herzog an. Murmelnd und den magischen Blick auf die Fackel an der Wand gerichtet, bewirkte er, daß sich ein Flämmchen daraus löste und durch die Luft tanzte in Brind'-Amours Richtung mit dem Ziel, dessen Nase anzusengen.

Doch dazu kam es gar nicht; die Flamme tropfte auf halbem Weg zu Boden. Brind'Amour hatte sie unter seine Kontrolle gebracht, ließ sie wachsen und die Gestalt eines Löwen annehmen, mit sprühenden Augen und lodernder Mähne.

Resmore erbleichte und wich noch einen Schritt zurück, rannte dann zur Tür hin, prallte vor die magische Wand, die so fest war wie eine gemauerte, und taumelte zurück in die Mitte des Raums.

Brind'Amour kraulte der Raubkatze mit der Hand die Flammenmähne.

Der Herzog atmete hörbar auf. »Eine Erscheinung.«

»Ach ja?« An das Tier gewandt, sagte Brind'Amour: »Er hält dich für eine Erscheinung. Ganz schön frech, nicht wahr. Von mir aus kannst du ihn jetzt zerfleischen.«

Resmore sperrte die Augen auf und starrte auf den Löwen, der sich knurrend duckte, mit dem Schwanz zuckte und dann aufsprang und durch die Luft auf Resmore zugeflogen kam. Der warf sich schreiend zu Boden und versuchte, mit den Armen seinen Kopf zu schützen, und strampelte gleichzeitig mit den Beinen.

Als er nach einer Weile wieder aufzublicken wagte, war von dem Feuerlöwen nichts mehr zu sehen. »Also doch eine Illusion.« Um Fassung bemüht, stand er wieder auf und klopfte den Staub aus den Kleidern.

»Bin ich etwa auch nur Einbildung?« fragte Brind'-Amour, der plötzlich mit den Armen zu wedeln anfing und eine Windbö aufwirbelte, die so heftig war, daß Resmore, von ihr gepackt, rücklings gegen die magische Schranke geschleudert wurde. Kaum war er davon abgeprallt, traf ihn ein Blitzstrahl in den Bauch, den Brind'Amour zwischen schnippenden Fingern entzündet hatte.

Vor Schmerzen knickte der Herzog in der Hüfte ein, worauf ein wuchtiger Energiestoß auf seinen Nacken niederging und ihn zu Boden riß. Dort lag er, benommen, blutend, mit dem Gesicht nach unten und weit entfernt von der Absicht, wieder aufzustehen. Doch dann spürte er, wie sich etwas – eine Hand? – um seinen Hals schlang, und ihm war, als würde er hochgehievt, zurück auf die Beine und höher, von den Füßen gelupft und gehalten von einer Hand, die ihn drosselte.

Aus vorquellenden Augen sah er sein Gegenüber an, Brind'Amour, der einen Arm nach oben ausgestreckt hielt und in die Luft griff.

»Ich habe dich gesehen«, grollte Brind'Amour. »Ich habe gesehen, was du Duparte auf der Insel Dulsen-Berra angetan hast.«

Resmore wollte widersprechen, brachte aber kein Wort heraus.

»Ich sah dich!« schrie Brind'Amour und drückte noch fester zu.

Resmore zuckte und fürchtete schon, daß ihm der Nacken entzweibrach.

Da warf Brind'Amour die Hand zurück und öffnete sie, was zur Folge hatte, daß Resmore quer durch den Raum trudelte, erneut vor die magische Schranke prallte und zu Boden sackte. Röchelnd schnappte er nach Luft und langte unwillkürlich an die Nase, die er zerschmettert glaubte. Es dauerte ein Weile, bis er wieder einen Blick riskierte, und als er die Augen hob, sah er zwischen sich und dem alten Zauberer zwei Dinge in der Luft schweben, wie von unsichtbaren Fäden gehalten: einen Federkiel und ein Stück Papier.

»Dein Geständnis«, sagte Brind'Amour. »Die Bestätigung, daß du auf Grünspatzens Geheiß hin Zyklopen aufgewiegelt hast, über Menschen- und Zwergensiedlungen herzufallen.«

»Und wenn ich mich weigere?« erdreistete sich Resmore zu fragen.

»Dann werde ich dir Glied um Glied abrupfen«, versprach Brind'Amour wie beiläufig. »Ich werde dir die Haut von den Knochen herunter dreschen und dir das eigene Herz vor Augen führen, damit du deinen letzten

Herzschlag siehst.« Die Ruhe, mit der er dies sagte, machte Resmore nervös.

»Ich bin Zeuge deiner Verbrechen«, sagte Brind'-Amour, und es bedurfte keines Beweises, um den Herzog davon zu überzeugen, daß der Alte die Wahrheit sprach und nicht bloß bluffte. Resmore nahm die Feder aus der Luft und kritzelte seinen Namen unter das vorformulierte Geständnis.

Brind'Amour nahm das Schriftstück, ohne Zauber anzuwenden, mit den eigenen Händen in Empfang. Er wollte sich dem Herzog noch einmal aus allernächster Nähe zeigen, ihn wortlos, nur durch die Miene wissen lassen, daß er dessen Verbrechen kannte und nie, niemals vergessen würde.

Dann durchquerte er die magische Schranke und verließ die Gefängniszelle.

»Ihr braucht nicht länger Wache zu stehen«, hörte Resmore den Alten sagen, als dieser die Elfen passierte. »Er ist ein harmloser Narr, weiter nichts.«

Die schwere Tür fiel krachend ins Schloß. Die Fackelflamme, das einzige Licht, verlosch. Und so mußte Resmore bei völliger Dunkelheit seinem Elend frönen.

14. KAPITEL

# *Die Prinzessin und ihr Krönchen*

Sie saß vorm Spiegel und bürstete ihr seidenes Haar. Vor ihr lag auf der Kommode die mit Edelsteinen besetzte Krone, das Erbstück aus glücklichen Tagen, da sie noch eine Prinzessin gewesen war. Daneben befand sich in einem Ledersäckchen ein Pulver, mit dem Deanna die Flammen in einer Kohlenpfanne auffackeln ließ, um für Taknapotin, ihrem Dämon, eine Höllenpforte zu öffnen.

Noch ein Kind, war ihr dieser Pulverbeutel wichtiger geworden als die Krone und der Hexer Grünspatz wichtiger als der eigene Vater, der König von Avon. Grünspatz, der ihr magische Kräfte verliehen hatte. Grünspatz, der ihr Taknapotin an die Seite gestellt hatte. Grünspatz, der das Königreich vor einem von aufsässigen Lords eingefädelten Umsturz bewahrt hatte und dafür mit dem Thron belohnt worden war.

So jedenfalls lautete die Geschichte, die Deanna Wellworth von den Getreuen des neuen Königs immer wieder zu hören bekommen hatte, nicht zuletzt auch von Grünspatz persönlich, der ihr gegenüber Bedauern geheuchelt hatte, Bedauern darüber, daß aus der Familie der Wellworth nun keine Könige mehr hervorgehen würden, da er nun die Krone übertragen bekommen habe. In Wirklichkeit kümmerte ihn die Erbfolge überhaupt nicht, denn als Mitglied der Bruderschaft würde er wahrscheinlich sogar Deannas Urenkel überleben. Allerdings war er ihr, dem Waisenkind, durchaus zugetan und hatte in Mannington, einer nicht unbedeutenden Hafenstadt an der Westküste Avons, eine Residenz, ein kleines privates Königreich für sie eingerichtet.

Das war die Geschichte, die Deanna Wellworth so oder ähnlich seit ihrer Kindheit immer wieder gehört hatte, auch und vor allem von dem angeblich so mitfühlenden König Grünspatz.

Jetzt, da sie auf die Dreißig zuging, kamen ihr Zweifel an dieser Geschichte, ja, sie konnte nicht mehr daran glauben. Allerdings scheiterten alle Versuche, sich an jene verhängnisvolle Nacht des Umsturzes im Detail zu erinnern. Sie wußte nur noch, daß Taknapotin gekommen und mit ihr davongeflogen war.

Der edle Retter ... ein Dämon.

Warum hatte er, der als Höllenwesen durchaus in der Lage gewesen wäre, nicht auch die Geschwister gerettet? Warum war der Umsturz nicht verhindert worden durch ihn und Grünspatz? Die Möglichkeit dazu hätten sie doch wohl gehabt, zaubermächtig wie sie waren. Grünspatzens Erklärungen waren wenig plausibel. Sie seien überrumpelt worden, hatte er immer wieder behauptet.

Mit solchen Antworten hatte sie sich lange Zeit abspeisen lassen, ohne daß ihr all die Rätsel gelöst worden wären. Erst sehr viel später – Deanna war schon Herzogin von Mannington – stellte sie die eigentlichen Fragen. Warum war sie als einzige ihrer Familie verschont geblieben? Warum war ihr nicht als rechtmäßige Thronfolgerin die Herrschaft übertragen worden, nachdem man die mutmaßlichen Umstürzler gefaßt und hingerichtet hatte?

Wut flammte in ihr auf, wie so oft in letzter Zeit. So fest und verkrampft führte sie die Haarbürste, daß die Borsten über ihre Kopfhaut kratzten. Den Betrug hatte sie seit vielen Jahren geahnt und tief im Innern Zorn darüber empfunden, aber beides, Argwohn und Empörung, stets zu unterdrücken gewußt. Wenn denn vor zwei Jahrzehnten das Unsägliche tatsächlich geschehen war wie befürchtet, würde sie doch in gewisser Weise mitschuldig sein am Tod ihrer Eltern, der fünf Brüder und der Schwester.

»Ihr seht ihr wirklich sehr ähnlich.«

Deanna blickte auf und sah im Spiegel das Abbild von Selna, der alten Zofe, die ins Zimmer gekommen war, um ihr das Nachthemd zu bringen.

»Eurer Mutter«, erklärte Selna mit mildem Lächeln, trat herbei und streichelte ihr zärtlich die Wange. »Ihr habt ihre Augen; sie sind genauso sanft, so blau.«

Was sich hier zwischen den beiden abspielte, kam einem fast religiösem Ritus gleich. Mindestens einmal in der Woche und das seit nunmehr zwanzig Jahren führte Selna, die der Familie schon als Kindermädchen gedient hatte, diese Szene vor, sprach diese Worte und streichelte Deanna, die dann jedesmal vor Freude strahlte und die Zofe bat, sie möge doch von Bettien, der Mutter, erzählen.

Doch darüber konnte die Herzogin neuerdings nur noch mit dem Kopf schütteln.

Sie stand auf, nahm der Alten das Nachthemd ab und kehrte ihr den Rücken zu.

»Sorgt Euch nicht, Mylady«, rief ihr Selna nach. »Ich glaube kaum, daß der König Euch dafür bestraft, daß Ihr am Eisernen Kreuz schwach geworden seid.«

Empört fuhr Deanna auf dem Absatz herum. »Hat er dir das persönlich anvertraut?« zischte sie.

»Wer? Der König?«

»Natürlich«, blaffte Deanna. »Hast du in letzter Zeit mit ihm gesprochen?«

Selna gab sich erstaunt. »Aber Mylady«, antwortete sie, »was hätte Seine Majestät, der König, ausgerechnet mit mir zu bereden?«

»Du hast mit ihm gesprochen, gib's zu!« Deanna preßte die Lippen aufeinander, als ihr bewußt wurde, daß sie ihrer Wut nachgegeben hatte, stand doch zu befürchten, daß Selna – vielleicht durch einen kleinen Dämon, der ihr als Kurier diente – den König erneut auf die Herzogin aufmerksam machen würde. Grünspatzens Argwohn käme ihr gerade jetzt äußerst ungelegen.

»Verzeih mir, liebe Selna«, sagte Deanna, eilte auf die Dienerin zu und legte ihr die Hand auf die Schulter. Sie senkte den Blick und seufzte tief. »Ich fürchte nur, daß ich wegen dieser Schwäche, die ich in den Bergen zeigte, vor deinen Augen an Ansehen verloren habe.«

»Niemals, Mylady«, antwortete Selna beflissen, aber wenig überzeugend.

Deanna schaute wieder auf. Die blauen Augen waren tränennaß. Schon als Kind hatte sie auf Kommando weinen können. Sie nannte solche Tränen »Mitleidstropfen«.

»Es ist schon spät, Mylady«, sagte Selna merklich angespannt. »Ihr solltet jetzt zu Bett gehen.«

»Ja, ich bin schwach gewesen«, schniefte Deanna und registrierte, daß Selna Neugier zeigte. »Aber ich konnte diese widerlichen Einaugen nicht länger in meiner Nähe ertragen.«

Selna schien ein wenig zu entspannen, zeigte sogar ein ungekünsteltes Schmunzeln.

»Ich fürchte, daß mein König und Retter an mir zweifelt«, klagte Deanna.

»Niemals, Mylady.«

»Er ist für mich Familie, und dazu zählst auch du, Selna«, fuhr Deanna fort. »Ihn zu enttäuschen wäre mir unerträglich.«

»Als Prinzeßchen, das Ihr seid, wart Ihr mit der Aufgabe, die er an Euch gestellt hat, einfach überfordert«, sagte Selna.

Als Prinzeßchen, das Ihr seid ... Selna benutzte diese seltsame Wendung nicht selten, und sooft Deanna diese Worte hörte, wollte sie am liebsten laut aufschreien vor Empörung über die Ungerechtigkeit, von der Thronfolge ausgeschlossen worden zu sein.

Deanna schluckte ihren Ärger herunter und ließ statt dessen wieder Tränen quellen, fiel Selna in die Arme und umklammerte sie, bis die Alte meinte, daß es nun Zeit für sie sei zu gehen.

Kaum hatte Selna das Zimmer verlassen, waren die Augen der Herzogin wieder trocken. Die Nacht war vorangeschritten, und sie hatte noch so viel zu tun! Lange betrachtete sie Krone und Pulverbeutel, um Kraft zu sammeln. Dann schlich sie vor die Tür und vergewisserte sich lauschend, daß alle schliefen, die im selben Flügel des Palastes untergebracht waren. Ins Zimmer zurückgekehrt, verriegelte sie die Tür auf magische Weise und trat vor den Kleiderschrank. Einem Geheimfach, das in dessen Sockel eingebaut war, entnahm sie eine kleine kupferne Kohlenpfanne.

Kurze Zeit später hockte Taknapotin lässig auf ihrem Bett.

»A'ta'arrefi war kein Problem für mich«, protzte der Dämon.

»Dank der Sturmgewalt, die ich dir habe zukommen lassen«, bemerkte Deanna kühl.

»Zugegeben, damit war alles weitere ein Kinderspiel«, gab Taknapotin zu. »Peng, puff, und es war um ihn geschehen.«

»Und Resmore ist ebenfalls von der Bildfläche verschwunden, tot oder gefangen in irgendeinem Verlies, in Caer MacDonald oder DunDarrow.«

»Was uns dem Thron wieder einen Schritt näher gebracht hat«, grinste Taknapotin.

Deanna konnte immer noch kaum glauben, wie schnell und problemlos dieser Teil ihres Plans hatte verwirklicht werden können. Die Aussicht auf souveräne Herrschaft war für Taknapotin ein unwiderstehlicher Köder, und er lechzte danach, Grünspatz zu stürzen. Darin lag, wie Deanna erkannte, die Schwäche des Bösen: Im Bunde mit solchen diabolischen Wesen gab es weder Recht noch Redlichkeit.

Deanna ging zur Kommode und setzte die Krone auf, das einzige Erbstück, das ihr geblieben war. Grünspatz hatte es den Herrschern entreißen können und ihr persönlich überreicht mit der Bitte, es zum Andenken an die arme Familie aufzubewahren.

»Ich denke nicht, daß jemand anders dran glauben muß«, sagte Taknapotin. »Nachdem Paragor und Resmore abgedankt haben, seid Ihr jetzt an seiner Seite die Mächtigste.«

»Und was ist mit dem Baranduinen, mit Herzog McLenny von Eornfast?« fragte Deanna. »Glaub mir, der ist mit allen Wassern gewaschen.«

»Hat er Verdacht geschöpft?«

Deanna zuckte mit den Achseln. »Er läßt sich jedenfalls kaum etwas entgehen, und von seiner zurückgezogenen Warte aus, weiß er sich ein treffliches Bild zu machen.«

»Dann ist er eine Gefahr für uns.«

Deanna schüttelte den Kopf. »Nein.« Sie wandte sich vom Spiegel ab, hielt die zierliche Krone in beiden Händen. »Nicht für uns.«

Taknapotin musterte sie mit wachem Blick, insbesondere die Hände, die krampfhaft die Krone umklammerten.

Deannas Stimme veränderte sich plötzlich, sackte um eine komplette Oktave nach unten, als sie zu singen anfing: »*Oga demions callyata sie*.«

Taknapotins Augen glühten auf vor Schmerzen. Er schlug die Hände vor die Ohren, um nicht hören zu müssen, was jedes Höllenwesen bis ins schwarze Herz quälte. »Was tut Ihr da?« heulte er, obwohl er die Antwort längst wußte. Deanna intonierte die Worte der Verbannung, einen mächtigen Zauber, der ihn, Taknapotin, für hundert Jahre von der Welt vertrieb.

Tapfer fuhr sie in ihrem Gesang fort, auch als sich Taknapotin vom Bett erhob und die Zähne fletschte. Der Zauber war gewaltig, aber nicht vollkommen. Ob er wirklich wirkte, war noch nicht gesagt, denn wie jedem Hexer, der solche Mächte zu rufen vermochte, widerstrebte es auch Deanna, von ihrem dämonischen Partner loszulassen. Dennoch sang sie weiter, und als Taknapotin zitternd und taumelnd auf sie zuzutreten versuchte, hob sie die Krone, das Erbstück, Grünspatzens Geschenk, den Schatz, von dem sie nun wußte, daß er noch sehr viel wertvoller war als gedacht. Sie hob die Krone, preßte ihre Lippen aufeinander und verdrehte ruckhaft einen der Zacken.

Zischelnd explodierte schwarze Energie aus der Krone. Von der Wucht überrascht, kam Deanna in ihrem Gesang ins Stocken. Schlimmer aber erging es dem Unhold. Die Krone garantierte seine Verbindung zur Welt. Grünspatz hatte sie mit dieser magischen Kraft ausgestattet und Deanna zum Geschenk gemacht aus Gründen, die mit Nostalgie kaum etwas zu tun hatten.

»Das könnt Ihr doch nicht machen!« schrie der Dämon. »Wollt Ihr auf Eure Macht verzichten, auf den Thron?«

»Zurück in die Hölle mit dir!« brüllte Deanna zur Antwort. Der schauderhafte Anblick des sich windenden Scheusals gab ihr neue Kraft; sie nahm den Gesang wieder auf und stieß jeden mißklingenden Ton zwischen zusammengebissenen Zähnen hervor.

Von Taknapotin blieb nicht mehr als ein schwarzer Fleck auf dem Teppich übrig.

Deanna warf die verdrehte Krone auf den Boden und stampfte mit dem Fuß darauf, auf das Symbol ihrer Torheit, der Anbindung an ein Königreich – *ihr* Königreich – und an eine Familie, deren Untergang sie mitverschuldet hatte.

Obwohl sie soeben einen ihrer bislang schwierigsten Zauberakte vollbracht hatte und obwohl Taknapotin, dem sie einen Großteil ihrer Kraft verdankte, für immer von ihr fort war, fühlte sich Deanna Wellworth nun auf seltsame

Weise gestärkt. Sie trat vor den Spiegel und nahm ein Fläschchen in die Hand, das dem Anschein nach Parfüm enthielt, in Wirklichkeit aber mit einer magischen Flüssigkeit gefüllt war. Davon sprühte sie nun reichlich auf den Spiegel, den engsten ihrer Freunde rufend.

Das Spiegelglas beschlug von innen her. In der Mitte klarte es dann aber allmählich auf und brachte ein deutliches Bild zum Vorschein.

»Hast du's getan?« fragte ein gutaussehender Mann mittleren Alters.

»Meinen Dämon bin ich los«, bestätigte Deanna.

»Und Resmore sitzt fest, im sicheren Gewahr von Brind'Amour, wie wir gehofft haben«, sagte der Mann, Herzog Ashannon McLenny von Baranduine.

»Ich wünschte, du wärst jetzt bei mir«, klagte Deanna.

»Ich bin doch gar nicht so weit weg«, antwortete Ashannon. Er residierte in Eornfast, einer Stadt am Kanal von Mann, direkt gegenüber von Mannington. Im Geiste waren sie sich noch näher, und obwohl Deanna schreckliche Angst empfand, gelang ihr ein Lächeln.

»Unser Kurs ist abgesteckt«, sagte sie.

»Was ist mit Brind'Amour?«

»Er sucht nach einem alten Freund«, erklärte Deanna, die den Ruf des Hexers vernommen hatte. »Und er wird mir, ohne es zu wissen, Antwort geben.«

»Ich gratuliere, Prinzessin Deanna Wellworth«, sagte Ashannon und verbeugte sich höflich und respektvoll. »Schlaf gut.«

Sie brachen die Verbindung ab. Beide hatten Ruhe nötig, zumal ihre jeweiligen Dämonen nun nicht mehr da waren. Deanna fühlte sich geschmeichelt von der Ehrerbietung, die Ashannon ihr entgegenbrachte, obwohl sie doch so tief in seiner Schuld stand. Er war es, der ihr die Augen geöffnet hatte, und er wußte genau, was in den letzten Tagen der Herrschaft ihres Vaters geschehen war.

Deanna glaubte dem Herzog von Baranduine aufs Wort. Von ihm wußte sie auch, was es mit der Krone auf sich hatte, daß sie nämlich der Schlüssel zu Taknapotin war sowie das Bindeglied einer unheiligen Triade, die dem König ermöglicht hatte, Deanna unter engste Beobachtung zu nehmen. Durch dieses Bindeglied war Grünspatz auch imstande gewesen, Deannas Dämon auf die nächtliche Szene im Hochgebirge des Eisernen Kreuzes zu rufen. Die Zauberkraft, die von der Krone ausging, aber auch das Gefühl der Schuld, das Deanna mit ihr verband, waren der Grund dafür, daß Grünspatz sie bislang in seinem Bann hatte halten können.

»Nein«, flüsterte Deanna vor sich hin. »Sie war nur einer von mehreren Gründen.«

Entschlossen durchquerte sie das Zimmer und warf den Umhang über die Schulter. Selnas Schlafkammer war nicht weit entfernt.

In seinem Privatgemach sah Herzog McLenny den Spiegel beschlagen, worauf er ein tiefes Seufzen verlauten ließ.

»Es gibt jetzt kein Zurück mehr«, meldete sich von hinten eine Stimme, die Stimme von Shamus Hee, seinem Freund und Vertrauten.

»Das gab es schon nicht mehr, als ich Deanna die Wahrheit über Grünspatz anvertraut habe«, entgegnete der Herzog gelassen.

»Es wird aber erst jetzt richtig heikel«, meinte Shamus.

McLenny konnte dem nicht widersprechen. Wie kein zweiter durchschaute er den König, die Intrigen seiner Macht und das lückenlose Netz seiner Spitzel, menschlicher als auch diabolischer Herkunft. Nach dem Umsturz in Avon hatte Ashannon McLenny die Insel Baranduine zur Unabhängigkeit zu führen versucht, doch Grünspatzens Gegenschlag war erfolgreicher gewesen, den er durch McLennys eigenen Dämon hatte ausführen lassen. Nur dank seines großen Ansehens war der Herzog mit dem Leben davongekommen, und er hatte im Verlauf des folgenden Jahrzehnts dem König von Avon immer wieder seine Loyalität unter Beweis stellen müssen.

»Ich habe immer noch nicht begriffen, warum Grünspatz das Mädchen verschont hat«, murmelte Shamus. »Wäre für ihn doch einfacher gewesen, wenn er sich aller Wellworthens entledigt hätte.«

»Er brauchte sie«, antwortete McLenny. »Grünspatz konnte nicht wissen, wie sich die Dinge nach dem Umsturz weiterentwickeln. Darum brauchte er sie als Strohfrau, für den Fall, daß er den Thron nicht selbst würde besteigen und nur aus dem Hintergrund regieren würde können.«

»Was damals klug war, wird ihm jetzt zum Verhängnis werden«, kicherte Shamus.

»Wollen wir's hoffen«, sagte McLenny. »Grünspatz hat sich verkalkuliert und läßt die Zügel schleifen – aus bloßer Langeweile, wie es scheint. Darüber legen Ereignisse in Eriador Zeugnis ab, und was dort geschieht, zeichnet auch unseren Weg vor.«

»Ein gefahrvoller Weg.«

»Für Deanna, ja, weniger gefährlich für uns«, erwiderte McLenny. »Wenn sie Erfolg hat, wird die Freiheit Baranduines nicht mehr lange auf sich warten lassen.«

»Und wenn nicht?«

»Dann werde ich den Verlust von Deanna Wellworth gewiß beklagen. Ansonsten aber stünden wir nicht schlechter da als vorher.«

Shamus Hee ließ es dabei bewenden. Er vertraute dem Urteil des Freundes. Immerhin hatte Ashannon Grünspatzens Putsch überlebt – im Unterschied zu fast allen anderen Edelleuten. Und Shamus wußte, daß dem Freund, so sehr er auch Deanna schätzen mochte (ja, die beiden liebten sich), vor allem an Baranduine gelegen war. Er hatte dessen Gesicht aufstrahlen sehen, als von

Deanna zu hören gewesen war, daß Brind'Amour lebte und gegen Grünspatz kämpfte.

Ja, Shamus kannte den Freund. McLenny war ein Mann, der in die Zukunft schaute, über die Grenze des eigenen Lebens hinweg. Darum interessierte ihn weniger Besitz als das, was zurückblieb, und was er zu hinterlassen wünschte, war ein freies Baranduine.

15. KAPITEL

# Zum Kampf gerüstet

Ja, mein lieber deJulienne«, sagte Brind'Amour, auf seinem Thron zurückgelehnt, das Kinn in die Handfläche gestützt. Er war nicht ganz bei der Sache.

Der Mann vor ihm hatte sich mächtig herausgeputzt und musterte unaufhörlich seine blankpolierten Fingernägel, während er Beschwerde führte. »Und was für unflätige Bemerkungen sie von sich geben!« sagte er und schüttelte sich. »Also wirklich, wenn es Euch nicht gelingt, daß Ihr diese schweinischen Rohlinge endlich zivilisiert, sollten wir uns vielleicht auf eine Verbreiterung der Demarkationslinie einigen.«

Brind'Amour nickte. Das Problem wurde ihm nun schon zum x-ten Mal von Avons Botschafter in Caer MacDonald vorgetragen. Grünspatz hatte prätorianische Gardisten an die Hohe Mauer geschickt, um die Grenze zu bewachen. Seit deren Ankunft kam es dort tagtäglich zu ausufernden Beschimpfungen zwischen den Zyklopen und den Eriadoranern auf der anderen Seite.

»Ja, mein Lieber«, entgegnete Brind'Amour gelangweilt. »Es ist wirklich wahr: wir Eriadoraner sind schrecklich unzivilisiert.«

DeJulienne, dieser affektierte Fant, hieß in Wirklichkeit schlicht und einfach Jules. Er hob den Kopf und klimperte mit den Augen.

Der König fuhr fort: »Und wenn er meine Untertanen noch einmal als schweinisch bezeichnet, werde ich beweisen, wie roh auch ich sein kann, und seinen gepuderten Kopf in einem Päckchen nach Carlisle zurückschicken.«

Die Miene des Botschafters entgleiste, was dem König aber nicht weiter auffiel, denn in diesem Moment betraten seine Freunde den Audienzsaal. »Luthien Bedwyr und Oliver deBurrows«, grüßte Brind'Amour. »Hattet ihr schon das Vergnügen, unseren wertgeschätzten Botschafter aus Carlisle, Baron Guy deJulienne, kennenzulernen?«

Die beiden traten näher. »DeJulienne?« hakte Oliver nach. »Seid Ihr Gascone?«

»Zur Hälfte. Meine Mutter stammt aus Gascony«, antwortete der.

Oliver verzog das Gesicht; er glaubte dem Mann kein Wort. Unter den Adeligen aus Avon war es in Mode, den eigenen Familiennamen gasconisch klingen zu lassen. Für einen echten Gasconen wie Oliver waren diese Mätzchen allerdings beleidigend. »Aha«, entgegnete der Halbling. »Dann war Euer Vater ein Zyklop, der Eure Mutter vergewaltigt hat.«

»Oliver!« schimpfte Luthien.

»Wie kann er es wagen?« brüllte deJulienne.

»Ein echter Gascone würde mich jetzt zum Duell herausfordern«, sagte Oliver und langte mit der Hand ans Rapier. Doch Luthien packte ihn bei den Schultern, hob ihn vom Boden und schleppte ihn an den Rand des Saales.

»Ich verlange, daß dieser unverschämte Rüpel bestraft wird«, zeterte deJulienne. Brind'Amour hatte Mühe, nicht zu lachen.

»Ich werde Euch mit meinem Rapier Buchstabe für Buchstabe meines langen Namens in den Schmerbauch ritzen«, rief Oliver.

»Unser Freund hat ein Leiden aus dem Krieg davongetragen«, flüsterte Brind'Amour dem Botschafter zu.

»Aufschneider, falscher Halbgascone«, brüllte Oliver.

»Wenn Ihr mal wirklich was darstellen wollt, dann geht auf die Knie und tut so, als wärt Ihr ein Halbling.«

»Ich sollte ihm das Maul stopfen«, knurrte deJulienne.

»Übe er Nachsicht mit ihm«, sagte der König. »In einer einzigen Schlacht hat Oliver über hundert Zyklopen eigenhändig getötet, und ich fürchte, er ist noch nicht darüber hinweggekommen.«

DeJulienne nickte, aber dann, als er den Sinn der Worte begriffen hatte, wurde er plötzlich weiß im Gesicht. »Na gut«, beeilte er sich zu sagen. »Dann will ich noch mal Gnade vor Recht ergehen lassen.«

Er verbeugte sich, machte auf dem Absatz kehrt und stolzierte zur Tür hinaus.

»Julchen, Julchen«, rief ihm Oliver hänselnd nach.

»War das wirklich nötig?« rügte Brind'Amour, als er mit Luthien und Oliver allein war.

Nachdenklich senkte Oliver den Kopf, spitzte die Lippen und antwortete schließlich: »Nein, aber es hat Spaß gemacht. Außerdem ist mir nicht entgangen, daß Ihr diesen Narren endlich los sein wolltet.«

»Eine formelle Entlassung hätte es auch getan«, erwiderte der König trocken.

»Baron Guy deJulienne.« Luthien schnaubte verächtlich und schüttelte den Kopf. Er hatte ein für allemal genug von den blasierten Adeligen aus Avon. Mit seiner Schminke und dem überreichlich aufgetragenen Parfüm erinnerte der Botschafter ihn an jene Frau, die ihn von Dun Varna auf den Weg gebracht hatte. Von der Mutter ›Avon‹ genannt, hatte sie sich ›Avonese‹ nennen lassen. Den Botschafter Avons gesehen zu haben bestätigte dem jungen Bedwyr wiederum, daß es vernünftig gewesen war, Brind'Amour den Thron zu überlassen, obwohl viele den Blutroten Schatten als König bevorzugt hatten. Doch er hatte abgelehnt, und das war besser so für Eriador.

»Ich hätte ihm die Luft rauslassen sollen«, murmelte Oliver.

»Wozu?« fragte Brind'Amour. »Der ist doch harmlos, viel zu dumm, um erfolgreich zu spitzeln.«

»Wir sollten uns von seinem Äußeren nicht täuschen lassen«, warnte Luthien.

»Seit seiner Ankunft füttere ich ihn mit Informationen«, sagte Brind'Amour. »Das heißt mit Lügen. DeJulienne wird seinem König inzwischen mitgeteilt haben, daß die gesamte Flotte Eriadors in den Krieg gegen die Huegoten gezogen ist und daß mittlerweile schon über zwanzig unserer Galeonen gesunken sind.«

»Diplomatie!« Luthien verzog das Gesicht.

»Staatsgeschäfte, pfui Deibel!« stimmte Oliver mit ein.

»Themenwechsel«, sagte Brind'Amour und räusperte sich den Hals frei. »Ihr habt Hervorragendes geleistet, wofür ich euch im Namen Eriadors beglückwünsche und herzlich danke.«

Luthien und Oliver schauten einander fragend an. Sie verstanden auf Anhieb nicht, worauf der König Bezug nahm. Doch dann ging ihnen ein Licht auf.

»Herzog Resmore«, sagte Luthien.

»Der Hexerfritze hat gestanden«, erriet Oliver.

»Und nichts ausgelassen.« Brind'Amour klatschte zweimal in die Hände, worauf ein alter Mann in braunem Gewand hinter einem Wandteppich hervortrat. »Seid mir gegrüßt, Luthien Bedwyr und Oliver deBurrows.«

»Willkommen in Caer MacDonald«, rief Luthien freudig. Statthalter Byllewyn aus Gybi! Seine Anwesenheit ließ keinen Zweifel zu: Der Vertrag mit den Huegoten war unterzeichnet.

Brind'Amour erhob sich von seinem Thron. »Kommt«, sagte er. »Ich habe bereits mit Ethan und Katerin gesprochen, und die Nachricht macht auf der ganzen Dorsalsee die Runde. König Asmund wird inzwischen bei Chalmbers gelandet sein. Ich will dafür sorgen, daß wir mit ihm und Ethan zusammentreffen.«

Hoffentlich auch mit Katerin, dachte Luthien, denn sie fehlte ihm sehr.

Es war nicht leicht, Asmund zum Gang durch den magischen Tunnel zu bewegen, den Brind'Amour zwischen dem Ministerium in Caer MacDonald und der fernen Stadt Chalmbers geöffnet hatte. Katerin und Bruder Jamesis waren schon vorausgegangen, da hatte Ethan den Huegotenkönig buchstäblich beim Kragen packen und mit sich in den blauen Lichtstrudel zerren müssen.

Die Durchquerung war ein großartiges Erlebnis; mit jedem Schritt wurde eine Meile zurückgelegt, so daß Caer MacDonald schon nach dreihundert Schritten erreicht war, und nach wenigen Minuten traten alle sechs (einschließlich der beiden Begleiter Rennir und Torin Rogar) vor die Öffnung im Ministerium.

»Ich halte nichts von Zauberei«, grummelte Asmund, bevor überhaupt Grüße ausgetauscht werden konnten.

»Die Zeit drängt«, entgegnete Brind'Amour. »Wir haben Wichtiges zu tun.«

Rennir und Torin Rogar murrten.

»Warum seid Ihr dann nicht zu uns gekommen«, fragte Asmund argwöhnisch.

»Weil der Botschafter von Avon hier ist«, gab Brind'Amour zur Antwort. »Caer MacDonald liegt nun mal in der Mitte, egal, ob's den Huegoten so paßt oder nicht.«

Luthien traute seinen Ohren kaum. Brind'Amours harsche Worte kamen ihm nicht gerade passend vor zur Begrüßung der Huegoten, zumal diese gekommen waren, ein Bündnis zu schließen, was es in der Geschichte beider Völker bisher noch nicht gegeben hatte.

Doch Brind'Amour zeigte sich alles andere als verbindlich.

»Ich bin müde«, sagte Asmund. »Ich möchte mich ausruhen.«

Brind'Amour nickte, und zu Luthien sagte er: »Bring

unsere Gäste auf ihre Zimmer im Nordostflügel.« Luthien verstand. DeJulienne war im Südostflügel untergebracht, und Brind'Amour wollte den avonschen Botschafter und Asmund möglichst weit auseinanderhalten.

»Laß mich machen«, sagte Oliver. Er zwinkerte Luthien zu und flüsterte: »Du kannst derweil Lady Katerin auf ihr Zimmer führen.«

Luthien wehrte sich nicht.

»Und es geht dir wirklich gut?« fragte Luthien zärtlich.

Katerin wälzte sich von ihm weg. »Da fragst du noch?« kicherte sie.

Luthien meinte es ernst. Er legte ihr eine Hand auf die Schulter, sanft aber bestimmt, und drehte sie zu sich um. Er sagte kein Wort, und seine Miene nahm auch die Heiterkeit von Katerins Gesicht.

»Ethan war die ganze Zeit mit mir zusammen«, erklärte sie. »Er ist immer noch dein Bruder und ein Freund von mir, egal, wie er sich selbst dazu äußert. Er hätte mich bestimmt beschützt, wenn es nötig gewesen wäre. Huegoten sind zwar rauh, aber ehrenwert. In meinen Augen jedenfalls.«

»Auf Colonsey warst du noch anderer Meinung«, erinnerte Luthien, was sie eingestehen mußte. Als man sie gefangengenommen hatte und die *Stratton-Schwalbe* versenkt worden war, hatte Katerin mit dem Gedanken an Freitod gespielt, um sich nicht an die grausamen Isenländer versklaven lassen zu müssen.

»Ich werde aus ihnen nicht schlau«, gab sie zu. »Sie waren wie ausgewechselt, nachdem Asmund den Vertrag vorgeschlagen hatte. Ich habe lange Zeit mit Ethan und den Huegoten in Chalmbers und auf dem Langboot verbracht, bin aber kein einziges Mal bedroht oder belästigt worden. Tja, Liebster, die Huegoten sind wilde Feinde, aber treue Freunde. Ich verspreche mir sehr viel von unserem Bündnis, wenn es wirklich zustande kommt.«

Luthien wälzte sich auf den Rücken und starrte auf die Decke. Er glaubte der Bewertung Katerins und war hoffnungsvoll, hatte aber dennoch ein mulmiges Gefühl. Denn käme es zum Schlimmsten, zum Krieg, so würde dieser weitaus brutaler sein als die Kämpfe zur Befreiung Eriadors gewesen waren. Selbst zusammen mit alliierten Huegoten würden sie den Streitkräften aus dem Süden zahlenmäßig deutlich unterlegen sein. Selbst mit den huegotischen Langbooten und den erbeuteten Galeonen war die eriadoranische Flotte bei weitem nicht in der Lage, der Kriegsmarine aus Avon zu trotzen.

Komisch, dachte Luthien. Es war noch nicht lange her, da hatte er sich nachdrücklich dafür ausgesprochen, den Feldzug von der gefallenen Stadt Princetown aus bis nach Carlisle fortzusetzen. Doch Brind'Amour hatte eindringlich davor gewarnt und ihm Grünspatzens Macht vor Augen geführt.

»Such, was dir am Herzen liegt, Liebster«, sagte Katerin und ließ ihr seidenes, rotes Haar auf seine Schulter wallen.

Luthien zog sie an sich und küßte sie. »Du liegst mir am Herzen«, sagte er.

»Und Eriador«, fügte Katerin schnell hinzu. »Freiheit von Grünspatz und Frieden.«

Luthien lächelte ihr zu, und seine zimtbraunen Augen entflammten.

»Damit wäre alles unter Dach und Fach«, sagte Luthien, als er und Brind'Amour nach einem langen, ausführlichen Gespräch mit Asmund und Ethan vom Tisch aufgestanden waren und zur Tür gingen.

»Dein Bruder ist für seine dreißig Jahre schon beachtlich weltklug«, meinte Brind'Amour. »Es ist in erster Linie ihm zu verdanken, daß Asmund unterschrieben hat.«

»Aber es war doch Asmund, der die Idee zum Vertrag hatte«, erinnerte Luthien.

»Ja, und Ethan hat für die Verwirklichung dieser Idee gesorgt«, entgegnete Brind'Amour. »Er ist ein treuer Diener seines Königs.«

Diese Bemerkung ärgerte den jungen Bedwyr. Er wollte immer noch nicht wahrhaben, daß sich Ethan den Huegoten zurechnete. Luthien blieb im Korridor stehen, ließ Brind'Amour ein paar Schritte vorausgehen, und als dieser sich nach ihm umschaute, sagte er: »Ein treuer Diener beider Könige.«

Brind'Amour dachte an Ethans Worte in der zurückliegenden Diskussion und nickte bestätigend mit dem Kopf. Ethan hatte in der Tat viel für Eriador erreicht, sich mehrmals sogar mit Asmund angelegt und ihn jedesmal zum Einlenken bewegen können.

Luthien schloß wieder zu Brind'Amour auf und eilte an ihm vorbei, um den Weg anzuführen zu dem Raum, wo Siobhan, Oliver, Katerin und Shuglin bereits ungeduldig warteten. Sie saßen um einen ovalen Tisch herum, in dessen Platte die Landkarte von Avonsee eingearbeitet war.

»Noch heute abend kommt's zur Unterzeichnung«, verkündete der König.

Alles freute sich – bis auf Oliver, der mit bedrückter Miene auf seinem Stuhl stand.

»Was hast du nur?« fragte Luthien »Das Bündnis mit den Huegoten ist doch enorm vorteilhaft für uns.«

»Weißt du, wie viele unschuldige Leutchen aus Avon werden dran glauben müssen, wenn der barbarische Bündnispartner mit uns in den Krieg zieht?« sagte der Halbling. »Wie viele sitzen an den Rudern ihrer Langboote? Wie viele davon wären, als man uns gefangennahm, ins Meer gestoßen worden, hätte dieser Rennir nicht die Wahrheit über dich herausgefunden?«

Die anderen mußten Oliver beipflichten. Es war, als hätten sie sich mit dem Leibhaftigen eingelassen.

»Die Huegoten bleiben, was sie sind; wir können sie

nicht ändern«, sagte Brind'Amour. »Aber laßt uns nicht vergessen: Die größte Gefahr für unsere Freiheit geht von Grünspatz aus.«

Oliver gab sich damit nicht zufrieden. »Aber sagt das mal denen, die von unseren neuen Freunden ins Wasser gestoßen werden, weil sie am Ende ihrer Kräfte sind und das Ruder nicht mehr halten können.«

Katerin schlug mit der Faust auf den Tisch und Shuglin war sichtlich irritiert; er hatte mit den Huegoten noch keine Erfahrung gemacht und das Sklavenproblem bislang unberücksichtigt gelassen.

Luthien aber hatte Verständnis für den kleinen Freund, der zwar niemals zögerte, einen reichen Händler von seiner Geldbörse zu trennen, aber zum Beispiel – und daran erinnerte sich Luthien jetzt – ein Dutzend Wintermäntel kaufte, um sie dann am nächsten Morgen auf die Straße zu werfen – wo sie von obdachlosen Waisenkindern gefunden wurden.

Auch Siobhan stimmte den Worten des Halblings zu. Spontan trat sie auf ihn zu und drückte ihm einen Kuß auf die Stirn.

Oliver errötete und kippte fast vom Stuhl, so überwältigt war er.

»Ich könnte mir auch liebenswürdigere Verbündete vorstellen«, sagte Katerin. »Trotzdem bin ich überzeugt davon, daß auf die Huegoten Verlaß ist.«

»Aber müssen wir denn unbedingt mit ihnen zusammengehen?« fragte Siobhan.

»Ja«, antwortete Brind'Amour, und sein Tonfall ließ anklingen, daß er keinen Widerspruch duldete. »Mir persönlich paßt die Art der Huegoten auch nicht, und daß sie Sklaven halten, ist, jawohl, verabscheuenswürdig. Vielleicht sollten wir bei Gelegenheit etwas dagegen unternehmen. Alles zu seiner Zeit, und im Augenblick stehen andere Probleme an. Ich denke, selbst Oliver wird zugeben müssen, daß die Zyklopen viel schlimmer sind als die Huegoten.«

Alles blickte auf den Halbling. Der machte eine gewichtige Miene und nickte dem König zu, damit dieser in seiner Rede fortfuhr.

»Ohne die Hilfe der Isenländer sind wir Grünspatz hoffnungslos unterlegen«, sagte der König und ließ unausgesprochen, daß er selbst bei vereinten Kräften an einem Sieg über den Hexerkönig aus Avon zweifelte. »Wenn schließlich Eriador wirklich frei und Grünspatz ein für allemal gestürzt sein wird, haben wir unsere Macht vervielfacht.«

»Wir kämpfen um die Freiheit, nicht um Macht«, entgegnete Luthien.

»Wahre Freiheit gewährt uns Macht und Einfluß weit über unsere Grenzen hinaus«, erklärte Brind'Amour. »Aus einer solchen Position läßt sich dann auch sehr viel besser mit den Huegoten verhandeln.«

»Ihr wollt doch nicht etwa gegen einen Alliierten zu Felde ziehen?« empörte sich Oliver.

»Gewiß nicht«, beruhigte Brind'Amour. »Aber wir sollten unseren Einfluß geltend machen. Wie gesagt, ich glaube nicht, daß sich die Huegoten verändern lassen, es sei denn durch Waffengewalt. Aber von uns wird wohl kaum einer Lust verspüren, nach Isenland in den Krieg zu ziehen.« Er legte eine Pause ein, sah, daß ihm alle zustimmten, und fuhr fort: »Hätte ich die Wahl, würde ich natürlich lieber mit einem anderen Partner zusammengehen. Mit gasconischer Unterstützung ist zum Beispiel nicht zu rechnen, jedenfalls nicht mit militärischer. Immerhin hat uns Lord de Gilbert einen großzügigen Kredit versprochen, falls es zum Krieg kommen sollte.«

»Ein Versprechen, das er bestimmt auch Avon gemacht hat«, warf Oliver ein und löste durch sein Kichern die aufgekommene Spannung.

»Dann sind wir uns also einig?« fragte Brind'Amour, als das nervöse Gelächter abebbte. »Asmund ist unser Bündnispartner.«

Fast gleichzeitig bejahten Luthien und Shuglin, dann kam Katerin, gefolgt von Siobhan, und schließlich erklärte sich auch Oliver mit einem tiefen, dramatischen Seufzer einverstanden. Es galt, wie Brind'Amour wußte, noch eine Stimme zu hören, doch die sollte erst später zu Wort kommen.

Brind'Amour trat an den Tisch heran und nahm einen Zeigestock zur Hand. »Ethan hat uns sehr geholfen. Auch er sieht ein, daß es vernünftig ist, die Isenländer so weit wie möglich von unserer Küste fernzuhalten.«

»Ethan kennt jetzt die neuen Verhältnisse in Eriador«, sagte Luthien.

»Darum haben wir beschlossen und auch Asmunds Zusage erhalten, daß die Huegotenschiffe auf gleicher Höhe, aber im Abstand zu unserer Flotte am Ostrand der Fünf Wächter entlangsegeln.« Brind'Amour zog den geplanten Kurs mit dem Zeigestock auf der Tischkarte nach.

»Was ist mit Bangor, Lemmingburg und Corbin?« wollte Katerin wissen und deutete auf die drei Küstenstädte Avons, die auf der Karte verzeichnet waren. »Und was ist mit Evenshorn am Nordrand der Salzsümpfe? Wenn die Schiffe im Osten der Fünf Wächter vorbeisegeln, wie sollen sie dann gegen diese Städte Avons Krieg führen?«

»Überhaupt nicht«, antwortete der König, ohne zu zögern. »Avon ist Grünspatz, und Avon ist Carlisle. Wenn Carlisle fällt, ist Avon gefallen.« Er schlug energisch mit dem Zeigestock auf jenen Punkt im Südwesten, wo aus zwei Flußmündungen die Stratton entsprang.

»Die Fünf Wächter sind weit entfernt von Carlisle«, sagte Siobhan. »Der Umweg über die Ostroute nimmt viel Zeit in Anspruch und ist gewiß gefährlicher als der direkte Weg entlang der avonschen Küste.«

»Aber auf dieser Route werden wir die Huegoten vom Festland fernhalten können«, warf Oliver ein.

»Und steht nicht zu fürchten, daß uns Grünspatzens Flotte in die Quere kommt«, fügte Brind'Amour hinzu.

»Ich dachte, darum geht's: daß wir gegen diese Flotte antreten«, meinte Shuglin verdutzt.

Brind'Amour schüttelte den Kopf und deutete mit dem Zeigestock auf den breiten Kanal zwischen der Inselgruppe und dem Festland. »Würde es hier zur Seeschlacht kommen, so bliebe dem Feind, wenn er erfolgreich wäre, noch genügend Zeit, in den Süden zu segeln und sich unserer zweiten Flotte in den Weg zu stellen, bevor sie die Strattonmündung erreicht.«

Alle rückten näher heran, um den Ausführungen des Königs zu folgen, der seinen Strategieplan offenbar Punkt für Punkt durchdacht hatte.

»Außerdem sollten wir unser Bündnis mit Asmund so lange wie möglich vor Grünspatz geheimhalten«, fuhr Brind'Amour fort. »Der wird bestimmt nervös, wenn er Huegotenschiffe so nahe vor seiner Küste aufkreuzen sieht. Und nervöse Kriegsherren sind unberechenbar.«

Brind'Amour legte abermals eine Pause ein, um sich der Zustimmung der anderen zu vergewissern; ihr Kopfnicken machte ihm Mut, und den brauchte er, denn was der alte Zauberer vorhatte, war ein gefährliches Spiel.

»Der Angriff wird von vier unterschiedlichen Seiten erfolgen«, erklärte er. »Die Hälfte unserer Flotte segelt mit den Huegoten, wie gesagt, außen um die Fünf Wächter herum, schwenkt dann nach Westen und nimmt Kurs auf die Strattonmündung. Ein zweiter Verband kommt vom Diamantensund; er ist zur Zeit bereits auf der Höhe von Port Charley, segelt durch die Straße von Mann und nähert sich dem Ziel aus westlicher Richtung.«

Luthien und Katerin tauschten nervöse Blicke. Beide

wußten um die Gefahren dieser zweiten Route. Für die Kriegsschiffe aus Eriador würde es in der Meerenge zwischen Mannington und Eornfast extrem brenzlig werden.

»Mit dem Heer stoßen wir von Norden zu«, fuhr der König fort und folgte der beschrieben Marschroute mit dem Zeigestock. »Von der Hohen Mauer geht's über Princetown und das offene Ackerland zwischen Deverwood und den Südausläufern des Eisernen Kreuzes auf geradem Weg nach Carlisle zu.«

»Wird es nicht schon bei Princetown auf Widerstand stoßen?« fragte Oliver.

»Allen Berichten nach ist diese Stadt so gut wie wehrlos«, antwortete Brind'Amour. »Die Garnison liegt am Boden, und ein Nachfolger für Paragor ist noch nicht benannt.«

»Und von wo greift die vierte Einheit an?« fragte Luthien voller Ungeduld, denn er ahnte, daß ihr die wohl wichtigste Aufgabe zugedacht war und daß er es sein würde, der sie anzuführen hatte.

»Sie bricht von Caer MacDonald auf«, antwortete der König, »schließt sich unterwegs mit Bellicks Zwergen zusammen und zieht auf kürzestem Weg über die Berge.«

Luthien konnte seine Erschütterung nicht verhehlen. Nicht nur, daß das Eiserne Kreuz ein bergsteigerisches Wagnis erster Güte darstellte; an den möglichen Übergängen gab es zudem etliche Stützpunkte für prätorianische Gardisten, ganz zu schweigen von den wilden Zyklopen, die in dieser Gegend umherstreunten. Und wenn es denn tatsächlich gelänge, all diese Hindernisse zu überwinden, würde es für einen Trupp aus Eriador nicht einfacher werden, denn er geriete nun in jenen Teil Avons, der am dichtesten besiedelt war und am wehrhaftesten verteidigt wurde: das Land der drei Flüsse, die im Gebirge entsprangen und im See von Speythenfergus mündeten, an dessen Ostufer Warchester gelegen war, die zweitgrößte Stadt mit Mauern, so hoch wie die von Carlisle.

Mit resignierter Miene blickte der junge Bedwyr auf Katerin, zuckte mit den Achseln und rang sich ein Lächeln ab. Die Freundin schüttelte nur den Kopf. Erst jetzt wurde allen klar, wie tollkühn ihr Vorhaben war und wie aussichtslos.

16. KAPITEL

# *Die Kriegserklärung*

Am späten Nachmittag traf sich die Gruppe erneut im Kartenraum; diesmal waren außerdem Statthalter Byllewyn und Bruder Jamesis zugegen. Beide Männer aus Gybi äußerten sich voller Eifer zu den Plänen, doch schien insbesondere Byllewyn ernstliche Bedenken zu hegen. Luthien konnte zwar nicht wissen, wieviel Brind'Amour dem Statthalter von der voraufgegangenen Sitzung mitgeteilt hatte, doch er ahnte, was diesem Sorgen bereitete.

Alle Augen richteten sich auf den König, als er zur Tür hereinkam. »Dies soll unsere vorläufig letzte Versammlung sein«, erklärte er voller Zuversicht. »Das nächste Mal treffen wir vor den Toren Carlisles zusammen.«

Des Königs mutige Worten fanden viel Beifall. Luthien behielt die beiden aus Gybi im Blick und wunderte sich über Byllewyns Miene, der übers ganze Gesicht grinste.

»Ich werde in Kürze die Botschafter von Gascony und Avon zu mir rufen und ihnen reinen Wein einschenken«, sagte Brind'Amour.

»Sollten wir nicht lieber mit einer offiziellen Kriegserklärung warten, bis unsere Verbände marschbereit sind?« meinte Byllewyn.

»Aber das sind sie doch schon«, antwortete Brind'Amour. »Nicht zuletzt auch die Truppen aus Gybi.«

Byllewyn zeigte sich verärgert. »Zwischen uns ist offenbar noch einiges zu klären«, protestierte er leise und nach außen hin gelassen.

»Nein, das glaube ich nicht«, erwiderte Brind'Amour. »Bei allem Respekt, mein guter Byllewyn, die Dinge sind ins Rollen gebracht und lassen sich nicht mehr aufhalten. Ich hoffe, Ihr bleibt dennoch bei Eurer Zusage, uns nach Kräften zu helfen.«

»Ihr habt einen Vertrag mit Asmund geschlossen?« fragte der Statthalter in schärferem Tonfall.

Jetzt haben wir den Salat, dachte Luthien und verdrehte die Augen. Die Leute von Gybi, das erst jüngst von den Huegoten belagert worden war, würden kaum begeistert sein von einer Allianz mit König Asmund.

Brind'Amour schüttelte so energisch den Kopf, daß der lange weiße Bart von Schulter zu Schulter wippte. »Der Vertrag ist nicht eher rechtskräftig, bis auch Statthalter Byllewyn unterschrieben hat.«

»Geht Ihr etwa davon aus ...«

Der König fiel dem Mann aus Gybi ins Wort: »Ich gehe davon aus, daß Ihr für Eriador nur das Beste im Sinn habt.«

Byllewyn lehnte sich zurück; er wußte keine Antwort.

Der König warf einen Blick über die Schulter und stieß einen kurzen Pfiff aus. Unmittelbar darauf ging die Tür auf, und herein trat eine große, ungemein kräftige Frau, von wilder Erscheinung, aber beileibe nicht unansehnlich mit ihren schwarzen Haaren, den schwarzen Augen und der straffen Haltung einer Kriegerin.

»Kayryn Kulthwain, Anführerin der Reiter von Eradoch«, sagte Brind'Amour, obwohl diese Frau nicht erst vorgestellt zu werden brauchte. Sie war allen Anwesenden bekannt, insbesondere den beiden aus Gybi.

»Zum Gruße«, sagte Byllewyn und erhob sich respektvoll von seinem Stuhl. Er hatte Kayryn schon etliche Male während der großen Jahrmarktsfeiern in Mennichen Dee getroffen. Sie achteten einander und waren gut befreundet.

»Kayryn Kulthwain«, wiederholte Brind'Amour. »Die Herzogin von Eradoch.«

Für einen Moment herrschte sprachlose Stille.

»Herzogin?« fragte Katerin ungläubig nach.

»Es wird Zeit, daß wir in unser Königreich Ordnung bringen«, entgegnete Brind'Amour. »Darin gebt Ihr mir doch recht, nicht wahr, mein lieber Herzog Byllewyn, derzeit Numero zwo in der Anwärterschaft auf den Thron von Eriador.«

Verdutzt fiel Byllewyn auf seinen Stuhl zurück. Bruder Jamesis grinste von einem Ohr bis zum anderen und klopfte dem Statthalter auf die Schulter. Das Mienenspiel aller, die am ovalen Tisch beisammensaßen, wechselte von ekstatisch bis entgeistert und nahm alle möglichen Schattierungen an.

Allen zugewandt, sagte der König: »Leuchtet doch ein, daß er gleich nach mir kommt, oder? Wer wüßte besser in Sachen Staat und Politik Bescheid als unser lieber Statthalter Bylleywn aus Gybi?«

»Ihr schmeichelt, um mir ein notwendiges Bündnis schmackhaft zu machen«, argwöhnte Byllewyn.

»Ich zolle Euch den Respekt, den Ihr verdient«, antwortete Brind'Amour. »Aber zugegeben, das Bündnis ist in der Tat notwendig.«

»Niemand in diesem Raum, niemand in ganz Eriador wird diese Wahl des zweiten Mannes im Staate mißbilligen«, war von Luthien zu hören, und seine Worte hatten Gewicht, weil als Thronfolger kaum einer häufiger genannt wurde als er, der Blutrote Schatten. Luthien aber wußte um die Bedeutung des Statthalters, auch um den Stellenwert Gybis als das religiöse Zentrum des Königreiches.

»Ich verlange, daß die Huegoten eng an die Kandare genommen werden«, sagte Byllewyn. »Es darf nicht geschehen, daß sie Unschuldige morden oder versklaven, egal, ob es sich um Eriadoraner oder Avonesen handelt.«

»Darauf haben wir in unseren Plänen besonders hingewiesen«, antwortete der König. »Sie werden so weit wie möglich von der Küste ferngehalten, und sooft sie dennoch an Land gehen, werden sie von einer mindestens gleichstarken Eskorte unserer Kämpfer begleitet.«

Byllewyn dachte eine Weile nach und sagte schließlich: »Na schön, sei's drum. Aber eins steht fest: Mein Volk wird nicht an der Seite der Huegoten segeln.«

Brind'Amour nickte beipflichtend. »Mein Wunsch ist es, daß die Miliz von Gybi die Reiter von Eradoch unterstützt und mit ihnen von der Hohen Mauer aus attackiert«, erklärte er. »Von Byllewyn und Kayryn angeführt, schafft's dieser Verband ganz sicher bis nach Carlisle.«

Byllewyn signalisierte sein Einverständnis, worauf Brind'Amour und Luthien gleichzeitig aufseufzten vor Erleichterung darüber, daß dieses Problem gelöst war. Ohne Unterstützung aus Gybi wäre auch die Hilfe aus Eradoch fraglich gewesen. Doch jetzt, da Statthalter Byllewyn und Kayryn Kulthwain zusammengingen, war absehbar, daß sich das stolze und unabhängige Volk im Nordosten bereitwillig mit anschließen würde.

»Ethan wird meine Verbindung zu den Huegoten und zur Flotte im Osten sein«, erklärte Brind'Amour.

»Ich finde, Ihr schießt ziemlich viel Vertrauen vor für einen Mann, der Asmund als seinen König ansieht«, gab Oliver zu bedenken.

»Er ist ein Bedwyr«, entgegnete Brind'Amour, als genügte dieser Hinweis.

»Ich werde mit den Huegoten gehen«, sagte Bruder Jamesis überraschend und sah sich den skeptischen Blicken aller Anwesenden ausgesetzt. »Ich kenne deren Art und Ehrgefühl.«

Brind'Amour schaute zu Byllewyn hinüber, der sich einverstanden zeigte.

»Also gut«, sagte der König. »Somit stünden zwei von den geplanten vier Verbänden.« Er richtete nun den Blick auf Katerin, die natürlich wußte, was von ihr verlangt wurde. Im voraufgegangenen Krieg hatte sie gute Dienste geleistet als Abgesandte in Port Charley. Wie kein anderer in der Tischrunde verstand sie sich auf das Wesen und die Lebensart der Fischersleute an der Westküste Eriadors.

»Ich werde noch heute nach Port Charley aufbrechen«, sagte sie und registrierte den bestürzten Ausdruck im Gesicht ihres Liebsten.

»Ich wüßte, wie du schneller dort hinkämest als zu Pferde«, antwortete Brind'Amour schmunzelnd.

»Ich begleite sie«, beeilte sich Luthien anzumelden, was niemanden verwunderte.

Brind'Amour tat gut daran, sein Lachen zu unterdrücken. »Mein Freund, für dich habe ich den direkten Weg nach Süden vorgesehen, an meiner Seite und zusammen mit Shuglin, Bellick und den Zwergen, mit Siobhan und den Elfen und mit der Miliz von Caer MacDonald. Uns erwarten prätorianische Gardisten, denen das Herz in die Hosen rutschen wird, wenn sie hören, daß der Blutrote Schatten kommt, der den legendären Belsen'Krieg niedergerungen hat.«

Luthien hatte dem nichts entgegenzusetzen. »Dann soll Oliver mit Katerin gehen«, sagte er, und das machte Sinn, denn schon während ihrer ersten Mission nach Port Charley hatte sie der Halbling begleitet.

Oliver hob zum Protest an, doch Siobhan, die neben ihm saß, versetzte ihm einen Tritt in die Hacken. Er starrte sie aus seinen blauen Augen an, zuerst entrüstet, dann schmachtend.

»Dann wäre das geregelt«, sagte Brind'Amour. »Laßt uns nun das Treffen mit den Botschaftern vorbereiten. Dabei hat ein jeder von uns eine besondere Rolle zu spielen.«

Felese Raymaris de Gilbert war ein großer, schlanker Mann mit sanften grauen Augen, einem sauber rasierten, makellosen Gesicht und dunklem, sorgsam frisiertem Haar. Seine Haltung war perfekt, ohne verkrampft zu wirken. Die Kleider waren zwar teuer und modisch, aber nicht geckenhaft. Im Unterschied zu so vielen gasconischen (und avonesischen) Lords roch de Gilbert nicht nach übermäßig aufgetragenem Parfüm. Seine Hände, obgleich gepflegt, waren nicht verweichlicht.

Aus all diesen Gründen war er vom gasconischen Adel dazu erkoren worden, als ihr Vertreter im rauhen Eriador zu fungieren. Er hatte das Auftreten eines Lords, aber das Wesen eines handfesten Mannes, und eben diese ungewöhnliche Kombination kam am Hofe Brind'Amours gut an.

Er stand nun im Audienzsaal neben Guy deJulienne, dem aufgedunsenen Botschafter aus Avon, und blickte in das strenge Gesicht des Königs von Eriador, der ihm unmittelbar gegenüber thronte. DeJulienne konnte sich anscheinend nicht satt sehen an der aufreizend gekleideten Halbelfe namens Siobhan, die rechts hinter dem Thron stand.

Oliver machte sich über die lüsternen Blicke des Dicken lustig, indem er ihm zuzwinkerte und Kußhändchen zuwarf.

Es kam nicht häufig vor, daß beide Botschafter vor den König zitiert wurden, und Felese ahnte, daß er etwas Wichtiges zu hören bekommen sollte. Neben den Thron war ein prächtiger Stuhl gerückt worden, was Felese auf den Einfall brachte, daß der König womöglich zu hochzeiten gedachte und seine Vermählung ankündigen wollte.

Gegen diese Vermutung aber sprach die Gruppe derer, die in einer Reihe hinter dem König Aufstellung genommen hatten. Links von ihm standen: Shuglin, der knorrige Zwerg mit rabenschwarzem Bart, einer der einflußreichsten Männer Eriadors, nämlich Statthalter

Byllewyn aus Gybi, und eine stämmige, kämpferisch dreinblickende Frau mit schwarzen Haaren. Hinter der linken Schulter des Königs stand Katerin O'Hale, eine feurige Schönheit, die Felese allzugern näher kennengelernt hätte. Dem aber stand jener junge Mann im Wege, den der Botschafter auf der rechten Seite des Königs sah: Luthien Bedwyr, der sagenhafte Blutrote Schatten, Sieger über Herzog Morkney, Held des letzten Krieges – und nicht zuletzt eben auch der Geliebte Katerins.

Neben Luthien stand Oliver deBurrows, ein kurioser Bursche und Landsmann aus Gascony. Felese mochte ihn gut leiden, vor allem deshalb, weil der Halbling de-Julienne so herrlich aufzuziehen verstand, den Felese nicht ausstehen konnte. Hinter Luthien und dem König und auf gleicher Höhe mit Katerin stand Siobhan, die Halbelfe, einstmals Sklavin und Anführerin der berüchtigten Schröpfer, einer elfischen Räuberbande, die den unrechtmäßigen Herrschern über Eriador ein Dorn im Auge gewesen war.

Felese musterte all diese Personen mit aufmerksamem Blick und versuchte zu ergründen, weshalb sie hier versammelt waren. Einen ersten Hinweis auf die Antwort vermittelte ihm die Anwesenheit von Kayryn Kulthwain, jener ihm unbekannten Frau. Es gab hier nicht, wie Felese erkannte, die Vorstellung der zukünftigen Königin zu erwarten. Brind'Amour hatte seine Generäle um sich versammelt.

»Es freut mich, daß Ihr auf die Schnelle habt kommen können«, sagte Brind'Amour.

»Erwartet Ihr einen hohen Gast zu Besuch«, fragte deJulienne und nickte in Richtung auf den freien Stuhl.

»Einen Freund und König«, antwortete Brind'Amour.

»Huegote?« Wunschdenken hatte Felese auf diese Vermutung gebracht. Seiner Regierung in Gascony wäre die Nachricht von einer friedlichen Beilegung der Konflikte an der Ostküste sehr willkommen.

Dem König entging nicht, daß der Gascone hoffnungsvoll schmunzelte, deJulienne dagegen das Gesicht verzog.

Brind'Amour schüttelte den Kopf. »Nein«, sagte er, »kein Huegote.« Und um seine Gäste nicht länger auf die Folter zu spannen, bedeutete er einem der Diener, die Seitentür zu öffnen. Ein Zwerg mit orangefarbenem Bart und königlicher Tracht betrat nun den Saal. Über einem silbern glänzenden Kettenhemd hing ihm lose ein purpurner Mantel.

Der Etikette gehorchend, gingen beide Botschafter in die Knie, als der Zwergenkönig an ihnen vorbeischritt und neben Brind'Amour Platz nahm.

»Ich darf doch annehmen, daß Euch der Name des Königs Bellick dan Burso vertraut ist.« Brind'Amour mußte sich ein Grinsen verkneifen, als er in das idiotisch bestürzte Gesicht des avonesischen Botschafters blickte.

»Ich fühle mich geehrt, guter König Bellick«, sagte Felese.

»Mein Freund Brind'Amour hat mir Gutes über Euch berichtet«, sagte Bellick, und beide Botschafter registrierten sehr wohl, daß der Zwerg in seiner Anrede den Königstitel unterschlug.

»Auch ich fühle mich geehrt«, sagte deJulienne.

»Ich habe Euch zu mir gebeten, um Euch über ein Friedensabkommen in Kenntnis zu setzen.« Und mit Blick auf seinen Zwergenfreund korrigierte sich Brind'Amour dahingehend, daß er sagte: »Es ist mehr als ein Abkommen. Wißt, daß die Königreiche von Eriador und DunDarrow nunmehr eins sind.«

Felese grinste breit, obwohl er auf Anhieb voraussah, daß sich dadurch die Spannungen in Avonsee verschärfen würden. DeJulienne war entsetzt, und es schien, als fürchtete er sich schon davor, seinem gewalttätigen König diese Nachricht zu überbringen.

»Unter der Fahne Eriadors?« fragte Felese.

Brind'Amour schaute Bellick an; beide zuckten mit

den Achseln. Über solche geringfügigen Details hatten sie noch gar nicht nachgedacht. »Vielleicht werden wir eine neue Fahne entwerfen«, antwortete Brind'Amour schmunzelnd.

»Gehe ich richtig in der Annahme, daß Ihr, Brind'-Amour, in Dingen, die den Handelsverkehr mit Gascony betreffen, auch die Interessen DunDarrows vertretet?« Felese hoffte auf eine Vereinfachung der Beziehungen.

»Allerdings«, antwortete Brind'Amour.

Guy deJulienne konnte kaum mehr an sich halten. Sein ängstlich flatterndes Herz ahnte, daß ihm nun noch Schlimmeres zu Ohren kommen sollte.

Brind'Amour sah, wie es um den Avonesen stand, und führte sein Spielchen um so freudiger fort. »Alle aus Gascony eingeführten Waren, die für DunDarrow bestimmt sind, werden in Port Charley gelöscht, nach Caer MacDonald gebracht und von hier auf die Zwergensiedlungen im Eisernen Kreuz verteilt.«

Guy deJulienne fing zu zittern an.

»Und wie steht's mit dem Osten?« wollte Felese wissen. »Wann wird sich Chalmbers dem Handel mit Gascony öffnen?«

»Die Kämpfe dort sind beendet«, erklärte Brind'-Amour, und deJulienne schien mittlerweile in arge Atemnot geraten zu sein. Im stillen jubelte der König. »Die Männer aus Isenland werden die Flotte Eriadors in Zukunft unbehelligt lassen.«

»Diese Flotte ist uns gestohlen worden!« platzte es aus deJulienne heraus.

Grinsend gab ihm Brind'Amour in diesem Punkt recht. »Sei's drum. Jedenfalls segelt sie jetzt unter eriadoranischer Flagge, und die Huegoten werden unsere Schiffe nicht angreifen, denn sie haben kein Interesse daran, Grünspatz, unserem Feind, irgendeinen Gefallen zu tun.«

Selbst die Diener an den Türen merkten auf und

schauten sich neugierig nach dem Botschafter aus Avon um.

Der Baron hatte Mühe, sich zu beherrschen und ruhig durchzuatmen. Hatte Brind'Amour da soeben Avon den Krieg erklärt?

»Wir sind doch hoffentlich nicht zusammengekommen, um uns gegenseitig Beleidigungen an den Kopf zu werfen«, sagte Felese, um einen freundlicheren Umgang anzumahnen. Die Nachricht von der Allianz zwischen Caer MacDonald und DunDarrow stimmte ihn zufrieden; noch zufriedener machte ihn das Ende der Streitigkeiten mit den Huegoten. Was ihm aber gar nicht paßte, waren die fortgesetzten Streitereien zwischen Eriador und Avon, denn die schadeten letztlich auch seinem Land, das an allseits günstigen Handelsbedingungen interessiert war.

»Beleidigungen?« stammelte deJulienne. »Oder handfeste Drohungen?«

»Weder noch«, antwortete Brind'Amour, der sich von seinem Thron erhoben hatte und nun groß und aufrecht vor dem aufgeblasenen Gecken zu stehen kam. Felese wollte einschreiten, wurde aber von Brind'Amour brüsk zur Seite gedrängt. »Ihr sollt wissen«, zürnte er, »daß es zwischen Eriador und Avon niemals Frieden geben wird, solange Grünspatz auf Avons Thron sitzt.« Deutlicher hätte er nicht werden können.

»Wie könnt Ihr's wagen …«, schnaubte deJulienne.

»Mein guter König Brind'Amour«, versuchte ein sichtlich schockierter Felese einzulenken.

Brind'Amour hatte sich wieder beruhigt, blieb aber stehen und schaute so wütend drein wie zuvor. »Wir haben um Frieden geworben und in Princetown ein Waffenstillstandsabkommen unterschrieben, das von der Herzogin Deanna Wellworth, stellvertretend für Grünspatz, gegengezeichnet wurde.«

»Ja, und dieses Abkommen wollt Ihr doch wohl nicht

verletzen!« tönte deJulienne in der Aussicht auf Oberwasser.

Oliver blies ihm einen Handkuß zu. Davon abgelenkt, konnte der Baron nicht verhindern, daß Brind'Amour das Wort wieder an sich nahm. »Wer hat hier welches Abkommen verletzt?« donnerte der König und trat so ungestüm auf den dicken Botschafter zu, daß der zurückwich und fast über die eigenen Füße stolperte. »Euer König, dieser ehrlose Schuft, hat Zyklopen angestiftet, wehrlose, unschuldige Eriadoraner zu überfallen und zu meucheln.«

»Seid doch vernünftig«, flehte deJulienne. »Es wäre besser, wir täten uns zusammen, um gegen Huegoten und andere ...«

Brind'Amour ließ den Mann verstummen, indem er die Hand hob. »Wir in Eriador haben nur einen Feind«, sagte er und fand nun die Gelegenheit günstig, seine nächste Trumpfkarte auszuspielen. Auf sein Zeichen hin ging abermals die Tür auf, und herein taumelte, von zwei Elfen flankiert, der gefangene Herzog Resmore.

Felese nahm eine nachdenkliche Pose ein und strich sich mit der Hand über den Spitzbart.

»Und Ihr kennt jetzt Eure Feinde«, sagte Brind'Amour an die Adresse deJuliennes. »Geht zu Eurem König und meldet, daß wir ihm den Krieg erklären.«

Entsetzt eilte der dicke Botschafter zur Tür hinaus. Felese blieb zurück, neugierig zu erfahren, was es mit diesem Gefangenen auf sich hatte, der entkräftet und halb ohnmächtig zu Boden gesunken war. »Ein Freund von Grünspatz?« fragte er.

»Der Herzog von Newcastle«, antwortete Brind'Amour. »Grünspatz hat ihn ins Gebirge geschickt, damit er die Zyklopen gegen Eriador und DunDarrow aufhetzt. Wir werden Euch sein schriftliches Geständnis Euern Lords zur Vorlage mitgeben.«

Felese nickte. Er verstand, was Brind'Amour im Konflikt mit Avon von Gascony erwartete, nämlich neutrale

Zurückhaltung. »Ich werde meine Boten sofort auf die Reise schicken«, sagte Felese und verbeugte sich tief, bereit zu gehen. Ihm schwirrte der Kopf in Gedanken an all die verlockenden Möglichkeiten, die sich nun auftaten. Für die Gasconen würden gewinnbringende Zeiten anbrechen, denn egal, wie die Sache ausgehen mochte, eins stand fest: Beide Kriegsparteien würden jede Menge Bedarf an Handelsgütern haben. Bevor er den Saal verließ, warf er dem König einen letzten Blick zu und nickte vielsagend.

Brind'Amour gab dem Wachposten auf der gegenüberliegenden Seite des Saales ein Zeichen, und kaum hatte der den Schlüssel im Schloß gedreht, flog die Tür auf. König Asmund und Ethan stürmten herbei.

»Ihr habt uns nicht als Euern Bündnispartner vorgestellt«, sagte Ethan. »Mein König fühlt sich herabgesetzt.«

»Ich wollte nicht das preisgeben, was ich als mächtigste Waffe im Kampf gegen Avon ansehe«, entgegnete Brind'Amour und bot Asmund an, auf seinem Thron neben König Bellick Platz zu nehmen.

Der stolze Huegote straffte die Schultern, nahm das ehrenvolle Angebot an und zeigte sich zufrieden mit der Einschätzung seiner Kämpfer als ›mächtigste Waffe‹.

17. KAPITEL

# Eröffnungen

Ich werde Asmund und meine Leute in ihrer Blutgier zu mäßigen versuchen«, versprach Ethan dem jüngeren Bruder. Die beiden befanden sich in einer kleinen, unmöblierten Kammer. Und wenige Schritte entfernt zauberte Brind'Amour einen Tunnel, der durch die Mauer führte bis hin zur weit entfernten Stadt Chalmbers. König Asmund, Statthalter Byllewyn und Bruder Jamesis machten sich auf eine schnelle Reise gefaßt. Die beiden Männer aus Gybi warteten geduldig; der Huegotenkönig aber zeigte Angst.

Ethan warf einen Blick auf Asmund und mußte grinsen. Er hatte lange gebraucht, um ihn in den Tunnel nach Caer MacDonald zu locken. Ihn nun zur Rückkehr zu bewegen schien nicht weniger anstrengend zu werden, obwohl Asmund sich nichts sehnlicher wünschte, als endlich wieder bei seiner Flotte zu sein.

Luthien hatte nur Augen für den Bruder. Dessen Versprechen, die Huegoten im Zaum zu halten, wußte der jüngere Bedwyr wohl zu deuten als Hinweis darauf, daß ihm, Ethan, das Schicksal Eriadors nach wie vor am Herzen lag. Aber wie weit reichte diese Verbundenheit? Luthien wußte keine Antwort darauf. Ihm war nicht entgangen, daß Ethan von ›meinen Leuten‹ gesprochen hatte.

Die beiden traten näher, als Brind'Amour den Einlaß geöffnet hatte. Der Alte wirkte erschöpft von den magischen Anstrengungen in jüngster Zeit. Dies war heute schon sein zweiter Tunnel. Er hatte kurz zuvor Kayryn Kulthwain zurück nach Eradoch geschickt, damit sie dort ihre Truppen zusammenrufen konnte.

»Meine Leute werden in Chalmbers auf mich warten«, erklärte Statthalter Byllewyn.

»Sie sind bereits von Gybi aufgebrochen«, fügte Bruder Jamesis hinzu. »In Begleitung von dreißig Galeonen aus der eriadoranischen Dorsal-Flotte.«

»Unsere Fischerboote bleiben dort im Hafen zurück«, fuhr Byllewyn fort. »Von Chalmbers ist es nicht weit bis zur Hohen Mauer, wo unsere Truppen mit denen aus Dun Caryth und Glen Albyn zusammentreffen. Auch Kayryn Kulthwain und ihre Reiter werden dort sein.«

»Also, dann ab mit Euch«, drängte Brind'Amour. »Kapitän Leary, der die Flotte kommandiert, erwartet Eure Rückkehr.«

Statthalter Byllewyn und Bruder Jamesis verbeugten sich höflich, sagten Lebwohl, versprachen ihr Bestes und betraten den Tunnel, ohne zu zögern.

»Eines Eurer Langboote liegt im Hafen von Chalmbers, um Euch an Bord zu nehmen«, sagte Brind'-Amour, an den nervösen Huegotenkönig gewandt.

»Kann es nicht warten, bis ich zu Fuß dort angekommen bin?« fragte Asmund und rang sich ein Lächeln ab. Rennir wollte nicht hintenanstehen und kollerte vor Lachen. Sein Gefährte aber war von etwas anderem abgelenkt.

»Luthien Bedwyr«, rief Torin Rogar und trat auf Luthien und Ethan zu. »Schade, daß wir nicht Gelegenheit hatten, über meinen Bruder zu sprechen, der dein Freund gewesen ist.«

»Das werden wir nachholen«, versprach Luthien.

»Ja, und zwar dann, wenn wir unseren Sieg feiern«, erwiderte Torin. Er klopfte Luthien auf die Schulter, nickte Ethan zum Abschied zu und kehrte zu seinem König zurück. Zusammen mit Rennir trat er in den blauen Lichtstrudel hinein, um Asmund den Weg zu ebnen.

»Ich freue mich auf ein Wiedersehen, König Brind'-Amour«, sagte Asmund. »Wir haben noch vieles voneinander zu lernen.«

Brind'Amour drückte herzlich die ihm entgegengestreckte Hand des Huegoten. Luthien und Ethan tauschten daraufhin hoffnungsfrohe Blicke.

»Säume nicht«, sagte Asmund mit Blick auf Ethan, dann holte er tief Luft und warf sich in den Tunnel.

»Freiheit für Eriador«, rief Luthien, als er mit Ethan an die Schwelle trat.

Ethan wandte sich ihm zu, skeptisch zunächst, aber dann hellte seine Miene auf. »Freiheit für Eriador«, erwiderte er, »mein Bruder.«

Sie fielen einander in die Arme, und Luthien fühlte sich dem Bruder so nahe wie in all den gemeinsam verbrachten Jahre in Dun Varna nicht. Nun verstand er, warum Ethan als seine Herkunft angeben konnte, was immer ihm beliebte, aber die Wahrheit war, daß sie aus demselben Blute waren und stets Brüder blieben.

»Bis wir uns wiedersehen«, sagte Ethan.

»Vor den Toren Carlisles«, rief Luthien dem Bruder nach, als der im wirbelnden Blau verschwand.

»Schade, daß es nicht mehr von euch gibt«, schmunzelte Brind'Amour und klopfte Luthien im Vorbeigehen auf die Schulter. Er hatte es eilig, ins Bett zu kommen.

Luthien blieb zurück und sah zu, wie sich die Tunnelöffnung allmählich wieder schloß. Schon jetzt fehlte ihm der Bruder. Das vergangene Jahr, seit er zunächst mit Oliver in Brind'Amours versteckte Berghöhle geraten war und dann die Rebellion gegen Herzog Morkney und gegen Avon ins Leben gerufen hatte, war für den jungen Bedwyr eine so turbulente Zeit gewesen, daß er dem verschollenen Bruder kaum einen Gedanken gewidmet hatte. Er hatte ihn im fernen Königreich von Duree gewähnt als Söldner in Grünspatzens Heer.

Erst als Luthien nach Dun Varna zurückgekehrt war, um sich vom sterbenden Vater zu verabschieden, hatte er wieder an früher denken können, an Bruder und Vater.

Und jetzt plötzlich war Ethan in sein Leben zurückgetreten. Luthiens Gefühle wirbelten umeinander, nicht weniger schnell als das leuchtende Blau vor seinen Augen. Ethan war zurückgekehrt, vielleicht; aber Gahris war tot. Soviel stand fest.

Er preßte die Lippen aufeinander, versuchte, die Tränen zurückzuhalten, erinnerte sich daran, daß Eriador ihn nötig hatte. Er war der Blutrote Schatten, der große Kriegsheld, dafür bestimmt, auch den nächsten Krieg anzuführen. Ihm stand es doch nicht an, vor einer leeren Wand zu stehen und zu weinen.

Aber er tat es dennoch.

»Ich werde Euch Brind'Amours Kopf abliefern«, versprach die Frau.

König Grünspatz lümmelte sich auf seinem Plüschthron; er hatte beide Beine über die Armlehne geworfen und begutachtete die Fingernägel einer Hand. Deanna ließ sich von dieser Pose nicht täuschen. Sie wußte, daß der König alles andere als gelassen war. Er hatte nach ihr gerufen, und zwar durch einen Zauberspiegel und mit aufgebrachter Stimme, die Deanna nicht hatte ignorieren können, und so war sie schnell in ihr Privatgemach geeilt, um dem König vermittels ihres eigenen Zauberspiegels zu antworten. Womöglich hatte Grünspatz vor, sie in Mannington zu besuchen, was ihr überhaupt nicht recht gewesen wäre.

»Wo ist Taknapotin?« verlangte Grünspatz zu wissen.

Deanna hatte diese Frage gefürchtet, und doch gelang es ihr, erstaunt zu tun. »Wo kann der schon sein?«

»Ich will's wissen.«

»In der Hölle wahrscheinlich«, antwortete Deanna. »Wo er hingehört.« Grünspatz schien ihren Worten nicht zu glauben. Er war eng verbunden mit dem Höllenwesen, das er ihr an die Seite gestellt hatte, und nun, da er seinen dämonischen Spitzel nicht erreichen konnte, ahnte er natürlich, daß die Herzogin eine Antwort wußte.

Im stillen beglückwünschte sich Deanna, daß sie die Kraft gefunden hatte, Taknapotin abzuschütteln. Ihr Zauberspruch und das Demolieren der Krone hatten den Unhold aus der Welt und sogar aus Grünspatzens beträchtlicher Reichweite vertrieben.

Es sei denn, der König bluffte. Womöglich hockten die beiden, Taknapotin und Grünspatz, in dessen Thronsaal zusammen, um mit ihr, Deanna, einen diabolischen Scherz zu treiben.

Deanna spürte, daß ihr die Angst im Gesicht geschrieben stand. Schnell hatte sie sich wieder gefaßt und versuchte nun, die unwillkürlich entgleiste Miene plausibel zu machen. »Ich habe mit ihm keinen Kontakt mehr gehabt, seit … seit Selna …«

Grünspatzens Augen gingen weit auf, so weit, daß Deanna auch darin ihren Verdacht bestätigt fand: Die Zofe spionierte ihr im Auftrag des Königs nach.

»… seit Selna meine Krone zerbrochen hat«, log Deanna. »Ich fürchte, Taknapotin hat Anstoß daran genommen, denn er meldet sich nicht auf meine Rufe.«

»Die Krone zerbrochen?« wiederholte Grünspatz, indem er jede Silbe betonte.

Deanna rechnete schon damit, daß er jetzt in Rage ausbrechen würde. Aber nichts da; Grünspatz blieb lässig und entspannt. Anscheinend, so hoffte Deanna, hatte er ihr die Lüge abgekauft, war erleichtert und hielt sie immer noch für seine willenlose Marionette.

»Die Krone war in der Tat das Verbindungsstück zwischen dir und deinem Dämon«, erklärte Grünspatz.

Zwischen Euch und meinem Dämon, korrigierte Deanna im stillen.

»Ich habe die Krone vor Jahren verzaubert, als du an die magische Macht gelangtest«, sagte Grünspatz.

Und Deanna dachte voller Zorn: Als Ihr meine Familie gemeuchelt habt.

»Ich werde einen neuen Zugang zu Taknapotin finden«, versprach der König. »Oder zu irgendeinen anderen, ähnlich bösartigen Dämon.«

Deanna wollte ihn davon abbringen, erkannte aber, daß sie sich auf dünnem Eis befand. »Ich will nicht länger warten«, sagte sie. »Ich kann Brind'Amour auch ohne Taknapotin zur Strecke bringen, denn mir stehen meine Hexerbrüder und deren Dämone bei. Ich brauche sie nur um Hilfe zu bitten.«

»Du darfst nicht scheitern«, entgegnete Grünspatz und beugte sich plötzlich vor, rückte so nahe an den Spiegel heran, daß sein Abbild verzerrt erschien: Die spitze Nase wirkte um einiges verlängert, das Gesicht dadurch um so unheimlicher. »Brind'Amour muß sterben. Dann werden die Truppen Eriadors auseinanderfallen, und wir werden sie vernichten, eine nach der anderen.«

»Brind'Amour wird tot sein, ehe diese Woche rum ist«, versprach Deanna und fürchtete, daß sich dieser Ausspruch würde bewahrheiten können.

Ein Schlenker aus Grünspatzens Handgelenk brach die Verbindung ab. Erleichtert atmete Deanna auf.

In seinem Thronsaal in Carlisle entließ Grünspatz die beiden riesigen, häßlichen Zyklopen, die ihm den Zauberspiegel vorgehalten hatten, und wandte sich Herzog Cresis zu. Neben diesem Ungeheuer stand der aus Caer MacDonald zurückgekehrte deJulienne. Er zuckte nervös und war wirklich nicht zu beneiden, hatte er doch schlechte Nachrichten vortragen müssen.

Daß Grünspatz lachte, beruhigte den Botschafter ein wenig. Selbst der sonst so militärisch strenge Cresis wirkte ungewöhnlich locker.

»Traut Ihr dieser Frau?« fragte Cresis.

»Deanna? Diesem harmlosen Herzchen?« Wieder lachte Grünspatz laut auf. DeJulienne stimmte kichernd mit ein, verstummte aber schlagartig, als sich Grünspatzens Miene verfinsterte. Er richtete sich auf und sagte: »Deanna Wellworth kann mir schon darum nicht gefährlich werden, weil ein allzu großer Schuldkomplex auf ihr lastet. Um sich gegen mich zu wenden, müßte sie die eigene Vergangenheit erforschen, und dagegen sträubt sie sich.«

Cresis nickte zu jedem Wort des Königs, und es schien, als habe der monströse Herzog von Carlisle all dies schon des öfteren zu hören bekommen. Für deJulienne jedoch war, was Grünspatz sagte, völlig neu und überraschend, und er fragte sich, worauf der König wohl hinauswollte.

»Über Deanna bin ich auf den Thron gekommen«, gab Grünspatz freimütig zu und schaute dem dicken Botschafter dabei in die Augen. »Sie hat, ohne es zu ahnen, ihre eigene Familie verraten und mir von den einzelnen Mitgliedern persönliche Gegenstände zukommen lassen.«

DeJulienne hob an, die naheliegende Frage zu stellen, hielt aber inne, da ihm bewußt wurde, daß sich Grünspatz mit seinen Hinweisen auf die Vergangenheit als Betrüger und Mörder zu erkennen gab.

»Von Deanna hatte ich nur eines zu befürchten, nämlich daß mir Taknapotin verlorengeht«, erklärte Grünspatz und richtete den Blick auf Cresis. »Doch was kann sie dafür, wenn ihre Zofe die Krone zerbricht? Jedenfalls weiß ich jetzt, wieso ich vergeblich nach ihrem Dämon gerufen habe.«

»Was sollen wir jetzt im Hinblick auf Eriador unternehmen?« fragte Cresis. »Deren Truppen sind in Marsch gesetzt.«

»Soll ich mich jetzt etwa ängstigen?« knurrte Grünspatz. »Vor einer Lumpenarmee aus Bauern und Fischersleuten?«

»Die den letzten Krieg gewonnen haben«, erinnerte deJulienne, doch er bedauerte sogleich, vorlaut gewesen zu sein, denn schon sah er sich den vernichtenden Blicken seines Königs ausgesetzt.

»Nur weil ich damals außer Landes war!« röhrte Grünspatz. Er bebte und umklammerte die Armlehnen so krampfhaft, daß die Knöchel ganz weiß wurden.

»Jawohl, mein mächtiger König«, stammelte deJulienne und verbeugte sich tief. Aber es half ihm nichts mehr.

Grünspatz stemmte die rechte Faust in die Luft und streckte die langen Finger aus. Aus den einzelnen Kuppen zuckten Lichtstrahlen in verschiedenen Farben, die ineinander zusammenströmten und sich wirbelnd zu einem weißen Gegenstand verdichteten: einer Schwertklinge.

Der König senkte die Faust, und die magische Klinge folgte.

Auf Höhe der Schulter abgetrennt, fiel deJuliennes linker Arm zu Boden. »Mein König!« heulte er auf und langte an die blutspritzende Wunde.

Knurrend schwenkte Grünspatz die Faust von einer Seite zur anderen, worauf der Baron das linke Bein verlor und der Länge nach zu Boden stürzte. Der Versuch zu schreien brachte nur ein Gurgeln zustande, und er hob den verbliebenen Arm in der hilflosen Absicht, den nächsten Schlag abzuwehren.

Der Arm wurde am Ellbogen zertrennt.

»Grund für die Niederlage war zum einen meine Abwesenheit«, sagte Grünspatz, an Cresis gewandt und ohne Notiz zu nehmen von dem verblutenden Mann am Boden. »Zum anderen die Unfähigkeit meiner Militärs. Nicht zu vergessen die Haltung der Gasconen. Haben wohl gehofft, von einem freien Eriador besser profitieren zu können, und dabei ganz übersehen, daß wir ihnen die Huegoten und andere Ärger vom Hals halten.

Aber jetzt«, fuhr Grünspatz fort und erhob sich von seinem Thron, »aber jetzt wird Gascony die Wahrheit über das erbärmliche Eriador erkennen und uns nicht länger drängen, die Waffen ruhen zu lassen.« Leichtfüßig hüpfte Grünspatz über den inzwischen verblichenen deJulienne hinweg. Als er zu Cresis aufschaute, sah er, daß der sein häßliches Gesicht in Sorgenfalten legte.

»Es ist doch genauso gekommen, wie wir's wollten!« brüllte Grünspatz und kicherte irre. »Wir haben Eriador und diesen Tölpel von Brind'Amour dazu gebracht, daß sie uns den Krieg erklären.«

Cresis entspannte ein wenig. Ja, so war's geplant gewesen; mit diesem Ziel vor Augen hatten er und Grünspatz veranlaßt, daß die Zyklopen in den Bergen über Menschen und Zwerge hergefallen waren.

»Sie haben ungefähr noch fünfzig unserer Schiffe«, schätzte Grünspatz nach Abzug jener zwanzig, die den Berichten nach von Huegoten versenkt worden waren. »Daß sie so viele unserer stattlichen Galeonen verloren haben, macht deutlich, daß diese Bauernlümmel damit nicht umzugehen verstehen.« Grünspatz warf Cresis einen wilden, manischen Blick zu. »Wir haben noch über hundert, bemannt mit erfahrenen Seeleuten und kampferprobten Zyklopen. Bald wird die Hälfte der gegnerischen Schiffe die Straße von Mann zu passieren versuchen. Ich habe dort bereits einen gleichstarken Flottenverband in Position gebracht, der für ein herzliches Willkomm sorgen wird.«

»Das könnte uns teuer zu stehen kommen«, wagte Cresis einzuwenden.

»Ach was!« schnaubte Grünspatz. »Wenn die Schiffe aus Baranduine dazukommen, sind's insgesamt hundert, und damit hätten wir die Bedrohung aus der Welt geschafft.«

Der König steigerte sich mit jedem Wort in einen Rausch hinein; wie betrunken machte ihn die Aussicht auf den sicheren Sieg. »Und wenn er sieht, daß er im Westen nicht durchkommt, wird Brind'Amour die

Truppen nach Montfort zurückziehen müssen und übers Gebirge zu schicken versuchen.«

Das erschien alles so einfach und folgerichtig, daß sich Cresis wieder zu entspannen getraute.

Grünspatz trat auf ihn zu und legte ihm eine Hand auf die Schulter. »Es könnte natürlich auch sein, daß der alte Zauberer dann schon nicht mehr unter den Lebenden weilt«, flüsterte er dem Zyklopen ins Ohr. Unvermittelt sprang er zurück, gab aber immerhin acht, nicht über die Leiche seines Botschafters zu stolpern. »Deanna Wellworth ist nicht zu unterschätzen, mein einäugiger Freund«, erklärte er. »Mit Hilfe meiner Herzöge und den Dämonen, die ihr zu Gebote stehen, wird sie den alten Zauberer zu fassen kriegen und ihm zeigen, daß es mit seiner magischen Kraft nicht mehr weit her ist.«

Grünspatz stockte und dachte nach. Es mußte ihm irgendwie gelingen, Kontakt zu Taknapotin aufzunehmen, oder, wenn es denn sein mußte, einen anderen Dämon für Deanna zu finden.

»Dürfte doch nicht so schwer sein!« brüllte er, obwohl Cresis seinen Gedanken natürlich nicht hatte folgen können.

Aber dem Zyklopen war's einerlei. Es freute ihn, Grünspatz zufrieden zu sehen, dem er treu zur Seite stand, seit dieser den Thron bestiegen und ihn, der zuvor Botschafter der Zyklopen am Hofe des Vorgängers gewesen war, zu sich in seinen engsten Kreis geholt hatte. Immer zu Diensten, war er es auch gewesen, der in Grünspatzens Auftrag vier der fünf Brüder Deannas ermordet hatte. Zur Belohnung war ihm die Würde des Herzogs von Carlisle verliehen worden, und in seiner Nähe zum Thron hatte er so manches Mal miterlebt, wie rücksichtslos und grausam Grünspatz seine Macht ausübte. Es war gut beraten, wer den König von Avon fürchtete.

Als Luthien Brind'Amour das nächste Mal sah, war der Zauberer wieder dabei, einen magischen Tunnel zu öffnen, einen Tunnel, der nach Westen führte, und zwar bis nach Port Charley.

Abschied zu nehmen fiel ihm nicht leichter als beim letzten Mal. Oliver und Katerin standen geduldig vor der grauen Wand und warteten darauf, daß der bläuliche Dunst, der schimmernd daraus hervorsickerte, zu wirbeln anfing. Es überraschte Luthien zu sehen, daß Oliver sein Pony Schäbig am Zügel hielt.

Der Halbling schaute sich immer wieder um in Richtung Siobhan, die im hinteren Teil des Raumes stand, scheinbar gleichgültig und in Gedanken versunken. Es dauerte eine Weile, bis Oliver sie auf sich aufmerksam machen konnte. Als sie endlich aufblickte, schenkte er ihr ein wehmütiges Lächeln, hob die Hand, in der er beide Fechthandschuhe hielt, und tippte salutierend mit zwei Fingern an die Hutkrempe.

Siobhan nickte ihm flüchtig zu, und Olivers Herz legte einen Schlag zu, als er in ihren grünen Augen echten Kummer auszumachen glaubte. Es betrübte sie, daß er fortging!

Ermutigt durch diesen Gedanken, straffte der Halbling die Schultern, richtete sich zur vollen Höhe (von drei Fuß) auf und starrte entschlossen auf die größer werdende Tunnelöffnung.

Katerin hatte diese Szene mit angesehen, ging verwirrt lächelnd auf Luthien zu und führte ihn in den Winkel auf der gegenüberliegenden Seite.

»Oliver und Siobhan?« flüsterte sie ihm ins Ohr.

»Keine Ahnung«, antwortete Luthien wahrheitsgemäß.

»Wie sie ihn angeschaut hat …«

»So wie ich dich anschaue?«

Seine Worte gaben ihr zu denken. Sie hatte, abgelenkt von den hektischen Kriegsvorbereitungen, gar nicht zur Kenntnis genommen, wie sehr ihr Liebster litt. Als sie jetzt seinen Gesichtsausdruck musterte, erahnte sie, was in ihm vorging. Er hatte Ethan endlich gefunden, um ihn sogleich wieder zu verlieren; nun mußte auch sie von ihm fort – und ihnen allen drohte große Gefahr.

»Bleib doch«, flehte Luthien. »Brind'Amour kann auch durch Olivers Augen hellsehen.«

»Aber dann wird unserem König nicht viel mehr als ein Blick über die Reling vergönnt sein«, antwortete Katerin. Sie wußte, daß sich der Halbling auf den Wellen des Meeres nicht wohl fühlte.

Schweigend sahen sie einander an. Beide wußten: Es ließe sich durchaus Ersatz für sie finden, und Katerin könnte an Luthiens Seite bleiben. Doch es durfte nicht sein. An Brind'Amours Hof war niemand so gut für die anstehende Mission geeignet wie sie. Sie und die anderen Freunde hatten die Rebellion angeführt und standen nun folgerichtig im Rang von Generälen, deren Pflicht es war, Eriador zu dienen. Persönliche Gefühle mußten so zurückgestellt werden und zu dieser Einsicht kamen beide, wortlos, jeder für sich.

»Vielleicht kann ich mit dir kommen«, sagte Luthien impulsiv. »Ich bin schließlich nicht weniger als du vertraut mit der Lebensart der Küstenbewohner.«

»Und ich hätte wieder einen Bedwyr zur Seite, der auf mich aufpaßt«, sagte sie spöttisch. »Vielleicht könnte unser König Ethan zurückrufen, denn auch er stammt ja von der Insel.«

Luthiens Miene verriet einen Anflug von Eifersucht.

»Ethan ist ohnehin der Hübschere«, ergänzte Katerin.

Luthien klappte die Kinnlade herunter, und erst als Katerin in schallendes Gelächter ausbrach, merkte er, daß sie ihn zum Narren hielt.

Doch dann wurde ihr Gesicht wieder ernst. »Dein Platz ist bei unserem König«, sagte sie. »Du bist der Blutrote Schatten, die Verkörperung des freien Eriador.

Ich hielte es für besser, wenn auch Oliver hier bei dir und Brind'Amour zurückbliebe. Aber der König will es nun mal anders.« Damit war dieser Streitpunkt entschieden. Mit Blick auf die Halbelfe, die immer noch bei der Tür im hinteren Teil des Raumes stand, fügte sie hinzu: »Du wirst über Land reiten, in Begleitung von Siobhan.«

Luthien seufzte und versuchte nachzuempfinden, was Katerin fühlte. Immerhin wußte sie, daß Siobhan seine Geliebte gewesen war. Aber er hatte geglaubt, daß diese Geschichte der Vergangenheit angehörte und überstanden sei, daß sie, er und Katerin, ganz unbefangen mit Siobhan würden Freundschaft pflegen können.

Er wollte protestieren, als Katerin wieder lauthals zu lachen anfing, ihn stürmisch umarmte und küßte.

»Hoffen wir, daß du dich nicht so schnell ins Bockshorn jagen läßt, wenn du einem von Grünspatzens Gesandten gegenüberstehst«, flüsterte sie.

Luthien drückte sie fest an sich und ließ sie erst wieder los, als Brind'Amour ihm mitteilte, daß der Tunnel geöffnet sei.

»Willst du wirklich dein Pony mitnehmen?« fragte Brind'Amour den Halbling, und dem müden Tonfall glaubte Luthien heraushören zu können, daß der König diese Frage schon zu x-ten Mal stellte.

»Schäbig liebt die Seefahrt«, erwiderte Oliver. Dann wandte er sich Luthien zu, schnippte mit den Fingern und sagte: »Und du wolltest nicht glauben, daß ich die ganze Strecke von Gascony im Sattel meines Pferdes zurückgelegt habe.« Er flüsterte dem lohfarbenen Pony ins Ohr, worauf es in die Knie ging und den kleinen Mann aufsitzen ließ. Mit einem letzten Blick auf Siobhan ritt er in den Tunnel hinein; Katerin folgte ihm, die Augen auf Luthien gerichtet.

Und so machten sie sich alle noch an diesem Tag auf den Weg, allesamt in verschiedene Richtungen: nach

Osten zu den Fünf Wächtern, zur Hohen Mauer, durch die Südpforte Caer MacDonalds und zu den Docks von Port Charley.

Der Krieg war erklärt, die Invasion von Avon nahm ihren Anfang.

18. Kapitel

# Vorneweg

Keinem der Bataillone, die in den Krieg aufbrachen, lag ein so schwerer, ungewisser Weg bevor wie der, den Luthien und seine Truppe einzuschlagen hatten. Im Osten und Westen segelten die Kriegsschiffe über oft befahrene und wohl markierte Routen. Von der Hohen Mauer aus zogen die Reiter von Eradoch und die Miliz von Statthalter Byllewyn auf freiem, ebenem Terrain ins Nachbarland ein. Doch kaum hatten die Kämpfer um Luthien und Siobhans Schröpfer die ersten Meilen jenseits der Südpforte von Caer MacDonald zurückgelegt, gerieten sie schon in schwieriges Gelände. Auf tückischen Pfaden ging es nunmehr steil bergauf.

Das Heer zählte nun fast sechstausend Soldaten; im geschlossenen Verband voranzumarschieren war hier unmöglich. Patrouillen hatten dafür zu sorgen, daß die verschiedenen Einheiten in Kontakt zueinander blieben. Eine noch wichtigere Aufgabe fiel den Kundschaftern in der Spitze des langen Zuges zu. Ein falsch eingeschlagener Weg hätte in die Katastrophe geführt. Der Haupttroß, bestehend aus rund einem Drittel aller Kämpfer mit dem König in ihrer Mitte sowie allen Versorgungswagen und Pferden, war am anfälligsten für Angriffe aus dem Hinterhalt. Es fehlte an Vorsichtsmaßnahmen vor dem Feind, weil ein jeder, der hier mitzog, vollauf damit beschäftigt war, die Strecke zu meistern, Pferd und Wagen zu lenken, provisorische Brücken zu bauen oder Trassen in den Berg zu schlagen. Statt Waffen trugen die meisten von ihnen Schaufel und Hacke. In diesem Zeitraum wäre es dem Feind ein leichtes gewesen, den ganzen Zug zum Stehen zu bringen.

Dies zu verhindern war Luthiens Aufgabe. Er hatte die übrigen Viertausend in kleinere Gruppen unterschiedlicher Größe aufgeteilt. Eine Fünfhundertschaft bildete die Vorhut des großen Trosses; weitere fünfhundert schirmten ihn von hinten ab. Auf dem rauheren Gelände abseits des Hauptpfades patrouillierten Pioniere – einzeln (bei denen handelte es sich meist um solche, die seit vielen Jahren zurückgezogen in den Bergen lebten) oder in kleinen Gruppen von bis zu hundert Kämpfern, die die Flanken schützten. Luthien und Siobhan bildeten zusammen mit zwölf Elfen aus der Schröpferbande eine eigene Gruppe, die aber selten im Pulk zusammen war. Meist stiegen die beiden mutterseelenallein durch die weite, majestätische Bergwelt.

»Mir wird wohler zumute sein, wenn Bellicks Zwerge endlich mit uns ziehen«, sagte Luthien, als sie den Rand eines Hochplateaus erreichten. Am Südhang sah Luthien zwei Elfen in schwindelnder Höhe behende einen Felssims entlanglaufen; er staunte über deren Trittsicherheit und wünschte, da er zum hundertsten Male stolperte, doch auch ein paar Tropfen Elfenblut in sich zu haben.

Siobhan antwortete nicht, und als er sich nach ihr umschaute, sah er den Unmut in ihrem Gesicht.

Die insgesamt fast zweihundert Elfen, die dem Heer aus Caer MacDonald folgten, hatten kein Hehl aus ihrer Unzufriedenheit über jenen Streckenabschnitt gemacht, der nach dem Zusammentreffen mit den Zwergen vor ihnen lag. Bellicks Zwerge waren schon seit Tagen damit beschäftigt, einzelne Tunnel freizulegen, um die Truppenbewegungen zu vereinfachen. Zwar verstanden sich die Elfen gut mit dem kleinen Volk, doch sie haßten es, durch finstere Stollen laufen zu müssen. Das ging ihnen gegen die Natur.

Siobhan hatte während der Planungen ausdrücklich darauf hingewiesen – anscheinend mit Erfolg. Es war nämlich ausgemacht worden, daß – falls denn überhaupt ein Tunneldurchbruch gelänge – nur der Haupttroß mit den Wagen in den Untergrund sollte. Alle anderen mochten die Wahl des Weges selbst treffen. Darum wußte sich Luthien nicht zu erklären, warum Siobhan jetzt so mürrisch dreinschaute.

»Oliver?« fragte er.

Statt zu antworten, hob sie das zarte Kinn und forderte Luthien, indem sie mit dem Kopf herumfuhr, dazu auf, sich wieder in Bewegung zu setzen. Er gab nach, zufrieden damit, ins Schwarze getroffen zu haben. Er litt selbst unter der Trennung von Katerin, um so mehr, da sie, jeder für sich, großen Gefahren entgegensteuerten. Ob Siobhan wohl ähnlich empfand aufgrund der Trennung von Oliver?

Der Gedanke brachte Luthien zum Schmunzeln. Er räusperte sich, täuschte sogar vor zu stolpern, um sein Lachen zu verheimlichen, denn es lag ihm fern, Siobhan in Verlegenheit zu bringen.

Doch der Halbelfe war nichts vorzumachen. Sie hatte in Luthiens Reaktion einen kleinen Vorgeschmack auf das, was sie von den anderen zu erwarten hatte, nahm's gelassen und ging kommentarlos weiter.

Schnell zog die Dunkelheit herauf, als die Sonne hinter den Bergen weggetaucht war, und obwohl noch August, wurde es in dieser Höhe nachts dermaßen kalt, daß einem jeden Soldaten der Sinn danach stand, die Berge möglichst schnell hinter sich zu bringen.

Luthien und Siobhan trafen noch an diesem Abend mit den anderen Schröpfern zusammen, um abzusprechen, welche passierbaren Pfade in der näheren Umgebung zu bewachen waren, um jene Einheit aus fast siebzig Kämpfern abzusichern, die ganz in der Nähe lagerte.

Siobhan fand für sich und Luthien einen Unterschlupf, der zu drei Seiten von hohen Felsbrocken und durch einen Überhang von oben geschützt war. Darin war es nicht nur so gut wie windstill; Luthien konnte auch riskieren, ein kleines Feuer zu machen, ohne Gefahr zu laufen, von lauernden Feinden entdeckt zu werden.

In dieser stillen Sommernacht auf so engem Fleck zusammenzusein, machte beide befangen. Natürlich war noch einiges an Attraktion füreinander übriggeblieben aus ihrer Liebschaft von früher.

Luthien hockte am Rand der Öffnung mit dem Rücken zum Fels und schlang, um die Kälte abzuwehren, den blutroten Umhang fest um sich. Er versuchte, den dunklen Pfad in der Tiefe im Auge zu behalten, konnte aber nicht umhin, verstohlene Blicke auf die schöne Halbelfe am Feuer zu werfen. Er erinnerte sich an die Zeit mit ihr, da Caer MacDonald noch Montfort geheißen und Herzog Morkney geherrscht hatte. Bei dem Gedanken an seine erste Begegnung mit ihr huschte ein Lächeln über sein Gesicht. Er hatte sie für ein armes, gepeinigtes Sklavenmädchen gehalten und zu retten beabsichtigt. Dabei wußte sich kaum jemand besser zu helfen als sie, die den Schröpfern, der berüchtigsten Diebesbande Montforts, als Anführerin vorgestanden hatte.

Sie war ihm nun eine gute, verläßliche Freundin, nicht mehr, nicht weniger.

»Mit bösen Überraschungen ist so spät am Abend wohl kaum noch zu rechnen«, sagte Siobhan und riß ihn aus seinen Gedanken heraus.

Luthien war einer Meinung mit ihr. »Ja, im Dunklen sind die Wege hier oben viel zu gefährlich, es sei denn, die Zyklopen tragen Fackeln, was uns dann auffallen müßte. Für heute können wir also unsere Wache als beendet ansehen.«

Siobhan nickte und wandte sich ab.

Luthien schätzte sich glücklich. Katerin wußte, daß er mit der Halbelfe reiste, und doch hatte sie sich bereitwillig auf den Weg nach Port Charley gemacht, traurig zwar, daß sie von Luthien scheiden mußte, aber ohne Bedenken im Hinblick darauf, daß er und Siobhan zusammen waren. Katerin vertraute ihm voll und ganz, und tief im Innern spürte Luthien, daß ihr Vertrauen bei ihm gut aufgehoben war. Zwar empfand er nach wie vor sehr viel für Siobhan; er konnte über ihre Schönheit nicht einfach hinwegsehen und auch nicht leugnen, daß seine Liebe für sie durchaus echt gewesen war. Doch mit ihr verband ihn nunmehr bloße Freundschaft; Katerin dagegen war die einzig geliebte Frau in seinem Leben.

Das stand für ihn felsenfest, und Katerin kannte ihn gut genug, um ihm volles Vertrauen schenken zu können.

Unter sternenklarer Nacht in Gesellschaft der Halbelfe so dasitzend, während nur das Knistern des Feuers und der Wind zu hören waren, gewahrte Luthien sein großes Glück. In Gedanken an Katerin schlummerte er ein.

Siobhan war weniger gut gestimmt. Sie wachte über Luthien, und als sie sicher sein konnte, daß er schlief, zog sie ein zusammengefaltetes Stück Pergament aus der Tasche, rückte näher ans Feuer und las zum wiederholten Mal:

*Euer Liebden, meiner schönen Siobhan –*
*Von einem Halbling, redlich und beflissen*
*Der Wind bringt Krieg, und ich muß gahn,*
*den Anblick meiner schönsten Rose missen.*

*Doch sei getrost, nicht Flut noch Meer,*
*Zyklopen oder Berge sind imstande,*
*daß sie erkalten ließen unser Begehr*
*oder gar lösten unsere Liebesbande.*

*Vom Wind umsäuselt, gestützt auf die Hand*
*das behaarte Kinn – so schau ich deine Schönheit.*
*Ach, wär ich doch nicht eingespannt*
*in Pflicht zu heldenhaftem Streit.*

*Ich bin fort, aber nicht für lange!*

*Oliver*

Vorsichtig, um Luthien nicht zu wecken, faltete die Halbelfe den Brief wieder zusammen und steckte ihn zurück. »Dummer Kerl«, flüsterte sie und schüttelte den Kopf über die Frage, auf was sie sich da eingelassen hatte. Mit einem Stock in der Glut stochernd gelang es ihr, ein paar kleine Flammen aus den fast verkohlten Scheiten hervorzulocken.

Was bildet sich dieser Halbling eigentlich ein? dachte sie und seufzte tief. Seine Avancen würden sie womöglich noch in arge Verlegenheit bringen. Unter Spülmädchen genoß er den Ruf eines großen Charmeurs, doch alle, die etwas welterfahrener waren, hielten ihn in seinem zusammengestohlenen Putz und prahlerischen Gebaren für eine Witzfigur. Seine holprigen Gedichte, so wie dasjenige aus dem Brief, mochten auf ein junges Mädchen Eindruck machen, doch Siobhan kannte die Verse wirklich großer Barden.

Warum also vermißte sie ihn so schmerzlich?

Siobhan warf einen Blick auf Luthien und schmunzelte über dessen stockende Schnarchlaute. Das Feuer war nun endgültig heruntergebrannt, nicht mehr als ein Häufchen aus orangefarbener Glut. Davon strahlte eine wohlige Wärme aus. Siobhan lehnte sich zurück, schaute ein letztes Mal hinunter auf den Pfad und gab sich dann ihrer Schläfrigkeit hin.

Durch ihre Träume kreuzte ein gewisser Wegelagerling.

Der nächste Tag war trüb und kalt; es drohte Regen. Dichte, graue Wolken umhüllten die Berge, und aus den Flußtälern stieg Nebel auf. Wie die Sicht getrübt, so gedämpft waren die Laute, und es dauerte eine Weile, bis Luthien und Siobhan das Lager der Schröpfer entdeckt hatten.

Einer der Elfen schlug vor, abzuwarten, bis sich der Nebel gelichtet hatte.

Doch Luthien drängte zum Aufbruch. »Die Schiffe segeln gen Süden«, erinnerte er. »Und die Reiter haben die Hohe Mauer inzwischen hinter sich gelassen. Während wir hier rumhocken, rücken sie bereits auf Princetown zu.«

So wurde das Lager geräumt. Die Gruppe teilte sich wieder auf, und jeweils zu zweit ging es auf verschiedenen Pfaden weiter.

Schon bald war der Blickkontakt zu den anderen abgerissen; Luthien und Siobhan wähnten sich wieder ganz allein, wußten aber, daß dem tatsächlich nicht so war. Sie befanden sich tief im Eisernen Kreuz, viele Meilen weiter entfernt als bei der Exkursion ins Zyklopenlager, wo sie Herzog Resmore gefangengenommen hatten. Die anderen Spähtrupps waren in der Nähe, so auch aller Wahrscheinlichkeit nach der Feind.

Es dauerte nicht lange, und die Befürchtungen der beiden wurden wahr. Luthien kroch vorsichtig an einen Felsvorsprung heran und spähte über den Rand.

Nicht weit unter ihm lungerten vor einem kurzen, steilen Abhang einige Zyklopen herum; in ihrer Mitte schwelten die Reste eines Lagerfeuers. Einer polierte ein großes Schwert, ein anderer schärfte die Spitze eines Spießes; zwei weitere legten gerade ihre Uniformen an, die aus schwarzem Leder und silbernen Beschlägen bestanden.

»Prätorianer«, flüsterte Luthien der Halbelfe zu, die an seine Seite gerückt war und ihren Bogen in der Hand hielt. »So einfach hätten wir's uns gewünscht, als wir nach Beweisen für Grünspatzens Einmischung gesucht haben.«

»Daß sich Prätorianer hier aufhalten, beweist gar nichts. Wir befinden uns auf neutralem Gelände.« Siobhan duckte sich, als einer der Zyklopen mit einem Eimer voll Unrat auf sie zukam und ihn vor dem Felshang auskippte. Von den beiden, die nur wenige Fuß entfernt auf der Lauer lagen, nahm er keine Notiz.

Luthien nickte mit dem Kopf, zwinkerte ihr zu und meinte: »Aber jetzt herrscht Krieg, und vor uns sind Feinde.«

Siobhan sah genauer hin. »Ich zähle sieben Einaugen«, flüsterte sie. »Wir sind nur zu zweit.« Sie schaute sich um, auch Luthien; von den Kameraden war niemand in Sicht.

Schließlich trafen ihre Blicke aufeinander, und auf beiden Gesichtern machte sich ein durchtriebenes Grinsen breit. »Mach sie kalt, aber schnell«, sagte sie.

Luthien zog den *Blender* und beobachtete die Bewegungen der Zyklopen. Einer kauerte über der Feuerstelle und sammelte warme Holzkohlenstücke in einen Beutel. Die anderen hielten sich am Rand der Lichtung auf und waren im Nebel nur als graue Schatten zu erkennen.

»Bald sind's nur noch sechs«, versprach der junge Bedwyr, schwang sich über den Rand und glitt lautlos den Hang hinab.

Rechter Hand brüllte ein Ungeheuer warnend los, worauf das Einauge an der Feuerstelle sein Schwert zog.

Da surrte ein Geschoß über Luthiens Schulter hinweg. Vor Schreck sprang er zur Seite und sah, wie der Zyklop vor ihm mit verdutzter Miene zurücktaumelte und nach dem Pfeil langte, der in seiner Schulter steckte. Luthien fackelte nicht lange, setzte nach und wuchtete das Schwert mit beiden Händen von links nach rechts. Die Klinge durchschlug den Brustkasten bis zur Wirbelsäule.

Das Ungeheuer sackte sterbend zu Boden, als Luthien in zwei, drei Sätzen zur Seite auswich und das Schwert hob, um den Hieb einer Axt abzublocken. Als die Klingen krachend aufeinanderschlugen, zielte Luthien mit einer wuchtigen Geraden auf den Kopf des Gegners. Die Spitze der Querstange, die den ausgebreiteten Flügeln eines Drachen nachempfunden war, riß diesem eine tiefe Wunde über Stirn und Wange. Daraus quoll Blut und sickerte ins Auge, nahm ihm die Sicht, und kreischend taumelte er blindlings zurück.

Luthien hatte keine Zeit zu folgen, wirbelte herum, zog das Schwert nach und konnte so im letzten Augenblick einen Spieß abfangen, der auf ihn gezielt wurde.

Siobhan hatte einen neuen Pfeil aufgelegt und folgte Luthiens Ausfall nach rechts, um ihm den Gegner gleichsam vor der Nase wegzupflücken. Da registrierte sie am Rand des Blickfelds eine Bewegung und hielt inne, ließ aber die Sehne gespannt. Ein Zyklop hatte sich von hinten an Luthien herangeschlichen und geriet nun in Siobhans Schußlinie. Er gab keinen Laut mehr von sich, als er, das Geschoß tief im Kopf, zu Boden ging.

In flüssiger Koordination ihrer Arme und Hände hatte Siobhan einen weiteren Pfeil eingespannt und losschnellen lassen. Der bohrte sich der taumelnden Bestie in die Brust, der Luthien die Querstange ins Auge gerammt hatte.

Jetzt war es an der Zeit, daß sie sich zur linken Seite hin orientierte, von der zwei Ungeheuer angestürmt kamen. Von einem Pfeil in den Bauch getroffen, knickte einer in der Hüfte ein. Der andere ging eilig hinter einem Felsblock in Deckung.

Aufblickend sah Siobhan einen weiteren Zyklopen aus dem Nebel auftauchen. Er kam mit erhobener Axt auf sie zu.

»'s wären also acht insgesamt«, stöhnte die Halbelfe.

In schneller Folge stach der Gegner mit dem Spieß auf ihn ein, doch Luthien verstand es, zu parieren und auszuweichen. Er hatte Siobhan notgedrungen den Rücken zugekehrt und ahnte, daß sie ihm nicht helfen konnte. Ausgerechnet jetzt griff ein weiteres Einauge an.

Luthien behielt die Nerven und sprang erst im allerletzten Moment beiseite, ließ das Ungeheuer ins Leere stoßen, worauf es die Balance verlor und beinahe seinen Spießgesellen niederrannte.

Schnell setzte Luthien nach, um deren Verwirrung auszunutzen. Doch er hatte es mit Prätorianern zu tun, mit erfahrenen Veteranen obendrein. Der eine stellte sich schützend vor den stolpernden Kumpan und wehrte Luthiens Attacke mit dem Spieß ab.

Luthien schlug unvermindert heftig drein, lenkte einen gezielten Stoß mit dem Schwert ab, sprang zur anderen Seite hin und zwang so das eine Einauge, nach hinten auszuweichen.

Doch schon war der mit dem Spieß wieder zur Stelle. Luthien wirbelte um die eigene Achse, ging dabei in die Knie und versuchte, die Deckung des anderen zu unterlaufen. Der aber rammte flugs den Spieß in den Boden und schützte sich so vor Luthiens Seitenhieb.

Luthien sprang wieder auf und setzte die Attacken fort, um den einen nicht aus der Deckung kommen zu lassen. Dem anderen, der sich nun wieder von der Seite näherte, pfefferte er seine Faust auf die Nase.

Dennoch mußte Luthien den Rückzug antreten, sich der Angriffe beider erwehren. Die waren gewarnt, zeigten nun mehr Respekt vor ihm und kämpften mit Bedacht, fast schulmäßig, worauf Luthien mit schulmäßigen Paraden reagierte.

Allmählich steigerten sie ihr Tempo, stellten ihre Bewegungen synchron aufeinander ab, ließen Luthien keine Gelegenheit zur Gegenoffensive und drängten ihn immer weiter zurück.

Spontan packte Siobhan das Bogenende mit beiden Händen und schmetterte dem angreifenden Ungeheuer den Wurfarm ins Gesicht. Blitzschnell und ohne lange nachzudenken, hatte sie einen neuen Pfeil aus dem Köcher gezogen und aufgelegt.

Bevor das Einauge einen Schritt nach vorn tun und mit der Axt zuschlagen konnte, hatte sie den Bogen gespannt und ins Schwarze getroffen.

Das Ungeheuer taumelte zurück und verschwand wieder im Nebel.

Siobhan wirbelte herum und sah den anderen Zyklopen herbeistürmen, gefolgt von Nummero zwei, dem immer noch der Pfeil im Wanst steckte und der vergeblich darum bemüht war, Schritt zu halten.

Es fehlte ihr die Zeit, einen neuen Pfeil zu laden. So ließ sie den Bogen fallen und zog, indem sie den beiden entgegenlief, das kurze, schlanke Schwert. Über eine Felsstufe sprang sie ab und flog über den ersten hinweg, nicht ohne ihn mit dem Schwert an der Schulter getroffen zu haben.

Leichtfüßig setzte Siobhan auf und rannte den tückischen Abhang hinunter. So schnell war sie, daß der mit dem Pfeil im Bauch sie nicht kommen sah. Im Vorbeisausen hackte sie ihm ihr Schwert in den Nacken, worauf dieser endgültig alle viere von sich streckte.

Das andere Ungeheuer blieb ihr auf den Fersen, folgte ihr vorsichtig nach links, quer über die Lichtung, weg von Luthiens Kampfplatz.

Luthien sah sich zu einer schnellen, dramatischen Aktion genötigt, denn nun kam auch noch der dritte Zyklop herbei, benommen und blutverschmiert, aber immer noch auf den Beinen. Nach einer Serie von geschickt vorgetragenen Schwerthieben, die jedoch allesamt pariert wurden, wich er an den Rand der Lichtung zurück. Vor dem ersten der nachsetzenden Einaugen hüpfte er auf einen hüfthohen Felsbrocken und sprang zur Seite weg. Auf den Füßen landend, hatte er sich vom Gegner abgewandt. Der fuhr auf dem Absatz herum und sah ihn rücklings auf sich zukommen, womit das Einauge am allerwenigsten gerechnet hatte. Doch es stellte sein vermeintliches Glück nicht länger in Frage und hob die Waffe, um den jungen Menschen von hinten aufzuspießen.

Dann aber sah es sich an der Nase herumgeführt, denn Luthien wich dem Stoß von hinten aus, riß das Schwert herum und traf das Ungeheuer mit voller Wucht an der Hüfte, worauf es gegen den Felsbrocken prallte, von dem Luthien abgesprungen war, und hilflos daran herunterrutschte.

Ehe er ihm den Todesstoß versetzen konnte, rückte dem jungen Bedwyr das zweite Ungeheuer auf die Pelle.

Niemand hatte ein so scharfes Sehvermögen wie die Elfen, die nächtens im Wald umherzutanzen pflegten. So kam der dichte Nebel Siobhan zupaß. Sie entwischte dem Zyklopen, der ihr nachstellte, kehrte im Bogen zurück und passierte die Leiche desjenigen, dem sie einen Pfeil in den Kopf gejagt hatte. Gleich daneben lag ihr Bogen am Boden.

Sie hob ihn auf, langte nach einem Pfeil und legte auf ihren Verfolger an, der schnaufend aus dem Nebel herbeigerannt kam und viel zu spät erkannte, was ihn da erwartete.

Er riß die schweren Arme in die Höhe und wimmerte um Gnade. Wäre der Kampf zu Ende gewesen und Luthien nicht mehr in Bedrängnis, so hätte sich Siobhan erweichen lassen. Doch es blieb ihr jetzt nichts anderes übrig, als zu schießen.

Der Pfeil traf auf den schweren Brustpanzer, prallte davon ab und durchschlug die Kehle von unten. Das Ungeheuer blieb noch eine Weile stehen, ruderte mit den Armen und ging dann langsam in die Knie. Seine letzten Worten waren ein unverständliches Gurgeln.

Sofort richtete Siobhan ihre Aufmerksamkeit auf den Freund, der sich gegen zwei, bald drei Zyklopen zur Wehr setzte. Am liebsten wäre sie ihm mit dem Schwert zu Hilfe gekommen, doch dazu fehlte die Zeit.

»Runter!« rief sie ihm zu und hoffte inständig, daß er gehorchte.

Weil er ohnehin keine Wahl mehr hatte, tat ihr Luthien den Gefallen und ließ sich nach hinten zurückfallen. Kaum war er halbwegs zu Boden gegangen, da surrte ein Pfeil über ihn hinweg und traf den Gegenüber in die Brust. Sterbend wankte der Zyklop zurück, zuckte am ganzen Körper und fiel in den Dreck.

Das zweite Ungeheuer beging den Fehler, auf seinen unglücklichen Kumpan zu achten, statt auf Luthien, der die Gelegenheit nutzte. Nach vollendeter Rolle rückwärts sprang er wieder auf und rammte dem abgelenkten Gegner das Schwert in den Bauch.

Zurücktaumelnd riß das Ungeheuer Luthien mit sich, denn der vermochte das Schwert nicht schnell genug freizuziehen.

Wieder schwirrte ein Pfeil durch die Luft und erinnerte Luthien daran, daß noch ein Zyklop zu bekämpfen war. Siobhan hatte daneben geschossen, aber immerhin bewirkt, daß das in Deckung springende Ungeheuer ins Straucheln geraten war. Luthien schaffte es nicht, den *Blender* aus der Leiche zu zerren, so sehr er sich auch mühte. Schnaubend vor Wut ließ er davon ab.

Das Einauge hatte sein Gleichgewicht wiedergefunden und wagte einen halbherzigen Angriff, doch Luthien brachte den Arm vor den Schaft der schweren Axt und schleuderte sie zur Seite weg. Dann ließ er eine Reihe wuchtiger Fausthiebe folgen, wovon nicht wenige ins Ziel trafen und Wirkung zeigten.

Angeschlagen wankte der Zyklop zurück und hob die Axt zur Deckung, schüttelte den Kopf, um wieder zu Sinnen zu kommen, und grinste übers ganze Gesicht, als er sah, daß sein Gegner unbewaffnet war.

Luthien sah und hörte nicht das Geschoß. Wie aus dem Nichts steckte plötzlich ein Pfeil im Knie des Gegners. Heulend ging er zu Boden, versuchte sich noch mit der Axt zu wehren. Doch davon ließ sich Luthien nicht aufhalten. Schnaufend traktierte er das Ungeheuer mit hammerharten Schlägen.

Siobhan war neben ihm aufgetaucht und sah sich schmunzelnd auf dem Kampfplatz um.

»Sechs tot und einer gefangen«, resümierte Luthien und legte der schlanken Gefährtin einen Arm um die Schultern.

Siobhan wand sich von ihm los. »Sieben tot«, korrigierte sie und zeigte ins Gehölz. »Da kam noch einer aus dem Nebel.«

Luthien nickte anerkennend.

»Ich habe vier erlegt«, sagte sie, »und war nicht ganz unbeteiligt daran, daß du drei töten und einen gefangennehmen konntest.«

Luthiens blickte irritiert drein.

»Das wären dann zusammengerechnet sechs für mich und leider nur zwei für den sagenhaften Blutroten Schatten.« Sichtlich zufrieden mit sich, hüpfte sie davon, um das Zyklopenlager zu inspizieren.

Luthien schaute ihr verwundert nach. Allmählich kehrte das Lächeln zurück. »Na schön, ich nehme die Herausforderung an«, rief er und zweifelte nicht daran, daß sich während des gemeinsamen Feldzuges noch etliche Gelegenheiten zum Gleichziehen bieten sollten.

Der gefangene Zyklop wurde an den Haupttroß ausgeliefert, wo Brind'Amour ihn unter Hypnose versetzte und aushorchte. Auf diese Weise kamen wertvolle Informationen zutage. In darauffolgenden Kämpfen wurden weitere Gefangene gemacht, die nur bestätigten, was das erste Einauge bereits verraten hatte: Ein riesiges Zyklopenheer, aus prätorianischen Gardisten bestehend, marschierte auf ein weites Tal zu, das rund zwanzig Meilen weiter südlich lag.

Mit Hilfe seiner Kristallkugel versuchte sich Brind'-Amour ein genaueres Bild zu machen. Er entdeckte das besagte Heer und war zufrieden. Auf halben Wege bis zu deren Stellung würden die Eriadoraner mit Bellicks Zwergen zusammentreffen. Und dann sollten sich die Ungeheuer auf was gefaßt machen!

Auf einer baumlosen, stürmischen Anhöhe kamen schließlich die alliierten Streitkräfte in Sicht: fünftausend kräftige Zwerge mit glitzernden Kettenhemden und leuchtenden Schilden, schwer bewaffnet, vor allem mit Äxten und Hämmern. Bellick war unter ihnen und auch Freund Shuglin.

Angesichts dieser überwältigenden Szene stockte Luthien der Atem, und er schöpfte Hoffnung. Wie konnte Eriador verlieren bei solchen Verbündeten?

»Die Einaugen werden eine böse Überraschung erleben«, flüsterte Siobhan.

»Zwergenkämpfer«, entgegnete Luthien und ahmte Olivers gasconischen Akzent nach. »Puh, wie streng die riechen!«

Er wandte sich der Halbelfe zu und zwinkerte schelmisch, doch das Lachen verging ihm, als er deren betrübte Miene sah. Da räusperte er sich verlegen und fragte sich wieder, was denn wohl zwischen ihr und dem Halbling vorgegangen sein mochte.

19. KAPITEL

# Tal des Todes

»Deren Anführer ist nicht auf den Kopf gefallen«, sagte Brind'Amour, als er das rauhe, zerklüftete Gelände im Süden betrachtete.

Von den anderen, die bei dem alten Zauberer standen, blieb diese Bemerkung unkommentiert. Die Zyklopen hatten, obwohl die Sonne schon längst untergangen war, nicht eher Rast gemacht, bis sie die steilen Schluchthänge hinter sich gelassen hatten.

Brind'Amour setzte sich auf einen Stein, fuhr mit der Hand durch den dichten, weißen Bart und versuchte, auf die Schnelle einen Angriffsplan zu entwickeln.

»So viele sind's nicht«, sagte Shuglin. »Wir haben die Lagerfeuer gezählt. Danach ist das Heer nicht halb so groß wie unseres, es sei denn, an jedem Feuer sitzen mehr als fünfzig.«

»Also sind sie uns an Kampfkraft überlegen«, folgerte Luthien.

»Peh!« schnaubte der kampfhungrige Zwerg. »Wir rennen sie nieder.«

Brind'Amour hörte nur am Rande zu. Er zweifelte nicht daran, daß seine Truppen dank zahlenmäßiger Überlegenheit das Prätorianerheer niederringen konnten. Aber wie hoch würde der Preis sein? Eriador konnte es sich nicht leisten, auch nur ein Viertel seiner Streitkräfte einzubüßen, zumal sie noch in den Bergen waren und weit entfernt von Carlisle.

Siobhan meldete sich zu Wort. »Wenn wir von drei

Seiten anmarschieren und unsere Reihen so weit auseinanderziehen, daß wir größer erscheinen, als wir sind, wie werden die dann wohl reagieren?«

»Sie werden das Hasenpanier ergreifen«, antwortete Shuglin prompt. »Jedes Einauge ist ein Feigling.«

Luthien schüttelte den Kopf. So auch Bellick. Ihnen sprach Brind'Amour aus dem Mund: »Die sind gut ausgebildet und stehen unter strenger Führung«, antwortete der alte Zauberer. »Sie waren klug genug, erst nach Verlassen der Schlucht ihr Lager einzurichten. Daß sie Reißaus nehmen, ist nicht zu erwarten.« Seine blauen Augen funkelten, als er hinzufügte: »Aber sie werden zurückweichen.«

»In die Schlucht«, sagte Siobhan.

»Um ihre Flanken zu decken«, ahnte Bellick.

»Ja«, meinte auch Luthien, »in die Schlucht zurück, wo unsere Bogenschützen dann auf der Lauer liegen werden.«

Es blieb eine Weile still. Die versammelten Kommandeure tauschten hoffnungsvolle Blicke. Sie wußten, daß sie es mit disziplinierten Zyklopen zu tun hatten; aber wenn es gelänge, sie in die Schlucht zurückzudrängen und glauben zu machen, in einen Hinterhalt geraten zu sein, so würden sie bestimmt in Panik geraten und in heilloser Flucht davonrennen.

»Wenn sie aber unserem Aufmarsch trotzen und dagegenhalten, wird's brenzlig«, warnte Brind'Amour.

»Wie auch immer, wir werden sie über den Haufen rennen«, versprach Shuglin und ließ seinen Hammer klatschend in die offene Handfläche fallen, um seinen Standpunkt zu bestätigen. Überzeugend war auch sein grimmiger Gesichtsausdruck, wie Brind'Amour befand.

Man machte sich nun daran, die Streitkräfte aufzuteilen. Luthien und Siobhan sollten einen Großteil der Spähtrupps um sich scharen sowie alle elfischen Schröpfer, und in zwei Abteilungen ungesehen am Feindeslager vorbeischleichen, um schließlich auf den

Hängen der Schlucht Stellung zu beziehen. Bellick und Shuglin erhielten den Auftrag, die Reihe in vorderster Front zu stellen, wozu ihnen insgesamt neuntausend Kämpfer zur Verfügung standen. Mehr als die Hälfte davon machten Zwerge aus.

Während die anderen die Details besprachen, überlegte Brind'Amour, wie er sich nützlich machen könnte. Eine gut plazierte Hexerei würde wohl einiges zum Gelingen des Planes beitragen, doch galt es, vorsichtig zu sein. Der Zauberer durfte nicht zu viel von sich preisgeben, denn jeder entkommene Zyklop würde einen Wirbelsturm von Gerüchten in Umlauf bringen, die sehr schnell auch Carlisle erreichen würden.

Brind'Amour hatte auch schon einen kleinen, aber wirkungsvollen Trick im Sinn. Er mußte nur noch klären, wie er ihn am besten vortragen sollte.

Jeweils fünfhundert Mann stark, machten sich die beiden Vorauskommandos noch in derselben Nacht auf den Weg. Siobhan und Luthien blieben zusammen und führten ihre Abteilung an ahnungslosen Zyklopen vorbei. Kurz vor Tagesanbruch erreichten sie den Rand der Schlucht. Zu beiden Seiten suchten einzelne Gruppen auf den steilen Hängen günstige Stellungen, als im Norden ein dumpfes Rumoren der ersten Kämpfe laut wurde.

Den Angriff flankierten jeweils fast zweitausend eriadoranische Soldaten von rechts wie von links, während von vorn fünftausend, zum Äußersten entschlossene Zwerge, wie eine schwarze Gewitterfront anrollte und dem Feind gehörig angst machte. Die ersten Reihen der Zyklopen wurden buchstäblich niedergetrampelt. Aber wie schon vermutet, bestand das Heer aus disziplinierten Gardesoldaten, die sich schnell neu zu formieren wußten und entschlossen standzuhalten versuchten.

Zwar erkannten die Zyklopen, daß sie dem Gegner unterlegen waren, doch machten sie keine Anstalten, in

Richtung Schlucht zurückzuweichen. Da machte sich Brind'Amour ans Werk. Er hielt zwei mit klarem Wasser gefüllte Becher in den Händen, streckte die Arme seitlich aus, fing zu singen an und setzte tanzend auf vorgeschriebene Weise die Füße.

Das Wasser schwappte aus den Bechern und schien in Luft aufzugehen. In Wirklichkeit aber breitete es sich zu einer hauchdünnen, unsichtbaren Schicht aus.

Von magischer Energie dazu gebracht, spannte sich dieser flüssige Schleier im Rücken der angreifenden Zwerge auf und wirkte wie ein Spiegel, so daß der Eindruck ihrer Verdopplung entstand.

Die zyklopischen Anführer waren nicht dumm. Schnell wurde ihnen klar, daß sie dieser wütenden und an Zahl drei- bis vierfach überlegenen Armee nichts entgegenzusetzen hatten. Und endlich ertönte das ersehnte Rückzugsignal.

Diejenigen Zyklopen, die diesem Kommando nicht schnell genug nachkamen, hatten bald das Nachsehen, denn über jeden einzelnen machten sich zwei, drei Zwerge her.

Doch der große Pulk der Prätorianer kam davon. Sie nahmen die Beine in die Hand, blieben aber dennoch empfänglich für die Befehle ihrer Offiziere. Brind'-Amour behielt wieder einmal recht: Der Rückzug vollzog sich geordnet. Als die Zyklopen auf den engen Schluchtausschnitt zudrängten, kam der Plan zur vollen Entfaltung.

Geduldig warteten in ihren Verstecken Luthien, Siobhan und tausend Bogenschützen. Von hoher Warte aus sahen sie, wie sich die Massen stauten und wie einzelne Zyklopengruppen zu beiden Seiten die Hänge hinaufhasteten.

Es kam nun im Eingang der Schlucht zu erbitterten Gefechten, als sich dem Stoßtrupp die beiden Flügel anschlossen. Aber wieder waren es die Zwerge, die in vorderster Reihe kämpften und sich den fast doppelt so großen Zyklopen unerschrocken entgegenwarfen. Es fielen ebenso viele Zwerge wie Zyklopen, doch mit ihrer schieren Masse drängten die Alliierten die Prätorianer immer weiter zurück.

Auf einem Vorsprung nicht weit von Luthien entfernt stand ein Zyklopengeneral. Er deutete auf einen Felsabriß im Osthang und befahl seinen Soldaten mit bellenden Lauten, dahinter in Abwehrstellung zu gehen.

Luthien klappte seinen Faltbogen auseinander und legte auf den General an.

»Freiheit für Eriador!« rief er und ließ den Pfeil fliegen. Der schlug in den Rücken des Ungeheuers ein, worauf es kopfüber den Abhang hinunterstürzte. Allüberall tauchten nun die eriadoranischen Schützen aus ihren Verstecken auf, und es prasselten Schwärme tödlicher Pfeile auf die Zyklopen ein.

»Freiheit für Eriador!« rief Luthien ein zweites Mal und sprang mit gezücktem Schwert auf den nächsten Felssims hinab. Siobhan ließ gerade einen weiteren Pfeil losschnellen, mit dem sie ihren zweiten Zyklopen zur Strecke brachte. Sie wollte Luthien nachrufen, ihn fragen, was er denn vorhabe, mußte aber dann unwillkürlich lachen über den Feuereifer des Kampfgefährten.

Pfeilschwarm folgte auf Pfeilschwarm. Manche Zyklopen kamen den Schützenstellungen bedrohlich nahe, doch die Eriadoraner behielten die Oberhand, und diejenigen Einaugen, die nicht rechtzeitig das Weite suchten, mußten mit ihrem Leben büßen.

Auf der Schluchtsohle erging es den überraschten Soldaten aus Avon nicht besser. Ihr Riegel, der den Schluchteingang sicherte, hielt dem Druck von außen nicht lange stand. Zwerge und Eriadoraner brachen sich Bahn, worauf in den Reihen der Zyklopen auch der Rest an Ordnung verlorenging und ein heilloses Chaos ausbrach. Gewaltige Staubwolken wirbelten auf. Donnernd rollten Felsbrocken von den Hängen, und alles schrie durcheinander.

Siobhan wußte bald kein Ziel mehr auszumachen; der dichte Staub nahm ihr die Sicht, und die Einaugen hatten sich verflüchtigt. Da schulterte sie den Bogen und kletterte Luthien nach.

Schräg unterhalb sah sie plötzlich einen Haufen verbissener Zyklopen den Hang heraufsteigen. Schnell hatte sie den Bogen wieder zur Hand und zog einen Pfeil aus dem Köcher, zögerte aber dann und suchte nach Luthien, weil anzunehmen war, daß der Haufen Jagd auf ihn machte, mußte er ihm doch auf dem Weg nach unten in die Quere gelaufen sein.

Das Einauge an der Spitze war ein muskulöser, wohl an die dreihundert Pfund schwerer Koloß. Er hangelte sich an einer Felskante hoch und zog die Beine nach. Doch kaum stand er aufrecht da, verlor er das Gleichgewicht und fing gellend zu schreien an. Siobhan sah sofort, warum, denn es hatte ihn hinterrücks der *Blender* erwischt. Luthien sprang zum Vorschein, zog die Klinge frei und schob den Koloß mit der Schulter von der Felskante.

Der kippte um auf seinen unmittelbar nachfolgenden Kumpan, welcher wiederum den dritten im Bunde zu Fall brachte.

Der junge Bedwyr legte das blutige Schwert ab und langte nach dem Bogen. Ein, zwei, drei Pfeile flogen Schlag auf Schlag, und ein jeder traf.

»Hiergeblieben«, murmelte Siobhan und brachte einen Zyklopen zu Fall, der zu entkommen versuchte. Dann sah sie staunend zu, wie Luthien wieder sein Schwert zur Hand nahm, erneut den Schlachtruf erschallen ließ, von der Felskante heruntersprang und auf das Gewühl der umeinanderpurzelnden Einaugen einhackte.

Siobhan konnte getrost davon ausgehen, daß der Freund allein zurechtkam, schaute sich um und suchte ein Ziel, worauf sie mit dem Bogen anlegen konnte. Doch das war nicht leicht, wie sie feststellte. Sie war bis auf fünfzig Fuß zur Sohle hinabgeklettert, wo inzwischen die Schlacht in voller Wucht tobte. Beide Frontreihen hatten sich aufgelöst, doch Bellicks tüchtige Zwerge hatten kleine, kompakte Kampfgruppen gebildet, die von oben wie Keile aussahen und ebenso wirkten, denn sie sprengten jede Formation, die die Zyklopen zu bilden versuchten. Und schlimm erging's denen, die von ihrem Trupp getrennt wurden: Sofort fielen die Eriadoraner über sie her mit Äxten, Schwertern und Lanzen oder einfach mit der Wucht der herbeirollenden Massen.

Aus einiger Entfernung schaute Brind'Amour zu. Er war mit sich und den Seinen zufrieden. Wer von den Zyklopen noch zu fliehen vermochte, würde nach Avon eilen und von einem riesigen Heer berichten, es in seinen Schilderungen doppelt so groß erscheinen lassen, als es in Wirklichkeit war.

Nein, womöglich sogar drei-, viermal so groß, sinnierte Brind'Amour, denn fliehende Soldaten pflegten den Gegner ohnehin zahlreicher zu veranschlagen, zahlreicher noch, als er dank eines einfachen Zaubertricks erschienen war.

Im unteren Teil des Westhanges sah Brind'Amour eine Handvoll Zyklopen hinter einer natürlichen Steinbrüstung Deckung suchen. Eine Gruppe von Elfen setzte ihnen nach, doch das Gelände gereichte ihnen zum Nachteil.

Singend streckte Brind'Amour die Arme seitlich aus, formulierte eine magische Formel und führte die Hände vor sich zusammen, daß es klatschte.

Da kippten die Steine plötzlich nach hinten weg, begruben unter sich zwei der dahinter verschanzten Zyklopen. Die anderen standen nun im Freien.

Sofort waren die Elfen mit ihren schlanken Schwertern zur Stelle. Nach nur wenigen Sekunden hatten sie die Gegner überwunden. Einer der Elfen hielt inne und schüttelte den Kopf, dann sah er den alten Zauberer im Eingang der Schlucht stehen und salutierte. Dann eilte er weiter, um andernorts die Schlacht fortzusetzen.

Brind'Amour seufzte und entsann sich eines religiösen Verses, den er in seiner Jugend, also vor Jahrhunderten, erlernt hatte; er war damals behilflich gewesen beim Bau des sagenhaften Ministeriums im Caer MacDonald. ›Tal des Todes‹, so hieß dieses Lied, und beim Betreten der Schlucht war der Zauberer gerade erst drei Schritte weit gekommen, als er schon über tote Zyklopen, Zwerge und Menschen hinwegsteigen mußte.

Ein passender Titel.

Hoch oben im Hang eilte Luthien über einen schmalen Weg, der nicht mehr war als ein Sims im Gestein. Eine Gruppe von Zyklopen kam denselben Weg; sie hatten noch keine Notiz von ihm genommen, würden ihn aber bald entdeckt haben. Luthien blickte nach links, zur steilen Felswand hin, die zu durchsteigen kaum möglich war. Er schaute nach rechts ins Tal hinab, hoffte Siobhan zu sehen oder andere befreundete Bogenschützen, die auf die Einaugen im Rücken würden anlegen können. Doch im aufgewühlten Staub da unten war nichts zu erkennen.

Der Weg wurde immer schmaler, immer gefährlicher.

Luthien kannte nicht die genaue Anzahl derer, die ihm da im Nacken saßen, aber er ahnte, daß es etliche waren, und hatte keine Lust, auf so beengtem Raum gegen sie anzutreten. Bald aber mußte er einsehen, daß ihm wohl nichts anderes übrigblieb, und er überlegte, wie er sich zur Wehr setzen sollte. Mit einem Pfeil ließe sich der erste in der Reihe töten, und im Glücksfall würde der erste den zweiten mitreißen oder zumindest aufhalten, so daß Luthien Zeit bliebe, weitere Bogenschüsse folgen zu lassen. Doch was wäre, wenn er verfehlte oder wenn der erste Verfolger nicht zu Fall käme?

Luthien kam an eine Kehre und entschloß sich, allein das Schwert zu benutzen, auf den Bogen zu verzichten. Ja, er wollte auf dem Absatz kehrtmachen und ihnen Paroli bieten. Als er die Kurve genommen hatte, entdeckte er eine Nische im Fels, davor einen erheblich verbreiterten Sims.

Er gab einen Seufzer der Erleichterung von sich, schlüpfte in die Höhlung und zog die Kapuze des magischen Umhangs über den Kopf. Sekunden später hörte er die Zyklopen herbeitrampeln und schnaubend von Flucht reden.

Dann kamen sie um die Biegung herum. Luthien blinzelte unter dem Kapuzenrand hervor und zählte sieben vorbeihastende Ungeheuer.

Es war wohl, wie er jetzt befand, klug gewesen, dieser Meute nicht entgegengetreten zu sein. Doch als er jetzt den letzten aus der Reihe vorbeieilen sah, konnte er nicht widerstehen. Er stemmte sich von der Felswand ab und schubste das Einauge in die Tiefe. Dem, der sich nach seinem schreienden Kumpan umschaute, schlug er den *Blender* seitlich in die Rippen, worauf auch der über den Rand kippte. Ein dritter zog sein Schwert. Ohne lange zu fackeln, stürmte ihm Luthien entgegen. Die beiden zuvorderst in der Reihe wähnten sich von hinten attackiert und nahmen Reißaus. Er hatte es also nur noch mit dreien zu tun.

Sie waren schon jenseits der Einbuchtung, wieder auf schmalem Sims, konnten also nicht mit vereinten Kräften fechten. Der erste wehrte sich wacker, kam aber gegen den jungen Widersacher nicht an, den er an Kampfart und Umhang erkannte. »Der Blutrote Schatten!« brüllte er den anderen zu. Mehr wollten die nicht mehr hören. Sie wünschten dem Kumpan alles

Gute und gaben in typisch zyklopischer Manier Fersengeld.

Die nackte Angst verleitete das fechtende Einauge zu tollkühnen Attacken. Mit geducktem Kopf stürmte es vor. Offenbar hoffte es, durch Wahnwitz Eindruck schinden zu können. Aber es half ihm nichts. Luthien trat einen Schritt zurück, wich in die Einbuchtung aus und trieb dem vorbeistolpernden Ungeheuer das Schwert in die Rippen.

Schnell zog er die Waffe wieder frei und sprang in die Defensive zurück. Der Zyklop stand da wie erstarrt, stöhnte laut auf und versuchte dann, sich dem Gegner zuzuwenden, was ihm auch schließlich gelang, aber nur, um Luthiens Fußtritt entgegenzunehmen, der ihn mit Schwung über die Felskante kegeln ließ.

»Jawohl, der Blutrote Schatten«, rief ihm Luthien nach und lief los, die vier ausgebüchsten Einaugen einzuholen. Weil er annehmen konnte, daß sie sich einem Kampf mit ihm nicht stellen würden, schob er den *Blender* in die Scheide zurück, nahm den Bogen zur Hand und klappte ihn im Laufen auseinander.

Von heller Panik angetrieben, legten die fliehenden Zyklopen ein solches Tempo vor, daß Luthien kaum nachkam, ohne auf dem gefahrvollen Steg allzuviel zu riskieren. Dann aber kam er zum Schuß und traf eines der Ungeheuer in die Wade. Es verschwand stolpernd hinter der nächsten Biegung. Luthien wußte, daß es nicht weit kommen würde, zückte das Schwert und lief bis zur Biegung vor.

Der Zyklop hockte keuchend vor der Felswand. In der einen Hand steckte ein Schwert, mit der anderen hielt er sich das blutende Bein. Fünf Schritt weiter wartete nervös sein Kumpan.

Betont lässig schlenderte Luthien herbei und schlug auf den Verletzten ein. Der konnte den Hieb zwar abwehren, verlor aber dabei die Balance und kippte zur Seite. Brüllend kam der andere herbei, aber als Luthien den Bogen von der Schulter zog, besann sich das Einauge eines besseren und machte auf dem Absatz kehrt.

»Dein Kumpel hat dich im Stich gelassen«, sagte Luthien. »Ergibst du dich freiwillig, bleibst du am Leben.«

Das Ungeheuer senkte das Schwert, doch nur zum Schein. Unvermittelt sprang es auf und schlug zu.

Mit der Bogenspitze lenkte Luthien die Klinge ab, zog die eigene Waffe blank und durchbohrte dann dem Gegner die Brust. Der fiel rücklings gegen die Wand und rutschte leblos daran herab.

Mit Blick nach vorn sah der junge Bedwyr den schmalen Sims auf ein gut begehbares Plateau auslaufen. Der flüchtige Zyklop war davor nicht mehr zu stellen. Seufzend schaute Luthien auf den Grund der Schlucht hinab und musterte den Pfad, der ihn dorthin zurückbringen würde. Ein Geräusch ließ ihn aufmerken und auf den Sims zurückblicken, über den, wie er nun zu seiner großen Überraschung sah, zwei der geflohenen Ungeheuer in voller Geschwindigkeit herbeigerannt kamen. Statt aufmerksam nach vorn zu blicken, schauten beide immer wieder zurück.

Luthien schmiegte sich an die Felswand und nutzte die magische Tarnung seines Umhangs. Unter dem Kapuzenrand hervorlugend, sah er einen der Zyklopen stolpern und der Länge nach hinschlagen.

Der andere duckte den Kopf und rannte schreiend weiter, vorbei an dem toten Kumpan, den er vorhin im Stich gelassen hatte.

Da machte Luthien einen Satz nach vorn und stellte sich dem Einauge mit beidhändig ausgestrecktem Schwert in den Weg, tauchte, als es sich daran aufspießte, nach hinten weg, so daß es über ihn hinwegsegelte, einen Salto schlagend von der Klinge abrutschte und hinter Luthien auf dem Hintern landete. Ehe es sich versah, war Luthien wieder auf den Beinen und gab ihm den Rest.

Der junge Bedwyr wunderte sich nicht, als er sah, wer die beiden Ausreißer vor sich hergetrieben hatte.

»Ich habe heute schon acht auf dem Kerbholz«, prahlte Siobhan.

»Dann bist du aber weit zurückgefallen«, entgegnete Luthien und hielt das blutverschmierte Schwert in die Höhe. »Das hier war heute mein vierzehnter. Damit steht's sechzehn zu vierzehn für mich.«

Die Halbelfe musterte ihn mit ernster Miene. »Es ist noch weit hin bis Carlisle«, sagte sie und beide schmunzelten.

»Sie ziehen sich eilig zurück«, informierte Shuglin die beiden Könige Bellick und Brind'Amour, als er sie in einer Gruppe aus Eriadoranern und Zwergen mitten in der engen Schlucht entdeckt hatte.

»Und der Haufen hat sich vollkommen aufgelöst«, fügte ein anderer Zwerg hinzu. »Feiglinge, die sie sind …«

An Brind'Amour gewandt, meinte der Zwergenkönig: »Wir müssen ihnen nach und sie fertigmachen, ehe sie sich neu formiert haben.«

Der alte Zauberer überlegte lange. Es gab vieles zu bedenken. Die Versorgungstransporte waren noch etliche Meilen zurück. Andererseits machte Bellicks Vorschlag durchaus Sinn, wenngleich …

Der Zwerg erkannte, daß Brind'Amour vor Entscheidungsschwierigkeiten stand, und sagte: »Ich füge mich Eurem Befehl. Aber bitte erlaubt, daß meine Zwerge vollenden, was sie begonnen haben.«

Unter den Zwergen, die in der Nähe standen und diese Worte hörten, wurde Jubel laut. Brind'Amour ahnte: Wenn er die eifernden Kämpfer von DunDarrow jetzt zurückhielte, würde es böses Blut geben. »Also geht«, sagte er zu Bellick. »Aber nicht zu weit. Macht den Einaugen Beine. Meine Soldaten werden sich derweil um die Verwundeten kümmern und dort drüben ein Lager einrichten.« Er deutete auf den südlichen Ausgang der Schlucht. »Ich erwarte Euch noch diese

Nacht zurück, damit wir dann am Morgen geschlossen weiterziehen können.«

Bellick nickte und grinste breit unter seinem orangefarbenen Bart. Auf Zehenspitzen aufgerichtet, gab er dem Zauberer zum Abschied einen Klaps auf die Schulter, und gab Befehl zum Abmarsch.

»Immer weiter und bis nach Carlisle«, tönte die Parole, erst verhalten, dann immer lauter.

## 20. Kapitel

# *Visionen*

An diesem Tag führte Luthien das Kommando über das eriadoranische Heer. Es wurde ein Lager errichtet, die Verwundeten versorgt und die Toten begraben. Zwar glaubte er nicht, daß sich die geflohenen Zyklopen neu formieren und umkehren würden, ließ aber dennoch Vorsicht walten. Kundschafter durchstreiften das Gelände im Süden der Schlucht und elfische Bogenschützen lagen an den Hängen in Stellung und wachten über das Lager.

Brind'Amour verbrachte den Rest des Tages allein in seinem Zelt. Wer daran vorbeikam, hörte den Zauberer mitunter leise vor sich hin murmeln. Erst als die Sonne untergegangen war, kam er wieder zum Vorschein. Luthien und Siobhan teilten gerade die Nachtwache ein. Bellicks Zwerge waren wieder zurück und berichteten davon, dem fliehenden Feind noch arg zugesetzt zu haben.

»Alles verläuft nach Plan«, sagte Brind'Amour, an Siobhan und Luthien gewandt, als die drei Zeit für einander gefunden hatten.

Luthien musterte den Zauberer mit kritischem Blick; er hatte ihn im Verdacht, mit den anderen Verbänden seiner Invasionsarmee auf magische Weise Kontakt aufgenommen zu haben, was Brind'Amour wenig später auch zugab.

»Statthalter Byllewyn liegt mit seinen Truppen vor Princetown«, sagte der König. »Die Belagerten werden kapitulieren müssen, denn seit dem letzten Krieg ist es ihnen immer noch nicht gelungen, eine neue Garnison auf die Beine zu stellen. Es hat sich auch noch kein neuer Herzog gefunden. In dieser Nacht trifft der Bürgermeister mit Byllewyn und Kayryn Kulthwain zusammen, um über die Bedingungen zu verhandeln.«

Luthien war froh über diese Nachricht. Princetown hätte zum Stolperstein der östlichen Bodentruppen werden können. Um nur wenige Tage aufgehalten, hätten sie Carlisle nicht rechtzeitig erreichen können.

»Die Ostmeerflotte hat die Küste von Dulsen-Berra erreicht«, fuhr Brind'Amour fort.

»Irgendwelche Verluste?« fragte Siobhan.

»Nicht der Rede wert«, antwortete der Zauberer. »Die meisten unabhängigen Inselbewohner schlagen sich auf unsere Seite. Es gibt nur ganz wenige, die ihre Waffen gegen uns erheben.«

»Das wird den Huegoten bestimmt nicht schmecken«, meinte Siobhan, worauf Luthien sie mit Blicken strafte; er wollte keine schwarzseherischen Bedenken hören. Doch die Halbelfe blieb standfest. »Denen gehen jetzt doch die Sklaven aus«, bemerkte sie wie beiläufig.

»Darüber brauchen wir uns keine Sorgen zu machen«, erwiderte Brind'Amour. »Die Huegoten halten, wie verabredet, Abstand von der Küste und sind noch nicht in Erscheinung getreten. Es hat auch noch keine Klagen seitens Kapitän Leary gegeben.«

Eine wirklich gute, überraschende Nachricht. Selbst Luthien, der eifrige Befürworter des Vertrages mit den Huegoten, hatte insgeheim an deren Zuverlässigkeit gezweifelt.

»Ethan weiß, warum wir die brutalen Isenländer auf Abstand halten möchten«, sagte Brind'Amour. »König Asmund gegenüber erklärt er die Notwendigkeit des küstenfernen Kurses damit, daß unser Zusammengehen dem Hexerkönig aus Avon so lange wie möglich verborgen bleiben soll.«

»Und Asmund kauft ihm das ab?« fragte Luthien skeptisch.

»Wie auch immer, die Huegoten verhalten sich kooperativ«, entgegnete Brind'Amour. Mehr war dazu nicht zu sagen.

»Und wie steht's um die Westmeerflotte?« wollte Siobhan wissen. Ihr Tonfall verriet Besorgnis, was Luthien zum Schmunzeln brachte. Er stellte sich die Halbelfe an Olivers Seite vor. Doch dieses Bild verflüchtigte sich, ehe es Kontur angenommen hatte, denn Luthien mußte nun an Katerin denken, und er ängstigte sich um sie. Zwar erinnerte er sich prompt an seine Pflichten und straffte die Schultern, doch lieber sähe er Katerin in seiner Nähe, um jederzeit zu wissen, wie es ihr erging. Plötzlich kam ihm der Gedanke, daß der König sie womöglich absichtlich von ihm getrennt hatte. Vielleicht war dies gut so. Denn würde er, Luthien, seine Soldaten in brisante Gefechte schicken, wenn er Katerin unter ihnen wüßte? Sie war zwar eine Kämpferin, die sehr gut auf sich selbst achtgeben konnte, doch er würde die Geliebte, weil so vernarrt in sie, ständig zu beschützen versuchen.

»Sämtliche Marineverbände aus dem Nordosten und von den drei Inseln haben sich vor Port Charley versammelt«, berichtete Brind'Amour. »Morgen früh, wenn die Flut hereinkommt, werden sie die Segel setzen und gemeinsam nach Süden aufbrechen.«

Ja, dachte Luthien, es war besser, daß sie voneinander getrennt waren. Doch diese Einsicht schmälerte seine Sorge nicht.

»Wie gesagt, es verläuft alles nach Plan«, freute sich Brind'Amour und lachte, daß die Zähne hinter dem dichten Bart zum Vorschein kamen.

Damit war der Rapport beendet. Luthien und Siobhan vertraten sich noch eine Weile die Beine. Als er der Halbelfe ins Gesicht schaute, sah er, daß sie die gleichen Ängste für ihren fernen Freund hegte wie er für Katerin. Aber er verlor kein Wort darüber.

»Immer weiter und bis nach Carlisle«, zitierte er plötzlich die Parole der Zwerge.

Sie blickte zu ihm auf, überrascht und dankbar dafür, daß er sie auf den Boden der Tatsachen zurückgeholt hatte. »Ich werde die Wachposten am Ostrand des Lagers inspizieren«, sagte sie.

»Dann schaue ich auf der anderen Seite nach«, erwiderte Luthien.

Sie nickten einander zu und trennten sich, froh darüber, eine Weile mit sich allein sein zu können.

Brind'Amours Miene war wieder ernstgeworden, als er sein Zelt betrat. Der bisherige Verlauf der Invasion war zwar wahrhaftig erfolgversprechend, doch als erfahrener Zauberer, der er war, hütete sich Brind'Amour vor verfrühtem Triumph. Noch hatte sich der eriadoranischen Flotte kein einziges Kriegsschiff in den Weg gestellt, und daß Princetown kurz vor der Übergabe stand, ließ sich beim besten Willen nicht als Durchbruch werten.

Frühe Etappensiege, leicht errungen. Damit war von Anfang an gerechnet worden. Diese fest eingeplanten Erfolge hochzurechnen wäre nicht bloß übermütig, sondern auch töricht.

Brind'Amour wußte: Der Weg nach Süden würde zunehmend dunkler und schwieriger werden.

Nicht mehr lange, und das Zentralheer würde ins Kernland Avons vordringen, dem Fluß Dunkery entlang gen Warchester.

»Warchester«, murmelte Brind'Amour halblaut vor sich hin. In ferner Vergangenheit war er schon oft dort gewesen, an dem Ort, der mehr Festung war als Stadt, mit Wällen so hoch wie die von Carlisle.

Der Vormarsch über die Ufer der Dunkery würde die heutige Schlacht gegen das prätorianische Heer wie ein kleines Scharmützel erscheinen lassen. Denn es war mit organisierter Gegenwehr zu rechnen und mit einem

Gegner, der den eigenen Kräften zahlenmäßig weit überlegen sein würde. Selbst wenn es gelänge, weiter vorzustoßen und Warchester einzunehmen, blieben dem erschöpften Eriadoranerheer noch über zweihundert Meilen Feindesland zu bewältigen, ehe Carlisle erreicht war.

Die Aussichten für die Flotte im Westen waren ebenso düster. Würden es die vierzig Galeonen und das Geleit aus Fischerbooten wirklich schaffen können, die Straße von Mann zu passieren, jene Meerenge zwischen Mannington und Eornfast? Den Berichten nach machte Baranduine zwar keinerlei Anstalten, in den Krieg der Nachbarländer einzugreifen, doch die wilde, grüne Insel im Westen hatte eine Seestreitmacht, die sehr viel stärker war als Eriadors gesamte Kriegsflotte.

Am allermeisten aber machte Brind'Amour das magische Ungleichgewicht zu schaffen. Er stand ganz allein da, und seine Art der Zauberei – die Entfesselung von Naturkräften – hatte ihren Zenit längst überschritten. Brind'Amour hatte gegen Herzog Paragor und dessen Dämon gekämpft und nur mit Mühe und Not überlebt. Wie würde er gegen Grünspatzens übrige Vasallen bestehen können, die frische Kräfte aus der Hölle schöpften, oder gegen Grünspatz selbst, der zwar in etwa gleich alt, aber über all die Jahrhunderte hindurch wach geblieben war und Energie gesammelt hatte?

Tatsächlich zweifelte Brind'Amour am guten Ausgang dieses Krieges, den er zu führen genötigt war, denn es galt nach wie vor, was er in Caer MacDonald öffentlich erklärt hatte, nämlich daß es keinen Frieden geben könne, solange Grünspatz auf Avons Thron saß. Jetzt, da die Herzöge Morkney und Paragor tot waren, Resmore im Kerker schmachtete und Princetown daniederlag, jetzt war Eriador die letzte Chance gegeben, sich von dem bösen Hexer ein für allemal zu befreien.

Brind'Amour saß auf seinem Feldbett und rieb sich die müden Augen. Er glaubte schon zu träumen, als wenig später ein großer Vogel durch den Einstieg gehüpft kam.

Eine Eule?

Der Vogel flatterte auf den Lampenhalter an der Mittelstange und beäugte Brind'Amour auf eine Weise, die deutlich machte, daß diese Begegnung alles andere als zufällig war.

»Nun, was führt dich her?« fragte der Zauberer und fürchtete schon, daß sich Grünspatz womöglich einen Scherz mit ihm erlaubte.

Als er dann dem Vogel in die großen, runden Augen schaute, schnappte er unwillkürlich nach Luft. Was er da sah, war nicht etwa eine Spiegelung, sondern das Abbild eines Monolithen – schlank, hoch aufragend und oben abgeflacht – vor dem Hintergrund schroffer Berge: eine einzelne steinerne Säule.

*Brind'Amour.*

Der Ruf kam von weither, tönte wie ein Flüstern im Wind.

»Was ist mit dir?« fragte der alte Zauberer atemlos.

Lautlos schwang sich die Eule vom Halter und flog zum Zelt hinaus.

Erneut rieb sich Brind'Amour die Augen, blickte verwundert ringsum. Er schaute auf die Kristallkugel, hoffte darin eine Antwort zu finden, spürte aber dann, daß seine stundenlange Konferenz mit den Generälen in Ost und West allzuviel Kraft gekostet hatte; er schaffte es nicht mehr, sich auf die Kugel zu konzentrieren.

Kaum hatte er sich resigniert aufs Feldbett zurückgelegt, überfiel ihn tiefer Schlaf.

Als er am nächsten Morgen aufwachte, war er überzeugt davon, die Sache mit dem Vogel bloß geträumt zu haben.

21. KAPITEL

# *Die Saat der Revolte*

Wie gut ihm das tat: den Wind im Gesicht zu spüren, das Gras unter Flußtänzers Hufen dahinfliegen zu sehen! Endlich war nach der Überquerung der Berge ein Gelände erreicht, über das Luthien auf seinem kostbaren Hochländer-Hengst wie befreit voransprengen konnte.

Das Pferd schien darüber noch beglückter zu sein als der Reiter. Luthien mußte es immer wieder zügeln, denn sonst wären seine Gefährten, nämlich Siobhan und die Schröpfer, nicht mehr mitgekommen.

Sie bildeten die Speerspitze des eriadoranischen Heeres, waren als einzige Gruppe beritten. Wegen der schwierigen Gebirgspassage hatte man nur zweihundert Pferde mitgenommen, und über ein Drittel von ihnen lahmte inzwischen; das felsige Geläuf war ihren Hufen nicht gut bekommen.

Flußtänzer aber war kerngesund und begierig zu galoppieren. Doch Luthien bremste ihn ab, ließ Siobhan aufschließen und deutete auf den Rauch, der von einer Ortschaft nicht weit im Süden aufstieg. Daran vorbei wand sich wie eine große, silberne Schlange die Dunkery.

»Laut Brind'Amours Landkarte ist das dahinten Pipery«, sagte Luthien. »Der nördlichste einer Reihe von Orten mit wassergetriebenen Mühlen.«

»Unser nächstes Ziel«, bemerkte die Halbelfe mit finsterer Miene. Sie blickte nach rechts und links auf die rund hundert Reiter im Geleit und fragte Luthien: »Sollen wir kleinere Einheiten bilden oder zusammenbleiben?«

Luthien dachte eine Weile nach. Ursprünglich hatte er vorgehabt, mehrere kleine Vorauskommandos auf den Weg zu schicken; doch das erschien ihm nicht mehr nötig, da sie nun bis auf Sichtweite herangekommen waren. »Zusammen«, antwortete er schließlich. »Wir ziehen noch ein Stück weiter nach Süden, biegen dann in nordöstliche Richtung ab und treffen auf die Dunkery, da, wo sie die Ausläufer verläßt. Dann folgen wir dem Ufer bis hin zur Ortschaft.«

Siobhan schaute über das sanft geschwungene Hügelland, der beschriebenen Route folgend, und nickte zum Einverständnis. »Die Zyklopen werden uns bestimmt vorher abzufangen versuchen«, sagte sie.

Darüber schien sich Luthien überhaupt keine Sorgen zu machen.

Nach wenigen Meilen waren sie westlich auf Höhe der Ortschaft. Als sie den Pferden im Schatten eines Fichtenwäldchens die längst fällige Ruhepause gönnten, schickte Luthien ein paar Späher voraus in Richtung Pipery.

Die kehrten schon nach wenigen Minuten zurück und meldeten, daß sich ein Bataillon von zwei- bis dreihundert Zyklopen auf direktem Wege näherte, darunter eine rund vierzigköpfige Reitereinheit auf Maulsäuen.

»Wir könnten kehrtmachen und ihnen davonlaufen«, schlug einer der Kundschafter vor.

»Wir könnten in Richtung Pipery an ihnen vorbeirennen«, hielt Siobhan dagegen.

Luthien hatte einen Mittelweg im Sinn. Seine Gruppe war zahlenmäßig unterlegen, aber sehr viel manövrierfähiger. Maulsäue, die aussahen wie Warzenschweine in der Größe von Eseln, hatten zwar viel Kraft und Ausdauer, erreichten aber längst nicht die Geschwindigkeit von Pferden.

»Wir können uns Verluste nicht leisten«, sagte Luthien, an Siobhan gewandt. »Aber wir täten gut daran zu verhindern, daß die Miliz von Pipery hinter die Mauern der Ortschaft zurückkehrt. Das heißt, wir sollten uns ihr auf freiem Gelände stellen.«

Siobhan sagte: »Sie halten uns bestimmt für ein Vorauskommando, das keine Lust zu kämpfen hat.«

»Belehren wir sie eines anderen«, antwortete Luthien entschlossen.

Er schickte rund die Hälfte seines Trupps auf einen weiten Umweg nach Norden und machte sich dann mit Siobhan und dem Rest auf, den Zyklopen entgegenzureiten. Als der Gegner in Sicht kam, ließ er eine lange Reihe bilden, um sich ihm in voller Stärke zu präsentieren.

Es bestätigte sich, was die Kundschafter mitgeteilt hatten. Die Zyklopenkavallerie schien in etwa gleich groß zu sein wie die Reiter um Luthien. Allerdings konnten die Einaugen nicht wissen, daß ihnen mehrheitlich Elfen gegenüberstanden, die außerordentlich geschickt waren sowohl im Sattel als auch mit dem Bogen.

Luthien warf einen Blick auf die grünen Felder im Norden, entdeckte aber keine Spur von seiner separierten Reiterabteilung. Es war nur zu hoffen, daß sie unbehelligt blieben. Anderenfalls scheiterte der ganze Plan.

»Die Berittenen vorneweg«, bemerkte Siobhan mit Blick auf die rasch nahende Reihe der zyklopischen Reiter, die auf ihren Maulsäuen den Fußsoldaten vorausspengten. Genau so hatte es Luthien vorausgesehen.

Jetzt wird's Zeit, dachte der junge Bedwyr und zog den *Blender*, hob das Schwert hoch in die Luft, worauf zur Antwort fünfzig Schwerter in die Höhe gingen.

Eine Weile noch herrschte Stille, und es knisterte vor Spannung.

Dann stieß Luthien mit der Waffe gen Himmel, gab das Signal zum Angriff.

Die Zyklopen antworteten mit wildem Geheul, und noch lauter als der Donner von viermal fünfzig Pferdehufen war das Gestampfe der Maulsäue.

Auf Kommando verschwanden die gezückten Schwerter der Elfen in den Scheiden. Mit ihren Nahkampfwaffen hatten sie die Zyklopen bloß locken wollen. Statt dessen langten sie nun nach den Bögen.

Zu spät bemerkten die verdutzten Zyklopenreiter, daß sie dem Gegner auf den Leim gegangen waren.

Luthien kam sich im ersten Moment wie ein stümperhafter Anfänger vor. Sein erster Schuß ging, wenn auch nur knapp, daneben, und ehe er den zweiten Pfeil aufgelegt hatte, waren die meisten Elfen schon bei der dritten oder gar vierten Runde. Und alle trafen ins Schwarze.

Die Zyklopen gerieten in Panik, als Schlag auf Schlag eine Maulsau nach der anderen zu Boden ging. Unter dem anhaltenden Hagel von Pfeilen lösten sich die Reihen auf. Die einen stürmten verbissen weiter, die anderen nahmen Reißaus.

Und dann donnerte es von Norden her, als die zweite Abteilung herbeigeprescht kam und ihrerseits den Gegner mit Pfeilen bespickte.

Luthien zog nun wieder den *Blender* und lenkte sein Pferd auf das nächste Einauge zu, doch ehe er zuschlagen konnte, holte es ein Pfeil aus dem Sattel. An der reiterlosen Maulsau vorbeischwenkend, hängte sich Luthien einem anderen Zyklopen an die Fersen. Als der sich umdrehte und zur Abwehr sein Schwert hob, schlug Luthien von der Seite zu und traf in die Flanke. Schreiend sackte das Ungeheuer über dem Nacken seiner Maulsau in sich zusammen.

Schon hatte Luthien ein neues Ziel ins Visier genommen; wild flatterte der blutrote Umhang hinterdrein. Der Zyklop, den er sich ausgeguckt hatte, ergriff die Flucht. Luthien gab seinem Pferd die Sporen, und nach wenigen Galoppsprüngen war der Flüchtige eingeholt und mit einem gezielten Schwerthieb abgefangen.

Ein Großteil der Fußsoldaten rannte auseinander. Manche aber formierten sich zu kleinen, kompakten und mit Schilden bewehrten Gruppen. Mit langen Lanzen stocherten sie auf jeden Reiter ein, der ihnen zu nahe kam. Solchermaßen geschützt, wichen sie langsam in Richtung Pipery zurück.

Die Eriadoraner setzten ihre gezielten Einzelattacken weiter fort. Sie hatten es vor allem auf zyklopische Reiter abgesehen, die sich leichtsinnigerweise zu weit vom Pulk entfernt hatten. Als aber die nach Osten ausgeschickten Kundschafter zurückkamen und meldeten, daß ein Verstärkungsbataillon aus Pipery herbeimarschierte, wußte Luthien, daß es an der Zeit war, den Kampf abzubrechen und auf die eigenen Truppen zu warten.

Er zog sich also mit seinen Reitern nach Westen zurück und stellte zu seiner Erleichterung fest, daß nur zwei Pferde verlustig gegangen und drei Elfen verletzt waren, einer allerdings schwer. Die Zyklopen hatte es ärger getroffen. Über ein Dutzend Maulsäue lag tot oder verendend im Gras; weitere zwanzig liefen reiterlos umher. Mit heiler Haut war nur knapp ein Viertel der rund vierzig Zyklopenreiter davongekommen. Fast die Hälfte war gefallen, so auch einige Fußsoldaten.

Wichtiger als die Zahl der Opfer war für Luthien die Tatsache, daß er den Feind auf eigenem Boden in die Flucht geschlagen hatte, und er fühlte sich ermutigt, seine Vorausaktionen fortzusetzen. So ließ sich dem nachfolgenden Heer der Weg ebnen.

In der Kapelle von Pipery faltete Bruder Solomon Keyes die Hände und kniete nieder zum Gebet. Das kleine Gotteshaus hatte lediglich zwei Räume: den Gemeindesaal und jenes Zimmer, in dem Solomon Keyes lebte. Das ganze Gebäude war schmucklos und dürftig. Die

Kirchenbänke bestanden aus ungehobelten Brettern, und als Altar diente ein einfacher Tisch, den eine Witwe nach ihrem Tod der Kirche vermacht hatte. So armselig sie auch aussah, auf ihre Kapelle waren die Dörfler ebenso stolz wie die Bewohner von Princetown oder Carlisle auf ihre prächtigen Kathedralen. Solomon Keyes gab sich größte Mühe, die Heiligkeit des Ortes zu bewahren und gegen Mißbrauch zu schützen, denn auch diese Kapelle wurde von Grünspatzens Steuereintreibern, allen voran von Allaberksis, einem besonders widerlichen Einauge, als Sammelstelle genutzt.

Solomon hoffte, nein, er betete, daß seine Mühen nicht vergebens seien und daß die anrückende Armee aus Eriador die Brüder und Schwestern seiner kleinen Gemeinde in Frieden ließe. Keyes war erst Mitte Zwanzig. Er kannte also nur die von Grünspatz diktierten Verhältnisse und hatte noch nie einen Eriadoraner zu Gesicht bekommen. Aber es machten viele, schreckliche Geschichten über die wilden Nordländer die Runde; unter anderem wurde behauptet, daß sie die Kinder aus eroberten Dörfern vor den Augen ihrer Eltern auffressen würden. Gehört hatte Keyes auch von den grausamen Zwergen, den ›Schädelknackern‹, wie sie in Avon genannt wurden, weil sie angeblich mit ihren Stiefeln auf den Köpfen von toten oder verwundeten Gegnern herumtrampelten. Und er hatte auch von den Elfen gehört, der ›Teufelsbrut‹, die nächtens splitternackt umhertanzte und bösen Götzen diente.

Im Umlauf waren nicht zuletzt Gerüchte über den Blutroten Schatten, und vor dem hatten die Leute am allermeisten Angst. Dieser Mordbube kam lautlos des Nachts wie der Leibhaftige selbst.

Solomon Keyes war klug genug zu ahnen, daß vieles von dem, was über die verhaßten Feinde des Königs gesagt wurde, nicht zutraf oder zumindest übertrieben war. Doch alle Berichte stimmten darin überein, daß sich ein Invasionsheer aus über zehntausend Soldaten der Ortschaft Pipery näherte, dessen Miliz kaum mehr als dreihundert Kämpfer auf die Beine brachte. Es stand also in jedem Fall Schlimmes zu befürchten.

Keyes schreckte aus seiner Andacht auf, als die Kapellentür plötzlich aufflog und ein halbes Dutzend Einaugen hereingestürmt kam. Prätorianische Gardisten, wie der Priester auf den ersten Blick erkannte.

»Es ist alles so hergerichtet, daß dieses Haus als Lazarett dienen kann«, sagte Keyes leise und mit gesenktem Blick.

»Wir kommen, um den Zehnten zu kassieren«, entgegnete Allaberksis. Seine Wachen durchquerten randalierend den Saal.

Solomon Keyes war fassungslos und starrte dem alten Zyklopen ins schrumpelige Gesicht. In das stumpfe, blutunterlaufene Auge, das, obwohl ansonsten ausdruckslos, unverkennbar von Raffgier zeugte.

»Ich habe Verbandszeug«, erwiderte Keyes. »Wozu könnte Geld jetzt nützlich sein?«

Eine der Wachen trat herbei und stieß den Priester unsanft zu Boden.

»Hinterm Altar steht eine Kiste«, wies Allaberksis seine Leute an. »Und schaut auch in seiner Wohnung nach.«

»Das sind die Rücklagen der Bauern zum Kauf von Saatgut!« empörte sich Keyes und sprang auf. Doch ein Fausthieb streckte ihn zu Boden, und Stiefel traten auf ihn ein.

Da wußte der Priester, was die Eindringlinge tatsächlich im Schilde führten. Wie so viele Prätorianer, die vom Eisernen Kreuz herabgestiegen waren, planten auch diese von Allaberksis angeführten Ungeheuer ihre Flucht in den Süden.

Dagegen konnte Keyes nicht ankommen. Er rührte sich nicht, sandte ein Stillgebet gen Himmel und atmete schließlich erleichtert auf, als die Bande davoneilte.

Doch seine Erleichterung währte nicht lange, denn

was ihm schwante, sah er bald bestätigt: Pipery sollte geopfert werden. Grünspatzens Elitesoldaten erachteten das kleine Dorf als nicht verteidigenswert.

Das eriadoranische Heer lagerte in Sichtweite des Dorfes. Weit reichten die einzelnen Stellungen von West nach Ost, und im Süden von Pipery patrouillierten Reiter, um sich den fliehenden Zyklopen in den Weg zu stellen. Brind'Amour wollte verhindern, daß die aufgelösten Truppen bis nach Warchester oder gar Carlisle zurückfanden, um sich im Schutze hoher Stadtmauern neu zu organisieren.

Zu einer solchen Patrouille führte auch Luthien seine schnellen Reiter. Dabei stießen sie auf eine Gruppe, die von einem greisen Einauge angeführt wurde. Der Kampf war nur von kurzer Dauer. Beim Durchsuchen der Leichen fand Luthien einen Beutel voll Geld, das deutlich als Kollekte zum Gemeinwohl ausgewiesen war.

Darin sah der junge Bedwyr eine vielversprechende Möglichkeit. Ins Lager zurückgekehrt, bewahrte er Stillschweigen; er wollte erst einmal in Ruhe nachdenken, bevor er Brind'Amour einweihte. Der alte Zauberer machte einen reichlich zerstreuten Eindruck an diesem Abend.

»Fürchtet Ihr die bevorstehende Schlacht?« fragte Luthien, als er mit dem König im Lager spazierenging.

Brind'Amour krauste die Stirn. »Wenn ich Pipery fürchten würde, wäre ich wohl kaum in den Süden gezogen mit Richtung auf Warchester und Carlisle«, antwortete er. Vor einer Wasserstelle blieb er stehen und bückte sich in der Absicht, das Gesicht zu spülen. Da erstarrte er jählings mit Blick auf das Wasser, denn darin spiegelte sich jenes inzwischen vertraute Bild: eine hohe Säule aus Stein.

*Brind'Amour.*

Der zarte Ruf kam mit dem Wind. Brind'Amour

schaute sich nach allen Seiten hin um auf der Suche nach einer Felsnadel, dem Urbild der Erscheinung im Wasser, doch das war nirgends zu sehen.

»Was ist los?« fragte Luthien besorgt und blickte sich ebenfalls suchend um.

Der Zauberer winkte mit der Hand ab. Er rätselte über den zarten, persönlichen Anruf nach, dachte an die Eule, starrte auf den Wassertrog vor seinen Füßen und glaubte, endlich die Antwort gefunden zu haben, hoffte, daß dem so war, denn falls er recht behielt, würde sich für die kommende Schlacht eine entscheidende Veränderung ergeben.

»Sei wachsam«, forderte er den jungen Bedwyr auf und eilte davon.

Luthien rief ihm nach, doch der Alte ließ sich nicht aufhalten und kehrte raschen Schritts in sein Zelt zurück, wo er sogleich seine Kristallkugel zum Vorschein holte. Das Bild der Felsnadel stand ihm klar und deutlich vor Augen, und nach gut einer Stunde zielgerichteter Konzentration hatte er es auf die Kugel kopiert. Dann ließ er dieses Bild lebendig werden, blickte aus einer anderen Perspektive in die Kugel und suchte in der Umgebung der Felssäule nach Hinweisen auf die Gegend, in der sie sich befand. Er glaubte schließlich, sie im Eisernen Kreuz finden zu können, nicht weit entfernt, in nordwestlicher Richtung auf halbem Weg zur Küste.

Schließlich ließ er das Bild aus der Kugel entfliehen und entspannte sich wieder, dachte über alles nach und berücksichtigte auch, daß man ihn womöglich in eine Falle zu locken versuchte. Vielleicht war es einer seiner Pairs von früher, aufgewacht und bereit, sich der gerechten Sache anzuschließen. Aber vielleicht hatte hier Grünspatz seine Hände im Spiel, in der Absicht, ihn, den Kontrahenten, ins Verderben zu locken, damit Eriador wieder ohne eigenen König wäre, ohne einen Zauberer, der den Hexern aus Avon Paroli bot.

»Nein, jetzt ist nicht die Zeit für ängstliche Vorsicht«, murmelte Brind'Amour vor sich hin, um seinen Entschluß zu bekräftigen.

Und wieder dachte er an den verzweifelten und kühnen Schritt, Krieg zu führen, an die beherzte Bereitschaft seines tapferen Volkes, für die Freiheit zu streiten.

Der alte Zauberer wußte, was zu tun von ihm gefordert war.

22. KAPITEL

# Fallenstellern Fallen stellen

Später in der Nacht schlich Brind'Amour aus seinem Zelt. Der Mond war untergegangen, und hell funkelnde Sterne traten zum Vorschein, sooft sich eine Lücke in den schwarzen, dahinfliegenden Wolken auftat. Voller Tatendrang durchquerte der Zauberer das Lager. Wie fernes Donnergrollen begleitete ihn das Schnarchkonzert aus Tausenden von Zwergenkehlen. Als er sich dem Ende des Lagers näherte, bewirkte er einen kleinen Zauber, um zu verhindern, daß die hellhörigen und feinsinnigen Elfenwachen von ihm Kenntnis nahmen. Brind'Amour hatte keine Lust und keine Zeit, auf neugierige Fragen antworten zu müssen.

Nach einer halben Meile gelangte er an eine Lichtung zwischen hohen Buchen, Ulmen und Fichten. Trotz der Dunkelheit fiel ihm auf, daß die Blätter der Laubbäume bereits welkten. Der Herbst nahte.

Er atmete tief durch und holte die Formel eines mächtigen Zaubers in Erinnerung zurück. Dann fing er an zu tanzen, langsam zuerst; jeder Schritt war sorgsam plaziert, jede Drehung genau bemessen, denn all das hatte tiefe Bedeutung. Schneller und immer schneller kreiste er um die eigene Achse und schwenkte die ausgestreckten Arme, was ungemein anmutig aussah.

Allmählich lichtete sich die Dunkelheit, und Brind'-Amours Augen wurden hochempfindlich. Gestochen scharf zeigte sich ihm nun die Landschaft. Auch sein Gehörsinn verfeinerte sich. Im Abstand von fünfzig

Schritten hörte er eine Maus durchs Laub trippeln, und die Grillen zirpten in der Lautstärke der Orgelpfeifen des Ministeriums.

Wie von tausend Nadeln gestochen, prickelte ihm die Haut auf beiden Armen, als diese sich zusammen mit den Ärmeln seiner Robe in gefiederte Flügel verwandelten. Bald bedeckte den ganzen Körper ein dichtes Federkleid.

Und dann hob er lautlos flügelschlagend, als ein großer Eulenvogel, vom Boden ab.

Brind'Amour schmeckte wieder wahre Freiheit. Wie sehr er diese Verwandlung liebte! Vor allem des Nachts, wenn alles schlief und zwischen Traum und Wirklichkeit zu schweben schien.

Kaum daß er selbst Notiz davon nahm, schwenkte er zur Seite. Die ausgebreiteten Flügel fast senkrecht zum Boden gerichtet, glitt er zwischen Bäumen durch, stieg dann unter kräftigem Einsatz der Schwingen auf und schraubte sich immer höher. Er spürte warmen Wind unter dem Bauch wegstreichen, als er auf die ersten hohen Gipfel des Eisernen Kreuzes zusteuerte. An den Hängen fand er zusätzlich Auftrieb, und es trug ihn noch höher in den Nachthimmel hinauf, über Klippen und Täler hinweg in nordwestliche Richtung, wo die Berge schroffer und unzugänglicher wurden.

Wohl eine Stunde flog er so weiter. Schließlich gelangte er in eine steinerne Wüste aus jähen Felsen. Er erkannte diese Gegend wieder als jenen Ort, der in der Kristallkugel zu sehen gewesen war.

Darum überraschte es ihn nicht, als er ein paar Flügelschläge weiter auf einen einzelnen, fünfhundert Fuß hoch aufragenden Monolithen zusegelte, der bei genauerem Hinsehen weniger einer Säule glich als vielmehr dem Stamm eines alten, knorrig verwachsenen Baumes.

Brind'Amour flog auf halber Höhe vorbei, stieg dann höher auf bis zur abgeflachten Oberkante des Monolithen, einem Plateau, das im Durchmesser ungefähr fünfzig Fuß maß.

Darauf sitzend, entdeckte er eine Gestalt; sie trug eine weite Robe, hatte eine Kapuze über den Kopf gezogen und das Gesicht der glühenden Kohle eines verlöschenden Feuers zugewandt.

Brind'Amour schwebte ganz nahe an ihr vorbei, doch die Gestalt rührte sich nicht.

Ob sie schläft? fragte er sich. Gut möglich. Was hatte sie dort oben auch zu fürchten?

Bei seinem nächsten Anflug wagte er sich noch näher heran, schwirrte dicht über die Feuerstelle hinweg und landete dann kurz entschlossen mitten zwischen der hockenden Gestalt und dem Rand des Plateaus.

»Gratuliere, König Brind'Amour«, sagte eine vertraute Frauenstimme, als sich der Zauberer in seine Menschengestalt zurückverwandelte. »Ich wußte, daß Ihr mich finden würdet.«

Brind'Amour sank das Herz, als sich, die Kapuze lüftend, Herzogin Deanna Wellworth zu erkennen gab. Überrascht war er nicht, hatte er doch sicher sein können, daß von seinen alten Hexerfreunden niemand mehr am Leben war. Um so bedenklicher fand er es nun, daß er gewissermaßen blindlings und nur auf ein Rufen hin reagiert hatte.

»Ich grüße Euch«, sagte sie.

Ihr Ton war nicht unfreundlich; auch registrierte der Zauberer, daß sie ihn ›König‹ genannt hatte. Allerdings wußte er nicht weiter. Er schaute sich nervös um und war drauf und dran, sich wieder in eine Eule zu verwandeln und davonzufliegen.

Ach was! dachte er und fand es angebracht, dem, was kommen mochte, mutig und zuversichtlich entgegenzusehen. Da er nun schon mal hier war, wollte er auch wissen, wieso ihn die Herzogin herbeigelockt hatte.

»Und schöne Grüße auch von Herzog Ashannon McLenny von Eornfast«, fuhr Deanna fort. »Ferner grüßen die Herzöge Mystigal von Evenshorn sowie Theredon Rees von Warchester.« Während sie dies sagte, traten die Benannten wie aus dem Nichts in Erscheinung.

Brind'Amour kam sich vor wie ein Narr. Unverzeihlich, daß er sie nicht schon eher entdeckt hatte! In seiner irrigen Hoffnung, einen der Kollegen aus der alten Bruderschaft wiederzusehen, hatte er es an Vorsicht mangeln lassen.

Die drei Herzöge standen in jeweils gleichem Abstand zueinander auf dem Plateau. Brind'Amour beobachtete sie genau und suchte nach einer Schwachstelle, nach einer Möglichkeit, im Ernstfall zu entkommen. Doch dann tat Deanna Wellworth etwas, daß nicht nur ihn, sondern anscheinend auch die drei Gefährten in Verblüffung versetzte: Sie hob einen mit blauer Flüssigkeit gefüllten Becher in die Höhe, sprach ein einziges Wort und warf ihn in die Feuersglut. Grell blitzte weißes Licht auf; dann quoll dicker Rauch aus den zischelnden Kohlen auf, der sich nach allen Seiten hin verteilte, an den vier Männern vorbei bis an den Rand, wo er aufwärts wirbelte und zurück. Plötzlich hatte sich der Rauch aufgelöst; statt dessen überspannte das Plateau eine Art Baldachin aus blau schimmernder Energie, die alles in ein gespenstisches Licht tauchte.

Brind'Amour war wirklich beeindruckt, ahnte er doch, daß Deanna Wochen, wenn nicht Monate gebraucht haben mußte, um einen solchen Zauber zu erproben. Über die Natur der aufgespannten Sphäre war er sich nicht im klaren, vermutete aber, daß es sich um eine Schranke handelte, die ihn an einer möglichen Flucht hindern oder Zaubereien seinerseits unterbinden sollte. Ob sie in diesem Sinne auch funktionierte, stand auf einem anderen Blatt. Brind'Amour war zuversichtlich, die magischen Fähigkeiten derer aus Grünspatzens Runde übertreffen zu können.

Aber wieviel Zeit würde ihm bleiben?

»Ihr verlegt Euch mittlerweile auf Betrug und Verrat?« empörte sich Brind'Amour und richtete seine Worte an alle. »Wie tief seid Ihr bloß gesunken! Mit Dieben macht Ihr Euch gemein.«

»Tja, die Zeiten der heiligen Bruderschaft sind vorbei. Es herrschen nun andere Sitten«, entgegnete Theredon Rees von Warchester mit höhnischem Grinsen.

»Von wegen«, antwortete Brind'Amour gelassen und musterte Theredon, diesen Emporkömmling, mit geringschätzigen Blicken. Der war ein untersetzter, muskulöser Mann mittleren Alters mit schwarzem Kraushaar und dunklen, aufmerksamen Augen. Er sah aus wie ein Soldat; wahrscheinlich entsprach dem auch seine Wesensart. Vielleicht, so dachte Brind'Amour im stillen, würde sich dies gegen ihn verwenden lassen.

Sein Blick richtete sich nun auf Mystigal. Mystigal! Was für eine Anmaßung hinter diesem Namen steckte! Kein Zweifel, daß er sich selbst so genannt hatte. Nach dem Niedergang der Bruderschaft wäre es Eltern gewiß nicht eingefallen, ihr Kind Mystigal zu heißen. Er war älter als Theredon, schlank und gepflegt, hatte scharfgeschnittene Züge, und wirkte verbraucht von allzuviel Zauberei. Ein typischer ›Streber‹, wie Brind'Amour befand. So wurden früher in der Bruderschaft solche Hexer genannt, deren Hunger nach magischen Kräften größer war als ihr Verstand. Von ihm geführte Attacken würden wahrscheinlich grandios vorgetragen sein, viel Wind machen, aber ohne große Wirkung bleiben.

Der Herzog von Baranduine machte einen souveränen, ausgeglichenen Eindruck. Von den dreien hielt Brind'Amour ihn für den einzig ernstzunehmenden Kontrahenten. Ashannon McLenny war ein gutaussehender Mann. Eifer und Ruhe hielten sich in seinem Blick die Waage. Er war anscheinend von großen Geistesgaben und hätte früher als Kandidat der Bruderschaft wahrscheinlich gute Aussichten gehabt.

Von Ashannon wechselte Brind'Amours Blick zurück

auf Deanna. Er kannte sie gut und hatte großen Respekt vor ihr. Deanna vereinte alle guten Eigenschaften: kultiviert, intelligent, schön und gefährlich zugleich. Kein Zweifel, in Zeiten der Bruderschaft hätte sie höchste magischen Auszeichnungen erwerben können. Sie war die beachtlichste und reichste aller avonschen Herzöge. Nicht von ungefähr hatte Brind'Amour Mannington, Deannas Stadt, in seinen Angriffsplänen ausgeklammert.

Während er seine Gegner musterte, flüsterte der alte Zauberer ganz leise und für die anderen nicht vernehmlich die Formel einer kleinen magischen Verteidigungsmaßnahme vor sich hin. In seiner Hand war eine Drahtspule aufgetaucht. Davon wickelte sich nun der Draht ab und glitt schlangengleich durch Ärmel und Robe bis hinab aufs Gestein zwischen den Füßen. Anschließend sammelte er alle Feuchtigkeit aus der Luft ringsum und bereitete so den Zauber vor, der im gegebenen Fall blitzschnell auszuführen sein würde.

»Und wo ist Grünspatz?« beeilte er sich zu fragen, als ihm auffiel, daß die anderen – vor allem Theredon und Mystigal – Signale untereinander austauschten, als wollten sie gleich zuschlagen.

Theredon schnaufte verächtlich. »Unseren König brauchen wir nicht, um den Throntäuscher der Wüste von Eriador kleinzukriegen.«

»Das sagte auch Paragor«, entgegnete Brind'Amour, worauf Theredon nervös einen Schritt zurückwich.

»Wir sind aber zu viert«, blaffte Mystigal.

Brind'Amour schärfte den Sinn, mit dem er Zauberkräfte aufzuspüren verstand. Die von Deanna aufgespannte Sphäre erstaunte ihn ein weiteres Mal, als er nun feststellte, wie engmaschig das magische Gewebe war. Doch noch mehr verwunderte ihn das Fehlen weiterer Zauberhüllen, hinter denen sich noch andere Feinde verbergen mochten. Da waren weder Grünspatz noch irgendwelche Dämonen in der Nähe.

Um Deannas Augen spielte ein verstohlenes Lächeln, das er sich nicht so recht zu erklären wußte. »Es gibt kein Entrinnen«, sagte sie und fügte, scheinbar seine Gedanken erratend, hinzu: »Nicht einmal fremde Magie, geschweige denn Gespenster, die diese blaue Schranke passieren könnten. Zu fliehen ist unmöglich und Hilfe nicht in Sicht.«

Zur Beweisführung ihrer Worte ließ sie ein scheußliches Wesen mit Insektenkopf von außen gegen die Hülle stoßen und auf das Plateau herabschauen.

Brind'Amour erkannte darin einen Dämon und kratzte sich gelassen am Bart.

»Deanna!« rief Mystigal entsetzt.

Brind'Amour schaute ihm ins ausgezehrte Gesicht. »Ein Freund von Euch?« fragte er schmunzelnd.

Beide, Mystigal und Theredon, waren merklich unruhig geworden. Anscheinend fürchteten sie, daß ihre Anführerin einen Fehler begangen hatte, darin nämlich, den Schirm zu öffnen, ehe die verbündeten Dämonen, denen sie ihre Kräfte verdankten, zu ihnen gestoßen waren.

»Ein Höllentier«, antwortete Deanna an Brind'Amour gewandt. »Meine Gefährten haben sich leider allzu abhängig gemacht von solchen Teufelchen.«

*Wir sind nicht Freunde von Grünspatz, auch können wir nicht länger hinnehmen, daß wir von Kräften zehren, die teuflischen Ursprungs sind.* Diese Mitteilung erreichte den alten Zauberer auf telepathischem Wege. Er blickte auf Ashannon, den Herzog von Eornfast, sah in ihm den Sender dieser Mitteilung und erkannte: Deanna hatte keinen Fehler begangen. Wohl betrog und verriet sie, wie vermutet, aber nicht ihn, Brind'Amour.

Jenseits der sphärischen Hülle tauchte ein zweites Untier auf, eine Echse mit zwei Köpfen. Zusammen mit dem monströsen Insekt drängte es mit wilden Gebärden hineinzugelangen.

»Deren Fehler«, antwortete Brind'Amour und zwinkerte der Herzogin zu.

Sorgenvoll blickte Mystigal unter die schimmernde Kuppel. »Was soll das?« verlangte er von Deanna zu wissen, die nun mit hängenden Schultern und gesenktem Kopf hin- und herschwankte, scheinbar erschöpft.

Die Frage war noch nicht ausgeklungen, als krachend ein blauer Blitzstrahl über die Plattform zuckte. Mit dieser einfallslosen Attacke machte Theredon auf sich aufmerksam.

Brind'Amour war darauf gefaßt gewesen. Er streckte, als der Blitz zündete, den Arm aus und spürte es in den Fingerspitzen kribbeln, als er Theredons Blitz über den dünnen Zauberdraht abfing und in den Steinboden ableitete. Die Haare standen ihm dabei zu Berge, und das Herz geriet ins Flattern. Tatsächlich aber war dieser Blitz kaum der Rede wert. Fauler Zauber, nichts dahinter.

»So was kann mich höchstens kitzeln«, sagte Brind'-Amour und schaute unter das magische Gewölbe. »Was aber die Herzogin von Mannington da aufgezogen hat, scheint perfekt zu sein. Ihr, mein lieber Theredon, seid offenbar von Eurer Kraftquelle abgeschnitten, es sei denn, daraus läßt sich ohnehin nicht mehr schöpfen.

Ich bin noch von der alten Schule, der einzig wahren«, fuhr Brind'Amour fort und trat entschlossen auf Theredon zu, warf einen flüchtigen Blick auf Ashannon und Deanna und fragte sich, wie die nun reagieren würden.

»Deanna!« protestierte Theredon. Er sprang zur Seite und versuchte den alten Zauberer auf Abstand zu halten.

Brind'Amour schloß die Augen und fing leise zu singen an.

»Deanna!« brüllte Theredon entsetzt.

Der gefürchtete Schlag blieb aus, doch als Brind'-Amour die Augen wieder öffnete, zeigte er ein Grinsen, das Theredon nicht trösten konnte. Er wich zurück bis an den Sphärenrand und sah seinen Dämon, der mit beiden Köpfen auf unüberwindlichen Widerstand stieß. Mit ausgestreckten Armen versuchte der Herzog nach ihm zu greifen, um Kraft zu laden, mußte aber einsehen, daß es nichts half, und trommelte verzweifelt mit den Fäusten vor den magischen Schild.

Brind'Amour trat herbei, löste sich auf, war verschwunden und wenig später wieder da, im Rücken des stämmigen Hexers, den er bei den Schultern packte, zu sich herumwirbelte und ihm eine saftige Ohrfeige ins Gesicht klatschte. Gleich darauf sprühten aus den Fingern knisternd rote Funken, die auf Theredon einprasselten. Der schrie wie am Spieß, langte mit zitternden Händen nach Brind'Amours Arm und klammerte sich daran fest.

Das zweiköpfige Scheusal flog davon, schwirrte wenig später rasend schnell wieder herbei und rammte die Schranke mit voller Wucht, prallte aber kraftlos davon ab.

Trotz Theredons gellender Schreie hörte Brind'-Amour, wie Mystigal singend Beschwörungsformeln von sich gab. Kurz darauf zerbarst ein Feuerball in der Luft zwischen dem alten Zauberer und Theredon.

Gegen Feuerattacken hatte sich Brind'Amour in weiser Voraussicht gewappnet. Ihm entströmte nun die gesammelte Feuchtigkeit; sie legte sich als schützender Film um ihn herum, und als die Flammen dieses nicht besonders starken Feuerballs verloschen, war ihm kein einziges Härchen versengt. Um so schlimmer hatte es Theredon erwischt. Der war fast gänzlich unter einer Rauchwolke verschwunden.

Brind'Amour warf einen Blick über die Schulter und sah, wie sich Ashannon und Deanna an Mystigal heranmachten. Der zappelte unentschlossen hin und her, schimpfte wütend auf Deanna ein.

Da tauchte, wie Brind'Amour im letzten Moment noch sah, der insektenartige Dämon hinterm Plateaurand weg, und plötzlich rumorte es im Gestein. Es bebte unter Deanna Füßen. Sie wankte zurück, ließ ab von Mystigal. Seinem Dämon war inzwischen der von Theredon gefolgt, und nun erzitterte rumpelnd das ganze Plateau. Alle fünfe, die sich darauf befanden, hatten Mühe, auf den Beinen zu bleiben.

Doch Deanna hatte ganze Arbeit geleistet. Der Schutzschild reichte auch bis unter die Füße, so daß die Dämonen nicht gefährlich werden konnten.

Theredon war mittlerweile in die Knie gegangen. Er hielt sich krampfhaft am Arm des alten Zauberers fest, bot ihm aber kaum mehr Widerstand. Weil von ihm keine Gefahr mehr ausging, konnte Brind'Amour sein ganzes Augenmerk auf Mystigal richten, der immer noch Deanna brüllend bedrängte, sie möge doch endlich wieder zur Vernunft kommen.

Brind'Amour hob die freie Hand in Richtung Mystigal und stimmte einen neuen Gesang an.

Deanna und Ashannon wollten den ausgemergelten Hexer gerade zwischen sich in die Mangel nehmen, als wieder ein heftiges Beben durchs Gefels ging und Ashannon aus dem Gleichgewicht brachte. Mystigal nutzte die Gelegenheit, ihm zu entwischen, doch er kam nur wenige Schritte weit, bevor Brind'Amour seinen Zauber präpariert und fingerschnippend zur Wirkung brachte. Wie von einem elastischen Band geschleudert, schnellte Mystigal plötzlich nach vorn. Quer übers ganze Plateau stürzte er kopfüber auf Brind'-Amour zu, der ihn mit ausgestreckter Hand erwartete. Abermals sprühten rote Funken aus den Fingern, die den herbeischwirrenden Hexer abbremsten und neben Theredon in die Knie zwangen.

Deanna und Ashannon staunten nicht schlecht über den alten Zauberer und sahen, wie dieser nun den Kopf in den Nacken legte, die Augen schloß und sich solchermaßen auf eine weitere, noch größere Kraftanstrengung konzentrierte. Über Theredons klammernde Hand und die Funken, die nach wie vor auf Mystigals Kopf einprasselten, fühlte er vor und sondierte die Energieknoten, über welche die beiden Hexer noch mit ihren jeweiligen Dämonen verbunden waren.

Zuerst schlug er den von Mystigal entzwei.

Kreischend fuhr das insektenhafte Scheusal in die Hölle zurück, und sogleich beruhigte sich der Grund unter Deannas Füßen.

Mystigal kippte rücklings zu Boden, als Brind'Amour von ihm abließ, um sich voll auf Theredon zu konzentrieren. Der war aufgestanden und drohte mit Gewalt, doch plötzlich ging auch ihm die Kraft vollends aus. Er stand noch eine Weile glotzend da und sackte schließlich wie ein nasser Aufwischlappen in sich zusammen.

Schlagartig endete das Beben unter den Füßen Brind'Amours. Auch der doppelköpfige Dämon war, von seiner Verbindung zur Welt getrennt, ins Höllenreich zurückgekehrt.

Brind'Amour wandte sich nun dem Herzog und der Herzogin zu, wußte nicht so recht, woran er bei ihnen war. Er versuchte, eine Drohgebärde einzunehmen, fürchtete aber, von Ashannon oder Deanna, womöglich gar von beiden, angegriffen zu werden, denn er hatte inzwischen viel Kraft eingebüßt.

Die beiden schauten einander an und kamen dann vorsichtig näher. Deanna streckte ihm beide Hände entgegen.

Am Boden liegend, stöhnte Mystigal auf. Theredon rührte sich nicht.

»Der kann nicht mehr gefährlich werden«, sagte Brind'Amour. »Er hat als Hexer abgedankt.«

Deanna nickte; es schien fast, als habe sie mit alledem gerechnet. Um dem alten Zauberer die Verunsicherung zu nehmen, sagte sie: »Wir stehen auf Eurer Seite und haben einen gemeinsamen Feind, nämlich Grünspatz. Der hat nun, wie's aussieht, zwei weitere Hexer-Herzöge verloren.«

Zischend verpuffte die blau schimmernde Sphäre.

»Eine hervorragende Zauberleistung«, gratulierte Brind'Amour.

»Ich habe lange gelernt«, entgegnete Deanna, »mich gründlich auf diesen Tag vorbereitet.«

Verwundert blickte der Alte auf. »Könnt Ihr denn auf die Hilfe Eures Dämons verzichten?«

»Ich habe keinen Dämon«, antwortete sie.

»Ich auch nicht«, warf Ashannon ein.

Brind'Amour musterte den Herzog von Eornfast mit skeptischem Blick. Es schien, daß diesem nicht wohl war in seiner Haut. Jedenfalls machte er im Unterschied zu Deanna einen nervösen Eindruck.

»Mir sind die alten Methoden viel lieber«, fügte Deanna hinzu. »Die Methoden der Bruderschaft.«

Brind'Amour glaubte ihr aufs Wort. Es blieb ihm auch nichts anderes übrig. Er war so müde und erschöpft, daß er weder fliehen noch sie attackieren konnte, falls sie ihn zu hintergehen versuchte. Auch Deanna schien nicht mehr viel Kraft zu haben. Langsam kam sie herbei und inspizierte die beiden Herzöge am Boden.

»Theredon ist tot«, sagte sie an Ashannon gewandt und verriet keinerlei Regung. »Mystigal lebt noch.«

Ashannon nickte. Dann trat er an den Rand des Plateaus und schwang sich hinaus in die Nacht. Brind'-Amour konnte gerade noch sehen, wie er sich in einen großen Vogel verwandelte und davonflatterte.

Mit Blick auf Deanna sagte er: »Nicht sehr gesprächig, Euer Freund.«

»Herzog McLenny hat heute eine Entscheidung getroffen, die ihm nicht leichtgefallen sein dürfte«, antwortete Deanna. »Gebt Euch zufrieden damit, daß er sich nicht auf die Seite von Theredon und Mystigal geschlagen hat.«

»Auf meine Seite hat er sich allerdings auch nicht geschlagen.«

Darauf antwortete Deanna nicht. Sie ging in die Mitte

zurück und ließ ein wenig Flüssigkeit aufs ersterbende Feuer tropfen. Augenblicklich loderten helle Flammen empor, die ein warmes, gelbrotes Licht auf die Herzogin warfen.

»Legt Mystigal hierher ans Feuer«, sagte sie. »Er hat es nicht verdient, in dieser namenlosen Wüste zu erfrieren.«

Mehr war von ihr in dieser Nacht nicht mehr zu hören. Sie setzte sich, starrte unverwandt ins Feuer und schien keinerlei Notiz zu nehmen von Brind'Amour, der, nachdem er Mystigal herbeigeschafft hatte, ihr gegenüber Platz nahm.

Der alte Zauberer vermied es, mit Fragen auf Deanna einzudringen. Er ahnte, daß die junge Frau alle Brücken hinter sich abgerissen hatte, und er fühlte mit ihr.

23. Kapitel

# Gefahr erkannt ...

Die Dämmerung war noch nicht angebrochen, als Luthien und Bellick auf Brind'Amours Zelt zugingen. Die Laterne, die vorm Einstieg an einer Stange hing, brannte spärlich. Drinnen war es stockdunkel. Trotzdem traten die beiden in der Absicht ein, Brind'-Amour zu wecken. Bei Tagesanbruch wollten sie zum Angriff blasen.

Es wunderte sie, den Zauberer nicht anzutreffen.

»Anscheinend ist er schon aufgestanden und bereitet sich auf den Kampf vor«, meinte Bellick, woran Luthien allerdings zweifelte. Er spürte instinktiv, daß hier etwas nicht stimmte.

Luthien stellte fest, daß die Decken auf dem Feldbett die Nacht über unberührt geblieben waren. Seltsam, dachte er und schaute sich um. Alles stand an seinem Platz: der Tisch mit der Kristallkugel, davor stand der Stuhl. Auf dem kleinen Schreibtisch lagen zusammengerollt etliche Landkarten und einige Lederbeutel, die mit diversen Pulvern und Zauberzutaten gefüllt waren.

»Komm«, rief Bellick, der schon wieder nach draußen gegangen war. »Wir müssen den Alten finden und die Truppen in Marsch setzen.«

Luthien nickte und trat zögernd hinaus ins schummrige Licht der Laterne, schaute sich noch einmal ... »Die Kristallkugel!« rief er so plötzlich, daß der Zwerg zusammenzuckte.

»Was?«

»Die Kristallkugel«, wiederholte der junge Bedwyr.

»Ich hab sie gesehen«, antwortete Bellick. »Sie steht auf dem Tisch. Na und?«

»So offen und jedermann zugänglich läßt er sie nie zurück«, entgegnete Luthien, eilte ins Zelt zurück und starrte in die Kugel.

Murrend folgte der Zwerg. »Darfst du überhaupt da hineinschauen?« Bellick scheute wie alle Zwerge vor allen Dingen zurück, die mit Magie zu tun hatten.

»Ich verstehe nicht, warum er sie nicht abgedeckt hat«, antwortete Luthien. »Brind'Amour ist doch sonst ...«

Es verschlug ihm den Atem, als er plötzlich das vertraute, bärtige Gesicht des Zauberers aus der Kugel schimmern sah. »Sehr gut«, sprach Brind'Amour und lächelte, »ich sehe, es ist Morgen und ihr rüstet euch zum Kampf. So ist's recht, meine Freunde, verliert keine Zeit. Euer Erfolg steht außer Zweifel. Darum erlaube ich mir, eine Weile wegzubleiben. Ich habe an anderer Stelle zu tun.«

Das Bild verschwand so plötzlich, wie es erschienen war. Luthien starrte auf Bellick, der wie angewurzelt im Zelteinstieg stand.

»Der Zauberer ist also weggegangen«, sagte der Zwerg. »In dringlicher Sache unterwegs, wie ich hoffe.«

»Gewiß.«

»Vielleicht bei den Huegoten«, riet Bellick.

Dem jungen Bedwyr wurde flau bei dem Gedanken daran, daß es wegen Ethan irgendwelchen Ärger geben könnte. Oder vielleicht drohte im Westen etwas schiefzugehen, auf dem Meer, das Oliver und Katerin besegelten. Luthien schaute noch einmal auf die Kristallkugel, worin aber nichts zu erkennen war. Es tröstete ihn ein wenig, den König mit lachender Miene gesehen zu haben, und nicht etwa griesgrämig.

»Sei's drum«, fuhr Bellick fort. »Es reicht schließlich, wenn einer das Kommando führt.«

Bellick hatte gerade die Befehlsgewalt über alle Truppen an sich gerissen, und obwohl Luthien dem Zwerg rangmäßig gewiß überlegen war, konnte er ihm nicht widersprechen. Es gab da jedoch ein Thema, über das Luthien gern mit Brind'Amour gesprochen hätte, und zwar noch bevor der Angriff eingeleitet werden sollte. Im Ausgang des letzten Krieges gegen Avon, als er darauf gedrängt hatte, bis nach Carlisle weiterzumarschieren, war Luthien von der Möglichkeit des Sieges überzeugt gewesen, weil er glaubte, daß das Volk der Avonesen die Wahrheit über ihren König erkennen und die Truppen aus Eriador nicht länger als Feinde betrachten würden. Inzwischen war er von dieser Ansicht abgerückt, aber er wollte immer noch nicht wahrhaben, daß die Avonesen den Krieg gegen Eriador wünschten.

Bellick schickte sich an zu gehen.

»Schafft Ihr's denn allein, die Reihen aufzustellen?« fragte Luthien. Der Zwerg wirbelte auf dem Absatz herum, und obwohl von seinem Gesicht nur wenig zu erkennen war, glaubte Luthien, seine Verwunderung spüren zu können.

»Willst du jetzt Brind'Amour suchen gehen?« fragte Bellick ungläubig.

»Nein, aber ich hatte gehofft, daß er mir erlaubt, nach Pipery zu gehen, bevor es zur Schlacht kommt.«

Bellick warf einen Blick über die Schulter und trat ins Zelt zurück. Er machte einen besorgten Eindruck.

»Um deren Verteidigung auszukundschaften«, erläuterte Luthien. »Mit meinem blutroten Umhang komme ich ungesehen rein und wieder raus.«

Bellick musterte den jungen Bedwyr mit skeptischem Blick. »Das ist doch wohl nicht der eigentliche Grund«, ahnte er. Luthien hatte in den vergangenen Wochen mehr als einmal den Wunsch geäußert, die Avonesen als Verbündete gewinnen zu können.

Luthien seufzte. »Vielleicht haben wir Freunde hinter Piperys Mauern.«

Bellick antwortete nicht.

»Ich bin gekommen, um König Brind'Amour um Erlaubnis zu bitten«, sagte Luthien und straffte die Schultern. »Aber er ist nicht da.«

»Und jetzt tust du, was dir gefällt ...«

»Nein, ich bitte König Bellick dan Burso, den Oberbefehlshaber der Streitkräfte, um Erlaubnis«, erwiderte Luthien schmeichlerisch.

»Womöglich wirst du enttäuscht sein.«

Luthien zuckte mit den Achseln. »In dem Fall habe ich zumindest die Verteidungsbereitschaft ausgekundschaftet.«

»Und was bringt's im glücklichen Fall?«

»Gerechtigkeit für das Volk von Avon«, antwortete Luthien, ohne zu zögern.

»Dann beeil dich«, sagte Bellick. »In weniger als zwei Stunden geht die Sonne auf, und ich will mein Mittagessen in Pipery einnehmen.«

Im Schutze der Dunkelheit und unsichtbar unter seinem magischen Umhang, schlich Luthien auf die Mauern der Ortschaft zu, die nicht mehr als eine Anhäufung von baufälligen Hütten darstellte.

Daß er kaum einen Zyklopen zu Gesicht bekam, verwunderte ihn sehr, war doch zu vermuten gewesen, daß die Garnison Zulauf bekommen hatte von den Prätorianern, die der Schlacht in den Bergen entkommen waren. Wo mochten die wohl alle stecken?

Eine Antwort auf diese Frage lieferten ihm die tiefen Fahrrinnen in der Hauptstraße. Über die war unlängst, vor zwei Tagen etwa, ein großer Troß nach Süden abgezogen. Jenseits dieser Straße traf Luthien auf die Ställe der Ortschaft: zwei Gebäude, die durch lange Zäune miteinander verbunden waren. Die Tore standen sperrangelweit offen, doch von drinnen tönte kein einziger Laut. Die Boxen waren leer, abgesehen von den stinkenden Überresten geschlachteter Pferde.

Luthien hielt die Luft an. Was mochte den Bewohnern von Pipery während der vergangenen Tage wohl sonst noch alles zugemutet worden sein, fragte er sich.

Da ihm nicht viel Zeit blieb, lief Luthien schnell weiter. Der Hauptstraße folgend, huschte er von Schatten zu Schatten, bis er an eine Abzweigung gelangte. Ganz in der Nähe entdeckte er einen ersten Lichtschein: Im Fenster eines länglichen Gebäudes, das anscheinend als Kapelle diente, brannte eine einzelne Kerze.

Entschlossen eilte Luthien über die Straße und fragte sich, ob dieses Gotteshaus – ähnlich wie das Ministerium des ehemaligen Montfort – womöglich auch von Grünspatzens willfährigen Helfern mißbraucht wurde. Ob in dieser Kapelle irgendein Handlanger Grünspatzens hauste, der mit eiserner Hand über Pipery herrschte?

Ein flüchtiger Blick auf den Horizont im Osten erinnerte den jungen Bedwyr, daß er nicht lange fackeln durfte. Er trat vor eine Seitentür, spähte durch einen kleinen Fensterausschnitt, schaute sich noch einmal nach allen Seiten hin um und drückte die Klinke hinunter.

Die Tür war unverschlossen. Luthien machte sich darauf gefaßt, einen Teil der Zyklopengarnison im Innern der Kapelle anzutreffen.

Anscheinend aber war niemand zugegen. Leise zog er die Tür hinter sich zu. Er befand sich nun in einer kleinen Kammer, die, wie es schien, als Sakristei diente. Die Tür in der gegenüberliegenden Wand stand offen und führte in den Kirchsaal. Luthien richtete den Umhang, um sicherzustellen, daß er vollständig getarnt war, näherte sich der Schwelle und plierte um den Türposten herum.

Da kniete, von Luthien abgewandt und ganz allein, eine Gestalt auf einer Bank im Altarraum. Der weiße Talar wies sie als Priester aus.

Auf leisen Sohlen trat Luthien ein und schlich nach

vorn, dicht an der weißgetünchten Wand entlang. Lautlos zog er den *Blender* aus der Scheide, und nach wenigen Schritten hatte er sich dem Priester so weit genähert, daß er ihn hören konnte. Der bat Gott darum, daß er Pipery beschützen möge. Was Luthien aufmerken ließ, waren die Worte: »… und halte unser kleines Dorf raus aus den Streitigkeiten zwischen Königen.«

Luthien warf die Kapuze zurück. »Pipery liegt am Weg nach Carlisle«, sagte er unvermittelt.

Wie von einer Tarantel gestochen sprang der Priester auf und schnappte nach Luft. Luthien registrierte blaue Flecken in dessen Gesicht, eine aufgeplatzte Lippe und geschwollene Augen. Wem er dies zu verdanken hatte, war für Luthien nicht schwer zu erraten, zumal er wußte, daß vor kurzem viele Zyklopen durch das Dorf gezogen waren.

»Pipery hat die Wahl, Freund oder Feind der Eriadoraner zu sein«, fuhr Luthien fort.

»Wer bist du?«

»Ein Gesandter Seiner Majestät Brind'Amour, König von Eriador«, antwortete Luthien. »Und gekommen, um Hoffnung zu spenden.«

Dem Mann gingen die Augen auf. »Der Blutrote Schatten«, flüsterte er.

Luthien nickte und hob beruhigend die Hand, als dem Priester schlagartig alles Blut aus dem Gesicht wich. »Keine Angst«, sagte er. »Ich bin hier, um mir ein Bild von Pipery zu machen.«

»Um unsere Schwächen aufzudecken«, wagte der Priester zu erwidern.

Luthien schmunzelte. »Unweit von hier lagern fünftausend kriegshungrige Zwerge und eine ebenso große Anzahl von Menschen«, erklärte er. »Ich habe Eure Wehrmauern inspiziert und gesehen, was von Eurer Garnison übriggeblieben ist.«

»Es haben fast alle Zyklopen Reißaus genommen«, gab der Priester zu und senkte den Blick.

»Wie heißt Ihr?«

Der Mann blickte auf und straffte die Schultern. »Solomon Keyes.«

»Vater Keyes?«

»Noch nicht«, antwortete er. »Bruder Keyes.«

»Der Kirche treu oder der Krone?«

»Woher weißt du, daß beides nicht ein und dasselbe ist?« entgegnete Keyes.

Lächelnd öffnete Luthien den Umhang und enthüllte sein Schwert, das er nun in die Scheide zurücksteckte. »Ich weiß es«, antwortete er.

Solomon Keyes schwieg.

Mit dem bisherigen Gesprächsverlauf war Luthien durchaus zufrieden. Er ahnte, in Keyes einen Verbündeten gegen den König von Avon zu haben. »Zyklopen?« fragte er und deutete auf die Blessuren im Gesicht seines Gegenüber.

Wieder senkte Keyes den Blick.

»Prätorianer vermutlich«, fuhr Luthien fort. »Aus den Bergen gekommen, auf der Flucht vor uns. Ich nehme an, sie sind durch Pipery gezogen und haben gestohlen, was nicht niet- und nagelfest war, damit es uns nicht in die Hände fällt. Wahrscheinlich haben sie Euch, den Bewohnern und der Zyklopenmiliz eingeschärft, das Dorf bis zum letzten Blutstropfen zu verteidigen.«

Keyes schaute auf und krauste die Stirn.

»Habe ich recht?« fragte Luthien.

»Soll ich etwa leugnen?« entgegnete Keyes. »Ich weiß um die Brutalität der Zyklopen und war nicht überrascht.«

»Es sind Eure Verbündeten«, sagte Luthien, dem Tonfall nach fast anklagend.

»Sie gehören zur Streitmacht meines Königs«, korrigierte Keyes.

»Das spricht nicht für Euren König«, meinte Luthien. Darauf blieb es für eine Weile still. Keiner von beiden war an einem Streitgespräch interessiert; im Gegenteil, sie hofften, ein jeder für sich, auf einen günstigen Ausgang ihrer Begegnung.

»Es waren nicht bloß Prätorianer aus den Bergen«, erklärte Keyes schließlich, »sondern auch etliche aus unserer eigenen Miliz. Sogar der alte Allaberksis, der in Pipery lebt seit ...«

»Alt?« unterbrach Luthien. Zyklopen wurden selten alt.

»Das älteste Einauge, das mir je begegnet ist«, antwortete Keyes, und seine Stimme verriet dem jungen Bedwyr, daß Allaberksis der Verantwortliche war für die Prügel, die der Geistliche bezogen hatte.

»Alt und verschrumpelt«, fügte Luthien hinzu. »Und mit einer kleinen Meute von Prätorianern unterwegs nach Süden.«

Keyes nickte.

»Tja, Pech für Allaberksis«, meinte Luthien. »Er war einfach nicht schnell genug.«

»Ist er tot?«

Jetzt nickte Luthien.

»Und wo ist seine Börse abgeblieben?« wollte Keyes wissen. »Das Geld darin gehört der Gemeinde und wird dringend gebraucht.«

Luthien hob die Hand. »Es wird zurückerstattet«, versprach er. »Später.«

»Wenn ihr über Pipery hergefallen seid!« ereiferte sich der andere.

»Dazu muß es nicht kommen«, sagte Luthien ruhig.

Es folgte wieder langes Schweigen. Offenbar wartete Keyes darauf, daß Luthien diese letzte Bemerkung weiter ausführte. Derweil überlegte Luthien, wie er sein Anliegen vortragen sollte. Vermutlich stand Keyes in hohem Ansehen unter den Mitbewohnern, sonst hätten diese ihm nicht ihr Geld anvertraut.

»Wir, die alliierten Streitkräfte von Eriador und DunDarrow, sind nicht auf Eroberung aus«, hob Luthien zu erklären an.

»Ihr seid gewaltsam in unser Land eingedrungen!«

»Dazu waren wir um unserer Verteidigung willen gezwungen«, entgegnete Luthien. »Trotz geltenden Waffenstillstandsabkommens führt Avon weiter Krieg gegen Eriador. Viele Dörfer unseres Königreichs sind angegriffen und zerstört worden.«

»Von zyklopischen Marodeuren.«

»Die im Auftrag Grünspatzens handeln.«

»Das unterstellt ihr bloß«, warf Keyes ein.

»Ihr habt doch die prätorianischen Gardisten ins Gebirge ziehen sehen, nicht wahr?« konterte Luthien. »Sind sie hinaufgestiegen, um unseren Vormarsch aufzuhalten, oder waren sie womöglich nicht schon eher da, um Krieg zu schüren?«

Keyes antwortete nicht, obwohl er hätte bestätigen können, daß schon Wochen vor dem jüngsten Kriegsausbruch starke prätorianische Verbände in Richtung Norden durchs Dorf marschiert waren.

»Wir wollten Frieden«, beteuerte Luthien. »Grünspatz hat uns diesen Krieg aufgezwungen.«

Keyes hob den Kopf. Er ließ deutlich erkennen, daß ihm Luthiens Worte zu denken gaben. Dennoch zeigte er sich trotzig. »Ich bin Avonese und meiner Fahne treu.«

»Aber Grünspatz mißbraucht diese Treue«, entgegnete Luthien prompt. »Er verleugnet unseren Gott und ist mit den Dämonen im Bunde. Glaubt mir, ich habe schon gegen mehrere seiner höllischen Spießgesellen kämpfen müssen; ich habe das Böse gespürt, das sie ausstrahlen, und mit eigenen Augen gesehen, wie ein solcher Unhold in den Körper eines von Grünspatzens Vasallen gefahren ist.«

Keyes preßte die Lippen aufeinander. Er hatte wahrscheinlich schon ähnlich lautende Gerüchte aufgeschnappt und konnte Luthien nicht widersprechen. »Wer sagt mir aber, daß Ihr nicht in mörderischer Absicht gekommen seid?«

Luthien zog sein Schwert. »Warum habe ich Euch noch nicht getötet?« Und dann beeilte er sich, das Schwert wieder zurückzustecken, denn er wollte dem Priester nicht unnötig angst machen. »Pipery darf über sein Schicksal selbst entscheiden.« Er blickte zum Fenster hinaus und sah, daß es hell wurde. »Ich verlange nicht, daß Ihr Euch unserem König unterwerft, verspreche aber, Euer Dorf zu schonen und das von Zyklopen geraubte Geld zurückzugeben. Aber wenn Ihr Widerstand leistet, werdet Ihr sterben. Eriador führt Krieg und wird allen, die sich vor den bösen König Grünspatz stellen, mit Waffengewalt begegnen.«

Damit verabschiedete sich Luthien und ging zur Tür.

»Was soll ich denn jetzt tun?« rief ihm Keyes nach. »Wie soll ich verhindern, daß die Mitglieder meiner Gemeinde ihre Häuser zu schützen versuchen?«

Luthien war stehengeblieben und schaute sich um. »Es darf keine Gegenwehr geben.«

»Dafür zu sorgen bleibt uns ohnehin keine Zeit«, knurrte Keyes verbittert. »Es dämmert ja schon.«

»Ich werde versuchen, die Truppen aufzuhalten, zumindest für ein paar Stunden. Die Kapelle soll Zuflucht sein, allen, nur den Zyklopen nicht.«

»Dann geh zurück ins Lager«, sagte Keyes, Einverständnis signalisierend.

Als Luthien die Kapelle verließ, waren schon einige Dörfler und Zyklopen auf den Beinen, so daß er mehrfach ausweichen mußte. Bei zunehmendem Licht wurde deutlich, in welch erbärmlichen Zustand Pipery war. Die Wehrmauer ringsum konnte keinen Schutz mehr bieten. Sie war an etlichen Stellen weggebrochen, nicht höher als acht Fuß und kaum dick genug, um der Wucht standzuhalten, mit der Bellicks Zwerge zu stürmen vermochten.

»Viel Glück, Solomon Keyes«, murmelte Luthien. Der Gedanke an ein Gemetzel war ihm unerträglich.

Über den Feldern zwischen dem Heereslager und Pipery lag tiefe Stille. Beide Seiten machten sich auf einen Waffengang gefaßt.

Was für ein herrlicher Tag! Allzu schön, um zu kämpfen, dachte Luthien. Blau strahlte der Himmel von Osten auf, und alle Vögel sangen. Auch Flußtänzer war bester Laune und trippelte munter hin und her, als Luthien mit Sattel und Zaumzeug kam. Kaum war er aufgesessen, sprengte der weiße Hengst voran.

Luthien aber rumorte der Magen. Wie immer, wenn er in die Schlacht zog, überkam ihn die Übelkeit. In allen voraufgegangenen Kämpfen hatte er seine Teilnahme rechtfertigen können, war ihm doch gewiß, für eine gute Sache, für Eriadors Freiheit einzutreten. Um nichts anderes ging es auch hier, auf avonesischem Boden. Doch das konnte ihn kaum trösten beim Gedanken daran, daß Pipery die Plünderung und Menschen wie Solomon Keyes der Tod drohte.

Er gab dem Pferd die Sporen und galoppierte auf König Bellick zu, der, von Shuglin begleitet, die Reihen der Zwerge inspizierte.

»Gut, daß du wieder da bist«, grüßte Bellick. »Es hätte brenzlig für dich werden können, wenn wir angreifen, und du bist noch in der Ortschaft.«

»Warten wir mit dem Angriff«, forderte Luthien unumwunden.

Der Zwergenkönig fuhr so hektisch mit dem Kopf herum, daß die Spitze seines orangefarbenen Bartes aus dem Gürtel flutschte.

»Bis Mittag«, präzisierte Luthien.

»Und die werden zwischenzeitlich fleißig aufrüsten. Oder wie stellst du dir das vor?« blaffte Bellick.

»Das ist denen gar nicht möglich«, versicherte ihm der junge Bedwyr, als einige Offiziere des eriadoranschen Heers in Begleitung von Siobhan und mehreren Elfen herbeigeritten kamen. »Sie haben nicht die geringste

Chance gegen uns«, ergänzte er, laut genug, um sich auch den anderen, die da kamen, verständlich zu machen.

»Um so besser«, entgegnete Bellick. »Machen wir kurzen Prozeß, um so schnell wie möglich gegen das nächste Dorf zu ziehen.«

Luthien schüttelte den Kopf, richtete sich energisch im Sattel auf und adressierte seine Worte an alle, die ihm zuzuhören bereit waren: »Pipery wird keinen Widerstand leisten, wenn wir seinen Bewohnern Gelegenheit geben, Schutz zu suchen. Ich schlage darum vor, erst gegen Mittag ins Dorf einzurücken.«

Da war niemand, der auf Anhieb zustimmte. Im Gegenteil, die meisten murrten verärgert.

Unbeirrt fuhr Luthien fort: »Bedenkt doch! Wir müssen noch an einem Dutzend ähnlicher Dörfer vorbei, ehe wir die Mauern von Warchester sehen. Es gibt Anzeichen dafür, daß sich viele Avonesen für unsere Sache gewinnen lassen. Ich habe mich selbst davon überzeugen können.«

»Hast du mit Leuten von Pipery gesprochen?« fragte Bellick.

»Nur mit dem Geistlichen«, antwortete Luthien. »Er bangt um die Ortschaft und ihre Bewohner.«

»Dazu hat er auch allen Grund«, rief einer aus der Runde.

»Wie lange?« fragte Siobhan geradeheraus.

»Bis Mittag«, bat Luthien, dem Zwergenkönig zugewandt. »Geben wir ihnen doch Gelegenheit, für ihren eigenen Schutz zu sorgen. In der Zwischenzeit könnten wir das Dorf umstellen, so daß niemand Reißaus nehmen kann.«

»Zeit zu verschwenden paßt mir nicht«, antwortete Bellick, doch sein Tonfall war schon weniger kämpferisch. Er wußte natürlich, daß Luthien großen Einfluß hatte, nicht zuletzt auch auf viele Zwerge, die sich gut daran erinnerten, daß unter Luthiens Führung die in den Bergwerken von Montfort versklavten Artgenossen befreit worden waren. Auch wenn er in diesem einen Punkt nicht einer Meinung mit ihm war, so wußte Bellick doch, daß es töricht wäre, dem jungen Bedwyr die Stirn zu bieten.

»Was wir jetzt an Zeit verschwenden, verspreche ich wieder aufzuholen, indem ich meine Leute zur Eile antreibe«, entgegnete Luthien; und an alle gerichtet, rief er: »Wollt ihr mir diesen Gefallen tun?«

Die Antwort war einstimmig. Bellick mußte sich zähneknirschend fügen, wollte er vermeiden, daß es zum Konflikt kam und womöglich sogar zu einer Spaltung des Heeres.

Er nickte Luthien zu und machte deutlich, daß er von ihm bei nächster sich bietender Gelegenheit eine Gegenleistung erwartete.

Die Reitergruppe löste sich auf, als Luthien dem Zwergenkönig noch einmal zuzwinkerte und sagte: »Übrigens, ich wüßte da eine Schwachstelle in der Wehrmauer von Pipery.«

Im Dorf machte rasch die hoffnungsvolle Nachricht die Runde. Solomon Keyes stand am Wall und schaute auf die offenen Felder hinaus.

»Sie bleiben zurück!« jubelte der junge Mann an der Seite des Geistlichen.

Keyes rang sich ein Lächeln ab. Seine Freude trübte die Aussicht darauf, in den nächsten Stunden unendlich viel erledigen zu müssen. Er blickte zum Himmel auf, und es schien, als versuchte er, die Sonne in ihrem Lauf zu bannen.

Bellick, Luthien, Siobhan und all die anderen Offiziere der Armee waren an diesem langen Vormittag nicht müßig. Anhand von Luthiens Informationen über die wehrtechnische, aber auch emotionale Situation in Pipery wurde auf die Schnelle ein neuer Plan entworfen, analysiert und ausgefeilt, bis die Gedanken und Vorstellungen eines jeden, der an seiner Ausführung beteiligt sein sollte, darin zum Ausdruck kamen.

Kurz vor Mittag hatten sich zehntausend Kämpfer auf freiem Feld versammelt. Speerspitzen und Schwerter glitzerten, polierte Schilde spiegelten flammendes Sonnenlicht.

Die ganze Kavallerie war, mehr als hundert Reiter stark, am Nordrand der Ortschaft zusammengezogen worden. Mitten in vorderster Reihe saß Luthien auf Flußtänzer; bei ihm war Siobhan. Auf Kommando wandten sich alle Köpfe nach links, wo König Bellick dan Burso in seiner prächtigen Rüstung stand.

Da galoppierte ein einzelner Reiter zum Nordtor hin. »Gebt ihr euch geschlagen, oder wollt ihr kämpfen?« fragte er die dort stationierten Zyklopen.

Wie nicht anders zu erwarten, wurde ihm eine Lanze entgegengeschleudert. Ebenso absehbar war, daß das Geschoß sein Ziel weit verfehlte. König Bellick hatte nun jedenfalls die Antwort, die er brauchte.

Kaum war der Reiter in seine Reihen zurückgekehrt, richteten sich wieder alle Augen auf den Zwergenkommandanten. Mit starkem Arm hob Bellick sein kurzes, breites Schwert, hielt in dieser Pose eine Weile inne und ließ die Waffe dann mit Schwung herabfahren.

Lautes Gebrüll erschallte, und es klang wie Donnergrollen, als Luthien und die Seinen die Pferde zum Angriff antrieben.

Nicht alle zogen sofort mit. Zunächst folgten nur die Zwerge im Rücken der Reiter und schwemmten, einer Brandungswelle gleich, in breiter Front in die Ortschaft.

Luthien brachte seine Einheit bis dicht an den Wall heran, scherte dann aber unvermittelt nach links aus. Die Hufe wühlten eine gewaltige Staubwolke auf, aus der wenig später die ersten Zwerge auftauchten. Nach diesem Muster setzte sich der Angriff fort: Luthiens Gruppe umkreiste den Ort, und mit jedem Galoppsprung wurde der Weg geebnet für weitere Kampfgruppen.

Als sich die Verteidiger auf diese Taktik einzustellen versuchten, stürmten alle Truppen, die noch im Westen Abstand hielten und auf ihren Einsatz warteten, gleichzeitig los. Luthiens Reiter hatten zu diesem Zeitpunkt bereits den südöstlichen Mauerabschnitt erreicht, wo sie mit Lanzen beworfen wurden. Daß kein einziges Geschoß traf, ließ Luthien hoffen, daß in der Tat nur Zyklopen, und keine Menschen, zur Gegenwehr angetreten waren.

Dann sah der junge Bedwyr, wonach er gesucht hatte: die Trümmer eines in sich zusammengefallenen Teilstücks der Mauer. Luthien nahm Anlauf. Siobhan wich ihm nicht von der Seite, und gemeinsam stürmten sie auf die Mauerlücke zu.

Luthien sah die zyklopischen Lanzenträger und Pikeniere in die Bresche springen, wartete bis zum letzten Moment, und riß dann das Pferd links herum. Siobhan wich zur anderen Seite hin aus.

Aus dem Hintergrund schossen die Elfen nun ihre Pfeile ab. Die meisten prallten von den Steinen ab, aber viele trafen auch ins Ziel. Die Verteidiger fielen zurück, tödlich getroffen, verwundet oder flohen aus Angst.

Luthien trat fest in die Steigbügel, preßte die Schenkel zusammen, trieb sein Pferd an und sprengte vornübergebeugt auf die Mauerlücke zu. Mit einem mächtigen Satz flog Flußtänzer über die Steintrümmer hinweg. Siobhan folgte dichtauf, und gemeinsam galoppierten sie die Dorfstraße entlang, zwei fliehenden Zyklopen hinterdrein. Flußtänzer trampelte den einen nieder, Luthien brachte den anderen mit dem Schwert zu Fall, worauf er sich der Halbelfe zuwandte und grinsend seine Opfer zählte. Siobhan ließ sich nicht lumpen und hatte wenig später nachgezogen.

Voller Angst und Schrecken kauerten die Zyklopen hinter der Mauer, als zwanzig, fünfzig, neunzig Reiter an ihnen vorbei ins Dorf einfielen, doch weil von denen keiner auf sie achtgab, wähnten sie sich bereits verschont, sprangen auf und wollten fliehen.

Ehe sie aber den Steinhaufen in der Mauerlücke erklimmen konnten, hatte sich ein Wall aus eriadoranischen Soldaten vor ihnen aufgerichtet.

In den Straßen von Pipery brach Panik aus. Einzelne Zyklopen versuchten Gruppen zu bilden, um sich besser schützen zu können vor den Reitern, die allenthalben umhersprengten. Doch kaum hatte sich ein kleiner Haufen zusammengerottet, so war er bald wieder um die Hälfte verringert. Trotzdem konnte sich an manchen Stellen Widerstand formieren, vor allem im Norden der Ortschaft, wohin sich Luthien und Siobhan mit rund fünfzig Reitern eilends auf den Weg machten.

In die Zange genommen, war die Verteidigung bald aufgerieben. Die Zyklopen hatten nur noch die Flucht im Sinn, kamen aber nicht weit. Einer nach dem anderen wurde niedergemacht.

Es war Luthien persönlich, der am Ende das Nordtor öffnete, wo König Bellick dan Burso wartete. Der nahm die ausgestreckte Hand des jungen Bedwyr entgegen und ließ sich auf den Pferderücken helfen. Gemeinsam trabten sie durchs Dorf. Die einzelnen Kämpfe waren längst entschieden. Es ging jetzt nur noch darum, entwischte Zyklopen einzufangen.

»War das etwa alles an Verteidigung?« fragte der Zwerg mit Blick auf die Reihe der Gefallen. Luthien stellte erleichtert fest, daß es sich in der überwiegenden Mehrheit um Zyklopen handelte. »Und überhaupt, wo sind eigentlich die ganzen Dorfbewohner?«

Die Antwort darauf glaubte Luthien zu kennen. Er ließ seine Reiter Aufstellung nehmen und zog mit ihnen über die Dorfstraße nach Süden, bis zu jener Abzweigung, an der die Kapelle stand.

Als sie das Gebäude umstellt und die Pferde zur Ruhe gebracht hatten, hörten sie leisen Gesang aus dem Innern tönen.

Bellick sprang vom Pferd, brachte seine Zwerge und die Eriadoraner in Position und ließ die gefangenen Dörfler herbeischaffen. Derweil ritt Luthien um die Kapelle herum und beruhigte seine kampfhungrigen Gefährten. An der Straßenabzweigung traf er wieder mit Bellick zusammen. Der war nicht überrascht zu erfahren, was der junge Bedwyr plante.

»Bislang ist alles so gelaufen, wie von dir vorausgesagt«, gab der Zwergenkönig neidlos zu.

Luthien rutschte aus dem Sattel und reichte die Zügel einem Soldaten, der in der Nähe stand, klopfte den Staub aus seinen Kleidern und ging auf das Portal der Kapelle zu.

Er zögerte keinen Augenblick, trat ein, ohne vorher anzuklopfen, und sah mehrere hundert Augenpaare auf sich gerichtet, Gesichter, in denen eine verwirrende Vielzahl von Empfindungen zum Ausdruck kam. Luthien schaute sich im Gemeindesaal um und sah schließlich Solomon Keyes auf der Kanzel stehen.

»Ich darf euch sagen: Pipery ist frei«, verkündete Luthien.

Vom Rande einer Bank sprang eine Frau auf und stürmte schreiend auf Luthien zu, wurde aber von mehreren Händen abgefangen und zurückgehalten.

»Viele hatten Angehörige da draußen«, erläuterte Keyes.

Luthien warf einen Blick über die Schulter und nickte in Richtung Tür, durch die nun die gefangenen Menschen eintraten.

»Da sind noch andere«, sagte Luthien. »Wir sind dabei, sie auszusortieren.«

»Wie wollt ihr sie bestrafen?« fragte Keyes.

»Überhaupt nicht«, entgegnete Luthien prompt. »Sie haben in gutem Glauben gehandelt, ihre Häuser und Familien zu verteidigen versucht.« Er wartete, bis es wieder ruhig wurde. »Wie gesagt, wir sind eure Feinde nicht.«

Alle Blicke richteten sich nun auf Keyes, der zustimmend mit dem Kopf nickte.

»Pipery ist frei«, wiederholte Luthien. »Der Krieg zieht vorbei und soll euch nicht schaden. Haltet eure Tore offen und behindert nicht die Truppen, die uns folgen.«

Wieder wurde Raunen laut, doch Luthien verschaffte sich mit energischer Stimme Gehör. »Wir fordern nichts von euch. Aber vielleicht gewährt ihr uns freiwillig Hilfe.«

»Diebe!« schimpfte ein Mann, der aufgesprungen war und zum Mittelgang drängte. »Diebe und Mörder!« Doch dann blieb er jählings stehen, als Bellick dan Burso zur Tür hereintrat und sich neben Luthien stellte. »Wir sind nicht eure Feinde«, versicherte auch der Zwerg, der, obwohl voller Blut und Staub, ein eindrucksvolles Bild abgab in seiner kunstvoll geschmiedeten Rüstung. Respektgebietend war sein strenger Blick, den er nun durch den Saal schweifen ließ. »Wir sind nicht eure Feinde, es sei denn, ihr macht uns zu Feinden«, fuhr er fort. »In diesem Falle könnt ihr sicher sein, daß Pipery geplündert und gebrandschatzt wird.«

Da war keiner unter den Anwesenden, der an seinen Worten zweifelte.

Bellick nahm nun einen Gurt von der Schulter, an dem zwei Lederbeutel befestigt waren. »Hier ist euer Geld«, sagte er und warf die Beutel dem verstummten Wüterich vor die Füße. »Wir haben's denen abgejagt, die euch beraubt haben und geflohen sind. Grünspatzens Zyklopen. Entscheidet nun: Wer ist Feind, und wer ist Freund?«

»Oder erspart euch die Entscheidung; verhaltet euch neutral«, warf Luthien ein. »Wir verlangen nichts, bitten euch nur, nicht noch einmal die Waffen gegen uns zu richten.«

»Wir werden uns jetzt um unsere Verwundeten kümmern«, erklärte Bellick, »und unsere Toten wegschaffen, damit sie nicht neben faulenden Zyklopen liegenbleiben. Danach setzen wir uns wieder in Marsch.«

Er und Luthien schickten sich an zu gehen, doch Keyes hielt sie zurück. »Ihr könnt die Verwundeten hierher in die Kapelle bringen«, bot er an. »Und ich will dafür sorgen, daß euren Toten wie denen von Pipery ein anständiges Begräbnis zuteil wird.«

Luthien wandte sich ihm zu, verriet Verwunderung.

»Sind mein Gott und der deine nicht ein und derselbe?« fragte Keyes.

Luthien nickte, rang sich ein Lächeln ab und ging.

24. KAPITEL

# Für Gerechtigkeit

Die vielen wütenden und argwöhnischen Blicke entgingen dem Zwergenkönig nicht, als er, von einer Leibwache begleitet, die engen Gassen der Ortschaft durchschritt. Er hatte auch nicht damit gerechnet, auf freundliches Entgegenkommen seitens der Besiegten zu stoßen. Denn nicht nur Zyklopen, sondern auch etliche Dörfler waren dem Einmarsch der Eriadoraner zum Opfer gefallen, und es gab kaum eine Familie, die nicht einen Toten zu beklagen hatte.

Unter solchen Vorzeichen war die von Luthien erhoffte Freundschaft kaum möglich.

Immerhin zogen manche Dorfbewohner vor dem ehrwürdigen Zwergenkönig den Hut; der eine oder andere zeigte sogar ein Lächeln. Und als Bellick wieder zur Kapelle zurückkehrte, sah er seine vorm Eingang stationierten Soldaten mit einer Handvoll Dorfbewohnern auf den Stufen sitzen. Sie aßen, tranken und schwatzten miteinander.

Bellick ließ sie gewähren. Wie erwartet, traf er Luthien im Innern der Kapelle an. Der junge Bedwyr hockte zwischen dem Gestühl und unterhielt sich leise mit einem Verwundeten.

»Brandon von Felling Downs«, stellte Luthien vor, als Bellick vor ihm stand.

Der Zwerg nickte und sah, daß der Mann einen Arm verloren hatte. Immerhin schien er gut versorgt zu sein und lag ruhig auf einer der Bänke, die nun als Krankenlager dienten.

Bellick schaute sich um. »Wer gehört zu uns und wer ist aus dem Dorf?« fragte er.

»Sie liegen alle durcheinander«, antwortete Luthien.

Der Zwerg krauste die Stirn. »Das hast du so eingerichtet, stimmt's?«

»In Zusammenarbeit mit Solomon Keyes«, erwiderte Luthien.

Schnaubend wandte sich Bellick ab. Drei Reihen weiter kam er an eine Bank mit vier Zwergen. Einer lag ausgestreckt darauf, die anderen drei hockten beieinander, würfelten und amüsierten sich, wie's schien. Sie grinsten übers ganze Gesicht, als Bellick vor ihnen stehenblieb. Einer stieß sogar den schnarchenden Kameraden an, um ihn zu wecken.

»Laß ihn nur schlafen«, sagte Bellick, und an alle gewandt: »Es geht noch heute weiter, aber nur mit denen, die gesund sind. Was ist mit euch?«

Alle drei standen beflissen auf, doch Bellick sah, daß keiner in der Lage war zu marschieren. »Bleibt«, sagte er. »Erholt euch und gebt acht auf die Versorgungszüge, die hier vorbeikommen. Ich will euch erst wieder sehen, wenn ihr vollkommen genesen seid.

Keinen Moment eher!« fügte er nachdrücklich hinzu, um Mißverständnissen vorzubeugen. Dann ging er weiter, inspizierte Lager um Lager, betete für die Schwerverwundeten, machte den anderen Mut. Als er seine Runde beendet und Luthien aufgefordert hatte, nicht länger zu säumen, kam ihm Solomon Keyes in der Tür entgegen.

Der junge Priester wischte die Hände an den Hosenbeinen ab und reichte sie dann dem Zwerg zum Gruße.

Bellick schlug ein und registrierte den Schmutz an den Fingern. »Ihr habt die Toten begraben«, stellte er fest. »Und die Zyklopen?«

»Die sind auf einem Scheiterhaufen verbrannt worden«, antwortete Keyes. »Aber auch um deren Seelen habe ich gebetet.«

Bellick kniff die buschigen Brauen zusammen.

»Ich habe gebetet, daß sie im Jenseits aus ihren Fehlern lernen mögen und Erlösung finden.«

»Sind Euch die Einaugen ans Herz gewachsen?«

»Nein, aber genausowenig verabscheue ich sie«, antwortete Keyes.

Luthien trat hinzu und sagte: »Ist manches denn nicht hassenswert?«

»Vielleicht fehlt mir die Fähigkeit zu hassen«, erwiderte der Geistliche.

Bellick erinnerte ihn daran, von der Gruppe um Allaberksis zusammengeschlagen worden zu sein, doch Keyes zuckte nur mit den Schultern.

Luthien war tief beeindruckt von der Großherzigkeit dieses Mannes, der nicht nur den Mut hatte, den Eriadoranern zu vertrauen, sondern auch Zyklopen gegenüber Nachsicht übte.

»Ihr marschiert noch heute weiter?« fragte Keyes den Zwergenkönig. »Eure Soldaten sind doch bestimmt müde vom Kampf, und außerdem geht schon bald die Sonne unter.«

»Zum Müdesein bleibt keine Zeit«, entgegnete Bellick. »Es liegt ein langer Weg vor uns, und jede Stunde, die wir vergeuden, kommt Grünspatz zugute, weil er sich dann weiter rüsten kann.«

»Also gut. Ich werde in zwanzig Minuten bereit sein«, sagte Keyes. Beide, Luthien und Bellick, sahen ihn mit großen Augen an.

»Ihr werdet auf dem Marsch nach Warchester an vielen Dörfern vorbeikommen«, erklärte der Geistliche, »Ortschaften, in denen Verwandte von uns leben. Wir wollen nicht, daß denen Leid zustößt.«

»Ich dachte, Ihr helft hier, die Verwundeten zu pflegen«, meinte Luthien.

»Das können auch andere«, antwortete Keyes. »Ich und ein paar Freunde werden König Bellick begleiten.« Er schaute in Richtung Süden. »Dort kann ich mehr Leben retten als hier.«

Bellick überlegte kurz und zeigte sich dann einverstanden. Wenn sich mit Keyes' Hilfe in den anderen Dörfern der Widerstand verringern ließe, könnten sie Warchester sehr viel schneller erreichen.

Der junge Bedwyr war mehr als zufrieden, denn er wußte, daß die Mittelsmänner um Keyes nicht nur taktische, sondern auch moralische Vorteile mit sich brächten. Die Zahl der Opfer könnte dadurch auf beiden Seiten erheblich reduziert werden.

Aber Zweifel blieben nicht aus. Wie groß war der Einfluß des Geistlichen außerhalb von Pipery? Und egal, wie schnell der Marsch nach Süden vonstatten ging, vor den Toren der überaus wehrhaften Stadt Warchester würde er allemal ins Stocken geraten.

Und wo, fragte sich Luthien, war bloß Brind'Amour?

Obwohl sie sich total verausgabt hatte, fand Deanna Wellworth in dieser Nacht keinen Schlaf mehr. Sie saß auf dem hohen Felsplateau am Feuer, das Brind'Amour mit magischen Mitteln wieder entfacht hatte, wiegte Mystigals Kopf in ihrem Schoß und beobachtete Brind'Amour, dem allmählich die Augen zugingen.

Was hatte sie da nur begonnen? Der ins Rollen gebrachte Stein ließ sich nun nicht mehr aufhalten. Selbst wenn sie Brind'Amour noch in dieser Nacht töten würde – und dieser Gedanke kam ihr zum wiederholten Male –, wäre nicht zu verhindern, daß Grünspatz von der Verschwörung gegen ihn Kenntnis bekäme. Wegen ihrer gab es nun drei Hexer-Herzöge weniger; einer war tot, die beiden anderen, nämlich Mystigal und Resmore, mit ihrer Macht am Ende.

Im Grunde waren die Ereignisse dieser Nacht die konsequente Fortsetzung dessen, was sie eingeleitet hatte, nämlich, daß sie Taknapotin in den Bergen des Eisernen Kreuzes gegen Resmore angesetzt hatte. Wenn er es nicht schon längst getan hatte, würde Grünspatz sehr bald Kontakt mit dem verbannten Dämon aufnehmen und die Wahrheit über Deanna Wellworth und Ashannon McLenny in Erfahrung bringen. Nein, es ließ sich nichts mehr rückgängig machen. Deanna hatte alles auf eine Karte gesetzt. Jetzt galt es, Mut zu bewahren.

Der alte Zauberer erwachte, als die ersten Sonnenstrahlen auf sein Gesicht fielen.

»Ich glaube, er überlebt«, sagte Deanna und deutete auf Mystigal, der immer noch bewußtlos neben ihr lag.

»Aber seine Zauberkraft ist hin«, entgegnete Brind'-Amour und gähnte. »Das magische Band in ihm ist zerrissen.«

»So wie bei Herzog Resmore?«

Schmunzelnd staunte Brind'Amour über Deannas Scharfsinn. Doch schnell wurde seine Miene wieder ernst, als ihm bewußt wurde, in welcher Gefahr sie schwebten. »Wo ist der Herzog von Eornfast?« fragte er frei heraus.

»Er hat hier nichts mehr zu schaffen gehabt und ist gegangen«, antwortete Deanna.

Brind'Amour ahnte: Mit dem, was aus ihrem Munde fast beiläufig klang, hatte es seine besondere Bewandtnis. Ashannons distanziertes, unterkühltes Verhalten legte den Verdacht nahe, daß er mit Deannas Machenschaften nicht so ganz einverstanden war. Wieso aber hatte er sich von ihr einspannen lassen? Weil ihm keine andere Wahl geblieben war? Oder kochte er heimlich sein eigenes Süppchen?

Dem alten Zauberer standen die Sorgen deutlich ins Gesicht geschrieben.

»Ihr könnt ihm getrost vertrauen«, sagte Deanna. »Er hat zwar so seine Tücken, ist aber sehr verläßlich, besonders in seiner Ablehnung all jener, die ihre Macht auf sein geliebtes Baranduine auszuweiten versuchen, sei es Grünspatz oder Brind'Amour.«

»Das war nie mein Begehr«, entgegnete er.

»Aber was ist, wenn Ihr den Krieg gewinnt?«

Brind'Amour mußte an sich halten. »Ich trachte nicht danach, über Avon zu herrschen«, antwortete er ruhig. »Das hat in Eriador noch niemand getan, nicht einmal Bruce MacDonald, obwohl sich ihm die Avonesen in ihrer Not damals freiwillig unterworfen hätten. Und den Nachbarn von Baranduine war er stets in Freundschaft zugetan.«

»Das tut jetzt nichts zur Sache«, erwiderte Deanna. »Von Bedeutung ist, was Ashannon glaubt.«

»Und was glaubt er?«

Deanna zuckte mit den Achseln. »Er ist ein Freund seit vielen Jahren, und es war uns ein gemeinsames Anliegen, daß er seinen und ich meinen Dämon in die Hölle zurückschickte.«

»Aber ist er nicht auch an einer Schwächung Grünspatzens interessiert? Je mehr der König von Avon in diesem Krieg verliert, desto leichter wird es für Baranduine sein, sich seinem Zugriff zu entziehen.«

Wieder zuckte Deanna mit den Schultern. »Wir werden früh genug darauf die Antwort wissen«, sagte sie. »So, nun muß ich nach Mannington zurück und Grünspatz Bericht erstatten.«

Brind'Amour richtete den Blick auf Mystigal und fragte sich, was Deanna wohl mit dem ausgedienten Hexer zu tun gedachte.

»Es wäre mir lieb, wenn Ihr mich begleitet«, sagte sie.

Brind'Amour machte aus seiner Verblüffung kein Hehl.

»Wir haben noch einiges miteinander zu bereden«, erklärte die Herzogin.

»Und zu planen für die Zeit nach Grünspatz?«

Deanna kicherte. »Es ist noch viel zu tun, bevor wir darauf hoffen können. Fürs erste sollten wir uns näher kennenlernen und Vertrauen zueinander fassen.«

Damit war Brind'Amour vollauf einverstanden. Noch stand zu befürchten, daß er in einen raffinierten Komplott mit hineingezogen worden war, ausgeheckt von

Verschwörern, denen das Schicksal Eriadors völlig einerlei war. Langsam schwenkte sein Blick über das Panorama aus hoch aufragenden Bergen, und er dachte an Luthien und Bellick. Was hatten die beiden in der Zwischenzeit erreicht? War Pipery gefallen?

Er stand auf, reckte die steifen Glieder und machte sich mitsamt Deanna mit vereinten Kräften daran, einen magischen Tunnel nach Süden zu öffnen.

Bald darauf lag Mystigal auf einem bequemen Bett in der herzöglichen Residenz von Mannington, während Deanna dem alten Zauberer den lebendigen Beweis dafür vorlegte, daß sie sich gegen Grünspatz gewandt hatte.

Selna zeigte sich überrascht, die Herrin in Begleitung eines fremden, weißbärtigen Mannes zu sehen. Und als dieser ihr als König von Eriador vorgestellt wurde, klappte ihr vollends die Kinnlade herunter.

»Seit über zwanzig Jahren heißt es: Grünspatz ist der Retter Avons«, sagte Deanna mit Blick auf Brind'-Amour.

»Ich bitte Euch, Mylady …«, flehte Selna, doch Deannas Miene ließ sie innehalten. Von ihr war kein Mitleid zu erwarten.

»Sag dem König Brind'Amour die Wahrheit, meine Liebe«, sagte Deanna drohungsvoll. »Sonst werde ich dich wie unlängst erneut zum Reden bringen müssen.«

Brind'Amour sah, wie die ältere Frau kreidebleich wurde. Er legte Deanna eine Hand auf die Schulter und sagte: »Ach bitte, verratet mir doch: Was habt Ihr Eurer Zofe getan, daß sie so ängstlich ist?«

»Ihr ein Geständnis abgerungen.«

»Mit magischen Mitteln etwa?« fragte Brind'Amour und dachte an seine Sonderbehandlung, die er Herzog Resmore hatte zuteil werden lassen. »Das ist nicht fein.«

»Zugegeben«, antwortete Deanna, ohne ihre Zofe aus den Augen zu lassen. »Aber ich würde es, wenn nötig, immer wieder tun.«

Selna zitterte am ganzen Leib. »Grünspatz war's!« platzte es da aus ihr heraus. »Er hat sie umgebracht, alle. Oh, es war schrecklich. Warum zwingt Ihr mich, an diese entsetzliche Nacht zurückzudenken?«

»Grünspatz hat meine gesamte Familie getötet«, erklärte Deanna in auffallend sachlicher Tonlage.

»Mit einer Ausnahme«, warf Brind'Amour ein.

»Mich ließ er leben, weil er fürchten mußte, als König nicht anerkannt zu werden«, berichtete Deanna und forderte Selna mit Blicken auf, ihr Geständnis weiterzuführen.

»Sie war zwar noch ein Kind, doch Grünspatz hatte vor, sie nötigenfalls auf den Thron zu setzen«, sagte die Zofe kleinlaut und senkte den Blick. »Er hätte sie natürlich nur nach seiner Pfeife tanzen lassen und vielleicht später geheiratet.«

Es konnte Brind'Amour kaum überraschen, zu erfahren, auf welch heimtückische Art und Weise Grünspatz die Macht über Avon an sich gerissen hatte. Erneut dachte der alte Zauberer zurück an den Beschluß der Bruderschaftler, auseinander und in den verdienten Ruhestand zu gehen.

»Aber dazu ist es nicht gekommen«, fügte Deanna hinzu. »Denn die Avonesen waren von Grünspatz begeistert und drängten ihn geradezu, sich die Krone aufzusetzen.«

»Warum durfte Deanna weiterleben?« Brind'Amour richtete die Frage an Selna, denn er spürte, daß es in der Beziehung zwischen beiden Frauen etwas gab, das Deanna in ihrer Wut womöglich nicht zur Kenntnis nahm.

Die Herzogin antwortete: »Ashannon McLenny von Eornfast. Er hat Gefallen an mir gefunden, trat deshalb freiwillig dem Hofe Grünspatzens als Herzog bei und ließ sich einen Dämon zur Seite stellen – so wie jeder Hexer-Herzog, abgesehen von Cresis dem Zyklopen, der zu dumm ist, um mit Höllenwesen umgehen zu können. Ashannon aber ist von Natur aus zum Zaubern begabt. Und er war ein Freund meines Vaters. Mit Grünspatz Umgang pflegen zu müssen, paßte ihm gar nicht, erst recht nicht, als er erfahren mußte, daß der auch König über Baranduine werden wollte.«

Eins paßte zum anderen. Für Brind'Amour erklärte sich einiges: Ashannons kühle Zurückhaltung, Deannas Wut und noch etwas, nämlich das Mitwirken einer Mitspielerin, die Deanna bislang übersehen hatte.

»Und durch wen hatte Ashannon McLenny von der bevorstehenden Invasion erfahren?« wollte der Zauberer wissen.

Deanna zuckte mit den Schultern und sperrte verwundert die Augen auf, als Selna sagte: »Durch mich.«

Die Zofe rang die Hände. »Ich habe mein geliebtes Avon verraten«, gab sie zu. »Es blieb mir keine andere Wahl, Mylady. Ich mußte doch fürchten, daß Grünspatz Euch ein Leid antut.«

Brind'Amour kicherte in sich hinein. »Fürwahr, das stand zu fürchten.«

Deanna lächelte. Nur Selna ließ sich nicht erheitern, wofür Brind'Amour nun vollstes Verständnis hatte: Die Zofe war hin- und hergerissen. Sie hatte Grünspatz an Ashannon verraten und würde nun, wenn sich ihr denn eine Gelegenheit böte, sogar Deanna an Grünspatz verraten. So sehr lag ihr am Herzen, daß alles hübsch ordentlich und friedlich zuging. Selna war eine Närrin, ein naives Ding, aber mit Gemüt.

Brind'Amour musterte die beiden Frauen und vermutete, daß die Zofe ihre Herrin in Grünspatzens Auftrag schon seit einiger Zeit bespitzelte und daß sich Deanna darüber im klaren und daher entsprechend auf der Hut war.

»Laßt ihr gegenüber Milde walten«, riet Brind'Amour, als Deanna die Tür zur Kammer der Zofe von außen verriegelte und mit einem Zauber belegte, der verhindern sollte, daß sich andere Hexer an Selna heranmachten.

»Wenn alles überstanden ist, kann sie tun und lassen, was sie will«, entgegnete Deanna. »Allerdings nicht mehr unter meinem Dach.«

»Von Grünspatzens Hexerfreunden sind jetzt nur noch zwei übriggeblieben«, sagte Brind'Amour und fügte sichtlich zufrieden hinzu: »Der – genauer: die – eine steht auf meiner Seite, und der andere wird sich hoffentlich neutral verhalten.«

»Auf Eurer Seite?« hakte die Herzogin nach. »Davon habe ich kein Wort gesagt.«

»Aber zumindest seid Ihr gegen Grünspatz«, erwiderte Brind'Amour.

»Ich bin die rechtmäßige Königin von Avon«, erklärte Deanna. »Dann ist es doch wohl klar, daß ich denjenigen bekämpfe, der meinen Anspruch streitig macht.«

Brind'Amour nickte und fuhr mit den Fingern durch seinen langen Bart. Er versuchte zu ermessen, wie nützlich und wertvoll Deanna Wellworth für ihn war.

»Und wenn ich Euch einen Rat gegen darf«, fügte sie hinzu. »Glaubt nicht, daß sich das magische Kräfteverhältnis entscheidend verändert hat. Mystigal, Resmore und Theredon waren kleine Fische, die aus eigener Kraft nur wenig zustande brachten. Und was mich und Ashannon betrifft; auch wir sind jetzt, da wir unsere Dämonen verbannt haben, nicht mehr zu allzu großen Zaubereien in der Lage.«

Brind'Amour dachte an die blau schimmernde Kuppel, die Deanna über das Felsplateau gespannt hatte, und fand, daß sie nun ein wenig zu bescheiden war. Aber er behielt diesen Gedanken für sich. »Trotzdem«, sagte er. »Es wäre mir lieber, allein gegen Grünspatz anzutreten und nicht auch noch gegen andere Hexer.«

»Unsere Macht verdankten wir fast ausschließlich unseren persönlichen Dämonen«, erklärte Deanna. »Durch eine noch engere Vereinigung hätten wir sogar unsere Lebensfrist um viele, viele Jahre verlängern können.«

»Was Grünspatz ganz offensichtlich gelungen ist«, stellte Brind'Amour fest. Er selbst lebte nur deshalb noch, weil er über viele Jahrzehnte in magischer Starre verharrt hatte. Grünspatz hingegen war die ganzen Jahre über aktiv geblieben. Unter normalen Umständen wäre er längst gestorben.

»Grünspatz und sein persönlicher Dämon stehen sich also sehr nahe«, ergänzte Brind'Amour. »Wahrscheinlich ist's einer, der in der Höllenhierarchie recht weit oben steht.«

»Das haben wir auch immer gedacht«, erwiderte Deanna mit finsterer Miene. »Aber nein, Grünspatzens persönlicher Anhang ist kein Dämcn, sondern ein Zauberwesen dieser Welt.«

Brind'Amour kratzte sich erneut den Bart. Daß er ihre Worte nicht verstand, war ihm deutlich anzusehen.

»Danach hat er gezielt gesucht und ist fündig geworden, draußen in den Salzsümpfen, vor Jahrhunderten schon«, führte Deanna aus. »Es ist ein Biest der höchsten Ordnung.«

Brind'Amour wurde es mulmig. Er wußte, welches Tier vor langer Zeit die Salzsümpfe beherrscht hatte, und war immer der Meinung gewesen, daß es von Mitgliedern der Bruderschaft gefangengehalten wurde, so wie er den Drachen Balthasar in einer tiefen Berggrotte gefangenhielt.

»Ein Drache«, sagte er, und alle Farbe war ihm aus dem Gesicht gewichen.

Deanna nickte. »Und jetzt sind Grünspatz und der Drache eins.«

»Zyklopen«, murmelte Luthien, als er auf den Feldern dahingeschlachtete Pferde erblickte. In der Ferne brannte ein Gehöft, und schwarzer Rauch stieg empor.

Luthien führte Flußtänzer beim Zügel. Er tätschelte seinen Hengst, um ihn über den Anblick der bedauernswerten Artgenossen hinwegzutrösten.

»Es könnte sein, daß sie uns damit einen Gefallen tun«, meinte Shuglin.

»Die Leute aus dem Dunkerytal waren ohnehin noch nie gut auf die Einaugen zu sprechen gewesen«, sagte Keyes. »Wir haben uns nur deshalb mit ihnen abgefunden, weil uns keine andere Wahl blieb.«

»Mir scheint, Euch geht's in der Hinsicht nicht anders als den meisten Bewohnern von Avonsee«, befand Luthien.

Bald darauf kamen ihnen zwei Reiter entgegen. Es waren Siobhan mit einem Mitglied der Schröpfer. Unmittelbar vor Luthien und Bellick brachten sie ihre Pferde zum Stehen.

»Vier Meilen weiter liegt ein Dorf«, meldete Siobhan. »Es ist Pipery ganz ähnlich.«

»Alanshire«, sagte Keyes.

»Wie stark sind seine Mauern?« wollte der Zwerg von Siobhan wissen, doch die Antwort kam wiederum von Keyes.

»Wehrmauern gibt's nicht«, sagte er. »Im Zentrum stehen die Gebäude so dicht beieinander, daß es den Bewohnern ein leichtes ist, sie mit Balken und Steinen schnell in eine feste Burg zu verwandeln.«

Zur Bestätigung nickte Siobhan mit dem Kopf.

»Und mit welcher Anzahl von Soldaten ist zu rechnen?« fragte Bellick.

»Das könnte ich herausfinden«, antwortete Keyes. Mit einem Blick über die Schulter deutete er auf sein Gefolge aus Pipery und sagte: »Laßt uns vorausreiten.«

Der Zwergenkönig ließ sich anmerken, daß er diesem Angebot nicht traute.

»Besser ich gehe, und zwar sobald es dunkel wird«, sagte Luthien.

»Dann werde ich schon zur Stelle sein und über Alanshire ausführlich Auskunft geben können«, versprach der Geistliche aus Pipery.

»Womöglich wirft man Euch Verrat vor«, meinte Bellick hintersinnig.

Keyes schaute ihm in die Augen, ohne mit der Wimper zu zucken. »Mir geht's einzig und allein darum, daß möglichst wenigen Unheil widerfährt.«

Die Gruppe aus Pipery – vier Männer und eine Frau – machte sich auf den Weg. Bellick und die anderen gingen währenddessen daran, die Reihen zu organisieren, um das Dorf umstellen zu können. Der Zwergenkönig hätte gern noch am selbigen Tag zugeschlagen, doch seit Pipery beugte er sich dem Urteil Luthiens.

Als es dämmerte, ritt Luthien los. Auf Drängen Bellicks nahm er Shuglin mit, der hilfreich würde sein können, falls Keyes ihm eine Falle stellen wollte. Der Zwergenkönig gab offen zu, daß er dem Geistlichen nicht so recht traute.

Bald hatten die beiden die Ortschaft erreicht, und es dauerte nicht lange, bis sie mit Keyes zusammentrafen. Der wurde von einem vornehmen, älteren Herrn begleitet, einem Händler alter Schule, wie's schien.

»Alan O'Dunkery«, stellte Keyes vor. »Bürgermeister von Alanshire.«

»Alan ist der Name meiner Familie«, erklärte der Mann höflich und beantwortete damit die Frage, die Luthien und Shuglin auf der Zunge lag.

»Im übrigen werden hier alle erstgeborenen Söhne so gerufen«, fügte Keyes hinzu.

Der junge Bedwyr registrierte sehr wohl den respektvollen Ton des Geistlichen. Die Stadt trug den Namen der Familie Alan. Möglich war sogar, daß das Flußtal nach den O'Dunkerys benannt wurde und nicht umgekehrt. Ein bedeutender Mann also, dachte Luthien. Daß Keyes ihn hatte überreden können, mit ihm, Luthien, zusammenzutreffen, gab ihm Anlaß zur Hoffnung.

»Bruder Keyes hat hoch und heilig versprochen, daß unser Ort verschont bleibt und daß keiner unserer Männer getötet oder zum Waffendienst gezwungen wird«, sagte Alan O'Dunkery, alles andere als kleinlaut.

»Wer sich uns nicht widersetzt, hat auch nichts zu befürchten«, versicherte Luthien.

»Ausgenommen die Zyklopen«, brummte Shuglin, der sich auch von Luthiens strengem Blick den Mund nicht verbieten ließ. »Wir lassen keine Zyklopen lebend hinter uns zurück.«

»Das braucht Ihr auch wohl nicht«, entgegnete der Bürgermeister. »Es sind fast alle in den Süden geflohen.«

»Und sie haben einen Großteil der Lebensmittelvorräte von Alanshire mit sich genommen«, hob Keyes hervor und erinnerte Shuglin daran, daß sie potentielle Verbündete waren und Leute, die nicht kämpften.

»Wie viele Zyklopen sind denn geblieben?« fragte Luthien geradeheraus, um Alan O'Dunkery auf den Zahn zu fühlen. Er verlangte von ihm eine Information, die den Eriadoranern helfen konnte. »Und das sage ich gleich: Falls sich die Einaugen uns zu widersetzen versuchen, sind alle Bewohner der Ortschaft gut beraten, Abstand zu halten. Denn im Kampfgetümmel unterscheiden unsere Soldaten nicht zwischen Zyklop oder Mensch.«

Alan schüttelte den Kopf, noch ehe Luthien geendet hatte. »Alle hiergebliebenen Zyklopen befinden sich in diesem Haus dort drüben«, sagte er und zeigte auf ein großes, würfelförmiges Gebäude im südöstlichen Winkel des inneren Dorfes. »Wir werden sie auf keinen Fall rauslassen.«

Shuglin konnte kaum glauben, was er da hörte.

Am folgenden Tag marschierte das Heer aus Eriador in Alanshire ein. Jubel wollte nicht aufkommen; zu viel hatten die Dörfler bereits an die geflohenen Zyklopen verloren. Bellick ließ das Haus umstellen, in dem sich die restlichen Einaugen verschanzt hatten, und machte ihnen ein Angebot: Er würde ihre Kapitulation annehmen.

Doch die Zyklopen antworteten nur mit Gewalt, schleuderten Speere und wüste Flüche aus allen Fenstern. Schließlich erlaubte der Bürgermeister den elfischen Schützen, das Gebäude in Brand zu schießen, und von den in heilloser Panik herausstürmenden Einaugen wurde eines nach dem anderen niedergemacht.

Noch am selben Tag trafen Alan O'Dunkery und Solomon Keyes mit Luthien, Siobhan und König Bellick zusammen, um sich gemeinsam Gedanken zu machen, wie der nächste Ort im Süden, dem eine einflußreiche Frau vorstand, erobert werden konnte.

Für die im Norden des Landes ansässigen Avonesen kam es in erster Linie darauf an, den Einmarsch der Eriadoraner möglichst glimpflich zu überstehen. Daß Grünspatz darauf verzichtet hatte, eigene Truppen in den Norden zu schicken, war ein großer Fehler gewesen, wie Luthien empfand. Das Volk fühlte sich von ihm verraten und verkauft.

Der Marsch auf Warchester stieß so kaum auf Widerstand.

»Mystigal *und* Theredon?« wütete Grünspatz. »Beide tot?«

»Tja, dieser alte Brind'Amour war beileibe nicht von Pappe«, antwortete Deanna Wellworth.

Der dürre, geckenhaft herausgeputzte König sprang auf seinen Thron zurück und kratzte mit den Fingernägeln über die haarlosen Wangen. »Bist du sicher, daß er erledigt ist?«

»Nicht sicher. Es ist durchaus möglich, daß er mit seinem Geist davonkommen konnte. Aber sein Körper ist zu Asche verbrannt. Was diese alten Hexer alles vermögen, weiß ich nicht. Aber ich habe genug von Brind'Amour gesehen, um großen Respekt vor ihm zu haben. Aber seid getrost, mein König. Ich bin sicher, daß wir so bald nichts von ihm hören werden. Die Armee von Eriador ist ohne Führung.«

Statt sich jedoch über diese Nachricht zu freuen, verfinsterte sich Grünspatzens Blick. Brind'Amour, der hinter dem Wandteppich stand, duckte sich unwillkürlich, aus Angst, daß ihn der avonsche König womöglich würde entdecken können, obwohl er sich unsichtbar gemacht hatte. Nervös war auch Deanna; das merkte ihr der alte Zauberer an, allein schon daran, daß sie zur Vorbereitung auf das Gespräch mit Grünspatz unendlich viel Zeit vor dem Spiegel verbracht hatte. Als sie dann schließlich die Zauberformel sprach, um die Verbindung herzustellen, zitterte ihre Stimme so sehr, daß sie den Anruf mehrmals wiederholen mußte.

»Ich könnte Resmore zu erreichen und zu befreien versuchen«, sagte Deanna, um den König abzulenken und eventuellen bohrenden Fragen zuvorzukommen.

Aber es half nichts. »Wo ist Ashannon McLenny?« wollte Grünspatz wissen.

»Zurück in Baranduine, um sich gegen die Flotte aus Eriador zu wappnen«, antwortete Deanna.

Grünspatzens dunkle Augen funkelten und ließen erkennen, daß er dieser Behauptung auf den Grund gehen würde.

»Durch die Dörfer im Norden ziehen Zwerge und Menschen aus Eriador«, berichtete sie wahrheitsgemäß, zumal sie davon ausgehen konnte, daß der König davon schon Kenntnis hatte. »Es scheint, sie zielen auf Warchester. Ich werde mich persönlich dorthin begeben und Theredon vertreten.«

»Kann ich mit Unterstützung aus Carlisle rechnen?« fragte sie. »Mit Cresis und seinen Gardisten?«

Grünspatz schnaubte. »Hast du noch nicht davon gehört? Da kommt ein zweites Heer, und zwar im Osten anmarschiert. Es hat Princetown bereits hinter sich gelassen und nähert sich dem Deverwald.«

Hinter dem Wandteppich atmete Brind'Amour unmerklich erleichtert auf.

»Um mit denen fertig zu werden, brauche ich Carlisles Garnison«, ergänzte Grünspatz. »Die Streitkräfte von Warchester werden in Verbindung mit deinen Soldaten wohl ausreichen, um kleinzukriegen, was über die Berge nach Süden zieht.

Ich werde mich vor dem in acht nehmen, was aus dem Süden über den Fluß nach Carlisle kommt«, fuhr er fort. »Die Flotte im Westen wird in der Straße von Mann erwartet und zerstört werden. Über die mache ich mir keine Gedanken. Gefährlich aber könnte der Verband werden, der zur Zeit an den Fünf Wächtern vorbei nach Süden segelt.«

»Und wir haben keine Schiffe übrig, die wir denen entgegenschicken könnten?« wagte Deanna zu fragen, und es gelang ihr tatsächlich, nicht die geringste Spur von Hoffnung in ihrer Stimme durchklingen zu lassen.

Grünspatz grinste. »Ich habe noch dreimal so viele Schiffe in der Hinterhand«, sagte er. »Bemannt mit den besten Seeleuten, die's gibt. Trotzdem gilt es, auf der Hut zu sein, denn es könnte ja sein, daß das eine oder andere Rebellenschiff an meinen Galeonen vorbeikommt. Mit anderen Worten: Du, meine Liebe, bist auf dich allein gestellt.« Er machte deutlich, daß sich die Unterredung für ihn dem Ende näherte. »Wirf den Feind zurück! Oder besser noch, vernichte ihn. Es wäre gut, wenn's keine Verteidiger mehr gibt, sobald wir im Triumph nach Montfort zurückkehren.«

Grünspatz winkte mit den Händen, worauf sich sein Spiegelbild eintrübte und auflöste. Dann klarte das Glas wieder auf, und Deanna sah sich selbst im Spiegel.

»So weit, so gut«, sagte Brind'Amour hoffnungsfroh und trat hinter dem Wandteppich zum Vorschein.

Deanna schüttelte den Kopf. »Er wird Taknapotin, meinen ehemaligen Dämon, ausfindig machen«, klagte sie. »Oder aber er wird Kontakt mit den Dämonen von Mystigal und Theredon aufnehmen. Ich fürchte, wir können ihm die Wahrheit nicht mehr lange verhehlen.«

Brind'Amour nickte und legte ihr eine tröstende

Hand auf die Schulter. »Lange genug«, sagte er. »Ihr habt Eure Sache großartig gemacht, Herzogin, es geschickt verstanden, seine Neugier zu stillen und seinen Argwohn abzufangen. Ehe er erfährt, daß ich noch lebe und daß er ohne Hexer-Helfer dasteht, wird's für ihn zu spät sein.«

»Auch dann, wenn er noch heute nacht die Wahrheit erfährt?« fragte Deanna.

Darauf wußte Brind'Amour keine Antwort. Das von Bellick und Luthien angeführte Heer näherte sich der Provinzhauptstadt Warchester und die Westmeerflotte hatte die Straße von Mann fast erreicht. Aus dem Hafen von Mannington waren bereits viele Kriegsschiffe ausgelaufen. Sie jetzt noch zurückzurufen, würde so viel Wirbel machen, daß Grünspatz Wind davon bekäme. Selbst wenn er jetzt die Wahrheit erführe, selbst wenn sich ganz Avon und hundert Drachen gegen die Eindringlinge aus Eridaor erhöben – es gab kein Zurück mehr.

25. KAPITEL

# *Die Straße von Mann*

Das kleine, unansehnliche Pony hatte sichtlich Mühe, auf dem schwankenden Deck das Gleichgewicht zu finden, und trappelte hin und her. Dem Halbling aber, der auf Schäbigs Rücken saß, schien die rauhe See überhaupt nichts auszumachen. Seine Wangen glühten und die Augen strahlten; er war wie ausgewechselt gegenüber seiner letzten Seefahrt, bei der er ständig über der Reling gehangen hatte.

»Mein Pferdchen liebt die Seefahrt«, scherzte er.

Katerin aber konnte nur mit dem Kopf schütteln. Für Albereien hatte sie keine Zeit, denn die *Dozier's Dream* und die vierzig anderen Schiffe im Geleit näherten sich der engsten Stelle in der Straße von Mann. Weniger als zwanzig Meilen im Westen lag die Festung von Eornfast, und die Steilküste vor Mannington auf der anderen Seite des dunklen Wassers war zum Greifen nah.

Schon war das Führungsschiff vom avonschen Ufer aus entdeckt worden. Brennende Pechballen schwirrten durch die Luft und brachten das Wasser zum Kochen. Die hinteren Schiffe drehten bei, und auf denjenigen Schiffen, die nicht mehr fliehen konnten, wurden die Segel gestrichen.

»Katerin, komm her!« rief Phelpsi Dozier, der am Steuerrad stand.

Katerin eilte zu dem alten, verwitterten Seemann und Eigner des Schiffes. Als ältestem Mariner von Port Charley war ihm die Ehre des Flottillenkommandos zuerkannt worden, aber Phelpsi war weise genug, seine Möglichkeiten richtig einzuschätzen. »Übernimm du das Rad!« befahl er. Dann schaute er über Katerin hinweg und schüttelte bei Olivers Anblick den Kopf. »Willst du gefälligst von diesem blöden Pony da runtersteigen!« brüllte er dem Halbling zu.

»Pferd!« korrigierte Oliver, und als sich Schäbig in Reaktion auf Phelpsis Beleidigung scheinbar empört aufbäumte, fügte er hinzu: »Mein Pferd ist nicht blöd.«

Wie fast alle anderen Schiffe steuerte die *Dozier's Dream* vom Ufer weg, und erst jetzt öffnete sich der Blick auf den gegnerischen Flottenverband, der bislang von einer weit in den Kanal hinausreichenden Felsschanze verborgen gewesen war. Vierzig bis fünfzig Kriegsgaleonen lagen da in Bereitschaft, und gewiß waren alle mit erfahrenen Matrosen bemannt. Auch die Leute um Katerin waren tüchtig, aber noch niemand hatte schon einmal gegen Schiffe von solcher Größe gekämpft.

Doch die Eriadoraner waren entschlossen, ihren Mangel an Erfahrung durch Eifer und Mut wettzumachen. Katerin sah die avonschen Schiffe herbeisegeln. Ein flammendes Geschoß traf das Flaggschiff der eigenen Flotte und gleich darauf noch eines. Dessen Besatzung hatte nun alle Hände voll zu tun, die Feuer zu löschen.

Katerin verlangte mehr Segel und nach voller Fahrt voraus.

Von seinem ungewöhnlich hohen Aussichtspunkt aus konnte Oliver erkennen, was Katerin vorhatte, was ihm wie ein wahrlich riskantes Manöver erschien. »Wie kommt's eigentlich, daß ich mir immer die Verrücktesten zu Freunden wähle?« lamentierte er.

»Und das sagt ausgerechnet einer, der mitten auf hoher See im Sattel eines Ponys hockt«, entgegnete Katerin.

»Pferd.«

»Bleib ruhig drauf sitzen, wenn du meinst, daß du so

einen besseren Eindruck machst«, schimpfte sie. »Aber bitte sorg dafür, daß die Schützen hinten in Stellung gehen. Aber sie sollen ihre Pfeile stecken lassen, bis wir nahe genug dran sind, um entern zu können. Das gleiche gilt für die Mannschaft am Katapult.«

Der Halbling nickte, schien aber trotzdem nicht alles verstanden zu haben.

»Auf die linke Seite«, erklärte Katerin.

»Das weiß ich selbst«, blaffte Oliver und ritt auf Schäbig – klipp, klapp – über die Planken.

Das Führungsschiff lieferte sich mit zwei avonesischen Galeonen ein heftiges Artilleriegefecht. Alle drei hatten sämtliche Segel gestrichen, um den brennenden Geschossen möglichst wenig Angriffsfläche zu bieten. Den reißenden Fluten ausgeliefert, trieben die drei Schiffe immer näher zusammen und geradewegs aufs Ufer zu. Und Katerin steuerte ihnen geradewegs entgegen.

»Du bist tollkühn wie ein Kuddelfisch«, urteilte der Alte. »Und ebenso gewitzt«, fügte er kichernd hinzu.

Katerin mochte Phelpsi sehr gut leiden. Sie hatte ihn während ihres ersten Aufenthaltes in Port Charley kennengelernt, wohin sie in den Tagen der Revolte als Luthiens Gesandte geritten war. Auf den ersten Blick wirkte Phelpsi gebrechlich und altersschwach, doch er hatte es faustdick hinter den Ohren und war für Katerin gerade jetzt, da es um Leben und Tod ging, die stärkste Hilfe, die sie sich wünschen konnte.

Er kicherte immer noch, als wenig später auch die *Dozier's Dream* unter Beschuß genommen wurde und der Bolzen einer Armbrust um eine Handbreite an seinem Kopf vorbei in den Hauptmast schlug. »Zyklopen können eben nicht zielen«, feixte er.

Seine Gelassenheit machte Katerin Mut, und den nutzte sie, um sich ganz ihrer Aufgabe zu widmen. Das Schiff trieb zur Backbordseite hin ab, und Katerin mußte immer wieder gegensteuern. Das Tauwerk zerriß, und eins der Segel fing wie wild an zu flattern. Doch unvermindert schnell flog das Schiff voran.

Je näher sie kam, desto deutlicher wurde, daß die *Dozier's Dream* nicht zwischen den drei Schiffen würde hindurchschlüpfen können.

»Zieh die Zügel«, rief Oliver. »Oder mach irgend etwas, was immer so ein Schiff zum Halten bringt!«

»Steig endlich von dem Pony ab!« warnte Katerin. Sie drehte ein wenig bei und hielt voll auf die der Küste zugewandte Galeone drauf.

»Hier oben fühle ich mich sicherer«, rief Oliver.

Eine gepfefferte Salve von Geschossen flog dem angreifenden Schiff voraus, und dann krachte die *Dozier's Dream* der avonesischen Galeone in die Breitseite. Auf beiden Schiffen ging krachend Takelung zu Bruch, so daß die Masten aneinanderschlugen und splitterten.

Schäbig ging vor lauter Schreck hinten hoch und katapultierte den Halbling so aus dem Sattel. Der überschlug sich einige Male, ehe er wieder auf die Beine kam – vorübergehend, denn gleich darauf lag er wieder auf den Planken.

»Sag jetzt bloß nichts!« warnte er Katerin. Doch die nahm überhaupt keine Notiz von ihm. Sie hatte anderes im Sinn. Noch bewegte sich die *Dozier's Dream* voran, war aber unauflösbar verkeilt mit der feindlichen Galeone. Schon kamen über die Reling Zyklopen geklettert.

Vom Jubel der Eriadoraner auf dem anderem Schiff angestachelt, kämpften die Männer um Katerin wacker, zuerst mit Pfeil und Bogen, dann mit dem Schwert. Oliver hatte sich schon wieder in den Sattel geschwungen und pflügte mit seinem Pony durch eine dreiköpfige Gruppe von Einaugen und stieß eines mit dem Stiefelabsatz über Bord.

Eines der anderen Ungeheuer hatte sich schnell wieder aufgerappelt und sah erst jetzt, wer und was ihn da von den Beinen geholt hatte. Es staunte nicht schlecht und brüllte: »Heh, was machst du da auf dem gelben Hund?«

Ein gezielter Huftritt Schäbigs schickte das Großmaul zurück auf die Planken. Flink sprang das Pony herum, knickte in den Hinterläufen ein und senkte dann die Schweifrübe auf das Gesicht des Zyklopen.

»Pferd!« korrigierte Oliver. »Das siehst du ja wohl. Hübsch, nicht wahr?«

»Häßlicher Hund!« jaulte der Zyklop, als er wieder nach Luft schnappen konnte.

»Bist du aber stur«, meinte Oliver und ließ Schäbig, indem er ihm mit der flachen Hand auf die Kruppe schlug, erneut hinten einknicken, worauf das Ungeheuer endgültig verstummte.

Daß er sich so lange hatte aufhalten lassen, brachte Oliver nun in Verlegenheit. Er mußte feststellen, daß von den Zyklopen des gerammten Schiffes mittlerweile mehr als die Hälfte das Deck gewechselt hatten. Und weil der Halbling gut rechnen konnte, spornte er sein wunderschönes Pony an und sprang in hohem Bogen an Bord der feindlichen Galeone.

Zielstrebig ritt Oliver am Achterdeck auf eine Luke zu, die ein Katapultgeschoß aufgeschlagen hatte. In der Öffnung tauchte wie gerufen ein dicker, fetter Zyklop auf. In seiner Faust steckte ein riesiges Fleischermesser. Ihm kugelte fast das Auge aus dem Kopf, als er den Halbling auf seinem Pony entdeckte. Schnell hatte er sich wieder gefaßt, hob das Messer und grinste.

Oliver bereute es nun schon fast, das Schiff gewechselt zu haben. Unter der eingeschlagenen Luke hatte er keine Zyklopen mehr vermutet – jedenfalls keine lebenden –, und so war er hierhergeflüchtet, voller Hoffnung darauf, in der Kabine darunter ein wenig Ruhe zu finden, vielleicht sogar ein Stück Käse und Wein.

Jetzt aber mußte er sich schlagen. Spontan fiel es ihm ein, seinem Gegenüber über den Haufen zu reiten, doch dieser Dickwanst mochte gut und gern so viel wiegen wie der Halbling und Schäbig zusammengenommen. Also setzte er sein Pony behutsam in Bewegung, beugte sich vor und flüsterte ihm ein paar Worte ins Ohr.

Es war nur noch wenige Schritte von dem Ungeheuer entfernt, als das Pony jählings nach vorn schnellte. Der Zyklop schrie auf und fuchtelte mit den Armen. Doch so plötzlich Oliver dazu angesetzt hatte, so schnell brach er die Attacke wieder ab, rutschte aus dem Sattel und eilte in geduckter Haltung unter Schäbigs Bauch.

Auf ein Zeichen hin bäumte sich das Pony auf und trat das Einauge mit den Vorderhufen. Dermaßen abgelenkt, sah das Ungeheuer nicht, daß Oliver in einem Hechtsprung herbeigeflogen kam, durch die gegrätschten Beine hindurchkugelte und, kaum daß er wieder auf den Füßen stand, herumfuhr, um dem Ungeheuer Dolch und Rapier von hinten ins Gesäß zu rammen. Das Ungeheuer sprang einen Schritt nach vorn, unter die dreschenden Hufe des lohfarbenen Ponys. Der Zyklop wußte nicht, wie ihm geschah, und konnte in seiner Verwirrung nicht ausweichen.

»Du kannst doch hoffentlich schwimmen«, hänselte Oliver, als das Ungeheuer vor die Reling geschleudert wurde und darüber hinwegkippte. Im letzten Moment gelang es ihm noch, sich festzuhalten.

Aber schon setzte Schäbig nach. Er ließ dem Unglücksraben keine Chance, stieß ihn ins Wasser und bäumte sich triumphierend auf.

»Wie wär's mit einem Täßchen Tee?« fragte Oliver und deutete in Richtung Kabine.

Schäbig schnaubte.

Oliver schaute sich um und seufzte. Auf beiden Schiffen tobte der Kampf, vor allem an Deck der *Dozier's Dream*. »Na schön. Hast ja recht«, schmollte er.

Da, er wollte gerade kehrtmachen, stürzte ein Einauge aus den Wanten und landete tot vor seinen Füßen. Als er sich umschaute, fiel sein Blick auf Phelpsi Dozier.

Der Alte freute sich sichtlich, tätschelte seine Armbrust und zeigte lachend die Trümmer seines Gebisses.

Lange noch krachte und schepperte es auf allen vier Schiffen. Nach einer halben Stunde endlich war das Schwertgefecht zugunsten der Eriadoraner entschieden. Doch dafür hatten sie einen hohen Blutzoll zahlen müssen. Schlimmer noch erging es denen, die sich in der Mitte des Kanals einer Übermacht von avonesischen Galeonen erwehren mußten.

Katerin ordnete die beiden Mannschaften neu. Von den vier Schiffen, die hier aneinandergeraten waren, taugte nur noch eines zur Weiterfahrt, und das war ausgerechnet ein avonesisches. Sofort machten sich die Matrosen daran, die Flaggen auszutauschen, Schäden zu reparieren und das Takelwerk zu entheddern. Die drei anderen Schiffe wurden zusammen mit den Toten zurückgelassen, allein von den Zyklopen waren sechshundert gestorben. Wind füllte die Segel und blies nach Westen, einer wilden Seeschlacht entgegen, die sich Stunde um Stunde hinzog. Immer häufiger fielen Menschen und Ungeheuer nun einfach aus Erschöpfung. Von siebenundachtzig Schiffen waren siebzehn gesunken oder manövrierunfähig; letztere trieben hilflos und mit eingeholten Flaggen auf dem Wasser umher. Und mehr als die Hälfte dieser siebzehn waren aus Eriador.

Katerin machte den anderen Mut. Sie wußte aber, daß, selbst wenn sie hier in der Straße von Mann gewännen, sie viel zu geschwächt sein würden, um in den Kampf um Carlisle eingreifen zu können.

Doch sie kämpfte entschlossen weiter, war ihr doch klar, daß mit jeder versenkten feindlichen Galeone den bedrohten Küstenregionen Eriadors und nicht zuletzt der Heimatinsel Bedwydrin ein Gefallen getan war.

»Die Einaugen halten sich verdammt gut«, bemerkte Phelpsi Dozier, als er zu Katerin und Oliver trat. Sie stand am Steuerrad; der Halbling saß nach wie vor im Sattel.

Zwar waren die Kommandanten der avonschen Schiffe in Wirklichkeit fast allesamt Menschen, doch Katerin konnte dem Alten nicht widersprechen, so gern sie dies auch getan hätte.

»Es gibt da ein altes gasconisches Sprichwort«, sagte Oliver. »Ich kenn's von meinem Herrn Vater: ›Einen Kampf entscheidet erstens Fertigkeit, in zweiter Instanz das Herz.‹ Und was er, mein Paps, auch noch immer sagte: ›Groß ist die Brust der Einaugen, doch ach wie klein ist doch ihr Herz.‹ Wir werden gewinnen.«

Die Zuversicht, mit der Oliver diese drei Worte sprach, machte auf Katerin großen Eindruck. Sie preßte die Lippen aufeinander, nahm Kurs auf das nächste Feindesschiff und ließ alle Segel setzen.

Diesmal achtete Katerin darauf, daß sie ihr Schiff nicht auflaufen ließ. Die eigene Mannschaft war stärker geworden, zählte nun an die vierhundert Kämpfer, und als sie dicht vor dem Bug einer avonschen Galeone vorbeiflogen, prasselten unzählige Pfeile und Bolzengeschosse auf die gegnerische Galeone ein. Unter anderem erwischte es die Steuermänner: zwei Menschen und einen Zyklopen.

Von ihren Leuten angefeuert, wendete Katerin in einem waghalsigen Manöver das Schiff um hundertachtzig Grad und gab so den Schützen am Katapult Gelegenheit, ihre Zielkunst unter Beweis zu stellen. Die Avonesen hatten nicht die Zeit, zu reagieren, als Katerin nun ihr Heck passierte. Starker Pfeilbeschuß fegte unzählige Zyklopen und Artilleristen vom Achterdeck. Das Katapult wartete den günstigsten Moment ab und schleuderte dann einen brennenden Pechballen genau vor den Hauptmast, der wie eine riesige Kerze aufflackerte.

Der Gegenschlag dann war schwach und blieb ohne Folgen, und Katerin tat gut daran, kein drittes Mal zu attackieren, sondern den vollen Wind zu nutzen und

Abstand zu schaffen. Die Manöver auf engem Raum waren allzu riskant, die Segel allzu verletzlich.

»Vielleicht sollten wir alle Segel bis auf eines streichen«, sagte Oliver, als sie sich zwei avonschen Schiffen näherten.

»Hast du nicht immer gesagt, daß Zyklopen nicht schießen können?« meinte Katerin. »Und daß sie auf zwei Schritt Entfernung nicht mal einen Berghang treffen?«

Oliver blickte auf. Die Segel kamen ihm größer vor als ein Berg, und es wurde ihm angst und bange.

Selbst Katerin zeigte Nerven, als sie sah, daß die beiden Galeonen in gegenseitiger Absprache den Kampf gegen sie aufzunehmen versuchten. Wütend wirbelte sie das Rad herum und steuerte hart backbords. Die Avonesen folgten umgehend, waren aber zu weit entfernt, um ihnen gefährlich werden zu können.

Katerins panischer Gesichtsausdruck wich einem breiten Grinsen, und die Mannschaft jubelte ausgelassen, als die beiden Feindesschiffe wenig später von drei Eriadoranern bedrängt wurden. Sie hatten sich so sehr auf die Jagd konzentriert, daß das Trio unbemerkt herankommen konnte. Zum Ausweichen war es jetzt zu spät, und auch Gegenwehr war nicht möglich, denn die Besatzung auf beiden Schiffen hatte alle Hände voll zu tun, um die zahlreichen Brandherde an Bord zu löschen. Hunderte von Pfeilen, Dutzende von Pechklumpen und schweren Steinen waren auf die beiden Galeonen niedergegangen, ehe ihnen Hilfe aus der eigenen Flotte zuteil wurde.

Nun, dann will ich auch weiterhin die Maus für avonesische Katzen spielen, dachte Katerin bei sich. Sie wollte anlocken und ablenken, um den Kameraden Gelegenheit zur Attacke zu geben. Dabei war tunlichst darauf zu achten, der Katze nicht zwischen die Krallen zu geraten.

Von den folgenden acht Schiffen, die sich geschlagen

geben mußten oder voll Wasser liefen, waren sechs aus Avon.

Den Eriadoranern wuchs der Mut. Sie fanden wieder neue Kraft und konnten zulegen, als die Sonne bereits am Himmel verschwand. An Kampfkraft und Unerschrockenheit tat sich vor allem Katerin hervor. Entschlossen setzte sie ihre wilden Manöver fort und wollte nicht eher aufgeben, bis die Segel zerfetzten.

Plötzlich hörte sie Oliver stöhnen. Dieser jammerte so kläglich, daß sie alarmiert mit dem Kopf herumfuhr. Und seinen Blicken folgend, sah auch sie nun das Ende nahen, den drohenden Untergang ihrer Flotte: Es schien, als tauchte eine Wand von Segeln am Horizont auf. »Wie viele mögen das sein?« Einhundert?

»Grüne Flagge!« rief einer der Matrosen, der hoch oben im Hauptmast hing und beschädigtes Takelwerk zu reparieren versuchte. »Weiß umrandet!«

Katerin war nicht verwundert. Sie hatte mit einem solchen Aufgebot gerechnet. »Baranduine«, murmelte sie resigniert.

Phelpsi Dozier kam herbeigehumpelt. »Sind doch ganz in Ordnung, diese Baranduiner«, sagte er. »Jedenfalls längst nicht so übel wie die verdammten Zyklopen. Könnte sein, daß wir mit dem Leben davonkommen, wenn wir uns ergeben.«

Katerin biß die Zähne aufeinander. An Kapitulation war nicht zu denken; sie käme einem Verrat an den Landstreitkräften gleich, die momentan gegen Carlisle vorrückten.

Wenige Schritt vom Steuerrad entfernt erschien plötzlich mit lautem Knall eine wabernde, orangefarbene Rauchwolke. Katerin stockte der Atem, doch schnell hatte sie sich von ihrem Schreck erholt, glaubte sie doch zu wissen, wem dieser Spuk zuzuschreiben war.

Aber als sich der Rauch verzog, sah sie nicht etwa, wie erwartet, Brind'Amour vor sich stehen, sondern einen Mann mittleren Alters und von stattlicher Erscheinung. Seine Kleidung war dem Wetter und der Seefahrt angemessen, gleichzeitig modisch und zeugte von erlesenem Geschmack.

»Meinen ehrerbietigsten Gruß«, sagte er höflich und verbeugte sich tief. Als er wieder aufblickte, machte er keinen Hehl aus seiner Verwunderung angesichts des Halblings, der – herausgeputzt mit purpurnem Umhang, grünen Beinlingen und mit federbuschgeschmücktem breiten Hut – im Sattel eines unansehnlichen Ponys saß. »Ich bin Ashannon McLenny, Herzog von Eornfast.«

Katerin und der alte Dozier starrten ihm mit offenen Mündern an.

»Euer Hokuspokus gefällt mir ganz und gar nicht«, entgegnete Oliver, um Worte nie verlegen. »Ihr hättet vorher wenigstens, wie es sich gehört, um Erlaubnis bitten sollen.«

Ashannon schmunzelte. »Dazu fehlte mir leider die Zeit. Ich bitte vielmals um Entschuldigung«, antwortete er. »Dies ist im übrigen bereits das dritte Schiff, das ich aufsuche. Ich muß unbedingt eine Frau namens Katerin O'Hale sprechen, sowie einen Mann aus Port Charley mit Namen Dozier und einen gewissen Halbling …« Ashannon geriet ins Stocken, und plötzlich schien ihm ein Licht aufzugehen. »Ihr müßt wohl Oliver deBurrows sein.«

»Und ich bin Katerin O'Hale.« Katerin hatte zur Sprache zurückgefunden – und war wütend. Unwillkürlich langte sie mit der Hand zum Heft ihres Schwertes, das im Gürtel steckte. Vor ihr stand einer von Grünspatzens Hexer-Herzögen, und da sie mit dieser Sorte schon einige Erfahrungen gemacht hatte, wähnte sie Ashannons Dämon nicht weit entfernt.

»Keine Angst«, erwiderte der. »Ich komme nicht als

Feind. Manche mögen mich für einen Narren halten, doch das bin ich nicht.«

»Was führt Euch zu uns?« fragte Oliver.

Ashannon deutete mit der Hand gen Norden, in Richtung der herbeisegelnden Flotte. »Hundert Kriegsschiffe …«

»Wir sollen uns ergeben«, fiel ihm Katerin ins Wort, und ihr schwante, daß es keine andere Möglichkeit mehr gab. Rasch flogen die baranduinischen Segler herbei. Von Zyklopen stürmisch bejubelt, näherten sie sich drei avonschen Galeonen.

Ashannon grinste. »Wartet's ab«, antwortete er und blickte nach Norden.

Von Pfeilschwärmen begleitet, flogen da rauchende Geschosse auf das Deck der avonschen Galeonen, wo sie krachend zerbarsten, einen Großteil der Besatzung mit sich nahmen und alles Brennbare in Flammen aufgehen ließen.

Katerin, Dozier und Oliver fixierten den Herzog von Eornfast mit ungläubigen Blicken.

Der erklärte: »Ich bin mit Brind'Amour übereingekommen. Die Macht von König Grünspatz muß ein Ende haben. Gebt Euren Leuten Bescheid. Und daß Ihr mir ja nicht eins meiner Schiffe angreift!« Kaum hatte er das gesagt, verpuffte er so plötzlich, wie er aufgetaucht war. Fast gleichzeitig zeigte sich auf dem als Flaggschiff gekennzeichneten Segler aus Baranduine eine orangefarbene Rauchwolke.

Bei Anbruch der Nacht war die Seeschlacht vorbei. Wie verwirrte Hühner schwirrten vierzig avonesische Galeonen in heilloser Flucht auseinander. Müde und geschunden, aber an Anzahl nun dreimal so stark wie zu Anfang, setzte die Invasionsflotte ihren Kurs nach Süden fort. Die Baranduiner schickten den Kämpfern aus Eriador erfahrene Seemänner zu Hilfe und versorgten die Verbündeten mit Torfbomben, die bei Aufprall mit Wucht explodierten.

Freudig nahmen Katerin und Oliver Ashannons Einladung an, an Bord seines Flaggschiffs zu kommen und mit ihm zu segeln. Die beiden waren begeistert und wieder voller Hoffnung.

Noch vor Morgengrauen hatte die große Flotte aus über hundert Segeln den Südrand der Straße von Mann und die Lichter von Mannington passiert.

26. Kapitel

# Die Nacht der drei

Obwohl er noch nie in dieser Gegend gewesen war, wußte Luthien auch ohne Blick auf die Landkarte, welche Ortschaft als nächste auf dem Weg lag. Seit Verlassen der Berge hatte das Heer aus Eriador über hundert Meilen zurückgelegt und mehr als ein Dutzend Dörfer passiert. Auf größeren Widerstand waren sie nicht gestoßen. Immer noch rannten in heilloser Flucht die Zyklopen vorneweg, die im Gebirge des Eisernen Kreuzes aufgestöbert worden waren. Sie plünderten die Weiler, durch die sie kamen, und brachten so deren Bewohner gegen sich und Grünspatz auf. Das kam den Kämpfern um Luthien und Bellick natürlich sehr gelegen. Mit Hilfe von Solomon Keyes, Alan O'Dunkery und anderen wichtigen Avonesen war es gelungen, die Opfer auf beiden Seiten möglichst gering zu halten.

Bislang jedenfalls …

Luthien ritt Flußtänzer auf eine kleine Anhöhe und schaute im spärlicher werdenden Licht nach Süden, entlang dem silbernen Band der Dunkery. In der Ferne schimmerte der See von Speythenfergus, an dessen Nordufer die wehrhafte Stadt Warchester lag. Deren Miliz ging nunmehr mit den aus dem Norden geflüchteten Zyklopen gewiß in die Tausende.

Rechter Hand, am Fuße des Hügels, sah Luthien sein Heer zügig voranschreiten. In Sichtweite der mächtigen Stadt sollte das nächste Lager aufgeschlagen werden. Darüber mochte es sicherlich Nacht werden.

Wie würden die Eriadoraner und Bergzwerge mit der bevorstehenden Aufgabe zu Rande kommen? Luthien und seine Truppen hatten noch nie eine Stadt belagert oder zu stürmen versucht, geschweige denn eine so mächtige Stadt wie Warchester. Der Kampf um Caer MacDonald war nicht zu vergleichen, und Princetown hatten sie nur deshalb erobern können, weil deren Garnison mit einer List in das Tal von Durritch gelockt worden war. Wie aber sollte eine Stadt zu gewinnen sein, die dermaßen stark befestigt und dazu noch auf den Angriff vorbereitet war?

Luthien überlegte, ob es daher vielleicht günstiger wäre, einen Bogen um Warchester zu machen und auf der Ostseite des Sees entlang nach Carlisle vorzustoßen. Er gab diesen Gedanken aber schnell wieder auf, da er einsah, daß es überaus töricht wäre, einer so starken Zyklopenstreitmacht den Rücken zu kehren.

Warchester ließ sich nicht umgehen; die Stadt mußte eingenommen werden. Womöglich war es außerdem nötig, nach Westen gegen Mannington zu ziehen. Nicht zum ersten und gewiß nicht zum letzten Mal zweifelte Luthien am Erfolg des gesamten wahnwitzigen Unternehmens, und er sehnte sich zurück in die friedliche Hügellandschaft seiner Heimat.

»In Vertretung von Herzog Theredon führe *ich* hier das Regiment«, lispelte der Zyklop in feuchter Aussprache und stieß mit Nachdruck seinen dreckigen Daumen in den feisten Wanst.

Deanna Wellworth musterte ihn mit bohrendem Blick. Abstoßend und häßlich waren ihrem Empfinden nach alle Einaugen, doch dieses hier, Kreignik mit Namen und mit dem Rang eines Leutnants bekleidet, war mit Abstand das widerlichste. Aus dem hängenden Lid seines Glubsch-Auges troff gelblicher Schleim, der auf der flachen, mehrfach gebrochenen Nase sogleich zu Grind trocknete. Die Zähne, die allesamt viel zu lang waren, standen kreuz und quer durcheinander und drängten über die wulstige Unterlippe nach draußen. Das linke Jochbein hatte sich nach einer Schlägerei vor vielen Jahren nicht mehr richten können und lag, nun um einen Zoll verrutscht, zu tief im Gesicht, so daß das ganze Gesicht ziemlich häßlich aussah.

»Ich bin Herzogin und somit deinem Herrn gleichgestellt«, sagte Deanna, doch Kreignik schüttelte den häßlichen Kopf, noch ehe sie den Satz beendet hatte.

»Nicht hier bei uns in Warchester«, widersprach das Ungeheuer.

Deanna wußte, daß sie dieses Wortgefecht nicht gewinnen konnte. Sie war durch einen magischen Tunnel gekommen und seit gestern abend in der Stadt, wo sie allseits auf empörende Respektlosigkeit stieß. Wie seine Amtskollegen von Grünspatzens Gnaden hatte auch Theredon, ängstlich wie er war, ein ausgeklügeltes Sicherheitssystem zum Schutz gegen mögliche Übergriffe von anderen Hexern eingerichtet. Alle einschlägigen Befehle, die Theredon an Kreignik und wohl auch an alle anderen zyklopischen Offiziere ausgegeben hatte, waren nach wie vor bindend. Nicht einmal Grünspatz hätte sie außer Kraft setzen können. Es war nämlich unter Hexern Brauch, sich hin und wieder der eigenen Garde in Gestalt eines rivalisierenden Herzogs zu zeigen, um deren Loyalität auf die Probe zu stellen. Demjenigen, der eine solche Probe nicht bestand, drohte ein besonders grausamer Foltertod.

Wahrscheinlich hatte Kreignik so etwas schon häufiger gesehen. Ihn von seiner starren Haltung abzubringen war der Herzogin unmöglich.

»Habe ich Euch doch gesagt, daß auf Leutnant Kreignik Verlaß ist«, tönte eine Stimme aus dem Hintergrund. Deanna plierte an der klobigen Masse des Zyklopen vorbei, und es stockte ihr der Atem, als sie den alten Zauberer durch den Flur herbeischlurfen sah.

Brind'Amour hatte zwar das Aussehen von Theredon

angenommen, die Nachahmung von Stimme und Verhalten war ihm aber nicht so ganz gelungen. Statt leichten Schritts kam er schleppend daher wie ein fußkranker Greis.

»Jawohl, Verlaß!« röhrte der falsche Herzog. Dabei schlug er dem Soldaten leutselig auf die Schulter, was derartig unangemessen war, daß Deanna unwillkürlich zusammenzuckte. »Nicht wahr?« brüllte Brind'Amour.

Deanna registrierte Kreigniks irritierte Miene. Um die Situation zu retten, sagte sie lachend: »Nun, mein lieber Herzog, mir scheint, Ihr habt zu viel von dem Elfenwein getrunken, den ich Euch geschenkt habe.«

»Wie bitte?« stammelte Brind'Amour, unsicher geworden aufgrund der heimlichen Signale, die Deanna aussandte. »Zugegeben, aber so viel war's auch wieder nicht.«

»Ich habe Euch gewarnt; das Zeug hat's in sich«, erwiderte Deanna, und Brind'Amour spürte, daß sie ihm am liebsten ein paar Ohrfeigen gegeben hätte. »Der Feind marschiert auf und Ihr betrinkt Euch. Was soll ich davon halten?«

»Ist doch alles halb so schlimm«, meinte der alte Zauberer. »Mit den Prätorianern vom Eisernen Kreuz sind wir den Narren aus Eriador doppelt, wenn nicht dreifach überlegen. Und außerdem stehen wir auf der günstigeren Mauerseite.« Er schnippte mit den Fingern. »Warchester wird nicht fallen, in hundert Jahren nicht.«

Kreignik fand sichtlich Gefallen an dieser Erklärung. Die Skepsis war aus seinem häßlichen Gesicht verschwunden. Er wagte es sogar, mit der Hand dem falschen Herzog den Rücken zu tätscheln. Doch Brind'Amour reagierte schnell genug und warf ihm einen so strengen Blick zu, daß das Einauge einen Schritt zurückwich.

»Mag ja sein, daß sie nicht angreifen«, entgegnete Deanna. »Aber bestimmt werden sie die Stadt belagern.«

Brind'Amour lachte, so auch Kreignik. Deanna aber

war ganz und gar nicht vergnügt. Dem Plan nach hatte der zyklopische Leutnant davon überzeugt werden sollen, daß es dumm und sogar gefährlich sei, die Truppen in der Stadt zu halten. Was der alte Zauberer da sagte, war nicht aus der Luft gegriffen: Selbst wenn er und Deanna all ihre magischen Kräfte zusammennähmen, würde es der eriadoranischen Armee nicht gelingen, die Wehrmauern Warchesters und die verstärkten Verteidigungslinien zu sprengen, es sei denn, sie nähmen gewaltige Verluste in Kauf, was den weiteren Vormarsch auf Carlisle in Frage stellen würde.

Deanna fühlte, wie ihr ein kalter Schauer über den Rücken rieselte. Was für ein Irrsinn, gehofft zu haben, diesen Feldzug gewinnen zu können, der doch von Anfang an zum Scheitern verurteilt war! Oder? Resolut wehrte die Herzogin allen Zweifel von sich. Magie und Dämonen und Drachen waren wohl mächtige Waffen, doch am Ende – und daran glaubte sie felsenfest – würden der Mut der einfachen Soldaten und die Kriegslist ihrer Anführer entscheiden.

Deanna straffte die Schultern und konzentrierte sich wieder auf das, was sie sich vorgenommen hatte. Sie wollte Kreignik dazu bringen, daß er mit seinen Truppen Warchester verließ. Sie wollte gerade einen neuen Überredungsversuch starten, als Brind'Amour schlagartig zu lachen aufhörte und so auf sich aufmerksam machte.

»Ich hab's!« brüllte er unvermittelt dem Zyklopen ins Gesicht, der vor Schreck zurückwich und das Auge verdrehte. »Ja, daß du noch nicht selbst darauf gekommen bist, du blödes Stück! Wir drehen den Spieß einfach um«, erklärte er. »Wir übernehmen die Offensive und schnappen uns deren Anführer: den Blutroten Hanswurst und Brind'Amour, falls der denn in deren Reihen ist. Grünspatz wird Augen machen, wenn wir diese beiden Vögel an ihn ausliefern!«

Kreignik traute dem Braten nicht, konnte aber nicht

verhehlen, daß er an dieser glorreichen, wenn auch wenig wahrscheinlichen Vorstellung seine Freude hatte.

»Auf jeden Fall müssen wir was unternehmen«, warf Deanna ein. »Wie ich gehört habe, ist noch ein zweites Heer aus Eriador auf dem Weg nach Süden. Es wird womöglich denen zu Hilfe kommen, die jetzt vor den Toren Warchesters liegen. Schlimmer noch, es könnte sein, daß sie geschlossen an uns vorbeiziehen und nach Carlisle vorrücken.«

»Dann werden wir ihnen nachsetzen, in den Rücken fallen und sie an den Mauern der Hauptstadt zerquetschen«, versprach Kreignik.

Brind'Amour legte dem Ungeheuer einen Arm um die Schulter und fragte leise: »Wärst du denn gern der Bote, der König Grünspatz die Nachricht bringt, daß wir den Feind unbehelligt haben vorbeiziehen lassen?«

Das Ungeheuer schüttelte so schnell den Kopf, daß es den Anschein hatte, als steckten ihm zwei Augen im Gesicht. »Bewahre! Wir greifen sie uns auf offenem Feld. Noch heute nacht werde ich mit zehntausend Gardisten losschlagen!«

Brind'Amour zwinkerte Deanna verstohlen zu, zuckte aber plötzlich, wie vom Donner gerührt, zusammen und schaute sich hektisch nach allen Seiten hin um. Deanna hatte nicht die geringste Erklärung für diese Reaktion.

»Der Wein!« ächzte der alte Zauberer. »Ich muß ...« Stöhnend eilte er davon und ließ Deanna rätselnd zurück.

Wenig später kam, von fünf prätorianischen Gardisten begleitet, König Grünspatz um die Ecke gebogen.

Deanna wurden die Knie weich. »Mein König«, stammelte sie und machte einen tiefen Hofknicks.

Grünspatz war sichtlich ungehalten. »Was gibt es Neues zu berichten?« blaffte er. »Und überhaupt, warum bist du nicht längst wieder in Mannington, die feindlichen Schiffe zurückzuwerfen?«

»Ich … ich halte diese Flottille für wenig gefährlich«, antwortete sie kleinlaut. »Damit werden meine Kapitäne wohl noch fertig. Und außerdem kommt bestimmt Ashannon zu Hilfe.« Verdattert wie sie war, plapperte die Herzogin einfach drauf los. »Viel mehr Sorgen macht mir das Heer. Es kommt erstaunlich rasch voran. Unmöglich, daß ich jetzt die Stadt verlasse.«

Sie sah Kreignik die Stirn in Falten legen. Das Ungeheuer war nicht auf den Kopf gefallen. Es schien zu riechen, daß an der voraufgegangenen Inszenierung der vermeintlichen Treueprüfung etwas faul war. Deannas Herz schlug schneller. Die ganze Sache drohte zu platzen. Doch der Leutnant blieb still; vielleicht hatte er Angst, Grünspatzens Wut zu erregen, wenn er jetzt Widerspruch einlegte.

Der König dachte über Deannas Erklärung eine Weile nach und nickte. Dabei zuckte er kein einziges Mal mit den Wimpern, und sein Blick wich nicht von ihr. »Du bist also nach Warchester gekommen, um hier das Kommando zu übernehmen«, folgerte er.

»Wie wir's abgemacht haben«, erwiderte Deanna und vermied dabei den Blick auf Kreignik.

An den wandte sich nun Grünspatz. »Und was ist jetzt geplant?«

»Wir werden vor die Tore ziehen und den Feind vernichten«, antwortete der Zyklop.

Deanna hielt die Luft an – aus Sorge, der König könnte mit einem solchen Manöver nicht einverstanden sein. Immerhin wußte er, daß die Eriadoraner nicht so stark waren, um die Mauern Warchesters sprengen zu können, zumal er davon ausging, daß Brind'Amour tot war.

»War das Deannas Idee?« fragte er.

Deanna hörte seinem Tonfall an, daß er Verdacht schöpfte, und sie fürchtete schon, daß Brind'Amour hervortreten und sich zu erkennen geben könnte. Weder sie noch der Zauberer aus Eriador hatten eine

Begegnung mit Grünspatz in Erwägung gezogen. Sie beide waren von ihrer Reise nach Warchester magisch erschöpft; darüber hinaus hatte Brind'Amour für das Rollenspiel zusätzlich Kraft aufwenden müssen. Hier, inmitten einer avonschen Festung mit über fünfzehntausend loyalen Zyklopen ringsum gegen den König zu kämpfen wäre natürlich der helle Wahnsinn.

Kreignik räusperte sich. »Ich dachte nur ...«, stammelte er, verunsichert von Grünspatzens unheildrohenden Blicken. »Die Herzogin war nicht ... ich meine ...« Kreignik holte tief Luft, doch bevor er das nächste Wort aussprechen konnte, war er bereits tot, lag er als ein glühender Haufen Asche am Boden. Deanna richtete ihre weit aufgerissenen Augen auf Grünspatz, der sich verärgert zeigte und den Kopf schüttelte.

Von einem anderen Gebäudeflügel aus hatte Brind'-Amour diese Szene mit Hilfe eines Zauberspiegels beobachtet, und ihm standen die Haare zu Berge. Er wußte um das Risiko, das er durch sein Hellsehen in dieser Nähe zu Grünspatz eingegangen war. Er blieb dennoch in Verbindung, weil damit zu rechnen war, daß er Deanna zu Hilfe eilen mußte. Er selbst konnte sich hier in dieser Kammer, die er in der Nacht zuvor mit Zauberpulver vorbereitet hatte, einigermaßen sicher fühlen. Doch noch immer saß ihm der Schreck in den Gliedern, der Schreck über Grünspatzens unvermutetes Auftauchen. Daß er, Brind'Amour, ihn rechtzeitig wahrgenommen hatte, war ein glücklicher Zufall gewesen. Spontan hatte er den Widersacher auf der Stelle angreifen und erledigen wollen. Aber dabei wären er und Deanna gewiß nicht mit heiler Haut davongekommen. So ein Jammer, dachte er im Hinblick auf seine geschwächte Konstitution. Früher, wenn er sich mit einem anderen Hexer geschlagen hätte, wären alle anwesenden Soldaten, Menschen wie Zyklopen, ganz schnell in Deckung gegangen, denn sie hätten einem Kampf mit magischen Mitteln nichts entgegenzusetzen gehabt. Jetzt würde schon ein einfaches Schwert reichen, um ihn außer Gefecht zu setzen, und jene Zyklopen, die Grünspatz beschützten, wußten sehr wohl mit ihren Schwertern umzugehen.

Also konnte Brind'Amour nur zuschauen und beten, daß Deanna keinen Fehler machte und daß Grünspatz nicht Kenntnis von ihn nahm.

»Dieser Schwachkopf!« Grünspatz schäumte vor Wut. »Er hatte genaue Anweisungen. Es war nur dem Herzog Theredon Rees oder meiner Person vorbehalten, über die Kommandostrukturen der Garnison zu entscheiden. Aber du brauchst nur mit den Augen zu klimpern, und schon überläßt er dir den Oberbefehl.«

»Mißbilligt Ihr denn meinen Plan?« fragte Deanna, bemüht, sich ihre Erleichterung nicht anmerken zu lassen. »Wir hatten uns doch darauf verständigt, daß ...«

»Geschenkt«, winkte Grünspatz ab. »Es bleibt dabei: Während Ashannon der Feindesflotte im Kanal begegnet, machst du dem Vormarsch über Land ein Ende.« Grünspatz legte eine dramatische Pause ein. »Aber glaub nur ja nicht, daß sich damit deine Pflichten erledigt hätten!« brüllte er plötzlich und ließ Deanna vor Schreck zusammenfahren. »Von den dreisten Eindringlingen soll kein einziger Mensch, kein einziger Zwerg, am Leben bleiben. Und dann will ich, daß ihr zum Gegenangriff rüstet und Brind'Amour's Schritte zurückverfolgt. Ashannon segelt nach Port Charley, und du führst unsere Truppen nach Montfort, das die Rebellen Caer MacDonald nennen. Du bürgst mit deinem Leben dafür, daß meine Fahnen wieder über dieser Stadt wehen.« Schweigend und nur durch seine beredten Blicke erinnerte er Deanna an ihr Versagen in den Bergen des Eisernen Kreuzes. »Mach kurzen Prozeß mit denen, die damit nicht einverstanden sind. Töte sie und verschone auch deren Kinder nicht!«

Deanna nickte zu jedem Wort und dachte bei sich: Wie gut, daß Grünspatz so selbstgefällig und vermessen ist, daß er den Verrat nicht wittert. Grünspatzens Befehle waren ihr eine neuerliche Bestätigung dafür, den richtigen Weg gewählt zu haben. Seine Aufforderung, Kinder zu morden, war wörtlich zu nehmen.

So wie damals, als er den Befehl ausgegeben hatte, Deannas Schwester und die Brüder zu meucheln.

Sie mußte schwer an sich halten und all ihre Verstellungskünste aufbieten, um sich nicht durch spontane Gefühlsäußerungen zu verraten. Am liebsten hätte sie ihm ins Gesicht geschlagen und Brind'Amour gerufen, damit der es diesem bösen König an Ort und Stelle heimzahlte.

Statt dessen aber nickte sie und grinste verschlagen.

»Du da!« blaffte Grünspatz und zeigte auf einen seiner prätorianischen Gardisten. Unverzüglich trat das Ungeheuer vor; es wollte nicht ein ähnliches Schicksal wie Kreignik erleiden.

»Name?«

»Akrass.«

»Leutnant Akrass«, donnerte Grünspatz. »Du wirst den Befehlen der Herzogin Wellworth gehorsamst Folge leisten.«

Akrass schüttelte den Kopf. »Das kann ich nicht«, entgegnete er. »Ich habe gelobt, einzig und allein Euch zu gehorchen bis in den Tod.«

Grünspatz kicherte. »Bravo, du hast die Probe bestanden. Aber jetzt ist Schluß mit solchen Spielchen. Deanna Wellworth ist ab sofort die neue Herzogin von Warchester.« Und mit Blick auf Deanna fügte er hinzu: »Vorläufig.«

Die Prätorianer glotzten verwundert; Akrass wagte es sogar, sich nach seinen Kumpanen umzudrehen.

Deanna verbeugte sich. »Ich werde mich würdig erweisen«, versicherte sie aufrichtig, aber in einer Absicht, die diesem König gewiß nicht passen konnte.

»Ihr wollt uns schon wieder verlassen?« fragte sie, als Grünspatz zur Tür eilte.

»Ich will ans Meer reisen und sehen, was Ashannon macht«, antwortete er.

Deanna war froh, daß er sich wieder abgewandt hatte und nicht sehen konnte, wie ihr das Blut ins Gesicht geschossen war.

»Ihr solltet vielleicht lieber nach Osten fahren«, platzte es aus ihr heraus. Grünspatz blieb stehen, drehte sich langsam zu ihr um.

»Ich habe neue Informationen erhalten«, beeilte sie sich zu erklären. »Es ist zu befürchten, daß sich die Huegoten mit unseren Feinden verbünden.«

Grünspatz verzog das Gesicht vor Wut.

»Ich hatte Euch eigentlich noch nicht damit behelligen wollen«, beeilte sich Deanna zu sagen. »Ich wollte mich vorher genauer informieren. Doch dazu fehlt mir jetzt, da ich andere, wichtigere Pflichten habe, die Zeit.« Sie straffte die Schultern, hob den Kopf. »Ja, ich finde, Ihr solltet an die Ostküste reisen und Euch ein Bild von der Situation vor Ort machen. Ashannon wird, wie versprochen, die feindlichen Verbände im Westen zurückschlagen, während ich nach Norden ziehe. Wir werden Euch in Montfort erwarten.«

Grünspatz bedachte die Herzogin mit skeptischen Blicken, wandte sich dann abrupt von ihr ab und drängte sich durch die Gardisten hindurch zur Tür.

Es hätte nicht viel gefehlt, und Deanna wäre vor Erleichterung in Ohnmacht gefallen.

Ein paar Kammern abseits seufzte Brind'Amour.

Luthien hatte von den Berichten seiner Kundschafter gehört, wonach ein großes Flügelwesen auf einem Feld südlich von Warchester niedergegangen war. Zwar ließen die Beschreibungen an Genauigkeit einiges zu wünschen übrig, doch der junge Bedwyr hatte sich durchaus ein Bild machen können.

Nun sah er das Biest mit eigenen Augen, ein echsenartiges Wesen mit langem Schlangenschwanz und weit ausgebreiteten Flügeln, auf denen es in südöstlicher Richtung davonflog. Einer, der auf dem Hügel neben ihm stand, nannte es einen Vogel, doch Luthien wußte es besser.

Es war ein Drache.

Und Luthien wurde das Herz schwer. Er zählte zu den wenigen Menschen, die je einen Drachen gesehen und diese Begegnung überlebt hatten. Im Kampf gegen einen solchen Feind rechnete sich der junge Bedwyr nicht die geringste Chance aus. Wahrscheinlich, so dachte er, würde es nicht einmal dem gesamten Heer gelingen, dieser Bestie ernstlich Schaden zuzufügen.

Luthien wollte nicht länger darüber nachdenken und schöpfte ein wenig Mut aus der Tatsache, daß der Drache, statt über ihn und seine Soldaten herzufallen, in entgegengesetzter Richtung davongeflogen war. Es war nur noch ein winziger Fleck von ihm am Horizont erkennbar.

»Flieg weit, weit weg«, flüsterte Luthien. Gleichwohl ahnte er, diesen Drachen schon bald wiederzusehen. Der war im Süden von Warchester gelandet, woraus der Schluß zu ziehen war, daß dem avonschen König noch mehr als Zyklopen und eine Handvoll Hexer dienten.

»Warum habt Ihr ihm soviel verraten?« fragte Brind'-Amour, nachdem er wieder in seine eigene Gestalt zurückgeschlüpft war, in der er sich natürlich sehr viel wohler fühlte. Zusammen mit Deanna befand er sich in der magisch versiegelten Kammer.

Sie schaute ihn fragend an.

»Das mit den Huegoten, meine ich.«

Deanna zuckte mit den Achseln. »Es erschien mir als das geringere Übel«, entgegnete sie. »Wenn Grünspatz, wie beabsichtigt, in den Westen gezogen wäre, hätte er womöglich den Komplott gegen ihn aufgedeckt. Im

Osten wird er jetzt die Huegoten aufzuspüren versuchen, was ihn hoffentlich mehrere Tage lang in Anspruch nimmt, Zeit, die wir brauchen, um nach Carlisle zu kommen.«

Brind'Amour war ärgerlich, brachte aber durchaus Verständnis für Deanna auf. Um nicht in Verdacht zu geraten, hatte sie Grünspatz zwar mit einer wertvollen Information zufriedenstellen müssen, aber dem glücklichen Umstand, daß dieser ihr nach wir vor vertraute, war es zu verdanken, daß er von der Verschwörung gegen ihn immer noch nichts ahnte. Allerdings kamen Brind'Amour nun Zweifel daran, ob ihre, Deannas und seine Ziele, überhaupt dieselben waren. Wohl wollte auch sie Grünspatz zu Fall bringen, würde aber wahrscheinlich bloß mit den Schultern zucken, wenn Eriadoraner, Zwerge und Huegoten einen hohen Preis dafür würden bezahlen müssen.

Mit dem Vorsatz, die Herzogin aufmerksam im Auge zu behalten, machte sich Brind'Amour abermals daran, Theredons Gestalt anzunehmen.

»Habt Ihr denn auch noch die Kraft zur Täuschung?« fragte Deanna.

Der Alte starrte sie fragend an.

»Es wird bald dunkel.«

Jetzt verstand er endlich. Akrass stellte gerade ein Heer von zehntausend Soldaten zusammen, um mit ihnen im Schutz der Dunkelheit die Stadt zu verlassen. »Der Mantel von Herzog Theredon wartet sozusagen schon darauf, angezogen zu werden«, antwortete er.

Deanna wußte nicht so recht, ob dieser Mummenschanz nötig und überhaupt ratsam war, denn Arkass würde wahrscheinlich neugierige Fragen stellen. Immerhin hatte Grünspatz ihr, der neuen Herzogin von Warchester, den Oberbefehl über die Garnison gegeben; Theredon hatte also auch in dieser Hinsicht ein für allemal ausgedient.

Dies war natürlich auch dem alten Zauberer bewußt,

doch er wollte nicht zulassen, daß zehntausend Zyklopen unter Deannas Kommando marschierten, den eigenen, allzu leicht verwundbaren, Streitkräften entgegen.

Kaum hatten die beiden den Raum verlassen, lief ihnen Akrass über den Weg, dem Deanna kurzerhand mitteilte, daß Theredon zurückgekehrt sei – »Grünspatz wird bestimmt froh sein zu erfahren, daß sein Herzog noch lebt« – und wieder das Kommando übernehme; sie werde an die zweite Stelle zurücktreten, gleichwohl aber die von Grünspatz verliehene Macht beibehalten.

Akrass glaubte ihr. Was wäre ihm auch anderes übriggeblieben?

Kurz nach Sonnenuntergang zogen sie durch die Tore. Im Osten stieg schon der volle Mond am Himmel auf. ›Theredon‹ und Deanna führten den Heereszug an. Im Gleichschritt und mit stolzgeschwellter Brust folgte ihnen Akrass.

Sie waren erst ein kurzes Stück vor der Stadt, und das Ende der Kolonne hatte die Pforte noch nicht passiert, als Brind'Amour ein schrilles Pfeifsignal von sich gab. Zur Antwort kam gleich darauf eine kleine Eule herbeigeflattert, die sich auf seinem Arm niederließ und neugierig den Kopf verdrehte.

Brind'Amour flüsterte dem Vogel ein paar Worte ins Ohr und schickte ihn fort nach Norden.

»Was soll das?« fragte Akrass.

Brind'Amour tat mit strengem Blick kund, daß die Beförderung zum Leutnant ihn nicht dazu berechtigte, die Handlungen des Herzogs in Frage zu stellen. Der Zyklop kuschte.

»Jetzt haben wir Augen«, ließ Brind'Amour Deanna wissen.

»Augen und einen Plan«, antwortete sie.

Der Plan war denkbar einfach: Die Zyklopen formierten sich in drei Gruppen. Um den Feind in die Zange zu nehmen, überquerte eine Gruppe die Dunkery nach Osten; eine andere machte sich in Richtung Eorn auf den Weg. Die dritte Gruppe, bestehend aus viertausend Zyklopen, von denen ein guter Teil beritten war, marschierte nach Norden, geradewegs auf das Lager der Eriadoraner zu. Von drei Seiten attackiert zu werden würde den Feind, so hieß es, in Angst und Schrecken versetzen.

Brind'Amour und Deanna hatten allerdings etwas ganz anderes im Sinn.

Luthien Bellick und Siobhan machten sich sofort auf den Weg, als ihnen mitgeteilt wurde, daß ein sprechender Vogel ins Lager geflogen sei. Der junge Bedwyr hoffte, Brind'Amour habe sich in verwandelter Gestalt herbeiverfügt.

Sie war er enttäuscht, als er die Eule auf einem Ast hocken sah und auf den ersten Blick erkannte, daß sie nicht nur dem Anschein, sondern auch dem Wesen nach nichts weiter war als ein Vogel, auch wenn diesem ein Zauber anhaftete. Er konnte tatsächlich sprechen, sagte aber nur ein einziges Wort. »Princetown.«

»Ist Brind'Amour nach Princetown gegangen?« fragte Siobbahn.

»Princetown.«

»Immerhin wissen wir jetzt, wo der Zauberer hin ist«, meinte Bellick spöttisch, verärgert darüber, daß Brind'-Amour diesen so wichtigen Schritt gegen Warchester anscheinend nicht zu unterstützen vorhatte.

Luthien gab sich mit dieser Antwort nicht zufrieden und befragte den Vogel auf verschiedene Art. »Sollen wir nach Princetown gehen?« Oder: »Hat sich Princetown auf unsere Seite geschlagen?« Jedoch, der Vogel sagte immer nur das eine Wort.

Bis sich Luthien und die anderen zu gehen anschickten. Da sagte die Eule plötzlich: »Glen Durritch.«

Alle drei fuhren auf dem Absatz herum. »Princetown … Glen Durritch«, grummelte Bellick. Er konnte sich keinen Reim darauf machen.

»Links, rechts, geradeaus«, erwiderte der Vogel. Dann schwang er sich auf in die Luft und flog davon.

Da ging dem jungen Bedwyr ein Licht auf.

»Was hältst du davon?« fragte Siobhan.

»Wir lagen schon einmal vor einer stark befestigten Stadt in Avon«, sagte Luthien. »Und haben einen großen Sieg davongetragen.«

»Princetown«, erriet Bellick.

»Ohne direkt gegen die Stadt und ihre Wehranlagen vorgegangen zu sein«, lenkte Siobhan ein.

»Statt dessen haben wir im Tal von Durritch gekämpft«, sagte Luthien, und jetzt klarte auch Siobhans Miene auf. Nur Bellick rätselte noch. Er wußte nicht, worauf die beiden abzielten, zumal er Princetown ja erst erreicht hatte, als die Schlacht schon entschieden gewesen war.

»Brind'Amour hatte die Gestalt von Herzog Paragor angenommen und die Garnison der Stadt vor die Mauern geschickt«, erinnerte Luthien.

Bellick schaute nach Süden, in Richtung Warchester. »Glaubt ihr etwa, daß …«

»Allerdings«, fiel ihm Luthien ins Wort.

Siobhan beeilte sich, Kundschafter auf den Weg zu schicken und die nötigen Befehle zu erteilen.

»Brind'Amour hat uns eine Warnung zukommen lassen«, erklärte Luthien dem Zwergenkönig, der unverwandt nach Süden starrte. »Die Garnison rückt aus. Wir müssen uns bereit machen.«

Am schwersten traf es diejenigen Zyklopen, die die reißenden Wasser der Dunkery überqueren mußten, denn Bellick hatte ihr Manöver vorausgesehen.

Ein Teil der Truppe war schon jenseits des Flusses. Alle anderen steckten noch mittendrin beziehungsweise am Ostufer, als die Eriadoraner angriffen. Der von Luthien und Siobhan angeführte Reiterverband überfiel diejenigen am Ostufer, während Bogenschützen die durchs Wasser watenden Ungeheuer mit Pfeilen bedeckten. Gleichzeitig marschierten Bellicks Zwerge am anderen Ufer auf und trieben die bereits übergewechselten Einaugen in die Fluten zurück. Der Vollmond tauchte zudem die schaurige Szene in silbriges Licht.

Es dauerte nicht lange, und die Schlacht an der Dunkery war entschieden. Doch zum Jubeln blieb keine Zeit. Sofort sprengten die Reiter um Luthien weiter. Ihnen folgte das Heer nach Süden, entschlossen, die beiden anderen Zyklopendivisionen aufzureiben.

»Alles bloß Attrappen!« brüllte Akrass und trat vor einen mit Blättern gefüllten Sack. Es brannten noch Feuer, und überall lagen Decken herum, unter denen Soldaten zu schlafen schienen.

Ehe der Zyklop aber seiner Wut so richtig Luft machen konnte, schallte aus dem Osten lautes Schlachtgetöse.

»Sie sind los, um unsere Flanke anzugreifen«, rief Brind'Amour. Seine Verwandlung in Gestalt von Theredon machte ihm inzwischen schwer zu schaffen; er war fast am Ende seiner Kräfte.

Akrass drängte darauf, der Division im Osten zu Hilfe zu eilen, was ihm der Herzog auch gestattete. Und so eilte der Leutnant mit seinen Truppen davon – und in die Irre.

Deanna schüttelte sich eine kleine Hexerei aus dem Handgelenk, die den Mond am Himmel um ein Stück verrückt erscheinen ließ. Darüber hinaus sorgte sie für eine krasse Ablenkung der Laute, die von Osten kamen. Und so kam es, daß Akrass mit viertausend Zyklopen Hals über Kopf gen Norden stürmte.

Brind'Amour und Deanna reihten sich auf ihren Pferden in die Marschkolonne ein. »Hübscher Mond«, bemerkte Brind'Amour und zollte der Herzogin Respekt.

»War ganz einfach«, antwortete sie bescheiden.

»Einfach, aber wirkungsvoll.«

Die dritte Division von Warchester überquerte die Eorn in einer lehmigen Furt. Allzuweit vom Ort des Überfalls entfernt, konnten die Soldaten den Lärm nicht hören, und so waren sie – wie die Truppe um Akrass – maßlos verwundert, als sie das Lager der Eriadoraner erreichten und nur leere Decken vorfanden, wo sie doch eine wüste Schlacht erwartet hatten.

Zu dieser Zeit war es auf den Feldern im Osten wieder ruhig geworden.

Der zyklopische Anführer ließ zum Rückzug blasen, und so ging es wieder die Eorn flußabwärts, diesmal am Ostufer. Ständig schauten sie über die Schulter zurück in der Hoffnung, die Kameraden folgen zu sehen. Gleichzeitig fürchteten sie, in einen Hinterhalt der tückischen Feinde zu geraten.

Wie bei jedem geordneten Rückzug, so hatten auch sie das Ende des Zugs besonders verstärkt.

Vergeblich, denn der Angriff erfolgte von vorn, und gleich darauf stießen weitere eriadoranische Verbände mit überlegenen Kräften von beiden Seiten zu. Die Einaugen wähnten zunächst die eigenen Leute nahen und irrtümlich attackieren, und es dauerte eine Weile, ehe sie registrierten, mit wem sie es wirklich zu tun hatten. Doch da war es schon zu spät. Verwirrung ging in Panik über. Was noch laufen konnte, stob auseinander. Manche flohen zur Stadt zurück, um den Rest der Garnison zu alarmieren. Doch unter dem Vorwand, den Schutz der Stadt nicht preisgeben zu dürfen, weigerten sich die feigen Kameraden, vor die Mauern zu ziehen.

»Es reicht«, sagte Brind'Amour zu Deanna, als sie mit Akrass an der Spitze des Zuges Billingsby erreichten, ein Dorf fünf Meilen nördlich von Warchester.

Deanna lenkte ihr Pferd an die Seite von Leutnant Akrass und sagte in künstlicher Verzweiflung: »Der Hexerkönig Brind'Amour hat zugeschlagen und uns, wie's scheint, in die Irre geschickt.«

Akrass war drauf und dran, handgreiflich zu werden, das sah Deanna ihm an.

»Grünspatz wird mir die Schuld dafür geben.«

Sofort ließ der wutschnaubende Zyklop von ihr ab, denn er hatte begriffen: Wenn er Deanna tötete, würde Grünspatzens Zorn auf ihn allein fallen.

Ohne Theredons Entscheidung abzuwarten, brüllte der Zyklopenleutnant: »Auf, nach Warchester!« Und preschte auf seiner Maulsau auf und davon und machte den Soldaten Beine.

Der Kampf war entschieden, als es im Osten heller wurde. Da kamen Bellicks Kundschafter in vollem Galopp herbeigeritten und berichteten, daß die Dritte und größte Division umgekehrt sei und eilends nach Warchester zurückmarschiere.

König Bellick fuhr mit den Fingern durch den feurigen Bart und dachte nach. Seine Kämpfer waren bestimmt müde, hatten sie doch in dieser Nacht zwei Schlachten geschlagen. Die dritte Garnisonsdivision ließe sich gewiß nicht so einfach überrumpeln; sie war gewarnt und bei Tageslicht überlegen.

So teilte Bellick seine Streitkräfte auf und setzte zwei Gruppen in weitem Abstand zueinander in Bewegung. Sie sollten die zur Stadt zurückkehrenden Einaugen in der Mitte passieren lassen und ihnen dann in den Rücken fallen.

Obwohl hundemüde und geschunden, waren alle mit Eifer dabei.

In langgezogener Reihe hasteten die Zyklopen den Stadtmauern entgegen. Es drängte sie so sehr, daß sie die eigene Sicherheit vernachlässigten. Daher brach ein heilloses Chaos aus, als sie sich von hinten in die Zange genommen sahen. Bis vor die Tore der Stadt setzen ihnen die Eriadoraner nach.

Dort, so war es zwischen Bellick und Luthien abgesprochen worden, sollte die längst fällige Rast eingelegt werden, doch plötzlich zuckten blaue Blitze vom Himmel, und knarrend öffneten sich die eisernen Pforten.

Luthien fürchtete schon, daß ihnen nun der zurückgebliebene Teil der Garnison entgegenstürmen würde. Doch als das Blitzgewitter andauerte und viele der vor den Toren stationierten Prätorianer davon erschlagen wurden, ahnte der junge Bedwyr, daß kein anderer als Brind'Amour die Stadt aufgeschlossen hatte. Verflogen war nun alle Müdigkeit, und von Bellick angeführt, marschierten die siegreichen Kämpfer jubelnd ein.

27. KAPITEL

# *Die Mauern von Warchester*

Der Vorplatz hinter dem Haupttor war wie leergefegt. Die soeben in die Stadt zurückgeflohenen Einaugen hatten sich schnellstens verkrochen. Und Unterschlupf bot sich allenthalben, wie Luthien zu seinem Bedauern feststellen mußte. Warchester war nämlich nicht nur von einer, sondern von mehreren Mauern umgeben, die in gleichmäßigen konzentrischen Kreisen den eigentlichen Stadtkern umringten. Dahinter lagen die Verteidiger in Stellung, und es waren beileibe nicht die sehbehinderten Zyklopen, sondern mehrheitlich Avonesen, die mit Pfeil und Bogen und Lanzen sehr wohl zu zielen vermochten. Zu dumm, dachte Luthien im stillen, daß es nicht mehr Zeit zur Vorbereitung gegeben hatte, daß er nicht mit Bellick und Siobhan am Lagerfeuer sitzend in aller Ruhe Lagepläne hatte studieren und Strategien entwickeln können. In geschlossenen Reihen zu attackieren war zwischen diesen Gemäuern nicht möglich. Hier war jeder Kämpfer mehr oder weniger auf sich allein gestellt.

Unter den hier herrschenden Bedingungen zu kämpfen behagte Luthien ganz und gar nicht. Doch sie hatten nun einmal das Haupttor passiert; die Gelegenheit war da und durfte nicht ungenutzt bleiben. Auf Flußtänzer näherte sich Luthien dem rechten, ansteigenden Rand der Vorplatzes. Etliche folgten ihm, einige hielten sich weiter links. Die Zwerge marschierten mehrheitlich geradeaus, der nächsten Mauer entgegen, wo sie ihre Leitern anlegten, Seile an Haken nach oben schleuderten um sich furchtlos daran emporzuhangeln.

Luthien traf schon bald auf Widerstand. Hinter einer Biegung gelangte er an eine Mauerlücke, hinter der sich rund zwanzig Zyklopen verschanzt hielten. Er rief Siobhan zu sich, stürmte voran und erwischte eines der Ungeheuer mit wuchtigem Schwerthieb, während Flußtänzer ein zweites niedertrampelte. Dann sprengte er weiter, und über die Zyklopenmeute schwappte die Welle seiner Gefährten, die ihm folgten.

Er warf einen Blick über die Schulter zurück und sah die Mauer, die er mit seiner Truppe hinter sich gelassen hatte, von Zwergen erstürmt. Da schnellte ein Pfeil an ihm vorbei. Er warf eilends den Kopf herum, doch da war das Geschoß schon in die Brust eines Zyklopen eingeschlagen. Der taumelte zurück und wurde von seiner Gruppe, die er angeführt hatte, um den Eindringlingen entgegenzutreten, beiseite gestoßen.

Doch diese Gruppe konnte Luthien und seine Reiter nicht aufhalten, die einfach drüber hinwegpreschten.

Wie in allen großen Städten Avons ragte im Zentrum, der gleichzeitig der am höchsten gelegene Teil von Warchester war, eine mächtige Kathedrale auf. Ringsum erstreckte sich ein offener Platz, auf dem wochentags Markt abgehalten wurde. Auch jetzt tummelte sich hier viel Volk. Es eilte in Scharen herbei, um in der Kathedrale Schutz zu suchen.

Aber noch waren die Eingänge versperrt.

Auf dem Balkon über dem Hauptportal standen Deanna Wellworth, Brind'Amour und Akrass, der Zyklop. Brind'Amour, der sich immer noch in Theredons Gestalt befand, rief der Menge zu, sie möge Ruhe bewahren, und tatsächlich wurde es stiller, so still, daß der Kampfeslärm an den Außenmauern deutlich zu hören war.

Daraufhin trat der alte Zauberer an die Seite des Zyklopenleutnants zurück und überließ Deanna den besten Platz an der Balustrade.

»Ihr kennt mich«, rief sie in die Menge. »Ich bin Deanna Wellworth, Herzogin von Mannington.«

Es wurden etliche Stimmen laut; einige forderten, die Tore zu öffnen, andere fragten, ob sie, die Herzogin, ihre Garnison von Mannington zu Hilfe rufen würde.

Mit magisch verstärkter Stimmkraft fuhr Deanna fort: »Hört her, ich sage euch, was ihr noch nicht wißt: Ich bin die rechtmäßige Anwärterin auf den Thron von Avon.«

Das Volk reagierte nicht, anscheinend verstanden die wenigsten, was die Herzogin da sagte. Zwar wußten sie, zumindest die älteren unter ihnen, daß Deanna eine Königstochter war. Aber was hatte das mit der aktuellen Situation zu tun, dem drohenden Unheil für Warchester?

»Ich bin die wahre Königin!« rief Deanna. Brind'-Amour nickte ihr aufmunternd zu, und bevor Akrass Protest erheben konnte, hatte ihn der alte Zauberer von hinten erdolcht.

»Noch herrscht Unrecht, doch das werde ich nicht länger dulden«, übertönte sie das anschwellende Raunen und Murren. »Ich werde nicht länger dulden, daß sich Grünspatz die Macht über Avon anmaßt. Ihr habt doch auch von den Gerüchten gehört, wonach auf den Feldern im Süden der Stadt ein Drache niedergegangen ist. Das war nicht etwa ein Verbündeter Eriadors, nein, es war niemand anders als Grünspatz in seiner natürlichen Gestalt.«

Wie aufgewühltes Wasser geriet die Menge in Bewegung. Tumulte brachen aus.

»Hört her, ihr stolzen Bürger von Warchester«, brüllte Deanna. »Das sind keine Invasoren, die in die Stadt eingedrungen sind, sondern Söldnertruppen, die für mich, eure rechtmäßige Königin, kämpfen. Sie sind aus Eriador gekommen, um Recht und Ordnung wiederherzustellen.«

Brind'Amour hörte Tumult im Rücken, drehte sich ruhig und gelassen um und warf magische Energie gegen die große Balkontür, worauf sich diese rammelfest im Rahmen verkeilte. »Ihr zettelt hier noch einen Aufstand an«, warnte er die Herzogin.

»Eben darauf bin ich aus«, antwortete sie.

Brind'Amour war weit davon entfernt, ihr dieses Ansinnen auszureden. Er hatte die Wehranlagen der Festung namens Warchester gesehen und wußte, daß noch mehrere tausend Zyklopen in Bereitschaft standen. Die dreißigtausend Einwohner hinzugerechnet, war die Kampfkraft dieser Stadt den Truppen Bellicks um einiges überlegen.

Den toten Akrass hinter sich herzerrend, trat der alte Zauberer vor. Und obwohl er sehr erschöpft war vom vielen Zaubern, griff er abermals zu magischen Mitteln, so daß der Zyklopenleichnam federleicht wurde. Er stemmte ihn hoch in die Luft und rief: »Wehrt euch gegen eure Unterdrücker! Tod den Einaugen!«

Vielhundertmal hallte der Ruf über den Platz. Die Menge tobte und machte Deannas Hoffnung schneller wahr als angenommen.

»Findet heraus, wer auf unserer Seite steht«, sagte Brind'Amour. »Und laßt die Verletzten und Wehrlosen in den Schutz der Kathedrale bringen.« Ehe Deanna antworten konnte, hatte sich der Zauberer in eine gelbliche Rauchwolke aufgelöst und auf die Suche nach Luthien gemacht.

Deanna wandte sich wieder der Menge zu, rief sie zum Zusammenschluß und Widerstand gegen Grünspatz auf. Da sauste plötzlich ein Speer von oben herab und verfehlte sie nur knapp um Haaresbreite. Als sie nach oben blickte, sah sie, daß sich mehrere Zyklopen auf den hohen Glockenturm zurückgezogen hatten. Sie fackelte nicht lange und antwortete mit einem Blitzstrahl aus gebündelter, schwarzer Energie, der die Einaugen von der hohen Kanzel fegte.

Mehr bedurfte es nicht, um die Menge auf dem Platz hinter sich zu bringen. Zusehends größer wurde die Gruppe, die sich daranmachte, ihre Worte in die Tat umzusetzen. Die rechtmäßige Königin von Avon sprengte die von Brind'Amour verrammelte Balkontür und verwandelte die verdutzten Zyklopen, die dahinter Wache standen, in kleine Häufchen schmauchender Asche. Bald öffnete sich auch das große Kathedralenportal. Der Aufstand war in vollem Gange.

Brind'Amour spürte, daß er seine magische Kraft für heute verausgabt hatte, und während ringsum alles aufbegehrte, sehnte er sich nach Ruhe und Schlaf. Dennoch machte er sich nützlich, gebrauchte statt seiner Zaubergaben den Verstand und seine Verkleidung als Herzog Theredon, um eine Gruppe von Zyklopen, die ihre Stellung an der Mauer hielt, unter irgendeinem aus der Luft gegriffenen Vorwand wegzuschicken und somit die Verteidigung weiter zu schwächen.

Hinter der Mauer hörte er plötzlich lautes Gestampfe von Hufen. Auf die Brustwehr hinaufgestiegen, sah er zwei Kampfverbände zu beiden Seiten eines langen, schmalen Wassergrabens aufeinander zustürmen: Luthien mit rund hundert vor allem elfischen Reitern und eine in etwa gleich große Schar von berittenen Zyklopen.

Zwar konnten die Bogenschützen um Luthien kleine Vorteile herausschinden, doch mit kaum verminderter Wucht warf sich die Zyklopenmeute den Eriadoranern entgegen. Allein der Aufprall riß viele aus dem Sattel. Andere konnten sich nur deshalb auf ihren Reittieren halten, weil zum Fallen der Platz fehlte.

Mitten im Gewühl entdeckte Brind'Amour den jungen Bedwyr auf seinem weißen Hengst. Er feuerte seine Mitstreiter an und hackte mit dem Schwert um sich, daß einem Hören und Sehen verging.

Aber wie lange mochte dies so weitergehen? Brind'-Amour machte sich schon auf das Schlimmste gefaßt.

Hoch waren die Verluste, aber schließlich brachen sich Luthien und die Hälfte seiner Reiter Bahn. Ihnen folgte eifrig eine Schar von eriadoranischen Fußsoldaten durch den Wassergraben.

Anstatt aber allmählich abzuklingen, wurden die Kämpfe immer heftiger; vielerorts standen sich Mensch und Mensch gegenüber.

Erst am späten Nachmittag war Warchester genommen. Zwar wurde hier und da noch vereinzelt Widerstand geleistet, doch die Truppen aus Eriador konnten wieder einen glorreichen Sieg für sich verbuchen. Freude wollte allerdings nicht aufkommen. Der Preis war sehr hoch gewesen: Vier von zehn waren gefallen oder schwer verwundet. Am ärgsten hatte es Bellicks furchtlose Zwerge getroffen.

Deanna Wellworth fand großen Rückhalt unter der Bevölkerung, aber es wurden auch kritische Stimmen laut, denn sie trug Verantwortung für den Aufstand, der so viele Menschenleben gekostet hatte, so daß jede Familie in Warchester trauern mußte. Trotzdem, jene Avonesen, die an diesem Abend den Schutz der Kathedrale verlassen konnten, bezeugten ihren Haß auf Grünspatz und seine Zyklopen und berichteten vom großherzigen Verhalten der eriadoranischen Eroberer, die die verletzten Bürger Warchesters pflegten, als gehörten sie zu den eigenen Reihen.

Brind'Amour freute sich, Theredons Gestalt wieder ablegen zu dürfen. Er war aber so geschwächt, daß er kaum gehen konnte. Er machte Deanna mit Luthien, Bellick und den Offizieren der eriadoranischen Armee bekannt und berichtete ihnen, was geschehen war.

»Wir haben die Schlacht gewonnen, aber einen hohen Tribut dafür zollen müssen«, sagte Siobhan.

»Trotzdem sind wir bereit, den Marsch fortzusetzen«, beeilte sich Shuglin hinzuzufügen. »Carlisle ist nicht mehr weit.«

»Gemach, gemach«, erwiderte Brind'Amour. »Wollen

doch erst mal sehen, wen wir da als Verbündete hinzugewonnen haben.«

»Und ich muß nach Mannington zurück«, erklärte Deanna. »Meine Truppen zusammentrommeln, um sie nach Carlisle zu schicken.«

Brind'Amour nickte, war aber nicht gerade erbaut. »Mannington ist nach wie vor eine Stadt Avons«, erinnerte er. »In ihren Straßen wird sich womöglich wiederholen, was hier und heute geschehen ist, nur mit dem Unterschied, daß dir dann keine Soldaten aus Eriador zur Seite stehen.«

»Ich glaube nicht, daß es soweit kommt«, entgegnete Deanna. »Die meisten Prätorianer sind mit der Flotte hinausgefahren und inzwischen gewiß schon Beute der Fische geworden. Außerdem habe ich bereits vor geraumer Zeit unter meinen Leuten die Saat des Aufstands gesät«, fügte sie schmunzelnd hinzu. »In den Schenken und Herbergen, wo das einfache Volk verkehrt. Nein, in Mannington wird es kaum Blutvergießen geben, und ich bin sicher, daß sich viele zum Marsch auf Carlisle bereit finden, wo die Entscheidung fallen muß.«

Das waren ermutigende Nachrichten, doch für die Eriadoraner, die die Berge passiert hatten, sich über hundert Meilen von Dorf zu Dorf durchgeschlagen und allein vom voraufgegangenen Abend bis jetzt nicht weniger als vier Schlachten hatten führen müssen – für sie war schon der bloße Gedanke an eine Fortsetzung des Marsches kaum mehr zu ertragen.

»Nehmt Euch in acht«, warnte Brind'Amour. »Es wäre nicht gut, wenn Grünspatz Euch auf die Schliche kommt.«

»Er wird bald Bescheid wissen und vor Wut platzen.« Lächelnd klopfte die eigentliche Königin von Avon dem alten Zauberer auf die Schulter und machte sich davon.

»Sichert die Stadt und das Lager«, beauftragte Brind'-Amour den Zwergenkönig. »Wir bleiben mindestens fünf Tage.«

»Die Zeit kommt vor allem Grünspatz zugute«, warnte Bellick.

»Wer hätte damit gerechnet, daß Warchester gleich am ersten Tag fällt?« entgegnete Brind'Amour. »Ich war auf eine, wenn nicht mehrere Wochen der Belagerung eingestellt. Nutzen wir die gewonnene Zeit, um etwas auszuruhen.«

Bellick grummelte zwar, zeigte sich aber einverstanden und ging mit Shuglin los, um die Order des Alten auszuführen.

Auch Luthien und Siobhan machten sich auf den Weg. Sie wollten ihre Kavallerie prüfen und in den Stallungen der Stadt nachsehen, ob dort neue Pferde zu besorgen waren. Unterwegs brachten sie ihr jeweiliges Punktekonto auf den neuesten Stand, rechneten aber nicht die Menschen dazu, die sie hatten töten müssen. Tote Zyklopen zu zählen war ihnen hingegen geradezu ein Bedürfnis, und es spornte sie an zu weiteren Taten.

»Dreiundsechzig«, zählte Luthien zusammen, und es ärgerte Siobhan merklich, daß sie zwei weniger zu bieten hatte. Aber es sollte sich ihr in nächster Zeit noch so manche Gelegenheit zum Gleichziehen bieten.

Als sie sechs Tage später Warchester verließen, hatten sich die Soldaten gut erholt und mit Proviant eingedeckt. Auch ihre Reihen waren wieder aufgefüllt, denn viele Bürger der Stadt hatten zu den Waffen gegriffen, um für ihre rechtmäßige Königin gegen Grünspatz ins Feld zu ziehen.

»Es ist genauso gekommen, wie ich's vorausgesagt habe«, tönte Luthien stolz. »Avon wird sich gegen Grünspatz erheben und unsere Sache als gerecht ansehen. Vielleicht hätten wir damals, als wir Princetown genommen und Herzog Paragor getötet haben, weiter nach Süden marschieren sollen.«

»Na schön, du hast recht behalten«, antwortete Siobhan, die neben Luthien und Brind'Amour einherritt. »Aber wer hätte ernstlich daran glauben können, daß sich das Volk von Avon einer fremden Macht anschließt, die in ihr Land einfällt?«

»Von einem Anschluß kann nicht die Rede sein«, widersprach Brind'Amour. »Wer mit uns gekommen ist, tut dies nur einer einzigen Person zuliebe. Wäre Deanna nicht gegen Grünspatz aufgestanden, hätte der Kampf um Warchester noch lange gedauert, und das Heer, das nun von Mannington aus in Richtung Süden zieht, wäre gegen uns marschiert.«

Mit dieser nüchternen Einschätzung wollte er auf den Boden der Tatsachen zurückführen. Von der Seeschlacht in der Straße von Mann gab es nichts zu berichten; Brind'Amour hatte noch nicht die Zeit gehabt, Erkundigungen einzuholen.

Er konnte nur mutmaßen, wie die Dinge dort standen, und hatte ein gutes Gefühl. Doch davon sagte er nichts.

Der Aufstand in Avon griff um sich.

Grünspatz stampfte wütend um den großen Thron herum und rang mit jedem Schritt die Hände. Wenn er sich mal hinsetzte, dauerte es nicht lange, und er sprang wieder auf, um seine Runden fortzusetzen.

Herzog Cresis hatte seinen König noch nie so erregt gesehen, und dem Zyklopen schwante, daß die Lage noch schlimmer war, als es die Berichte, die er kannte, aufgezeigt hatten.

»Verrat«, schimpfte Grünspatz. »Oh, diese elenden, verräterischen Ratten! Ich werde zusehen, daß es ihnen an den Kragen geht, beiden, dem verdammten Ashannon und dieser häßlichen Deanna. Jawohl, aber vorher werde ich mich noch einmal an ihr gütlich tun.«

Es ist also wahr, dachte Cresis. Der Herzog von Baranduine und die Herzogin von Mannington hatten sich mit dem Feind verschworen. Klugerweise verzichtete der Zyklopen-Herzog auf jeglichen Kommentar. Denn er wußte: Ein einziges, fehlplaziertes Wort könnte ihm zum Verhängnis werden. Wenn der König von Avon in solch einer Stimmung war, empfahl es sich, zu verreisen, weit, möglichst weit weg. Aber das war für Cresis zur Zeit leider nicht möglich, denn der Hauptstadt näherten sich zwei feindliche Heere zu Lande und eine, womöglich sogar zwei, Flottenverbände zu Wasser.

Grünspatz nahm wieder einmal Platz, ließ sich ganz unzeremoniell auf den Thron plumpsen und warf ein Bein über die Armlehne. Das Königreich drohte ihm verlorenzugehen, und er konnte kaum etwas tun, um den Feind aufzuhalten. Wenn er sich ihm mit all seinen Zauberkräften entgegenstemmte, ging er ein großes Wagnis ein, denn er wußte die Stärke Brind'Amours nicht einzuschätzen.

Aber es gibt immer einen Ausweg, dachte der König, und der Drachen in ihm sehnte sich nach der Sicherheit der Salzsümpfe.

Er schüttelte den Kopf. Abdanken? Von wegen. So schnell würde er sich nicht geschlagen geben. Möglich, daß er am Ende gezwungen wäre, sich in die Salzsümpfe zurückzuziehen, aber vorher hätten die Eriadoraner noch einiges zu erleiden. Es galt, einen Weg zu finden, der …

»Die Schiffe aus Eriador und Baranduine nähern sich der Strattonmündung«, meldete Cresis. »Unsere Galeonen liegen dort in Bereitschaft, und die Ufer säumen schwere Katapulte.«

Grünspatz schüttelte den Kopf. »Die werden an der Mündung vorbeisegeln«, entgegnete Grünspatz. Er hatte während seines Drachenflugs viel gesehen und ahnte daher, was ihnen bevorstand. »Südlich von Newcastle braut sich auf offenem Wasser eine Schlacht zusammen.«

»Dann kann unsere Ostflotte eingreifen, und wir werden den Feind in die Zange nehmen«, freute sich der Zyklop. »Unsere Kriegsschiffe sind allemal überlegen.«

»Und was ist mit den Huegoten?« fragte Grünspatz ungehalten. Immerhin hatte Deanna mit ihrem Hinweis auf die Isenländer die Wahrheit gesagt. Er hatte mit eigenen Augen gesehen, daß ein großer huegotischer Flottenverband an Eriadors Ostküste nach Süden segelte. In seiner Drachengestalt war er auf eines der Schiffe herabgestürzt und hatte Feuer gelegt, war aber derart geballt mit Pfeilen und Speeren, mit Pechklumpen und Steinen beschossen worden, daß er wieder hatte aufsteigen und fliehen müssen.

Zuerst war er nach Evenshorn geflogen und hatte dort die Bestätigung gefunden, daß Mystigal spurlos verschwunden war. Als er dann in großer Höhe nach Westen weitergesegelt war, hatte er das zweite eriadoranische Heer entdeckt, das unaufhaltsam wie eine Brandungswelle von den Hügeln bei Deverwood auf Carlisle zugerollt kam. All das hatte er noch verwinden können. Doch dann kam es für ihn knüppeldick, denn bei seiner Rückkehr nach Carlisle wurde ihm nicht nur die Nachricht vom Aufstand in Warchester zugetragen, sondern zu allem Überfluß auch noch gemeldet, daß Herzog Ashannon zum Feind übergelaufen war.

Cresis war merklich erschüttert. »Huegoten?« stammelte er. Der Zyklop wußte sehr wohl, wofür dieser Name stand.

»Dem bösen Feind böse Verbündete«, höhnte Grünspatz.

Der Zyklop klimperte mit dem Auge und fuhr sich mit der Zunge über die aufgeworfenen Lippen bei dem Versuch, die schreckliche Nachricht zu verdauen. Für den einfältigen General gab es nur eine Lösung. »Eins nach dem anderen«, sagte er. »Ich werde mit meiner Garnison nach Norden marschieren und den Gegner da treffen, wo er schon am weitesten vorgerückt ist. Dann kehre ich nach Carlisle zurück und bereite die Verteidigung der Stadt vor.«

»Nein«, antwortete Grünspatz entschieden. Dazu war

es viel zu spät. Die eigenen Truppen würden zerrieben werden zwischen den Heeren, die von Norden und Nordosten herbeigezogen kamen. Und womöglich hatte die Verräterin aus Mannington ihrerseits schon Streitkräfte in Bewegung gesetzt. »Die Verteidigung der Stadt hat jetzt absoluten Vorrang«, sagte der König. »Wir werden uns bis zum Äußersten zur Wehr setzen.«

Cresis hatte verstanden. Er schlug die Stiefelabsätze zusammen, verbeugte sich zackig und ging.

Als er allein war, ließ Grünspatz seufzend Luft ab. Es war ihm unerklärlich, daß er sich in Deanna Wellworth so sehr geirrt hatte. Und wieso hatte er nicht schon längst gegen den Herzog von Baranduine Verdacht gewittert? Unverzeihlich war auch, daß er Deannas Meldung von dem angeblichen Kampf gegen Brind'Amour nicht sofort überprüft und von Taknapotin oder einem der anderen Dämonen hatte bestätigen lassen.

»Aber wie hätte ich denn ahnen sollen, daß mich meine kleine Deanna hintergeht?« jammerte er halblaut und mußte sich eingestehen, daß er sie völlig falsch eingeschätzt hatte. Er war überzeugt davon gewesen, sie fest an sich gebunden und ihr den Kopf gewaschen zu haben, was die Geschichte um ihre Familie anging. Und damit sie ihre Ziele erreichte, hatte er ihr die Herrschaft über Mannington zugeschanzt und jüngst auch noch Warchester in Aussicht gestellt. Seit langem sorgte er dafür – und zwar mittels teuflischer Pülverchen, die durch Selna verabreicht wurden –, daß Deanna keine Kinder bekommen konnte und die Linie der Wellworth so aussterben würde. Von ihr, da war er sich sicher gewesen, würde kein Ärger ausgehen.

Was für ein Irrtum!

Die Nordgebiete waren verloren. Vier feindliche Verbände rückten näher. Sei's drum, dachte er. Carlisle war eine mächtige, trutzige Stadt, und ihm, dem König, standen noch einige Kräfte zu Gebote.

Nun, stark waren auch Brind'Amour oder Deanna

oder Ashannon McLenny oder dieser Blutrote Schatten oder die Huegoten oder …

Die Liste seiner Widersacher wurde dem bedrängten König allzu lang. Zum wiederholten Mal brachte der Drache in ihm ihn mit Bildern von den warmen, heimeligen Salzsümpfen in Versuchung. Vielleicht, so dachte Grünspatz, hatte er sich deshalb so sehr geirrt, weil er des Throns im Grunde längst überdrüssig war und auch die Rolle als Mensch nicht mehr spielen mochte, wo doch Drache zu sein um einiges schöner war.

Heulend sprang der König Avons auf. »Nein, gib's dran, Dansallignatious!« schrie er und trat gegen den Thron. »Davon will ich nichts mehr hören.«

*Ich hätte nicht nur davorgetreten, sondern den verdammten Thron gleich kaputtgetrampelt*, stänkerte der Drache in ihm.

Grünspatz preßte die Lippen aufeinander und stampfte wutschnaubend davon.

28. KAPITEL

# Erwischt

Sie näherten sich auf dem Landstreifen zwischen den beiden Zuflüssen der Stratton. Das Gelände hier war ähnlich wie bei Warchester, ganz anders aber war der Blick auf Carlisle. Beide Städte hätten kaum unterschiedlicher sein können. Warchester war eine dunkle, drohende Festung aus grauen Mauern, mit gedrungenen, eckigen Türmen und einem starren Gleichmaß an Zinnen. Carlisle dagegen bot – ähnlich wie Princetown – ein heiteres Bild mit seinen leuchtend weißen Mauern und den hoch aufragenden, runden Türmen. Große, geschwungene Brücken überspannten die beiden Flußläufe, die hier zusammentrafen. Selbst von weitem war Carlisle eine Schönheit. Daß sie aber auch wehrhaft war, daran konnte kein Zweifel bestehen.

Luthien betrachtete die Stadt aus einer Entfernung von zwei Meilen. In seiner Vorstellung malte er sich aus, wie sehr der Krieg auch diese Stadt entstellen würde, und ihm lief ein kalter Schauer über den Rükken. Viele schreckliche Schlachten lagen hinter ihm, in den Bergen, auf offenen Feldern und in Warchester, doch er wußte: Noch viel schrecklicher würde sein, was ihm hier bevorstand.

»Tja, das kann einem wirklich angst machen«, sagte Siobhan, die zu ihm herangeritten war.

»Eine mächtige Stadt«, entgegnete Luthien leise.

»Sie wird fallen.«

Luthien schaute ihr ins Gesicht. Heute sah Siobhan,

gebadet und herausgeputzt, ganz anders aus als sonst, wenn ihr nach den Kämpfen die blonden Locken blutverschmiert am Kopf klebten, wenn in ihren Augen Feuer brannte und keine Spur von Mitleid zu entdekken war. Luthien bewunderte ihren unbezähmbaren Kampfgeist, ihren Sinn für das, was zu tun nötig war, nämlich die Gefühle auszublenden, wenn diese einen schwach machten.

Der junge Bedwyr erlaubte es sich für eine Weile, in der schönen Vorstellung zu schwelgen, daß er und Katerin, Oliver und Siobhan auf der Suche nach Abenteuern durch fremde Länder ritten.

»Säumt nicht«, mahnte eine Stimme aus dem Hintergrund. Die beiden drehten sich um und sahen Brind'-Amour kommen. »Bellick hat sich schon an die Arbeit gemacht, und auch wir sollten uns sputen mit den Vorbereitungen.«

»Glaubt Ihr wirklich, daß Grünspatz aus seinem Loch herauskommt?« fragte Siobhan.

»Ich würd's tun«, antwortete Brind'Amour. »Er wird wissen, daß sich unsere Flotten nähern, und gewiß hat er auch schon unser zweites Heer entdeckt. Ja, wäre ich an seiner Stelle, ich würde keine Zeit mehr verstreichen lassen und versuchen, mich durch Angriff zu verteidigen.«

Luthien blickte auf die hohen Stadtmauern, die im Licht der Nachmittagsonne hell erstrahlten. Brind'-Amours Überlegungen waren wie immer richtig. Erhöhte Wachsamkeit war wahrlich geboten.

Also wurden Gräben ausgehoben und Spähtrupps vorausgeschickt, die aus Zwergen in voller Kriegsmontur bestanden.

Daß sich noch in dieser Nacht etwas tat, stand allerdings nicht zu befürchten. Mehr noch als Menschen und Zwerge scheuten die Zyklopen davor zurück, bei Dunkelheit zu kämpfen. Die überaus scharfsichtigen Elfen jedoch hatten damit keinerlei Probleme, im Gegenteil, sie zogen es vor, des Nachts zu kämpfen.

So auch die Drachen.

Als es Mitternacht geschlagen hatte, schlich sich Grünspatz zum Stadttor hinaus. Dort rief er seine andere Hälfte, den großen Drachen Dansallignatious, jenes Biest, mit dem er sich schon vor Jahrhunderten in den Salzsümpfen zusammengetan hatte. Der König verwandelte sich, wurde größer, riesengroß, grün und schwarz, breitete dann die ledrigen Schwingen aus und erhob sich in die Lüfte.

Wenig später flog er im Tiefflug das Feindeslager an und ließ sein Feuer darauf niederregnen.

Doch die Eindringlinge waren nicht unvorbereitet; die Elfen hatten aufmerksam Wache gehalten. Ein Schwarm von Pfeilen zwang den Drachen, höher hinaufzusteigen, und Brind'Amour, der sich seit dem Fall von Warchester wieder gründlich erholt hatte, schlug mit wuchtigen Donnerkeilen zurück. Zuerst zuckten ein blauer, dann ein roter, ein knallgelber und schließlich ein gleißend weißer Blitz durch die Nacht.

Dansallignatious mußte mehrere Schläge erleiden. Mit schmauchenden Schuppen und brennenden Augen floh er nach Norden. Er zog noch Genugtuung aus der Brandspur und den Schmerzensschreien, die er hinter sich zurückließ. Dann, als er schon um einige Meilen vom Lager entfernt war, machte er in weitem Bogen kehrt und startete zu einer zweiten Attacke.

Wieder schwirrten Pfeile durch die Luft, und wieder krachten des Zauberers Blitze, als der Drache seinen heißen Atem ausstieß, und so tötete und brandschatzte.

Einen dritten Angriff sollte es aber nicht mehr geben, zu erschöpft war Grünspatz nun. Dennoch kehrte er zufrieden mit sich in die Stadt zurück. Die Wunden, die ihm zugefügt worden waren, würden schnell wieder heilen, diejenigen jedoch, die er getötet hatte, blieben für immer tot.

Grau und düster begann der neue Tag, entsprechend der Stimmung im Lager. Nach dem nächtlichen Überfall des Drachen gab es viele Tote zu beklagen, allein über hundert Zwerge, und entsetzlich waren die Verwundungen derer, die, von der Feuersbrunst getroffen, mit dem Leben davongekommen waren.

Die Eriadoraner rechneten nun mit einem Sturmangriff auf breiter Front; sie erwarteten, daß die Stadttore aufgingen und die Garnison ausrückte, die den Meldungen nach an die zwanzigtausend Kämpfer stark sein sollte.

Grünspatz hatte tatsächlich vorgehabt, seiner nächtlichen Attacke die Truppen folgen zu lassen, doch dieser Plan wurde durchkreuzt, und die Herzen der Eriadoraner schlugen höher, als auf der Stratton unterhalb von Carlisle Segel auftauchten. Dutzende von Segeln, ja Hunderte, die ein steifer Südwind blähte und rasch herbeitrieb.

Siobhan erspähte die Flagge Eriadors; Brind'Amour nahm Notiz von den Farben Baranduines, und Luthien sah huegotische Ruder Gischt aufrühren.

»Der Drache wird über sie herfallen und alles in Flammen tauchen«, sagte Luthien.

Brind'Amour zweifelte daran. »Ich vermute, das Volk von Carlisle weiß noch gar nicht, daß sein König ein Drache ist, und er wird sich hüten, dieses Geheimnis preiszugeben.«

»Er könnte trotzdem zuschlagen und hernach behaupten, eine kleine Hexerei veranstaltet zu haben«, gab Luthien zu bedenken.

»Dann laßt uns hoffen, daß er nicht zuschlagen kann«, meinte Siobhan. »Daß wir ihm letzte Nacht tüchtig genug zugesetzt haben.«

Schon segelten die ersten Schiffe unter den hohen Brücken hinweg, die im Osten der Stadtmitte den Fluß überspannten. Darauf drängten sich Zyklopen, Lanzen schleudernd und dicke Steine werfend. Doch die Schiffe zogen weiter, bedeckten die Ungeheuer mit Pfeilen und schlugen so breite Lücken in deren Reihen. Von Carlisle und der kleineren Festung jenseits des Flusses flogen Katapultgeschosse herbei. Getroffen ging eine der Galeonen unter. Zum Glück waren die Huegoten schnell zur Stelle, und fischten mit ihren wendigen Galeeren die Schiffbrüchigen aus dem Wasser, um dann wieder mit kräftigem Ruderschlag in die verlassene Position zurückzukehren.

Trotz der gegenläufigen Flußströmung hatten die Schiffe den gefährlichsten Abschnitt bald ohne allzugroße Schäden durchquert. Anscheinend waren die Gebete derer, die vom Norden aus zuschauten, erhört worden, denn Grünspatz, der Drache, trat nicht in Erscheinung. Fast ein Drittel der Flotte segelte weiter. Hoch auf spritzte das vor den Bugen sich teilende Kielwasser. Nur noch selten schnarrten Katapulte, und fast immer verfehlten sie das Ziel, und die Ladung klatschte ins Wasser.

Luthien bemerkte, wie Siobhan plötzlich übers ganze Gesicht grinste. Er folgte ihrem Blick zu einem der führenden Schiffe. Es gehörte zur Flotte Baranduines und schien sich mit einer huegotischen Galeere ein Wettrennen zu liefern. Beide Schiffe waren noch zu weit entfernt, um etwa Personen an Deck auszumachen. Doch eine Gestalt fiel sofort ins Auge.

»Er sitzt auf seinem Pony«, rief Luthien.

»Wie immer im Mittelpunkt«, kicherte Siobhan.

Großer Jubel begrüßte die Schiffe, die nun eine weite, geschützte Flußbiegung erreichten und dort vor Anker gingen. Die huegotischen Langboote und einige der kleinen Kriegschiffe aus Baranduine konnten sogar am Ufer festmachen. Taue flogen den dort warteten Soldaten entgegen.

»Luthien!« Die vertraute Stimme brachte sein Blut in Wallung. Während der turbulenten Wochen, die hinter ihm lagen, hatte er seine Sorgen um die Geliebte verdrängen müssen, um nicht selbst in Gefahr zu geraten. Wie glücklich war er nun, sie wohlbehalten von Bord des baranduinischen Flaggschiffs steigen zu sehen. Sie drängte durch die Menge, warf sich in Luthiens ausgebreitete Arme und drückte ihm Küsse aufs Gesicht.

Der junge Bedwyr errötete, aber Katerin nahm die hänselnden Kommentare ringsum zum Anlaß, um so leidenschaftlicher zu küssen.

Die beiden trennten sich erst, als lautes Gelächter ausbrach und sie Oliver im Sattel von Schäbig über das lange Fallreep an Land reiten sahen.

»Mein Pferdchen liebt die Seefahrt«, gab der Halbling zu erklären. Möglich, daß dem so war, aber wie alles, was Beine hat und seit Wochen auf schwankenden Planken steht, tat sich Schäbig sichtlich schwer in seinen Bewegungen. Mit jedem unsicheren Schritt drohte das Pony von der Brücke herunterzustolpern.

Oliver gab sich gelassen, fürchtete aber nichts mehr, als vor aller Augen ins Wasser zu plumpsen. Als er schließlich das sichere Ufer erreicht hatte, johlte die Menge vor Begeisterung.

»Kein Problem!« Lässig warf Oliver das rechte Bein über den Hals des Ponys und rutschte aus dem Sattel.

Unglücklicherweise machte ihm das Gleichgewicht zu schaffen, nicht weniger als Schäbig. Er stolperte einen Schritt nach links, dann drei zurück, taumelte nach rechts und wieder zurück, langte dann an Schäbigs Schweif, um sich festzuhalten, glitt aber aus und landete rücklings in einer Pfütze.

Jetzt wurde viel gekichert und schadenfroh gefeixt. Zwei Männer eilten herbei, um dem Halbling aufzuhelfen.

»Das war alles Absicht«, behauptete der.

Das laute Lachen brach ab und ging in heimliches Getuschel über, als Siobhan zu Oliver trat. Seit Wochen kursierten Gerüchte um die beiden, und jetzt war jeder, vor allem aber Luthien und Katerin, darauf gespannt, zu sehen, wie sich Siobhan verhalten würde.

»Schön, dich wiederzusehen«, sagte sie, nahm Olivers Hand, gab ihm einen Kuß auf die Wange und führte ihn fort.

Die Zuschauer zeigten sich enttäuscht.

Die Begrüßungen mußten kurz ausfallen; es gab so viel zu tun und einzurichten. Noch war Carlisle nicht gefallen, woran auch das Aufkreuzen der schlagkräftigen Flottenverbände nichts änderte.

Schon kurze Zeit später saßen die Kommandanten beieinander: Brind'Amour, Bellick, der alte Dozier und Ashannon, dazu Luthien, Siobhan, Katerin und Oliver. Brind'Amour hatte Ethan und König Asmund unter einem Vorwand fürs erste außen vor halten können, um zunächst mit seinen engsten Vertrauten sowie Herzog Ashannon reden zu können.

Ashannon und Katerin legten Bericht ab, den Oliver, immer wieder dazwischenredend, mit dramatischen Details spickte.

»Zu dem bei Newcastle erwarteten Angriff auf unsere Ostflotte ist es nicht gekommen«, sagte Katerin.

Brind'Amour krauste die Stirn, doch Katerin beeilte sich, seine Sorgen zu zerstreuen.

»Die Avonesen haben's beim Anblick der huegotischen Galeeren und unserer Übermacht einfach mit der Angst zu tun bekommen«, erläuterte sie. »Sie sind nach Gascony geflohen, um dort Zuflucht zu erbitten.«

»Was ihnen die Gasconen auch gewährt haben«, fügte Ashannon hinzu. »Allerdings unter bestimmten Auflagen.«

Oliver räusperte sich. »Sie mußten ihre Schiffe aufgeben und sich neutral erklären.«

»Eine sehr gute Nachricht«, freute sich Brind'Amour.

Alles schmunzelte, nur Katerin nicht. »Ich habe gehört, daß eine Streitmacht von fünftausend aus dem Norden anrückt«, sagte sie.

»Das ist Herzogin Deanna Wellworth und ihre Garnison aus Mannington«, antwortete Luthien, und schon an seinem Tonfall erkannte Katerin, daß von dieser Tatsache keine Gefahr ausging.

»Deanna steht auf unserer Seite«, sagte Ashannon. »Und wichtiger noch: Sie ist erpicht darauf, König Grünspatz zu stürzen.«

Nach dieser Sitzung waren alle frohen Mutes, und jetzt, da sich die Invasionszange um Carlisle legte, wagte Luthien auf den Sieg zu hoffen.

Am nächsten Morgen stießen Deanna Wellworths Soldaten zu den Alliierten, und nachmittags kam eine Vorhut von Reitern – darunter auch Kayryn Kulthwain – mit der Meldung vom Anmarsch des zweiten eriadoranischen Heeres, dem von der Hohen Mauer bis zu ihrem jetzigen Standort viele Freiwillige zugelaufen waren.

Am Vormittag des folgenden Tages hatte sich auf den Feldern vor Carlisle eine Streitmacht von über fünfzigtausend Kämpfern zusammengefunden. Durch ganz Avon erstreckten sich seine Versorgungswege, und die Küste im Süden lag offen für seine Kriegsschiffe.

Für Unstimmigkeiten sorgte nur einer von Eriadors Verbündeten. Der Huegotenführer wollte nicht länger außen vor stehen.

Luthien begleitete Brind'Amour auf Asmunds Langboot. Als sich die beiden Monarchen begrüßten, standen auch Luthien und sein älterer Bruder einander gegenüber. Ethan reichte Luthien zwar die Hand, doch seine Miene blieb ungerührt. Obwohl sie nun schon seit Wochen für die gemeinsame Sache stritten, zeigte sich Ethan immer noch so kühl und abweisend wie bei ihrem Wiedersehen auf der Insel Colonsey.

Hatte er denn wirklich so absolut mit seiner Vergangenheit gebrochen?

Über persönliche Dinge zu reden fehlte jedoch die Zeit, zumal Asmund wie ein Bär über Brind'Amour herfiel und lospolterte: »Wir sind Krieger, hatten aber wochenlang nur leere Wellen um uns rum, konnten nicht einmal selbst für unsere Verpflegung aufkommen und mußten uns von Euren Schiffen bedienen lassen.«

»Grünspatz sollte nicht erfahren …«, hob Brind'-Amour zur Erklärung an, doch Asmund fiel ihm ins Wort.

»Wir sind Krieger!« brüllte der ein zweites Mal.

Torin Rogar, der ihm zur Seite stand, nickte und sagte: »Ich habe seit Tagen meine Lanze nicht mehr aufgehoben. Und dann wollen nicht einmal die Avonesen mit uns kämpfen.«

Brind'Amour war verständnisvoll, obwohl ihm nach den Erfahrungen des langen Marsches von Caer MacDonald der Sinn fehlte für diese Kampfeslust. Die Art der Huegoten ärgerte ihn, und für einen Augenblick lang spielte er mit dem Gedanken, Asmund und seine kriegswütigen Mannen im Alleingang gegen Carlisle antreten zu lassen.

»Es juckt uns in den Fingern«, knurrte der Huegotenfürst.

»Ihr wollt wohl Eure Sklavenriege aufstocken«, merkte Luthien an, bedauerte aber sogleich seinen kecken Ausfall, da sowohl Brind'Amour als auch Ethan ihn mit Blicken straften. In dieser überaus kritischen Phase war es unabdingbar, daß das Bündnis stabil blieb.

Asmund langte nach der großen Streitaxt, die, von einem Gurt gehalten, in seinem Rücken hing. Sofort legte Luthien die Hand ans Heft seines Schwertes.

»Du wagst es?« knurrte Asmund und stieß mit der Faust in die Luft, womit er seinen Leuten zu verstehen gab, daß das Treffen für ihn beendet war. »Paßt in Zukunft lieber gut auf Eure Küsten auf«, drohte er.

»Bedeutet Euer Versprechen so wenig, daß Ihr es wegen ein paar in Wut dahergesagter Worte wieder zurücknehmen wollt?« fragte Luthien.

Der König rückte mit seinem Gesicht bedrohlich nahe an das von Luthien heran. Der hielt stand und zuckte kein einziges Mal mit der Wimper.

»Unter Freunden muß es möglich sein, Kritik zu üben«, sagte Luthien ernsthaft und schreckte kurz darauf zusammen, als Asmund ganz unvermittelt aus vollem Halse lachte.

»Du gefällst mir!« röhrte der König und seine Begleiter entspannten sich.

Luthien wollte gerade zu einer spitzen Erwiderung ausholen, als er aber die Zornesfalte in Brind'Amours Gesicht bemerkte, hielt er sich bedeckt.

Noch hatte das Bündnis Bestand. Brind'Amour mußte jedoch dem Huegotenkönig versprechen, die Erstürmung von Grünspatzens Festung anführen zu dürfen.

»Wenn wir mit Grünspatz fertig sind, werden wir unser Augenmerk auf die Huegoten richten müssen«, sagte Luthien zu Brind'Amour, kaum daß sie außer Hörweite waren.

»Und was gedenkst du zu tun?« fragte Brind'Amour. »Willst du alle Welt bekämpfen?«

»Versprecht mir zu verhindern, daß sie sich von Sklaven über die Stratton aufs Meer zurückrudern lassen«, bat Luthien.

Brind'Amour sah den jungen Mann an und wußte, daß es ihm ernst war.

»Ich werde mich dafür stark machen«, versprach Brind'Amour.

29. KAPITEL

# *Die Belagerung von Carlisle*

Häufig wagten sich mutige Reiter ganz nahe an die Mauern Carlisles heran. »Wir führen fünfzigtausend Kämpfer gegen euch ins Feld«, riefen sie im Auftrag von Brind'Amour. »Uns zur Seite steht Deanna Wellworth, die rechtmäßige Königin über Avon. Liefert ihr Grünspatz aus, den Mörder an König Anathee Wellworth.«

Stunde für Stunde wurden diese Worte an die Bürger der belagerten Stadt gerichtet. Daß sie sich gegen ihren König erhoben, war zwar unwahrscheinlich, aber Brind'Amour wollte jede Möglichkeit zur Vermeidung von Waffengewalt ausschöpfen.

Trotzdem kam es vereinzelt immer wieder zu kleinen Auseinandersetzungen, ausgelöst vor allem durch Huegoten, die die Wehrbereitschaft des Gegners auf die Probe zu stellen versuchten. Aber selbst die tollkühnen Isenländer wußten, wann es nötig war, den Rückzug anzutreten, und so blieben die Verluste auf beiden Seiten gering.

Viel wichtiger als diese Scharmützel war, was Brind'-Amour im verborgenen unternahm. Es galt nämlich zu verhindern, daß Grünspatz während der Nacht als Drache kam oder etwa durch Hexereien den Belagerern zu schaffen machte. Darum hatte sich Brind'Amour vorgenommen, seinen Widersacher anderweitig zu beschäftigen und auszuloten, wer denn der stärkere von beiden war. Während der ersten Belagerungsnacht saß Brind'-

Amour allein in seinem Zelt und öffnete einen magischen Tunnel, der bis hinauf zu jenem Turm reichte, von dem er durch Deanna wußte, daß Grünspatz darin wohnte. Dieser Tunnel taugte nicht dazu, ihn etwa in körperlicher Gestalt zu begehen, ließ es aber zu, daß Brind'Amour als Geist hindurchschlüpfen konnte.

Grünspatz war überrascht, aber nicht schockiert, als er den Geist des alten Zauberers vor seinem Thron schweben sah. »Bist du gekommen, um mich zu tadeln?« knurrte der Hexerkönig. »Um mir vorzuhalten, wo ich Fehler gemacht habe?«

Brind'Amours Antwort kam prompt: Rote Funken sprühten und fielen dann brennend – nicht etwa auf die Haut, sondern – auf Grünspatzens Gemüt. Gleich darauf schlüpfte dieser aus seinem Körper und machte sich als Geist über den des alten Zauberers her. Und so rangen sie miteinander, Stunde um Stunde. Dabei verspürten sie zwar keine Schmerzen, doch es gingen ihnen Kräfte verloren, und als Brind'Amour am frühen Morgen den Bann brach, hockte er schwer erschöpft auf dem Feldbettrand und ließ den Kopf hängen.

In dieser Verfassung traf ihn Deanna vor. »Ihr wart bei ihm«, wußte sie auf den ersten Blick.

Brind'Amour nickte. »Er ist stark«, bestätigte er. »Aber kein Vergleich zu uns Hexern der alten Bruderschaft. Grünspatz ist durch arge List und Verrat zur Macht gelangt; allein mit Zauberkraft hätte er es nicht vermocht. So auch jetzt. Er regiert mit eiserner Faust, das heißt mit Hilfe der Zyklopen. Auf seine Zauberkunst kann er sich nicht verlassen, nicht einmal auf sein zweites Wesen als Drache.«

»Unterschätzt ihn nicht«, warnte Deanna.

»Nein, das tue ich nicht«, antwortete er. »Darum habe ich ihn aufgesucht. Und ich werde ihn kommende Nacht erneut aufsuchen, in der übernächsten und, wenn es sein muß, auch noch danach.«

»Könnt Ihr ihn denn bezwingen?«

»Auf diese Weise nicht«, antwortete Brind'Amour. »Denn ich gehe zu ihm in Geistgestalt. Immerhin sorge ich so dafür, daß er beschäftigt ist und daß er müde wird. Aber am Ende werden wohl doch die Schwerter entscheiden müssen.«

Diese Aussicht gefiel Deanna besser als der Gedanke an einen mit magischen Mitteln geführten Kampf gegen Grünspatz. Fünf Armeen belagerten die Stadt, die ohne Hoffnung auf Verstärkung war.

In dieser Lage erwiesen sich die verbündeten Zwerge als besonders hilfreich. Carlisle war gebaut worden als Festung zur Abwehr kriegerischer Streitmächte oder umherstreunenden Zyklopen. An das kleine Volk hatte damals niemand gedacht, geschweige denn an jene Zwerge aus DunDarrow, die sich hervorragend aufs Tunnelgraben verstanden. In unermüdlichem Einsatz wühlten sie sich durchs Erdreich und zogen einen Stollen vom jenseitigen Ufer unter dem Fluß hinweg in Richtung Stadt. Auch Ashannon war fleißig; er nutzte seine magischen Kräfte, um über die arbeitenden Zwerge hinweg einen Schutzschild zu spannen, so daß Grünspatz nicht entdeckte, was sie trieben.

Am sechsten Tag der Belagerung kam es zu einem ersten entschlossenen Vorstoß, gerichtet gegen den Stadtteil, der, von der Festung aus gesehen, jenseits des östlichen Seitenarms der Stratton gelegen war. Unterstützt von Siobhans Kavallerie und den Reitern von Eradoch rückten Asmunds Huegoten von Norden an. Mehrere Galeonen näherten sich auf dem westlichen Seitenarm und trotzten den Katapulten, die ihnen von beiden Ufern aus ihre Ladungen entgegenschleuderten. Etwa zur selben Zeit führte Shuglin zweitausend Zwerge durch den fertiggestellten Tunnel, der sich unterhalb der Stadt vielfach verzweigte und so die Möglichkeit bot, an verschiedenen Stellen gleichzeitig aufzutauchen. Durch die Arbeiten unter Tage hatte sich außerdem ein günstiger Nebeneffekt eingestellt: Die Fundamente der

Stadt waren unterhöhlt und entsprechend wackelig geworden.

Die Nordmauer stürzte unter dem stürmischen Andrang der Huegoten. Zu diesem Zeitpunkt waren Luthien, Oliver und Katerin bereits durch den Stollen in die Stadt vorgedrungen und riefen die Bürger auf, die Straßen zu räumen und sich in ihre Wohnungen zurückzuziehen. Zu Kämpfen kam es allerdings kaum. Die hier ansässigen Soldaten der Garnison hatten es eilig, über die Brücken zur Festung zu gelangen.

Und Grünspatz ließ sich nicht blicken. Womöglich lag er im Bett, erschöpft von den nächtlichen Besuchen Brind'Amours.

So war innerhalb von nur einer Stunde der Stadtteil besetzt und damit die Schlinge um Carlisle enger geworden.

In der Nacht machten sich Luthien und Oliver auf den Weg. Mit Hilfe des tarnenden Umhangs und Olivers magischer Dregge gelangten sie unbemerkt auf die Festung, ins Zentrum der Stadt. Dort gingen sie von einer Schenke in die andere, sprachen Leute in den Gassen an und verbreiteten das Gerücht, daß das vermeintliche Invasionsheer tatsächlich eine Streitmacht der rechtmäßigen Königin Deanna Wellworth sei.

Bevor es hell wurde, waren die beiden wieder verschwunden.

Als Brind'Amour in dieser Nacht erneut den Tyrannen Avons zu treffen versuchte, sah er sich durch eine magische Schranke abgewehrt, die ähnlich funktionierte wie jene, welche er selbst gegen Resmore und in der Burg bei Warchester aufgebaut hatte. Bislang war Grünspatz stets eifrig darauf aus gewesen, sich mit Brind'Amour anzulegen, doch nun schien es, als habe er dessen List inzwischen durchschaut. Vielleicht hatte er erkannt, daß der Verlust des Stadtteils auf der anderen Flußseite hauptsächlich mit den allnächtlichen Auftritten seines Widersachers zusammenhing.

Darüber konnte Brind'Amour nur mit den Schultern zucken. Er verstand nun seinen Gegner sehr viel besser, wußte um dessen Stärken und Grenzen und zweifelte nicht mehr daran, daß er ihm als Zauberer weitaus überlegen war.

Es würde darum nicht, wie er Deanna schon am zweiten Tag der Belagerung vorausgesagt hatte, die Zauberkunst entscheiden, sondern der Einsatz von Waffen.

»Auf der Flußseite sind wir geschützt durch unsere Schiffe«, erklärte Brind'Amour am nächsten Morgen seine Strategie. »Und da wir so nahe vor den Stadtmauern liegen, wird er's auch nicht wagen, die Tore zu öffnen, um nach Norden auszufallen.«

»Wir hätten die Festung ruckzuck erstürmt«, sagte Katerin.

»Die Zeit spielt uns in die Hände«, meinte Siobhan.

»Wirklich?« Deanna Wellworth war skeptisch.

»Wir haben in der Stadt die Saat für den Aufstand gesät«, antwortete Luthien, bevor Siobhan etwas sagen konnte. »Viele Bürger waren sehr interessiert zu hören, was wir, nämlich Oliver und ich, über Grünspatzens Übeltaten und die rechtmäßige Königin Avons zu berichten hatten. Wir liefen gleichsam offene Türen ein.«

»Was wahrscheinlich in erster Linie nur meiner Überzeugungskraft zu verdanken ist«, fügte der Halbling hinzu.

Alle lachten – bis auf Asmund, dem die Belagerung gegen den Strich ging. »Ich habe keine Lust, hier auf den Feldern zu überwintern«, sagte er. Länger zu warten konnten sich die Huegoten tatsächlich nicht erlauben. Denn mit dem Wechsel der Jahreszeiten würde der Wind drehen und ihnen so, von Norden kommend, die Rückkehr vereiteln.

Brind'Amour lehnte sich zurück, ließ die anderen reden und dachte nach. Asmund drängte zur Tat, so auch Kayryn Kulthwain und nicht zuletzt Bellick, der kurz zuvor bekanntgegeben hatte, daß zwanzig weitere Ausstiege in die Stadt gegraben worden seien und daß die Wehrmauern im Südosten bald in sich zusammenbrechen würden.

»Sie erwarten, daß wir aus nordöstlicher Richtung attackieren«, sagte der Zwergenkönig. »Damit liegen sie aber nur zum Teil richtig. Luthiens Reiter und die Kavallerie aus Mannington werden bloß zum Schein von Norden her angreifen, während unsere Schiffe Soldaten im Süden der Stadt absetzen. Wir werden so schnell zuschlagen, daß sich die Zyklopen nur noch verdutzt das Auge werden reiben können.«

Daß es nicht ganz so einfach sein würde, wußte Brind'Amour sehr wohl, doch auch er fand, daß Carlisle reif zum Sturm war. Und falls der geplante Angriff scheiterte, blieb ihnen immer noch der Rückzug in die jetzigen Stellungen. Es würde knifflig sein, all die verschiedenen Kampfeinheiten zu koordinieren, doch dadurch wollte sich der alte Zauberer, der König von Eriador, nicht beirren lassen. Er entschied: »Wir greifen an im Morgengrauen.« Da wurde es schlagartig still. Alle Augen waren auf ihn gerichtet. »Nein, noch bevor es hell wird«, korrigierte er sich.

Und so kam es, daß eine Stunde vor Sonnenaufgang am achten Tag der Belagerung, Shuglin der Zwerg durch einen Stollen in ein stilles Haus einstieg, das am Platz der Abtei von Carlisle gelegen war. Ebenfalls tauchten Bellicks Kämpfer in der Stadt auf, während auf den Feldern im Norden die Fünftausend aus Mannington zusammen mit dem ersten Regiment aus Eriador – darunter auch Luthien, Siobhan, Katerin, Oliver sowie die berittenen Schröpfer – eine langgestreckte Formation bildeten. Südlich von Carlisle stiegen die Huegoten in ihre Drachenboote, und im Osten machten sich Kayryn und ihre Reiter für den Sturmangriff bereit.

Der Schall von tausend Hörnern kündigte den neuen

Tag an – eriadoranische, huegotische und die Hörner Manningtons. Wie Donnern klang das Nahen der Kavallerie im Norden und auf den Brücken im Osten, und überall wurde Kampfgebrüll laut.

Luthien führte den Ansturm von Norden und täuschte einen Angriff vor, um die zyklopischen Kräfte an der Stadtmauer von den Zwergen abzulenken, die sich in der Stadt gruppierten. Bestürmt von den Huegoten, stürzte die Mauer im Süden an zahlreichen Stellen in sich zusammen. Den wilden Isenländern folgten die Truppen Baranduines, und über die befestigten Brücken preschten die Reiter um Kayryn vor.

Nach der ersten Stunde jedoch war nur wenig Boden gewonnen. Luthien und seine Kämpfer steckten auf den Feldern im Norden fest; sie fanden keinen Durchlaß in der stark verteidigten Mauer im Norden. Asmunds Huegoten trafen im Süden auf erbitterten Widerstand, und auf den engen Brücken im Osten mußten die Reiter von Eradoch schrecklich hohe Verluste hinnehmen. Das Wasser der Stratton färbte sich rot, und die weißen Mauern Carlisles waren bespritzt von Blut.

Brind'Amour, Bellick, Deanna, Ashannon und Statthalter Byllewyn aus Gybi beobachteten die Schlachtszenen vom eroberten Stadtteil aus. »Habe ich Grünspatz unterschätzt?« fragte sich Brind'Amour wieder und wieder.

Doch dann kam die Wende, als Bellicks Zwerge , von Shuglin angeführt, den großen Vorhof einnahmen und die schweren Tore in der Nordmauer aufstießen. Jetzt griffen Luthiens Truppen nicht nur zum Schein an. Sie drangen in die Stadt ein und breiteten sich darin aus wie ein Steppenbrand.

Auch Grünspatz sah zu, und zwar von einem hohen Fenster der Abtei aus. Während der ersten Stunde kam Herzog Cresis immer wieder zu ihm, um dem König zu versichern, daß die Abwehr standhielt.

Als Cresis dann mitteilte, daß die Tore im Norden erstürmt seien, sah sich Grünspatz gezwungen, persönlich einzugreifen. Er entließ Cresis (der sich freute, zu dem unberechenbaren Tyrannen auf Abstand gehen zu können) und bestieg den hohen Abteiturm.

Von der Turmspitze aus überblickte König Grünspatz das ganze Ausmaß der Verheerung. Überall wurde gekämpft. Der Norden war verloren, und die Zwerge stürmten nach Osten, um die Brücken zu öffnen. Die Kavallerie sprengte durch die Straßen, den schweren Gefechten an der Südmauer entgegen.

»Idioten«, zischte Grünspatz.

Da fiel sein Blick auf eine Reitergruppe, und eine Gestalt auf einem weißen Hengst und mit fliegendem, blutrotem Umhang sprang ihm ins Auge. »Dann wenigstens den«, murmelte er, streckte die Arme von sich und drehte die Hände im Halbkreis hin und her, schneller, immer schneller: Er sammelte Energie in der Absicht, seinen schärfsten Widersacher aus dem Feld zu schlagen.

Doch noch bevor er den Bannstrahl ausstoßen konnte, riß es ihn von den Beinen. Ein gewaltiger Zauber hatte den Turm, auf dem er stand, ins Wanken gebracht.

Schnell raffte er sich wieder auf und erblickte im Osten drei Gestalten: einen alten Zauberer in blauen Gewändern, der einen Eichenstab in der Hand hielt, den Herzog von Baranduine und Deanna. Wiederholt zielte Brind'Amour mit seinem Stab in Richtung Turm und ließ mächtige Blitze krachend darauf niederfahren. Auch Deanna und Ashannon richteten all ihre Zauberkraft gegen den König.

Der Turm schwankte bedrohlich.

Grünspatz blickte in die Runde und sah sich im Brennpunkt aller Aufmerksamkeit. Auch Luthien und seine Gefährten hatten den Kampf unterbrochen und ihre Blicke auf ihn gerichtet.

»Idioten!« heulte der böse König. Vor aller Augen streckten sich knarrend die Glieder, Knochen wuchsen zusammen, andere brachen auseinander. Vom Scheitel bis zu den Zehen kribbelte es ihm unerträglich, und die Haut verhärtete sich zu grünen und schwarzen Schuppen. Und dann war er die längste Zeit Grünspatz gewesen. Dansallignatious, sein anderes Selbst, breitete die ledrigen Schwingen aus – gerade noch rechtzeitig, denn schon brach der Abteiturm unter ihm zusammen.

Ein jeder, der es sah, erstarrte: Über der aus Trümmern aufsteigenden Staubwolke segelte der Drache, in den sich der König verwandelt hatte.

Über dem Fluß zuckte ein blauer Blitzstrahl. Getroffen brüllte der Drachenkönig vor Schmerzen auf und drehte bei. Zyklopen, Huegoten, Eriadoraner und Zwerge – über alle rollte eine Feuerwalze hinweg. Aber jener Teil des Ungeheuers, den Grünspatz beanspruchte, wollte vor allem eines: den Blutroten Schatten und seine Hexerfreunde vernichten. Dansallignatious aber machte keine Unterschiede; er wollte nur morden.

Als sich dann Gegenwehr formierte, und Wolken von Pfeilen auf den Drachen zubrausten, als ihm die Katapulte auf den Schiffen ihre Ladungen entgegenschleuderten und das magische Sperrfeuer verstärkt wurde, da sah der Drachenkönig ein, daß alles verloren war und daß er nur noch sich selbst in Sicherheit bringen konnte.

Grünspatz spie einen letzten Flammenhauch gegen das Gebäude, auf dem seine Hauptwidersacher beieinanderstanden. Deanna aber war darauf gefaßt gewesen und hatte einen Schutzschirm aufgespannt, gleich dem, der Mystigal und Theredon auf dem hohen Felsplateau gefangengehalten hatte. Es wurde empfindlich heiß unter dieser Kuppel. Bellick brach in Schweiß aus, und Byllewyn schnappte röchelnd nach Luft. Aber in echte Not geriet niemand, und als der Drache im Osten verschwunden war, hatten sich bald alle wieder erholt.

»Er hat abgedankt!« rief Bellick froh.

Mit Tränen in den blauen Augen warf Deanna ihre Arme um den Zwerg und drückte ihn herzlich.

Brind'Amour aber zeigte sich weniger beglückt. Er eilte los und bedeutete den anderen, ihm zu folgen. An einer der Brücken angelangt, nahm er all seine magische Kraft zusammen, um die Verteidiger auf der anderen Seite wegzufegen.

Keiner der anderen wagte es zu fragen, was denn der Grund für diese Eile sei.

Irgendwo weiter südlich warf es Luthien fast aus dem Sattel, als Flußtänzer jählings stehenblieb. Ebenso überrascht war Oliver, der ihm auf Schäbig unmittelbar gefolgt war und hinterrücks auflief. Neugierig schauten sich Siobhan und Katerin nach den beiden um.

Luthien war ratlos. Flußtänzer ließ sich nicht wieder in Bewegung bringen. Wie angewurzelt stand er da und rührte sich auch nicht, als ihn Schäbig von hinten am Schwanz knabberte.

Plötzlich machte der weiße Hengst kehrt, und so sehr Luthien auch mit den Zügeln dagegenlenkte, es half nichts. Das Pferd setzte sich durch. »Reitet weiter«, rief Luthien den Freunden zu. Doch die wollten ihn nicht im Stich lassen und folgten.

Flußtänzer hatte allerdings schon bald einen großen Vorsprung und preschte voran. Luthiens Erleichterung war groß, als er schließlich hinter einer Kurve Brind'-Amour und die anderen auf ihn warten sah. Der alte Zauberer forderte ihn auf abzusitzen und flüsterte dem Pferd etwas ins Ohr.

»Was ist denn los?« fragte Luthien. Statt jedoch eine Antwort zu erhalten, mußte er es sich gefallen lassen, von Deanna zur Seite gedrängt zu werden.

Flußtänzer wieherte auf und schien davonspringen zu wollen. Doch Brind'Amour hatte das Tier im Griff und flüsterte ihm beruhigende Worte zu.

Inzwischen waren auch Oliver, Katerin und Siobhan in die Gasse eingebogen, und sie trauten ebenso wie Luthien ihren Augen nicht, als Flußtänzers Flanken schwellend auseinandergingen. Das Pferd schrie auf vor Schmerzen, wofür sich Brind'Amour entschuldigte und ihm den Kopf tätschelte.

Dann schienen die Qualen überstanden zu sein, und aus den Schultern des Tieres wuchsen wunderschöne, gefiederte Flügel.

»Was habt Ihr da getan?« rief Luthien entsetzt, denn immerhin war es sein Pferd, das da in einen Pegasus verwandelt worden war.

»Keine Angst«, sagte Brind'Amour. »Dieser Zauber wird nicht lange anhalten, und Flußtänzer ist hernach wieder ganz der alte.«

Luthien war noch immer wie benommen vom Anblick des geflügelten Pferdes, verließ sich aber vertrauensvoll auf Brind'Amours Erklärung.

»Es muß hier und jetzt zu Ende gebracht werden«, sagte der alte Zauberer. »Grünspatz darf nicht entwischen.« Er trat auf das herrliche Roß zu, das sich nun gehorsam beugte und ihn aufsitzen ließ.

»Bald gehören Euch Stadt und Land«, versprach er der Herzogin. »Womöglich werde ich zu Eurer triumphalen Thronbesteigung nicht zugegen sein. Deshalb bitte ich schon jetzt: Vergeßt nicht die, die Euch geholfen haben.«

»Ich werde mich erkenntlich zeigen«, versicherte ihm Deanna.

»Wenn ich nicht zurückkehre, werdet Ihr Grünspatz auf immer fürchten müssen. Laßt dann die Salzsümpfe unter Beobachtung halten und seht zu, daß Ihr stets gut geschützt seid.«

Deanna nickte. »Egal, was Euch widerfahren wird; ich gelobe: Eriadors Freiheit bleibt unangetastet. Und Eure Armee wird erst dann wieder abziehen, wenn geklärt ist, wer das Oberkommando übernimmt, sei es

König Bellick von DunDarrow, Luthien Bedwyr, Statthalter Byllewyn aus Gybi oder die Halbelfe Siobhan.«

Luthien war entsetzt, daß Brind'Amours Tod überhaupt in Erwägung gezogen wurde. Aber er sah die Notwendigkeit dafür ein. Egal, was passierte, Eriador durfte nicht ins Chaos stürzen. Luthien zweifelte nicht an Deannas Versprechen, daß Eriadors Unabhängigkeit gewahrt bleibe, doch ihre letzten Worte deuteten auf eine Gefahr hin. Falls Brind'Amour nicht zurückkehrte, drohte die Einheit des Landes zu zerbrechen. Es stand zu fürchten, daß die stolzen Reiter Eradochs, Bellicks Zwerge oder die Menschen um Byllewyn wieder ihre eigenen Wege gingen und sich womöglich zerstritten.

Luthien schaute zu Brind'Amour empor, der, weit nach vorn gebeugt, mit der Hand über Flußtänzers muskulösen Hals strich. Der junge Bedwyr sprang auf ihn zu, und es schien, als attackierte er den alten Zauberer.

Brind'Amour hob den Arm, um ihn abzuwehren. »Was soll das?«

»Ich begleite Euch«, antwortete Luthien entschieden. »Mir gehört das Pferd, und ich lasse Euch nicht allein damit fortziehen.«

Brind'Amour schaute dem jungen Bedwyr in die zimtbraunen Augen und wußte auf dessen Forderung nichts zu erwidern. Luthien hatte es verdient, auf dieser letzten, alles entscheidenden Jagd mit von der Partie zu sein.

»Wenn uns das Pferd nicht beide trägt, verzaubert doch noch ein zweites«, verlangte Luthien und warf einen Blick über die Schulter zurück auf Oliver, der nervös auf seinem Pony hin und her rutschte. »Schäbig«, fügte Luthien hinzu.

»Mein kostbares Pferdchen soll Flügel bekommen, um einem Drachen hinterherzufliegen?« empörte sich Oliver.

»Ja.«

»Nein«, widersprach Brind'Amour energisch. »Flußtänzer wird uns beide tragen.« Oliver war erleichtert, Luthien einverstanden.

»Luthien!« rief Katerin.

Er stieg wieder ab, trat herbei und nahm sie in die Arme. »Es muß sein«, sagte er. »Nur so kann ein Ende haben, was damit anfing, daß ich Herzog Morkney auf dem Turm des Ministeriums erschlug.«

Katerin wollte ihn nicht gehen lassen und ausschelten dafür, daß er sich auf ein so tollkühnes Wagnis einließ und keinerlei Rücksicht auf ihre Gefühle nahm. Doch wie dem alten Zauberer, so war auch ihr schnell klar, daß ihn von seinem Entschluß nichts auf der Welt abbringen konnte.

»Ich fürchtete nur, daß du gehst, ohne von mir Abschied zu nehmen«, flunkerte sie.

»Gib auf dich acht«, sagte er. »Und gräm dich nicht. Ich komme schon bald zurück.«

Katerin war gerührt. Sie spürte, daß Luthien sehr viel weniger zuversichtlich war, als er zu sein vorgab, und küßte ihn, und obwohl sie sich das Wort verkneifen wollte, sagte sie »Lebwohl«.

Dann schwang sich Flußtänzer kraftvoll in die Luft, stieg hoch auf über die Zinnen der Stadt und flog davon, den Salzsümpfen entgegen.

30. KAPITEL

# Der Drachenkönig

Der Morgen war trüb und verhangen, als das fliegende Pferd auf weichem Torfgrund landete. Es war den Nachmittag und die ganze Nacht hindurch nach Osten gesegelt, ohne daß seine Reiter auch nur eine einzige Spur von dem entflohenen Drachen entdeckt hätten.

Luthien machte sich große Sorgen. Was, wenn Grünspatz, statt zu den Salzsümpfen zu fliegen, auf halbem Wege umgekehrt wäre, um den Kampf um Carlisle fortzusetzen?

Brind'Amour jedoch wollte davon nichts hören. »Grünspatz weiß, wann er verloren hat«, entgegnete er. »Er hat sich in seiner wahren, entsetzlichen Gestalt dem Volk gezeigt, das ihn nun nie mehr als seinen König anerkennen wird. Nein, das Biest ist nach Hause zurückgekehrt, in die Sümpfe.«

Die Salzsümpfe waren ein weitläufiges Gebiet, um das sich viele Legenden rankten. Es lag im Südosten Avons und bedeckte eine Fläche von fast fünfzehntausend Quadratmeilen. Im Osten grenzte es übergangslos an das Wattenmeer, und an seinem Westrand, da, wo sich Luthien nun befand, war der Boden morastig, unergründlich tief und voller Gefahren.

Allein die Vorstellung, dort nach einem Drachen suchen zu müssen, verursachte dem jungen Bedwyr Unbehagen.

Brind'Amour aber ließ sich nicht aufhalten. »Bleib

hier zurück und ruh dich aus«, sagte er. »Ich weiß den Drachenkönig ausfindig zu machen und werde ihn mit Flußtänzer aufgestöbert haben, noch ehe die Sonne untergeht.«

»Und was dann?« fragte Luthien.

Brind'Amour ließ sich mit der Antwort Zeit. »Ich wollte ohnehin nicht, daß du mitkommst«, sagte er schließlich. »Denn es steht zu befürchten, daß ich gegen Grünspatz nicht ankommen werde, auch nicht mit deiner Hilfe.«

»Warum sind wir dann hier und warum nur zu zweit?« entgegnete Luthien. »Warum sind wir nicht in Carlisle geblieben und haben unsere Aufgabe zu Ende gebracht und Deanna geholfen, daß sie den Thron besteigt?«

Der scharfe Ton des jungen Mannes gefiel dem Zauberer ganz und gar nicht. »Unsere Aufgabe läßt sich erst dann zu Ende bringen, wenn Grünspatz erledigt ist«, antwortete er.

»Ihr habt soeben gesagt …«

»Daß ich gegen Grünspatz womöglich nicht ankomme«, fiel ihm Brind'Amour ins Wort. »Jawohl, ich weiß es nicht und kann nur hoffen, daß mir wenigstens gelingt, ihm großen Schaden zuzufügen. Wie dem auch sei, um Avon und die Länder der Avonsee wirklich befreien zu können, müssen wir den Kriegsgrund beseitigen, und der heißt Grünspatz. Was würde es nützen, wenn wir die zyklopische Garnison von Carlisle zerschlagen und Deanna auf den Thron helfen? Wäre sie vor Grünspatz auch dann noch sicher, wenn wir mit unseren Streitkräften wieder abzögen?«

Luthien wußte dem nichts entgegenzusetzen.

»Ich werde mich nun auf die Suche begeben«, sagte Brind'Amour. »Warte hier, oder besser noch: Nimm die Straße zurück nach Westen.«

»Ich komme mit«, erwiderte Luthien, ohne zu zögern. Dann erst fiel es ihm auf, was für ihn persönlich auf dem Spiel stand, und er dachte an Oliver und Siobhan, seine Freunde, an Ethan und die Aussicht auf Versöhnung, vor allem aber an Katerin. Wie sehr er sie schon jetzt vermißte! Wie sehr er sich an diesem kalten, tristen Ort nach ihrer Wärme sehnte! Aber wiewohl er sich auf ein glückliches Leben im Kreis der Getreuen Hoffnung machen konnte, sein Entschluß stand unwiderruflich fest. »Es bleibt dabei«, sagte er und legte dem alten Zauberer eine Hand auf die Schulter. »Wir fechten die Sache gemeinsam aus, denn wir haben sie gemeinsam begonnen. Es fing damit an, daß Ihr Oliver und mich vor einer Übermacht von Zyklopen beschützt und uns in die Höhle Balthasars geschickt habt, damit wir Euch den Zauberstab zurückholen. Dafür bekam ich dann den blutroten Umhang.«

»Aber du allein warst es, der Montfort zum Aufstand geführt hat.«

»Caer MacDonald«, korrigierte Luthien.

»Du allein hast Herzog Morkney erschlagen«, fuhr Brind'Amour fort.

»Und jetzt werden wir die Sache zu Ende bringen«, erwiderte Luthien bestimmt. »Gemeinsam.«

Sie ruhten sich ein wenig aus, doch schon bald drängte es sie weiter. Auch Flußtänzer war kaum mehr zu halten. Vorsichtig wanderten sie ins Moor hinaus. Brind'Amour stieß melodische Laute aus, spitzte die Ohren und lauschte den Widerhall ab, um zu prüfen, ob seine Töne womöglich durch eine magische Kraft verzerrt wurden.

Luthien spürte, wie ihm der Morast über den Stulpenrand sickerte, vernahm die Schrecklaute aufgescheuchter Sumpftiere und schlug nach den Stechmücken, die ihn stachen, wo sie nur konnten. Linker Hand kräuselte sich die braune Wasseroberfläche eines Tümpels; darin verschwand unerkannt ein großes Tier.

Der junge Bedwyr blickte stur nach vorn in Brind'Amours Rücken und versuchte krampfhaft, alle Furcht von sich zu weisen.

Die ganze Nacht über waren die Kämpfe in Carlisle fortgesetzt worden. Von einer geordneten Verteidigung konnte allerdings nicht mehr die Rede sein, und es waren fast ausschließlich Zyklopen, die sich noch zur Wehr setzten; sie ahnten, daß ihnen die Avonesen kein Pardon gewähren würden. Über zwanzig Jahre lang waren die Einaugen Grünspatzens Büttel, Scharfrichter und Steuereintreiber gewesen. Jetzt, da sich ihr König als Drache offenbart und das Weite gesucht hatte, würden sie als Sündenböcke für alles Elend herhalten müssen, das durch Grünspatz über das Land gebracht worden war.

Jedoch schlugen sich längst nicht alle Bürger der Stadt auf die Seite der zurückgekehrten Königin. Die meisten hatten sich in ihre Wohnungen zurückgezogen, und nicht wenige leisteten sogar Widerstand, insbesondere in den südlichen Stadtteilen, wo die wilden Huegoten eingefallen waren.

Auf Oliver, Siobhan, Katerin und die vielen anderen, die aus Caer MacDonald gekommen waren, wirkten die Kämpfe wie eine Wiederholung der Revolte von Montfort. Wie damals wurde auch jetzt gleichsam von Haus zu Haus gekämpft, und jeder wußte, wohin dies führen mußte. Darum war der Halbling auch wenig überrascht, als er auf Schäbig durch das große Portal der Abteikirche trabte und sah, daß sich die Truppen um Siobhan und Katerin zwischen dem Gestühl mit Einaugen ein wüstes Gefecht lieferten. Durch die Mauerrisse in der Apsis, hinter der der eingestürzte Turm gestanden hatte, drang das Licht der tiefstehenden Morgensonne.

»Schön, daß du auch kommst«, rief Katerin dem Halbling zu.

Das Pony schlitterte auf seinen Hufen über die glatten Steine im Mittelgang. »Wir können denen doch nicht die Kirche überlassen«, antwortete Oliver und sprach damit aus, was auch Katerin und Siobhan bewogen hatte, hierherzukommen. Nicht nur in Carlisle, sondern in allen größeren Städten des Landes war ausgerechnet die Kirche das wehrhafteste Bauwerk. Falls sich die Zyklopen hier verschanzten, würde es Wochen dauern können, ehe sie wieder hinausgejagt werden konnten.

Das war den Freunden aus Eriador bewußt, und darum wollten sie es nicht zulassen, daß Zyklopen hier Zuflucht fanden. Vom hohen Triforium aus ließen Siobhan und die Schröpfer ihre Pfeile auf die Zyklopen niederregnen. Katerin hatte mit ihrer Truppe bereits zwei Drittel des Hauptschiffs sowie das nördliche Querschiff unter ihre Kontrolle gebracht. Und auch im südlichen Querschiff nahm die Gegenwehr ab, denn viele Zyklopen zogen es nun vor, Reißaus zu nehmen.

»Mir nach!« brüllte Oliver und sprengte mit seinem Pony voran, geradewegs in eine Gruppe von Zyklopen, die so dicht und massig beieinanderstanden, daß er darin steckenblieb. Fuchtelnd schlug er mit seinem Rapier zu und mußte feststellen, daß er allzu unbedacht vorausgeeilt war. Die gerufenen Kameraden hatten auf die Schnelle nicht folgen können.

»War wohl nichts«, grummelte er und wehrte sich nach Kräften. Zyklopenhände langten nach ihm und versuchten, ihn aus dem Sattel zu zerren. Weitere Einaugen kreuzten auf und schnitten denen den Weg ab, die ihm zu Hilfe kommen wollten.

»Weh mir«, heulte Oliver, mußte dann aber an Siobhan denken. Vor ihr mochte er nicht als Jammerlappen dastehen. »Singend will ich scheiden«, verkündete er und besann sich auf ein altes gasconisches Lied.

*Wir nehmen die Stadt und machen sie platt*
*im Kampf um die Damen,*
*die mit süßem Gegirre machen uns kirre*
*im Kampf um die Damen.*

*Da hagelt's viel Hiebe, 's kommt zum Geschiebe*
*im Kampf um die Damen.*
*Es sei'n unsere Wunden mit ihren Leibchen verbunden*
*im Kampf um die Damen.*

*So tut euch entkleiden, versorgt unsere Leiden,*
*ich bitt euch, ihr Damen.*
*Dann aber macht euch von hinnen, denn wir werden gewinnen*
*im Kampf um die Damen*
*und jagen euch nackt vor uns her.*

Kreischend zog er den Kopf ein, als plötzlich die Luft ringsum zu sirren anfing, so als Schwärme von Hornissen in der Luft seien. Und als er wagte, aufzublicken, sah er sich von zahllosen Pfeilen umschwirrt, was ihn beileibe nicht zu trösten vermochte.

Aber so plötzlich wie er begonnen hatte, brach der Beschuß ab. Die Menge der Zyklopen, die ihn und sein Pony bedrängten, hatte sich erheblich gelichtet. Und nun tauchte Katerin neben ihm auf, beschimpfte ihn wegen seiner Unbedachtsamkeit.

Oliver hörte ihr kaum zu. Er blickte nach oben aufs Triforium, wo Siobhan und die Elfenschützen standen, die schon wieder ein neues Ziel ins Visier genommen hatten.

Der Halbling grüßte, indem er mit der Hand an die Hutkrempe tippte. Siobhan aber zeigte sich ungnädig.

»Leider zielen meine Freunde allzu schlecht!« rief Siobhan und äffte seinen gasconischen Akzent nach.

Oliver schaute verwundert zu ihr auf. Er verstand nicht, was sie meinte.

Katerin wußte eine Erklärung: »Sie hat dein Lied gehört und vermutlich den Befehl gegeben, dich totzuschießen.«

»Aha!« Erneut tippte der Halbling mit den Fingern an den Hut und grinste übers ganze Gesicht.

»Kleines Schleckermaul, du«, kicherte Katerin und wandte sich ab.

»Oje, es hat mich erwischt«, klagte Oliver, worauf Katerin erschrocken herumfuhr. »Würdest du mir mit deinem Hemd die Wunden verbinden?«

Katerin O'Hale trat mit drohender Miene einen Schritt auf den Halbling zu und war dann von dem Beispiel hoher Reitkunst beeindruckt. Oliver riß die Zügel herum, ließ sein Pony einen weiten Satz machen und sprengte auf einer der schmalen Kirchenbänke davon.

Katerin blickte hilfesuchend zu Siobhan auf, und beide mußten über den kleinen dreisten Freund grinsen.

Dann wurde es wieder ernst, und bald waren die Zyklopen niedergemacht, das Haupt- und Querschiff gesichert. Auch die beiden Türme überm Portal konnten eingenommen werden. Doch einer Rotte von Einaugen gelang der Durchbruch. Sie wurden von einem riesigen, schrecklichen Ungeheuer angeführt, das fürstlich gekleidet und mit einem prächtig geschmiedeten Breitschwert bewaffnet war. Es hatte sich mit zwanzig Spießgesellen durch einen Geheimgang in die Katakomben zurückgezogen.

»Kommt«, rief einer aus Katerins Truppe, »wir schmeißen ihnen brennende Reisigbündel hinterher und räuchern sie so aus.«

Die anderen unterstützten den Vorschlag, doch Siobhan meldete Bedenken an. Sie hatte in dem Anführer den geflohenen Herzog Cresis wiedererkannt und wollte auf Nummer Sicher gehen. »Womöglich gibt's da unten einen zweiten Ausgang«, sagte sie. »Wir dürfen ihn auf keinen Fall entwischen lassen.«

»Wer hätte denn Lust, den Einaugen in die dunkle Gruft zu folgen?« fragte einer der Soldaten.

Einige riefen nach den Zwergen, doch Siobhan schaltete sich ein. »Die zu holen dauert viel zu lange«, sagte sie. »Ich gehe.«

Sogleich erklärten sich an die zwanzig Elfen bereit, sie zu begleiten.

»Ich lasse nur sehr ungern mein braves Pferdchen zurück«, meinte Oliver, doch er schloß sich Siobhan an. Auch Katerin wollte nicht zurückstehen.

»Vier à drei«, befahl die Halbelfe, worauf vier Reihen zu je drei Schützen vorm Eingang Position bezogen. »Und fackelt nicht lange.«

Auf ihr Zeichen hin wurde die Tür aufgerissen. Kaum hatten die ersten drei Schützen ihre Pfeile abgegeben, tauchten sie zur Seite weg und eilten in die letzte Reihe zurück, während die zweite den Beschuß fortsetzte, dann die dritte und so weiter, bis schließlich alle zweimal zum Schuß gekommen waren.

Oliver und Katerin schnappten sich je eine Laterne, womit Siobhan einverstanden war. »Wir wollen doch unseren Vorteil nicht verspielen«, sagte sie, aber dann wurde ihr bewußt, daß nicht nur Einaugen, sondern auch die beiden Freunde im Dunklen weniger gut sehen konnten als sie und ihresgleichen.

»Wir drehen das Licht so weit wie möglich runter«, erwiderte Katerin. Und so stiegen sie in die dunklen Gewölbe ein, tasteten sich vorsichtig über unebene Steinstufen nach unten. Eine Handvoll Zyklopen hatte es erwischt; mit Pfeilen gespickt, lagen sie tot auf der Treppe.

Dem Halbling kam das Laternenlicht erbärmlich funzelig vor. Das Deckengewölbe war so niedrig, daß Katerin und einige der größeren Elfen den Kopf einziehen mußten. Mächtige Bruchsteinmauern bildeten das Fundament der Abteikirche, durch das wie in einem Labyrinth eine Vielzahl enger Bogengänge führte.

Die Freunde versuchten, dicht im Pulk zusammenzubleiben, doch an den engen Stellen, die nur einzeln passierbar waren, zog es sie weit auseinander.

»Hier hat anscheinend die alte Abtei gestanden«, bemerkte Oliver. Dichtes Spinnengewebe und die engen

Mauern dämpften seine Stimme. »Die neue Kirche wurde einfach draufgesetzt.« Er stand vor drei ausgetretenen Stufen, die auf eine leicht erhöhte Ebene führten. »Das hier war womöglich der alte Altarraum.« Um Bestätigung heischend, warf er einen Blick über die Schulter zurück und mußte zu seinem Schrecken feststellen, daß er den Anschluß zu den anderen verloren hatte.

»Ach, der freie Himmel ist mir doch als Deckengewölbe sehr viel lieber«, wimmerte er leise.

»Einaugen!« hallte es plötzlich von entlegener Stelle her. Gleich darauf waren Metallgeklirr und kehliges Grunzen zu hören. Und dann meldete die Elfenstimme: »Sie sind noch hier!«

»Siobhan!« rief Oliver umherirrend. Er tappte von einem Gang in den anderen, und sie alle waren zum Verwechseln ähnlich. Als er sich endlich wieder zurechtgefunden und den Ausgangspunkt erreicht hatte, sah er auf den Stufen zwei schattenhafte Gestalten näher kommen; die waren zu groß, als daß es sich dabei um Elfen oder Katerin handeln konnte.

Schnell setzte Oliver die Laterne auf dem Boden ab und zog den Dolch. Gleichzeitig stieß er mit dem Rapier zu, zielte auf den Schatten, der ihm am nächsten zu sein schien. Doch schnell und gewandt wich ihm sein Gegenüber aus. So überlegen zeigte sich der, daß Oliver schon glaubte, mit dem Leben abschließen zu müssen. Da sah er im dunklen Gesicht des anderen nicht eines, sondern zwei Augen schimmern.

»Luthien!« rief Oliver, doch sogleich wurde ihm sein Irrtum klar.

»Paß auf damit«, knurrte Ethan Bedwyr und wischte Olivers Degen beiseite.

»Was machst du hier?«

»Ich habe meinem Bruder versprochen, auf Katerin aufzupassen«, antwortete Ethan.

»Deinem Bruder?« fragte Oliver schmunzelnd.

Ethan hatte keine Zeit für lange Erklärungen. Er

winkte zwei huegotische Gefährten herbei, die weiter oben auf der Treppe standen, und bedeutete ihnen, den Gang zur Rechten einzuschlagen. Er selbst und der Mann an seiner Seite gingen geradeaus weiter.

Oliver hob die Laterne vom Boden auf und steckte den Dolch zurück. Als er aufblickte, sah er sich abermals allein gelassen. Die Treppe vor Augen, war er geneigt, nach oben in die Abteikirche zurückzukehren. Aber plötzlich hörte er ein Rufen, und erkannte die Stimme sofort.

Mit einem Gefährten hatte sich Siobhan weit vorgewagt und eine Stollenöffnung erreicht, die ungefähr drei auf drei Fuß maß und gerade groß genug war, um einem Zyklopen kriechend Durchlaß zu gewähren.

So dunkel war es in dem Stollen, daß selbst die Elfen nichts mehr sehen konnten. Siobhan mußte das Öllicht anzünden, jene kleine Lampe, die ihr schon bei so manchen Diebereien nützlich gewesen war.

Ihr Gefährte schlich voran.

Am Ende des Stollens gelangten sie in den ältesten Teil der Katakomben. Die Grabnischen in den Wänden waren aufgeschlagen und gewährten ihnen Einblick auf die Überreste der frühen Priester und Äbte Carlisles. Die meisten von ihnen lagen ausgestreckt auf dem Rücken, aber manche hockten aufrecht in vollem Ornat auf steinernem Thron.

Siobhan mußte an sich halten, als sie ein solches Skelett in unmittelbarer Nähe thronen sah. Der Schädel lag zersprungen vor seinen Füßen. Wahrscheinlich hatten ihn Ratten heruntergeholt, die längst selbst in irgendeiner Ecke moderten. Schnell schaute die Halbelfe weg und mußte nun mitansehen, wie sich ihr Begleiter vor einem niedrigen Rundbogen heftig den Kopf stieß.

»Paß doch auf!« flüsterte sie, schrie aber dann auf, als sich der andere nach ihr umdrehte und in den Knien einknickte.

Selbst im spärlichen Licht der Öllampe war deutlich zu sehen, wie helles Blut aus seiner Brust spritzte, die von der Achsel bis zur Wirbelsäule aufgetrennt war.

Dahinter stand, das triefende Breitschwert in den beiden Pratzen, der monströse Zyklopen-Herzog mit mordlüsterner Grimasse.

Es war nur ein ferner Schrei unter immer zahlreicher werdenden Schreien gewesen, denn überall stießen die Jäger nun auf versteckte Zyklopen. Oliver aber hatte all seine Sinne auf diesen einen Schrei hin ausgerichtet. Ohne lange zu überlegen, drehte er, um besser sehen zu können, das Licht der Laterne höher, und rannte los.

Nur einmal wurde er kurz aufgehalten. Da fackelte er nicht lange und stach mit dem Degen auf einen Zyklopen ein, der mit einem Elf focht und nun, durch Olivers Seitenhieb abgelenkt, das Nachsehen hatte.

Ohne nach links oder rechts zu sehen, hastete der Halbling weiter, geleitet nur von seinem Instinkt und seinem Herzen.

Katerin sah ihn vorbeirennen und folgte ihm kurzentschlossen. Ihr dicht auf den Fersen waren Ethan und ein Huegote.

Doch sie kamen in diesen verwinkelten Gängen weniger schnell voran als der Halbling. Der war schon längst in dem Stollen verschwunden, als sie den engen Durchlaß erreichten.

Nur das Klirren von Stahl verriet ihnen, daß sie auf dem richtigen Weg waren.

Mit Pfeil und Bogen machte Siobhan allen was vor, aber im Schwertkampf war sie eine blutige Anfängerin, was auch dem monströsen Herzog auffallen mußte.

Der wähnte sich haushoch überlegen und griff frontal an, zielte mit der Klinge auf Siobhans Herz. Doch sie parierte, indem sie blitzschnell zur Seite auswich und mit einem Kopfhieb konterte.

Um der Spitze ihres kurzen Schwertes zu entgehen, wippte das Ungeheuer mit dem Oberkörper nach hinten, was ihn aus dem Gleichgewicht brachte, und über eine Steinkante stolpernd wankte es rücklings in einen Raum, der in grauer Vorzeit als Opferstätte gedient hatte.

Siobhan setzte nach, um den Vorteil zu nutzen, stolperte aber über denselben Stein und mußte den Vorstoß abbrechen.

»Herzog Cresis?«

Statt zu antworten, schnaubte das Ungeheuer verächtlich.

»Gebt Euch geschlagen«, sagte die Halbelfe keck. »Die Stadt gehört uns. Euch bleibt kein Ausweg mehr.«

»Sei's drum, dann sterbe ich halt, aber mit dem Schwert in der einen Hand und deinem Kopf in der anderen«, erwiderte er und attackierte.

Hin und her sauste das Schwert, bis er dann mit beiden Händen zupackte und zur endgültigen Entscheidung ausholte. In geduckter Haltung sprang Siobhan einen Schritt nach vorn und fing den Hieb mit der eigenen Klinge ab in der Absicht, mit einem Gegenstoß zu reagieren. Doch der Schlag des Zyklopen war so wuchtig, daß sie nur mit Müh und Not an ihrer Waffe festhalten konnte und ins Taumeln geriet. Verzweifelt stocherte sie zweimal zu, traf sogar den Gegner an der Hüfte, doch der konnte über den Kratzer nur lachen und konterte mit einer Serie von wuchtigen Hieben.

Wendig tanzte die Halbelfe hin und her, um den Angreifer auf Abstand zu halten, stand aber bald mit dem Rücken vor einem hohen Steinquader, dem Altarrelikt. Cresis, der sie schon in der Falle wähnte, staunte nicht schlecht, als die Halbelfe aus der Hocke aufschnellte und über den hüfthohen Stein hinwegsetzte, und ehe der Zyklop zustechen konnte, war sie dahinter in Deckung gegangen.

Cresis rannte um den Steinblock herum und sah sich

attackiert. Siobhan sprang aus der Deckung auf und zielte auf den Bauch des Gegners, riß aber die kurze Waffe unvermittelt in die Höhe, um die Parade des anderen scheitern zu lassen.

Der Zyklop wankte zurück. Durch Kinn, Lippen und Nasenwulst lief ein tiefer, gräßlicher Einschnitt.

Womöglich wäre das Ungeheuer jetzt mit der Forderung aufzugeben, einverstanden gewesen, aber Siobhan kämpfte so hitzig, daß sie an ein solches Angebot nicht dachte. Sie attackierte schnell und hart, landete einen weiteren Treffer – bohrte ihm diesmal die Schwertspitze in die Schulter – und kam ihm so nahe, daß er die Arme nicht mehr heben konnte.

Vor Schmerzen tobend, bäumte er sich mit aller Macht auf und schleuderte die Halbelfe ein halbes Dutzend Schritt zurück. Irgendwie gelang es ihr, auf den Beinen zu bleiben, und so war sie wieder bereit, als das Ungeheuer angriff – in allzu durchschaubarer Weise: rechts, links, rechts und dann mit geradem Stoß nach vorn.

Siobhan parierte, wich zurück, duckte sich, und sah dann, daß Cresis sein Breitschwert nur noch mit einer Hand führte, und sprang entschlossen vor.

Laut scheppernd schlugen ihre Klingen aufeinander, als die Halbelfe noch einen Schritt näher trat und das gegnerische Schwert zur Seite wuchtete.

Es wurde plötzlich hell in der Kammer, denn da kam Oliver mit seiner Laterne und mußte zusehen, wie seine liebe Siobhan mit einem riesigen, häßlichen Ungeheuer kämpfte. Dessen Schwertarm war starr nach außen gestreckt, aber Siobhan, die jetzt hätte zustoßen können, regte sich nicht.

Als sie schließlich von Cresis abrückte, sah Oliver, daß in dessen linker Hand ein blutiges Messer steckte.

Siobhan warf noch einen Blick auf Oliver, dann fiel ihr Schwert klirrend zu Boden, und sie stürzte hinterdrein.

Oliver war dem Ungeheuer an Kampfkraft nicht annähernd ebenbürtig, doch an Flucht dachte er keinen Augenblick. Entsetzt vom Anblick der am Boden liegenden Liebsten, brüllte er auf und attackierte so fuchtig mit dem Rapier, daß dem Zyklopen Hören und Sehen verging. Beim Versuch, mit dem Breitschwert zu parieren, fing er sich etliche Stiche im Unterarm ein.

Schiere Wut stachelte den Halbling an, der einen Vorstoß auf den anderen folgen ließ und inzwischen auch den Dolch gezückt hatte.

Cresis wich Schritt um Schritt zurück, ließ sich quer durch die Kammer treiben, dicht am Altar vorbei. Oliver nutzte die Gelegenheit; er sprang auf den Steintisch, was ihn auf Augenhöhe mit dem Zyklopen brachte.

»Du bist so häßlich!« reizte er das Ungeheuer und spuckte jedes seiner Worte aus. »Nicht einmal ein Hund würde mit dir spielen, es sei denn, du bindest dir ein Stück Fleisch um deine feiste Hüfte.«

»Auffressen würd ich den Hund«, erwiderte Cresis und mußte sich einer weiteren, blitzschnell geführten Folge von Hieben erwehren. Er war schlau genug zu begreifen, daß der Halbling in Rage war und sich bald verausgabt haben würde. Darum beließ er es fürs erste bei seiner Verteidigung und rückte vom Altartisch ab. Als er den Dolch auf sich zuwirbeln sah, sperrte er aber sein eines Auge weit auf. Abwehrend riß er den Arm hoch. Es war aber nicht nur der Dolch, der herbeigeflogen kam. Oliver hatte auf dem Altar Anlauf genommen und war von der Kante abgesprungen.

Cresis jaulte auf vor Schmerzen, als sich der Dolch in den Unterarm bohrte, und zu spät reagierte er auf den fliegenden Halbling.

Der kam, die Degenspitze vorneweg, herbeigeschnellt, prallte wuchtig auf den Gegner und klebte ihm – wie ein Kleinkind dem Vater – an der Brust. Der Degen hatte genau ins Schwarze getroffen, steckte bis zum Korb in Cresis' fleischigem Hals.

Blut sickerte ihm aus Mund und Kehle. Röchelnd hielt er an Oliver fest, versuchte ihn an der Brust zu zerquetschen, allein, es schwanden ihm die Kräfte, als sich die Lunge mit Blut füllte. Langsam sackte Cresis in die Knie. Oliver beeilte sich, dem letzten, kraftlos geführten Schwerthieb auszuweichen.

Ächzend streckte Cresis alle viere von sich.

Oliver achtete nicht länger auf ihn. Er stürzte auf die Liebste zu, wiegte ihren Kopf in der Armbeuge und legte die Hand auf die blutende Wunde im Busen.

Da erreichte Ethan die Kammer, dicht gefolgt von Katerin, und sie hörten den Halbling klagen: »Oh, meine Liebe, du darfst nicht sterben.«

»Hier kommen wir nicht weiter«, sagte Brind'Amour. Der junge Bedwyr trat aus dichtem Gebüsch hervor, schloß zu ihm auf und sah sich zu drei Seiten von flachem Wasser umgeben.

Es hatte sie ans Ende einer Halbinsel verschlagen.

Luthien wollte sich schon auf den Rückweg machen, als Brind'Amour vermeldete: »Das Pferd ist ausgeruht. Wir können wieder fliegen.«

Luthien hatte nichts dagegen. Die aufgeweichten Füße taten ihm weg, und die zahlreichen Mückenstiche quälten ihn. Außerdem verlor er allmählich die Nerven. Zwar hatte sich der Drache bislang nirgends gezeigt, doch im Halbdunkel ringsum im Moor schienen überall schaurige Bestien zu lauern.

Luthien atmete erleichtert auf und füllte seine Lungen mit frischer Luft, als sie aus dem Nebel aufstiegen und aus Wolkenlücken blendend helles Sonnenlicht herableuchtete. Dem jungen Bedwyr war allerdings bewußt, daß die luftige Höhe auch Gefahren barg. Grünspatz würde sie so sehr viel leichter ausmachen können. Dennoch war Luthien froh über den Wechsel, und auch Flußtänzer, der sich mächtig ins Zeug legte. Auf Brind'Amours Bitte hin hielt Luthien das Pferd dicht über den Baumwipfeln.

»Könnt Ihr was sehen?« fragte er den alten Zauberer.

Brind'Amour schüttelte den Kopf. Dann deutete er mit dem Daumen nach oben und sagte: »In dem Gestrüpp finden wir ihn nicht. Mal sehen, ob er uns findet.«

Flußtänzer stieg empor. Auf einer Höhe von zweihundert Fuß bot sich ihnen ein weiter Ausblick über Haine und Tümpel, und es ging noch höher hinaus, bis die Sumpflandschaft einem Flickenteppich aus verschiedenen Grün- und Brauntönen glich.

Die Konturen verschwammen unter ihnen, und der plastische Eindruck ging verloren. Da tauchte plötzlich ein schwarz umrissenes Etwas auf, schnellte ihnen wie ein Pfeil entgegen. Luthien starrte wie gebannt darauf. Was trieb den Drachen zu einer solchen Geschwindigkeit an? fragte er sich, denn das gewaltige Untier setzte nur gelegentlich die Flügel ein; nach jedem Schlag faltete es sie ein und beschleunigte dennoch so schnell, als stürze es in die Tiefe.

Flußtänzer wieherte irritiert und versuchte zu reagieren. Aber Luthien hatte zu lange gezögert. Er starrte in das aufgesperrte Maul der herbeisausenden Bestie und sah sein Ende nahen.

Da schien auf einmal die Welt zu verwirbeln. Blauweiß strudelndes Licht öffnete einen magischen Tunnel. Kaum waren sie in den eingetreten, waren sie wieder draußen. Luthien sah nun den Drachen in Richtung Wolken davonstieben.

Er spürte Brind'Amours Zauberstab auf der Schulter und hörte einen Blitz aus schwarzer Energie krachen, der auf den Drachen zielte und ihn durchschüttelte. Dann sah er, wie dieser seine Flügel ausspannte, den rasenden Flug abbremste und auf der Stelle verharrte.

Diesmal reagierte Luthien beizeiten. Er schickte Flußtänzer hoch hinauf, um an der herabstoßenden Bestie mit Abstand vorbeizufliegen.

Aber auch im Sturzflug schleuderte Dansallignatious seinen langen Hals zur Seite und spuckte Feuer.

Flußtänzer zog einen Flügel ein und wälzte sich, um der Stichflamme auszuweichen, einmal um die Längsachse. Luthien hatte Mühe, im Sattel zu bleiben, und traute den Augen nicht, als von hinten eine grüne Faust vorschnellte, die losgelöst schien, die durch die Luft schoß, den Drachen in die Flanke traf und dort mit einer Wucht explodierte, daß es ihn umherwirbelte.

»Ha!« lachte Brind'Amour und schnippte mit den Fingern. »Bleib dicht dran«, flüsterte er dem jungen Bedwyr ins Ohr. »Wenn er Feuer speit, soll er sich die eigenen Flügel anflämmen.«

Leichter gesagt als getan, dachte Luthien bei sich.

Brind'Amour schleuderte eine zweite Faust und dann eine dritte, während Luthien versuchte, Flußtänzer in den Windschatten des Drachen zu lenken.

Dansallignatious verrenkte sich den langen Hals. Die zweite Faust verfehlte ihn nur knapp, aber um so besser traf die dritte, nämlich genau vor den Drachenkopf, der scheppernd zur Seite schleuderte. Diese Attacken aber schienen Grünspatz gar nicht zu stören. Er konzentrierte sich auf das fliegende Pferd und seine beiden Reiter.

»Halt drauf«, schrie Brind'Amour. Luthien gehorchte, obwohl es ihm so schien, als steuerte er geradewegs auf sein Verderben zu.

Die zweite Faust, die ihr Ziel verfehlt hatte, machte wie ein Bumerang in der Luft kehrt und krachte gegen den Hinterkopf des Drachens, der sich gerade anschickte, sein Feuer zu entfesseln. Das Biest geriet ins Schlingern und verlor an Fahrt, so daß Flußtänzer aufschließen konnte und es gleichsam von hinten bestieg. Luthien zog sein Schwert, um auf den gebogenen Hals einzustechen, doch Brind'Amour kam ihm zuvor. Aus seinem Zauberstab zuckte ein rötlicher Blitzstrahl, der sich knisternd über dem Schuppenpanzer verästelte.

Brüllend tauchte der Drache ab, worauf Brind'Amour triumphierend zu jubeln anfing. Luthien stimmte mit ein und jagte der fliehenden Bestie hinterher. Aber sie freuten sich zu früh, denn Grünspatz, der Drache, war noch längst nicht geschlagen. Er stürzte steil nach unten, den schützenden Sümpfen entgegen, und schlug peitschend mit dem mächtigen Schwanz aus.

Flußtänzer war glücklicherweise kurz vorher beigebogen, sonst hätte es ihn und seine Reiter wohl voll erwischt. Allerdings schnalzte ihm die Schwanzspitze über die Nüstern, was dem Pferd so höllisch weh tat, daß es bockend eine Luftschraube vollführte. Der junge Bedwyr klammerte sich an der Mähne fest, und hätte Brind'Amour nicht einen Zipfel von Luthiens Umhang zu fassen bekommen, wäre er wie sein Zauberstab in die Tiefe gestürzt. Dieser ging in den Sümpfen verloren.

Luthien brachte das Pferd wieder unter Kontrolle, schlang einen Arm um den hilflos zappelnden Zauberer und hievte ihn zurück in den Reitersitz.

Der Himmel verdunkelte sich, als plötzlich, keine zwanzig Fuß von ihnen entfernt, der riesige Drache vorbeischwebte und mit den kräftigen Fängen nach ihnen langte. Luthien riß das Pferd herum, konnte aber nicht mehr verhindern, daß ihm eine der Krallen in den Flügel fuhr und Haut und Sehnen zerfetzte.

Und wieder ging es im Kreis herum. Diesmal aber gelang es Luthien nicht, korrigierend einzugreifen, und so stürzten sie trudelnd in die Tiefe. Luthien sah noch, wie Grünspatz alias Dansallignatious die Flügel zusammenfaltete und im Sturzflug Jagd auf sie machte, dabei das gräßliche Maul aufsperrte, um jederzeit zuschnappen zu können.

Da tat sich wieder mit blau wirbelndem Lichtkranz und von Brind'Amour ins Werk gesetzt, ein magischer Tunnel auf. Kaum daß sie drinnen waren, schnellten das Pferd und die beiden Reiter auch schon wieder daraus hervor – diesmal zweihundert Fuß tiefer und um knapp eine halbe Meile seitlich versetzt als vorher.

Luthien wußte nicht, wie ihm geschah, hielt sich

krampfhaft fest und schrie wie am Spieß. Kurz darauf landeten alle drei so wuchtig in einem morastigen Tümpel, daß das Wasser haushoch aufspritzte.

Mit Müh und Not retteten sie sich und das verwundete Pferd ans schlickige Ufer, über und über mit Schlamm beschmiert. Nur Luthiens Umhang schimmerte wie eh und je in makellosem Blutrot; das Zaubergewand schien gegen alle Verunreinigungen gewappnet zu sein.

Aber über dieses kleine Wunder nachzusinnen, blieb den beiden nicht die Zeit. Flußtänzers rechter Flügel war schwer verletzt, hing lahm herab und schien ihn zu schmerzen. Brind'Amour nahm die Zügel und führte das Pferd in einen dichten Hain. Er belegte es mit einem Zauberbann und winkte Luthien, daß er ihm folgen sollte.

»Ich kann mein Pferd doch nicht allein lassen«, protestierte der junge Bedwyr.

»Es muß jetzt in seine natürliche Gestalt zurückkehren«, versuchte Brind'Amour ihn zu beruhigen. »Mit den Flügeln gehen dann auch die Schmerzen wieder weg. Außerdem braucht das Pferd jetzt Ruhe. Es kann uns ohnehin nicht weiterhelfen, nicht hier in den Sümpfen, schon gar nicht gegen Grünspatz.«

Als hätte er nur auf dieses Stichwort gewartet, segelte mit Gebraus der Drache herbei.

»Komm!« sagte Brind'Amour, und Luthien folgte ihm ohne Widerworte.

Oliver schöpfte Hoffnung, als Siobhan die wunderschönen grünen Augen öffnete. Sie rang sich sogar ein Lächeln ab und fragte mit erstickender Stimme: »Haben wir ihn geschafft?«

Oliver nickte. »Cresis ist nur noch eine schlechte Erinnerung, mehr nicht«, antwortete er schluckend.

»Den Erfolg kann ich doch zur Hälfte für mich verbuchen, oder?« flüsterte sie.

»In Gänze«, sagte der Halbling

Siobhan schüttelte den Kopf, was sie viel Kraft zu kosten schien. »Nein, nur die Hälfte. Mehr beanspruche ich gar nicht.«

Oliver schaute sich nach Katerin um, der die Tränen in Strömen übers Gesicht liefen.

»Die Hälfte«, fuhr Siobhan fort. »Dann komme ich heute insgesamt auf fünfzehneinhalb.«

Oliver hatte keine Ahnung, wovon sie sprach.

»Sag Luthien ... ich habe heute fünfzehneinhalb. Das sind unterm Strich dreiundneunzigeinhalb für mich ... womit ich vorn liege, vor Luthien ... selbst wenn er's heute noch schafft, Grünspatz zu töten.«

Oliver drückte die Sterbende an sich.

»Gewonnen«, hauchte sie. Und dann: »Oliver? Bist du noch da?«

»Ja, meine Liebe«, antwortete er mit fester Stimme. »Ich bin bei dir.«

»Mir ist so kalt.«

Später beugte sich Katerin über Oliver und schloß der Toten die gebrochenen Augen. »Komm mit uns, Oliver«, forderte sie den Freund auf, der um sich herum alles vergessen zu haben schien.

»Ich bleibe«, antwortete er.

Katerin blickte zu Ethan auf, doch der zuckte nur mit den Schultern.

»Ich muß los. In den Katakomben wird noch gekämpft«, sagte Ethan. »Bis später dann.«

Katerin nickte und schaute Ethan nach, der eilends verschwand, rückte von Oliver ab und setzte sich auf den Altarblock. Es drohte ihr das Herz zu zerspringen aus Mitleid für den Freund und aus Trauer über den Verlust der treuen Freundin.

»Wir müssen unbedingt meinen Zauberstab wiederfinden«, flüsterte Brind'Amour.

»Wie denn?« blaffte Luthien und schaute ringsum auf Dickicht und sumpfige Ödnis. »Unmöglich ...«

»Pssst!« zischte der alte Zauberer. »Sei still. Drachen haben ein scharfes Gehör.«

Und wieder war es, als habe er das Stichwort gegeben, denn plötzlich brauste ein Sturmwind daher und das Laubdach über ihren Köpfen schien zu explodieren. Brind'Amour stand da wie angewurzelt und starrte auf den gewaltigen Feuerschwall. Luthiens schnelle Reaktion rettete ihn. Er warf sich mit ihm in ein flaches Wasserloch und breitete den magischen Umhang so aus, daß er sie schützte vor dem brennenden Flechtengestrüpp, das auf sie herabschwebte. Ein Baum in der Nähe, der in Flammen aufging, zerbarst. Der Torfgrund schwelte.

»Raus hier, und dann nichts wie weg!« rief Brind'-Amour.

Luthien rutschte von dem glitschigen Rand ins Wasser zurück. Im Hintergrund hörte er Fußtänzer panisch wiehern, und als er sich dem Hain zuwandte, in dem sie das Pferd zurückgelassen hatten, sah er das Unheil nahen.

Er packte Brind'Amour, versuchte ihn zurückzuhalten, doch der Alte eilte davon. Die Bäume boten ihm keine Deckung mehr, schon gar nicht vor den durchdringenden Blicken eines Drachen.

Und außerdem: Brind'Amour war gekommen, um Grünspatz zu bekämpfen. Also mußte er sich seinem Angriff stellen.

Er kroch an den Stamm einer uralten Weide, deren weit ausladendes Blätterwerk dem ersten Feuerschwall standgehalten hatte, einer gezielten Attacke aber gewiß erliegen würde. »Leih mir deine Kraft«, flüsterte der Zauberer, den Stamm umarmend.

Der Drache sauste über ihre Köpfe hinweg, um die Verheerungen zu betrachten, die er verursacht hatte. Als er Brind'Amour entdeckte, stieß er einen gellenden Schrei aus und machte in dessen Richtung kehrt.

Luthien warnte den Zauberer, doch der schien ihn

nicht zu hören, noch nahm er Notiz von dem Drachen. Er umarmte den Baum und flüsterte mit geschlossenen Augen vor sich hin.

Luthien schlich näher heran. Er wollte den Alten nicht stören, ihn aber vor dem heransausenden Drachen in Schutz nehmen. Schon holte er Luft, um ein zweites Mal nach Brind'Amour zu rufen, hielt aber erschrocken inne, als ihm auffiel, daß der Zauberer gar keine Hände mehr hatte. Es schien, als seien sie in der Weidenrinde verschwunden. Und zusehends tiefer versanken sie darin. Dazu machte der alte Zauberer, wie Luthien bemerkte, ein geradezu beglücktes Gesicht.

»Leih mir deine Kraft«, flüsterte Brind'Amour erneut, aber in einer Sprache, die Luthien nicht verstand und die statt aus Worten aus Musik bestand, aus den Sphärenklängen, die die Welt hatten entstehen lassen und also auch diesem Baum Standfestigkeit und ein langes Leben gaben – ja, Brind'Amour sprach die Sprache jener Mächte, die alles Sein erhielten.

Luthien wußte nicht, wie er sich verhalten sollte. Als er dann aufblickte und den Drachen auf sich zurasen sah, schrie er unwillkürlich auf, um den entrückten Freund zu alarmieren, und warf sich zu Boden, auf die Wurzeln eines anderen großen Baums.

Grünspatz röhrte ohrenbetäubend laut und entließ seinen gewaltigen Feuerbrodem. Gleichzeitig fing Brind'Amour ekstatisch zu kreischen an, und es umhüllte ihn ein grünes Glühen, das von seinen Armen auch auf den Baum überging, sich dann auf die Äste verteilte und an Intensität zunahm.

Die Flammenwalze rollte über sie hinweg. Luthien versuchte sich im Boden zu verbuddeln; seine Augen brannten, und die Lungen drohten ihm zu platzen, und er fürchtete um Brind'Amour, der nicht von einem magischen Umhang geschützt wurde.

Tatsächlich fuhren die Flammen auf den Zauberer nieder, allein, er spürte sie nicht, genauso wenig wie die alte Weide. Denn Brind'Amour war nun Teil des Baumes und der Baum Teil von ihm, und während er durch diese Vereinigung an Widerstandsfähigkeit dazugewinnen konnte, war dem Baum Bewußtsein verliehen. Er hob seine hängenden Äste aus dem Sumpf, reckte sie in die Luft und schlug nach dem Drachen aus.

Damit hatte Grünspatz nicht gerechnet. Ein langer Ast peitschte ihm genau zwischen die Augen, und ein anderer wickelte sich um seinen linken Flügel. Aus vollem Flug kam der Drache in der Luft daher abrupt zum Stillstand. Das Holz krachte und barst.

Jetzt schrie Brind'Amour vor Schmerzen auf, aber plötzlich war seine Vereinigung mit dem Baum aufgelöst. Er hockte auf dem feuchten Boden und wunderte sich, warum seine Kleider rauchten. Zu seinem großen Kummer sah er dann die Schäden an der alten Weide. Schief und halb entwurzelt stand sie da; von der Wucht des abgefangenen Drachen waren ihr viele Äste weggebrochen.

Brind'Amour wollte der Weide Trost spenden, ihr Dank sagen und sie mit seinen Zauberkräften zu heilen versuchen. Doch er hatte jetzt andere Probleme. Zwar war der Drache nach der unfreiwilligen und überaus harten Landung arg lädiert, aber noch längst nicht geschlagen. Grünspatz streifte sich zerfranste Zweige und Blattwerk von den Schuppen, dann richtete er sich auf und fixierte seinen Widersacher. Der linke Flügel war so schwer verletzt, daß er damit vorläufig nicht würde fliegen können. Grünspatz duckte sich wie eine gigantische Katze, wippte mit dem Hinterteil hin und her und starrte aus gelbgrünen Augen auf den Winzling, der ihm so viele Schmerzen zugefügt hatte.

Mit einem einzigen Satz sprang der Drache herbei und war nun nahe genug, um Brind'Amour zu Asche zu verfeuern.

Doch der alte Zauberer hatte sich gewappnet, alle Feuchtigkeit aus dem Boden vor seinen Füßen gesogen und eine Wasserwand errichtet, die ihn so vor der Stichflamme des Drachen schützte. Und dann bedrängte er seinerseits Grünspatz mit einem wuchtigen Blitzstrahl, der dem Untier ins Gesicht schlug.

Luthien hockte zitternd da und hielt sich die Ohren zu, um das donnernde Gebrüll nicht mitanhören zu müssen, das Grünspatz mit jedem Feuerschwall ausstieß. So heiß wurde es, daß Luthien keine Luft mehr bekam. Er wollte aufspringen und davonrennen, doch die Beine gehorchten ihm nicht. Vor seinen Augen fing sich alles an zu drehen, und dann wurde es plötzlich dunkel; er wähnte sich in ein tiefes, bodenloses Loch stürzen.

Die Geräusche entfernten sich.

Plötzlich brachen die Feuerstürme ab, und es zuckten auch keine Blitze mehr. Grünspatz und Brind'Amour standen einander gegenüber. Mit soviel Zähigkeit hatte Grünspatz nicht gerechnet. Das war dem Drachen anzusehen, denn er zog den Schlangenhals zurück und sperrte die Augen weit auf.

»Du hast all das verraten, was der alten Bruderschaft heilig war«, rief der alte Zauberer.

»Diese alten Idioten!« antwortete der Drache stokkend und fauchend.

»Idioten sagst du«, entgegnete der Zauberer. »Und doch verdankst du ihnen, der alten Bruderschaft, deine Kraft.«

»Die stammt aus sehr viel älterer Quelle«, widersprach der Drache wütend. »Älter als die Bruderschaft, älter als du.«

Brind'Amour verstand und bemerkte, daß das Zwitterwesen mit sich im Streit lag. »Du bist Grünspatz«, rief er, um ihn zu reizen.

»Ich bin Dansalligna … Ich bin Grünspatz, König über Avonsee!«

Der Drache zuckte, unwillkürlich, doch Brind'Amour war auf der Hut und schleuderte ihm weißglühende

Blitze entgegen, in die er all seine Kraft legte. Er kannte keine Zurückhaltung mehr und verausgabte sich vollkommen an dieser Gewaltattacke gegen das Böse schlechthin. Die Sinne schwanden ihm, und doch spürte er die niederschmetternde und verwandelnde Kraft, die von ihm ausging.

Zischelnd kam die Energieflut zum Erliegen. Brind'-Amour konnte sich kaum mehr auf den Beinen halten, so erschöpft war er. Als er wieder klar sehen konnte, bot sich ihm ein wundersames Bild.

Nicht der Drache stand da vor ihm und auch nicht der geckenhafte König Avons, sondern eine Kreuzung zwischen Grünspatz und Dansallignatious, ein zweibeiniges Wesen, anderthalbmal so groß wie ein Mensch, mit Schuppenhaut, grün und schwarz gescheckt, mit großen Krallenhänden, peitschendem Schwanz und Schlangenhals, der so lang war wie Brind'Amour groß.

»Glaubst du etwa, mich geschlagen zu haben?« fragte die Bestie, deren schnarrend schrille Stimme dem jungen Bedwyr, der abseits saß, durch Mark und Bein ging und ihm Schmerzen bereitete. »Du bist ein Narr, Brind'Amour, so wie all deine Hexerkollegen von damals.«

»Und Grünspatz war einer von ihnen«, brachte der Zauberer unter Mühen hervor.

»Nein!« brüllte das Biest. »Grünspatz war der einzig Gescheite, und er wußte, daß seine große Zeit erst kommen würde.«

Brind'Amour blieb eine Antwort schuldig, denn auch er war zu der Einsicht gelangt, daß die Hexer der Bruderschaft viel zu früh abgetreten und ihre Kräfte beileibe noch nicht erschöpft gewesen waren.

»Jetzt wirst du sterben«, sagte das Biest wie beiläufig und trat einen Schritt vor. »Und dann wird mir die ganze Welt offenstehen.«

Brind'Amour wähnte sich tatsächlich am Ende. Er hatte nicht einmal die Kraft, die Arme zu heben, geschweige denn, dem Unhold Widerstand zu leisten. Aber daß ihm die Welt dann offenstünde, bezweifelte der alte Zauberer und sagte mit trotziger Stimme: »Jeder weiß nun, wer du bist und wofür du stehst.«

Grünspatz lachte höhnisch.

»Deanna Wellworth wird den Thron besteigen«, sagte Brind'Amour. »Für dich bleibt da kein Platz.«

»Wer Brind'Amour bezwingen kann, wird mit einer schwächlichen Königin und ihren erbärmlichen Verbündeten im Handumdrehen fertig.« Schritt um Schritt kam Grünspatz näher. »Was mein ist, werde ich mir zurückholen.«

Der Schlangenhals schnellte nach vorn; das Maul ging weit auf. Statt eines Schreis entfuhr dem alten Zauberer nur noch ein jammervolles Quieken. Instinktiv warf er die Arme vors Gesicht und mußte erleiden, daß ihm die Fangzähne die Ärmel zerrissen und die Haut aufritzten.

Da wurde der Drachenkönig auf eine Bewegung aufmerksam, und er sah eine Gestalt vom Fuß eines Baumes aufspringen und herbeistürzen.

Brind'Amours Begleiter! erkannte Grünspatz. Wie hatte er den bislang übersehen können?

Mit zwei Sprüngen war Luthien zur Stelle. Er hielt den *Blender* mit beiden Händen gepackt, holte weit aus und hackte mit der Klinge auf den vorgereckten Hals der Bestie ein. Grün-schwarze Schuppen spritzten splitternd auf. Das Scheusal schreckte zurück und wühlte dabei mit seinen Klauenfüßen die Torfkrumen auf.

Luthien raste vor Wut, stieß wüste Flüche aus und schlug mit dem Schwert zu, wieder und immer wieder, wußte er doch, daß sich dem Biest nicht die geringste Chance auf einen gezielten Gegenschlag bieten durfte, denn der wäre mit Sicherheit tödlich. Hieb um Hieb, einer wuchtiger als der andere, landete im Ziel und zwang Grünspatz so, immer weiter zurückzuweichen.

Doch dann rutschte Luthien aus. Er kam nur einen

Augenblick ins Stocken. Das genügte aber dem Gegner, um Fuß zu fassen und zum Gegenangriff überzugehen.

»Der Blutrote Schatten!« keifte Grünspatz. »Du hast mich die längste Zeit geärgert.«

Luthien warf sich ihm entgegen, brach aber den Angriff jählings ab, denn er erkannte: ihm in die Krallen zu geraten wäre das Ende.

»Seit Monaten habe ich auf diesen Moment gewartet«, tönte Grünspatz. »Darauf gewartet, mit dir abrechnen zu können für Belsen'Krieg und Morkney, für Paragor von Princetown und deine lächerlichen Rufe nach Freiheit für Eriador.«

Luthien sprang einen Schritt nach vorn und schlug mit der Waffe zu, aber ehe er sich versah, lag er im Dreck. Mit einem Schlenker seines langen Halses hatte ihn das Scheusal von den Beinen geholt. Statt sofort nachzusetzen, grölte es vor Lachen.

»Brind'Amour, schau her!« rief der Drachenkönig. »Sieh, wie er stirbt und mit ihm all deine Hoffnungen.«

Luthien warf einen Blick auf Brind'Amour und erkannte, daß von ihm keine Hilfe zu erwarten war. Der alte Zauberer kauerte am Boden, konnte den Oberkörper kaum aufrecht halten. Mit dem letzten Blitzstrahl hatte er all seine magische und körperliche Kraft verausgabt, ohne daß es ihm gelungen war, Grünspatz vernichtend zu schlagen.

Sorgfältig musterte Luthien den Gegner. Kein Zweifel, der Drachenkönig war verwundet; der Baum mit seinem Schlingengriff, Brind'Amours Blitzstrahlen und die Schwerthiebe hatten ihm schwer zugesetzt. Den Hals durchkreuzten dicke Striemen, und das Gesicht war auf einer Seite bis aufs rohe Fleisch aufgerieben. Einer der Flügel war auf dem Rücken zusammengefaltet, der andere hing, wahrscheinlich gebrochen, schlaff herab.

Langsam erhob sich der junge Bedwyr.

»Oder soll ich dich leben lassen?« fragte Grünspatz.

Sein Blick war starr auf Luthien gerichtet, aber es schien, als schaute er in die Ferne. »Vielleicht sollte ich dich nach Carlisle zurückbringen und vor dem Volk als Lügner und Feind des Thrones hinstellen. Vielleicht ließe sich durch dich Deanna Wellworth in Mißkredit bringen«, überlegte das Biest. So sehr war Grünspatz in seinen Gedanken versponnen, daß er auf Luthiens Angriff nicht gefaßt war. Zu spät reagierte er und senkte den Kopf, in der Absicht, mit den Zähnen zuzubeißen. Durch die Wucht der eigenen Bewegung spießte das Biest seinen Unterkiefer an Luthiens aufgerichteter Klinge auf. Das Eisen drang glatt durch die Schuppenhaut und Zunge bis in den Gaumen.

Luthien hielt mit aller Kraft dagegen und versuchte dabei, den um sich schlagenden Armen des Gegners auszuweichen.

Grünspatz tobte und zischte wie ein Kessel unter Dampf, fuhr schlenkernd mit dem Kopf herum und zerrte Luthien von den Beinen, denn der ließ sein Schwert nicht los.

Scharfe Krallen wischten dem jungen Bedwyr über die Brust, zerrissen das Kettenhemd und das Lederwams darunter so leicht wie Papier. Blut troff aus einer Wunde, in der weiß schimmernd ein Rippenstück zum Vorschein kam.

Trotz der Schmerzen hielt Luthien am Schwert fest, aber schon traf es ihn ein zweites Mal, so heftig, daß er in hohem Bogen durch die Luft flog.

Von der Klinge befreit, sackte Grünspatz in die Knie. Luthien raffte sich auf und floh in den Sumpf. Das Biest ließ mit der Verfolgung nicht lange auf sich warten. Schnaufend und schnarrend schickte es dem jungen Bedwyr wüste Flüche hinterdrein. Noch nie hatte Luthien solchermaßen Reißaus genommen, nicht vor Morkney, auch nicht vor dem Dämon Taknapotin. Hier aber stellte ihm ein Scheusal nach, das unvergleichlich stärker und schrecklicher war.

Luthien rannte taumelnd weiter, hielt dabei den Arm an die Brust gepreßt, um das Blut zu stoppen. Im Hintergrund hörte er die Bestie hecheln, die wie ein Schweißhund seiner Fährte folgte.

Sie war ihm dicht auf den Fersen. Schreiend legte Luthien noch einen Schritt zu, stolperte aber dann über eine vorspringende Wurzel und schlug der Länge nach zu Boden. Daß er nun würde sterben müssen, meldeten ihm all seine gequälten Sinne.

Doch das Ende ließ auf sich warten. Luthien hörte das Ungeheuer keuchen; es war nur wenige Schritte entfernt. Warum machte Grünspatz nicht endlich Schluß mit ihm?

Der Umhang. Es mußte am Umhang liegen. Vorsichtig plierte Luthien unter dem Kapuzenrand hervor und sah aus den Drachenaugen gebündeltes Licht hervortreten, das ringsum den Boden ausleuchtete. Luthien hielt die Luft an, rührte sich nicht.

Daß er von Grünspatz unentdeckt bliebe, wagte er nicht zu hoffen. Der würde das Rätsel bald gelöst haben. Doch plötzlich wurde ein Krachen laut; aus dem nahen Unterholz tauchte mit weiß leuchtendem Fell Flußtänzer auf und jagte vorüber.

Grünspatz heulte vor Wut, mußte er doch annehmen, daß der Gegner mit seinem Pferd entkommen war. Würde es mit ihm in die Luft aufsteigen, hätte er, Grünspatz, das Nachsehen.

Dazu durfte es der Drachenkönig nicht kommen lassen. Die Verfolgung aufnehmend, rannte er los und stolperte über einen unsichtbaren Wulst am Boden, was ihn aber offenbar nicht weiter stutzig machte.

Luthien rang nach Luft; der Tritt in die Seite hatte ihm den Atem genommen. Er hätte ruhig liegenbleiben können und Grünspatz sein Pferd verfolgen lassen können. Aber trotz aller Schrecken und Schmerzen rappelte er sich auf. Er mußte die Möglichkeit ergreifen, die sich ihm da bot. »Freiheit für Eriador!« rief er, sprang auf und schlug mit dem *Blender* zu, noch ehe sich das Ungeheuer vom Boden erhoben hatte. Die Schneide traf es wuchtig zwischen die Flügel und zersprengte den Schuppenpanzer über der Wirbelsäule.

Luthien setzte nach, sprang auf den Rücken des Unholds und hielt krampfhaft den gebrochenen Flügel gepackt, als der sich zur Seite zu wälzen versuchte.

Grünspatz nahm den Kopf zur Seite und senkte die Schulter in der Absicht, vornüber zu kugeln und den lästigen Menschen, der ihm buchstäblich im Nacken saß, zu zerquetschen. Im letzten Moment gelang es Luthien, das Schwert freizuziehen und von dem Drachen abzuspringen. Der rollte über den Rücken ab, war sogleich wieder auf den Beinen und fiel über Luthien her, warf sich mit seinem ganzen Gewicht so auf ihn, daß ihm die Luft wegblieb.

Luthien lag wie festgenagelt da und sah den schrecklichen Kopf bis auf wenige Zoll näher rücken. Lange verharrten beide in dieser Pose. Ein seltsamer, scheinbar verwunderter Ausdruck legte sich in den Blick des Drachenkönigs. Von seinem zerschlitzten Maul ging zwar keine Gefahr mehr aus, doch die spitzen Hörner waren um so bedrohlicher. Vergeblich versuchte Luthien die festgeklemmten Arme freizubekommen, schnappte röchelnd nach Luft und spürte einen stumpfen, harten Gegenstand gegen das Brustbein drücken. Den Knauf des Schwertes!

Wenn das der Schwertgriff war, mußte die Klinge nach oben zeigen, und da der Drachenkönig auf ihm lag, war anzunehmen, daß …

»Dummer, elender Junge«, feixte Grünspatz hämisch und kicherte sogar, obwohl ihm das Blut von den Lefzen troff. »Hat er mich doch tatsächlich geschafft.«

Luthien hatte es die Sprache verschlagen.

»Aber ich nehme dich mit in den Tod«, versprach das Ungeheuer, worauf Luthien erst recht nichts zu erwidern wußte, zumal er nun sah, wie der Unhold den gehörnten Kopf senkte, um, wenn er sterbend in sich zusammenbräche, den Unterlegenen mit seinen spitzen Hörnern aufzuspießen.

Luthien versuchte, Fassung zu bewahren. Doch um die war es geschehen, als plötzlich der weiche Boden zitterte und unter donnernden Hufen Torf aufspritzte. Flußtänzer preschte herbei, trat mit den Hinterläufen aus und traf den Kopf des Drachen, als dieser sich gerade erschlaffend der Schwerkraft beugte.

Der lange Hals fuhr scheppernd zur Seite; mit einem dumpfen Schlag prallte der Kopf auf den Boden.

Der Drachenkönig rührte sich nicht mehr.

# EPILOG

Es dauerte, ehe sich Luthien von der Last des toten Scheusals befreit hatte. Und als er dann endlich darunter weg war, lag er noch lange im Dreck, schnappte nach Luft und betete, daß die brutalen Schmerzen bald abklingen würden. Irgendwie schaffte er es, aufzustehen. Als er dann wieder zusammenzubrechen drohte, war Flußtänzer zur Stelle, so daß er sich an ihm festhalten konnte. Er hatte sich wieder in ein Pferd zurückverwandelt; von den Flügeln war nichts mehr zu sehen.

Luthien warf einen Blick auf den toten Drachenkönig. Die Spitze des Schwertes stak aus dessen Rücken hervor. Mit Flußtänzers Hilfe gelang es Luthien, den Leichnam zur Seite zu wälzen und den *Blender* daraus hervorzuziehen. Daraufhin führte er das Pferd zurück zu Brind'Amour, der bewußtlos auf dem Rücken lag.

Weil ihm nicht der Sinn danach stand, die Nacht in den Sümpfen verbringen zu müssen, beeilte sich Luthien, den Ohnmächtigen aufs Pferd zu hieven und den Rückweg anzutreten.

Das Pferd am Zügel hinter sich herziehend, marschierte er geradewegs in westlicher Richtung. Nach endlos vielen Meilen – die Sonne war schon längst untergegangen – ließ er die Salzsümpfe hinter sich. Er hatte das sanft geschwungene Hügelland im Südosten Avons erreicht, wo er sich ins Gras warf und auf der Stelle einschlief.

Als ihn am Morgen die ersten Sonnenstrahlen weckten, sah er Brind'Amour gut gelaunt vor sich stehen. »Heute reitest du«, meinte der Zauberer augenzwinkernd. »Vor uns liegt noch ein langer Weg.«

Brind'Amour half ihm auf die Beine. Da bemerkte der junge Bedwyr, daß seine Wunden verheilt waren.

Die aufgerissene Stelle am Brustkorb war mit einer lehmigen Salbe dick eingeschmiert, und er brauchte nicht lange zu raten, wer ihm da geholfen hatte.

»Ein langer Weg«, wiederholte der Zauberer. »Aber der führt diesmal gewiß an einen besseren Ort.«

Und so war es, denn als die beiden in Carlisle eintrafen, hatte Deanna Wellworth als rechtmäßige Königin über Avon den Thron bestiegen. In einer Rede an die noch skeptischen und ängstlichen Untertanen hatte sie sich versöhnlich und verständnisvoll gezeigt, aber auch entschlossen. Sie war zurück in dem Amt, das ihr von Geburt aus zustand, und das hatte jeder zu akzeptieren. Doch Deanna war klug genug zu wissen, daß sie ihre Rückkehr auf Dauer nur dann würde rechtfertigen können, wenn es ihr gelänge, das Leben in Avon nachhaltig zu verbessern.

Ihre Regentschaft, so versprach sie, würde dem väterlichen Vorbild nacheifern. Sie würde milde sein und allen gerecht zu werden versuchen.

Wie sehr ihre Hoffnungen und die Hoffnungen all derer, die sie unterstützten, an diesem Morgen Auftrieb gewannen, als Luthien und Brind'Amour auf Flußtänzer durchs geschmückte Stadttor geritten kamen und die Nachricht brachten, daß Grünspatz, der Drachenkönig, tot sei!

Deanna reagierte prompt. Öffentlich und in aller Form erkannte sie Brind'Amour als den rechtmäßigen König des freien, unabhängigen Landes von Eriador an, sprach dann auch König Ashannon McLenny von Baranduine und König Bellick von DunDarrow dieselbe Unabhängigkeit zu. Alle vier gingen dann mit Asmund von Isenland ein Bündnis ein, nicht ohne den kriegerischen Huegotenkönig vorher gehörig unter Druck gesetzt zu haben. Denn die vier Könige von Avonsee ließen ihn in aller Deutlichkeit wissen, daß sie es nicht hinnähmen, wenn auch nur ein einziger ihrer Untertanen von Asmunds Kämpfern versklavt würde.

Die Galeeren wurden evakuiert. Männer, die sich schon damit abgefunden hatten, nie mehr das Licht der Sonne sehen zu dürfen, fielen an den Ufern der Stratton dankbar auf die Knie.

Die Huegoten mußten ihre Schiffe selbst nach Isenland zurückrudern!

Nachdem dies nun geregelt war, machte sich Brind'-Amour an die eigenen Angelegenheiten heran und veranlaßte die Bestattung der gefallenen Eriadoraner einschließlich der tapferen Halbelfe, die ihm als treue Freundin ans Herz gewachsen war und die der gemeinsamen Sache unvergleichliche Dienste geleistet hatte.

Auch Luthien konnte seine Tränen nicht zurückhalten, als Siobhan ins Grab gelegt wurde. Doch das Jammerbild des gebrochenen Halblings und Katerins gutes Beispiel verhalfen ihm zur Einsicht, daß auch er dem kleinen Freund zuliebe stark sein mußte.

So waren die ersten Tage nach Deannas Thronbesteigung voller Trauer. Dann rief die Königin dazu auf, zwei Wochen lang zu feiern. Mit der Verabschiedung der Huegoten sollten die Feierlichkeiten beginnen, doch weil Asmund ein Einsehen mit seinen müden Kriegern hatte, änderte er seine Pläne und gestattete ihnen, noch eine Weile zu bleiben, damit auch sie sich ein wenig amüsieren konnten.

Nach einem Bankett für hundert Gäste am Tisch der Königin nahm Brind'Amour Luthien und Oliver, Kayryn Kulthwain und Statthalter Byllewyn zur Seite und sagte: »Es war nicht dumm von Grünspatz, das Königreich in Herzogtümer aufzuteilen. Von meiner Residenz in Caer MacDonald aus wird's mir kaum möglich sein, allen Teilen des Landes gleich viel Aufmerksamkeit zu widmen.«

»Wir akzeptieren Euch als unseren König«, erklärte Statthalter Byllewyn.

Brind'Amour nickte. »Und ich wiederhole Eure Ernennung zum Herzog von Gybi«, antwortete er. »Und Ihr, Kayryn Kulthwain, sollt meine Herzogin von Eradoch sein.« Und an beide gerichtet: »Laßt Güte und Gerechtigkeit walten und wißt, daß Caer MacDonald stets zur Hilfe bereit ist.«

Kulthwain und Byllewyn verbeugten sich tief.

»Und nun zu euch, meine lieben Freunde«, sagte Brind'Amour mit Blick auf Luthien und Oliver. »Mit ist zu Ohren gekommen, daß es auf Bedwydrin weder Graf noch Herzog gibt, nur einen Verwalter, der die Geschäfte vertretungsweise führt.«

»So ist es«, stimmte Luthien zu, der darauf bedacht war, einen Tonfall anzuschlagen, der der Ehre angemessen war, die ihm, wie er ahnte, nun zuteil werden würde. Obwohl er gern darauf verzichtet hätte. Er hatte genug von Staatsgeschäften und wünschte sich nichts sehnlicher, als frei und unbeschwert durch die Lande zu ziehen.

»Darum ernenne ich dich hiermit zum Herzog von Bedwydrin«, sagte Brind'Amour. »Und zum Befehlshaber über alle drei Inseln: Bedwydrin, Marvis und Caryth.«

»Marvis und Caryth haben doch schon ihre Grafen«, entgegnete Luthien.

»Die dir gehorchen werden wie du mir zu gehorchen hast«, antwortete der König.

Luthien kam sich vor wie in einer Falle. Wie sollte er sich der Anordnung seines Königs widersetzen, zumal diese Anordnung als höchste Auszeichnung aufzufassen war? Er schaute sich hilfesuchend um, entdeckte Katerin unter den vielen Tänzern auf dem Parkett, und als er sah, mit wem sie tanzte, wußte er seine Antwort.

»Das kann ich nicht annehmen«, sagte er geradeheraus.

Oliver hieb ihm mit dem Ellbogen in die Seite. »Er meint nicht, was er sagt«, entschuldigte er sich für den Freund.

Luthien schmunzelte. Er wußte, worauf es dem Halbling in erster Linie ankam, nämlich auf ein reiches Auskommen, und das hätte er sicher, wenn Luthien das Angebot des Königs annähme.

»Ich fühle mich wirklich sehr geehrt«, sagte Luthien, »muß aber den Titel ausschlagen, denn auf Bedwydrin gilt von alters her eine Ordnung, über die sich nicht einmal der König Eriadors hinwegsetzen kann.«

Brind'Amour kniff die Brauen zusammen und kratzte sich am schlohweißen Bart.

»Ich bin nicht der älteste Sohn von Gahris Bedwyr«, erklärte Luthien. »Und darum steht es mir nicht zu, den Vater zu beerben.«

Alle Augen richteten sich nun auf die Tanzfläche, auf Katerin und Ethan Bedwyr. Brind'Amour ließ die beiden zu sich rufen, winkte auch Asmund herbei.

Auf das Angebot des Königs reagierte Ethan vorschnell und antwortete wie erwartet. »Ich bin Huegote«, sagte er, doch seine zimtbraunen Augen straften ihn Lügen.

Weshalb ihm Katerin ins Gesicht lachte. »Es läßt sich viel behaupten, aber eins steht fest: Du bist ein Bedwyr, Gahris' Sohn und Luthiens Bruder.«

Ethan zitterte vor Erregung.

»Du hast Bedwydrin nur deshalb verlassen, weil du die Zustände dort nicht länger ertragen konntest«, fuhr Katerin fort.

»Daß auf der Insel bessere Zeiten anbrechen, liegt nun an Euch«, sagte Brind'Amour. »Oder wollt Ihr etwa Euer Volk, da es Euch so nötig braucht, im Stich lassen?«

»Mein Volk?« blaffte Ethan und blickte auf Asmund.

Ein Verzicht Ethans wäre dem Halbling, der Bequemlichkeit über alles liebte, um seiner selbst willen nicht unlieb gewesen, denn dann hätte er Luthien folgen und am herzöglichen Hofe der Bedwyr ein Leben in Wohlstand führen können. Doch er kannte die Wünsche des

Freundes. »Ich bin sicher, es würde Asmund sehr gefallen, wenn sein Gefährte Ethan Bedwyr die Herrschaft über die drei Inseln im Norden innehätte«, sagte Oliver. »Ja, womöglich ist das deine Bestimmung, Ethan, Sohn des Gahris. Dir, der mit den Huegoten Freundschaft geschlossen hast, wird endlich gelingen, was noch keinem gelungen ist, nämlich dauerhaft Frieden zu stiften mit unseren Nachbarn aus Isenland.«

Ehe Ethan antworten konnte, schlug ihm Asmund herzhaft auf die Schulter, lachte laut auf und sagte: »Du bist mir wie ein Sohn ans Herz gewachsen.« Seiner Stimme war deutlich anzumerken, daß er schon kräftig gebechert hatte. »Aber falls du glaubst, meinen Thron beerben zu können …« Vor Lachen kam er nicht weiter.

»Nimm das Angebot an, mein Junge«, empfahl Asmund, als er sich wieder halbwegs beruhigt hatte. »Geh in deine Heimat zurück und vergiß nie, wo du vorübergehend gewesen bist.«

Ethan seufzte. Er schaute in die Runde und zeigte sich schließlich einverstanden, indem er resigniert und hoffnungsvoll zugleich mit dem Kopf nickte.

Der Winter war ungewöhnlich mild. Wenn es schneite, was selten genug vorkam, tanzten wattige Flocken nieder und legten eine leichte Decke aufs Land. Frostig kalt wurde es nie, und es war erst Mitte März, da grünten schon die Felder.

An einem strahlend hellen Frühlingsmorgen brachen Luthien, Katerin und Oliver von Carlisle auf. Brind'-Amour und die Soldaten aus Eriador waren schon längst zurückgekehrt, so auch Ethan Bedwyr nach Bedwydrin, Ashannon McLenny nach Baranduine und Bellick dan Burso nach DunDarrow. Sie alle hatten in neuer Position viel Verantwortung zu übernehmen. Nur Luthien und seine engsten Gefährten waren ohne eine neue Aufgabe. Mit der Krönung von Deanna Wellworth hatten sich ihre Pflichten erledigt. Also waren sie in

Carlisle geblieben und hatten den Winter damit zugebracht, die Verletzungen auszukurieren und in Trauer verlorene Freunde zu verwinden.

Die große, abwechslungsreiche Stadt gefiel ihnen wohl, konnte aber nicht ihre Wanderlust stillen, am allerwenigsten die von Luthien Bedwyr. Kaum war der Schnee getaut, packten sie ihre Sachen und zogen los.

Sie ritten über mehrere Tage und blieben unter sich, obwohl sie in jedem Dorf, auf jedem Gehöft willkommen waren. Die vielen Tiere, die aus dem Winterschlaf erwachten, genügten ihnen als Gesellschaft und die Sterne, die des Nachts über den stillen Feldern glitzernd am Himmel prangten.

Die drei reisten aufs Geratewohl; allerdings trieb es sie unausweichlich in Richtung Norden, dem Eisernen Kreuz entgegen. Der See von Speythenfergus lag weit zurück, und vor ihnen zeigte sich schon das Panorama der Berge, als zum ersten Mal von einem Ziel die Rede war.

»Ich vermute, es wird in Caer MacDonald auch nicht viel anders sein als in Carlisle«, meinte Luthien eines Morgens, als sie ihr Nachtlager geräumt hatten. Wieder einmal war es für die Jahreszeit ungewöhnlich warm, die Sonne strahlte, und von Süden her wehte ein lauer Wind.

»Und wenn schon, immerhin schwingt in Caer MacDonald unser lieber Freund, der gute Brind'Amour, das Zepter«, antwortete Oliver vergnügt und trieb sein Pony an, um an Katerin und ihrem Rotfuchs vorbei an Luthiens Seite aufzurücken.

»Zugegeben«, sagte Luthien.

»Tja, und wenn wir in das Haus eines reichen Knakkers einsteigen und erwischt werden sollten, obwohl ich mir nicht vorstellen kann, daß es jemals gelingen sollte, Oliver deBurrows, den durchtriebenen Meisterdieb, und seinen blutroten Gehilfen zu erwischen …« Der Halbling stockte, als er sah, daß seine Begleiter abrupt stehengeblieben waren und ihn mit erstaunten Blicken betrachteten.

»Blutroter Gehilfe?« fragte Katerin nach.

»Wir werden uns in Caer MacDonald doch nicht mehr als Diebe rumschlagen«, sagte Luthien, was dem Halbling natürlich selbst klar war.

»Dürfte ja wohl auch kaum nötig sein«, entgegnete Oliver. »Ich schätze, wir werden im Palast wohnen und alle Annehmlichkeiten der Welt genießen, leckere Speisen, hübsche Damen. Ich habe bloß einen Witz gemacht. Warum sollte ich noch stehlen, wenn mir alles, was ich will, auf dem Tablett gereicht wird?«

Nun war es der Halbling, der staunend stehenblieb, als Luthien fragte: »Und was sollen wir dann machen?«

»Wie meinst du das?«

An Katerin gewandt, fragte Luthien: »Würde es dir gefallen, mit mir ein Haus zu bauen und Kinder großzuziehen?« Katerins perplexe Miene verriet, daß sie daran bislang überhaupt noch nicht gedacht hatte. »Oder sollen wir dem König dienen, vielleicht seine Schriftstücke von Raum zu Raum tragen?«

Oliver schüttelte den Kopf. Er verstand den Freund noch immer nicht.

Katerin aber begriff; auch ihr stellte sich die Frage nun zum ersten Mal. »Ja, was sollen wir jetzt mit uns anstellen?« Ihr wurde bewußt, daß die absehbare Zukunft längst nicht so spannend und großartig sein würde wie die Vergangenheit. »Was gibt es in Caer MacDonald für uns zu tun?«

»Vielleicht braucht uns der König, als Gesandte zum Beispiel«, antwortete Luthien. »Oder wir könnten uns als Kuriere nützlich machen, um seine Befehle und Erlasse nach Gybi, Dun Caryth, Port Charley oder wer weiß wohin zu bringen. Brind'Amour wird uns ...«

»Was soll's?« fiel Katerin dem Freund ins Wort und unterbrach, was er ohnehin nur halbherzig vorschlug. »Der Krieg ist vorbei.«

Oliver verdrehte die Augen und holte tief Luft, um Einspruch zu erheben und ihnen vor Augen zu führen, wie schön es bei Hofe werden würde. Doch obwohl er einem Leben in Luxus nicht abgeneigt war, empfand er im Grunde ähnlich wie die beiden. Der Krieg war vorbei, Grünspatz ein für allemal besiegt. Langfristig ging auch von den Zyklopen keine Bedrohung mehr aus. Die drei großen Königreiche von Avonsee lebten in Frieden miteinander, und was es an Problemen zu erwarten gab, würde im Vergleich zu dem großen gewonnenen Krieg gering sein und leicht zu bewältigen sein.

Dem Halbling wurde nun klar, was den Freund bewegte und warum er Ethan überlassen hatte, was ihm durch Brind'Amour angeboten worden war. Aus demselben Grund hatten Luthien und auch Katerin noch eine Weile in Carlisle zurückbleiben wollen. Nach Monaten leidenschaftlich geführter Kämpfe, war ihr Blut noch immer in Wallung. Sie waren jung und voller Abenteuerlust. Was hatte Caer MacDonald ihnen schon zu bieten?

»Ich habe mit McLenny viele Stunden an Bord seines Flaggschiffs verbracht, als wir an Avons Westküste entlanggesegelt sind«, sagte Katerin, als sich die drei wieder in Bewegung gesetzt hatten. »Und er hat mir viel von Baranduine erzählt. Seinen Worten nach ist es ein wildes, aufregendes Land.«

Luthien warf ihr einen Blick zu und schmunzelte verschwörerisch.

Oliver stöhnte.

»Es ist noch ungezähmt und geradezu eine Herausforderung für wackere Helden«, ergänzte Katerin.

»Was diese Frau da sagt, leuchtet mir auf Anhieb ein«, antwortete Luthien und lenkte Flußtänzer unverzüglich nach Westen.

Wieder stöhnte Oliver laut auf, denn er fühlte sich hin- und hergerissen. Einerseits wollte er Luthien und Katerin ein Leben in Luxus schmackhaft machen, ihnen einreden, daß es an der Zeit für sie sei, sich niederzulassen und Kinder zu zeugen; er selbst stellte sich in der Rolle des satten, gemütlichen Onkels am Hofe des Königs vor. Andererseits aber hatte Oliver nicht nur Verständnis, sondern auch selber große Lust, die Richtung zu wechseln, etwa nach Baranduine zu ziehen, auf jene rauhe, wilde Insel, auf der sich ein Wegelagerling sportlich und einträglich würde betätigen können. Er erinnerte sich an die sorglosen Tage, als er mit Luthien in den ersten Tagen nach ihrer Begegnung auf Kosten reicher Kaufleute durch Eriador geritten war. Daran, so befand er nun, ließe sich wieder anknüpfen. Luthiens magischer Umhang käme ihnen sehr gelegen, und eine bessere Mitstreiterin als Katerin gab es nicht. Immer lebhafter und verlockender wurde seine Vorstellung, die sich geradezu zu Tagträumen auswuchs. Doch dann fiel ihm auf, daß an ihnen etwas nicht stimmte.

»O meine liebe Siobhan«, klagte er, denn in seinen Fantasien waren sie als Viergruppe über die grünen Hügel Baranduines geritten.

Luthien und Katerin betrachteten den Freund voller Mitgefühl. Auch ihnen fehlte die schöne Halbelfe sehr.

»Es wäre so schön, wenn sie dabei sein könnte.« Plötzlich heiterte seine Miene auf; er grinste über beide Backen und zeigte dabei Grübchen. »Wir hätten uns das Doppelpaar genannt und alle feisten Händelfritzen das Fürchten gelehrt.«

Zwar war ihre Freude noch getrübt von den bösen Kriegserinnerungen, doch Luthien und Katerin mußten herzhaft mitlachen.

SCIENCE FICTION TAGE NRW DORTMUND

ALAN DEAN FOSTER

Christopher FRANKE

Johannes von BUTTLAR

Mark BRANDIS

Thema:
Erotik und Soziologie in der SCIENCE FICTION

21.-22. März 1998
Harenberg City-Center
Kontakt: Fon 0208-592890 Fax 592889
eMail: SFTageNRW@AOL.COM

HEYNE BÜCHER

# MAGIC
## Die Zusammenkunft

*Die Buchreihe zum erfolgreichsten Fantasy-Kartenspiel der Welt!*

*06/6605*

William M. Forstchen
**Die Arena**
*Band 1*
*06/6601*

Clayton Emery
**Flüsterwald**
*Band 2*
*06/6602*

Clayton Emery
**Zerschlagene Ketten**
*Band 3*
*06/6603*

Clayton Emery
**Die letzte Opferung**
*Band 4*
*06/6604*

Teri McLaren
**Das verwunschene Land**
*Band 5*
*06/6605*

Kathy Ice (Hrsg.)
**Der Gobelin**
*Band 6*
*06/6606*

Mark Summer
**Der magische Verschwender**
*Band 7*
*06/6607*

Hanovi Braddock
**Die Asche der Sonne**
*Band 8*
*06/6608*

Heyne-Taschenbücher